本书得到江苏高校"青蓝工程"中青年学术带头人培养基金资助

1976~2010
精神生态与散文演变

周红莉 著

中国社会科学出版社

图书在版编目（CIP）数据

精神生态与散文演变：1976—2010/周红莉著. —北京：中国社会科学出版社，2018.7
ISBN 978-7-5203-1966-9

Ⅰ.①精… Ⅱ.①周… Ⅲ.①散文—文学研究—中国—当代 Ⅳ.①I207.67

中国版本图书馆CIP数据核字（2018）第005051号

出版人	赵剑英
责任编辑	郭晓鸿
特约编辑	席建海
责任校对	王佳玉
责任印制	戴 宽

出　　版	中国社会科学出版社
社　　址	北京鼓楼西大街甲158号
邮　　编	100720
网　　址	http://www.csspw.cn
发 行 部	010-84083685
门 市 部	010-84029450
经　　销	新华书店及其他书店
印　　刷	北京明恒达印务有限公司
装　　订	廊坊市广阳区广增装订厂
版　　次	2018年7月第1版
印　　次	2018年7月第1次印刷
开　　本	710×1000　1/16
印　　张	22.75
插　　页	2
字　　数	293千字
定　　价	99.00元

凡购买中国社会科学出版社图书，如有质量问题请与本社营销中心联系调换
电话：010-84083683
版权所有　侵权必究

问询当代散文精神之旅

（序）

周红莉教授将博士学位论文冷藏了两三年，其间多次做过修改完善，现在要交由中国社会科学出版社出版了。作为她的导师，作为一名散文研究者，我自然感到非常高兴，祝贺之语无须言表。

观览中国文学史，可见散文本为一大文体。中国散文是中华民族文化和民族精神重要的凝聚方式和传播载体，它宛如一株枝繁叶茂的参天古树，有学者说它是文体之根、百体之母。许多文体由它衍生而成，或者说在非散文的文体中，有着散文的身影。在绵长的历史行进中，有一段不短的文学史基本上是由诗和文组构的。进到现代，文学门类有了小说、诗歌、戏剧、散文四分。一代有一代的文体，小说已然成为第一文体。但其实散文的实绩是不应当被研究者漠视的。说到"五四"散文，鲁迅曾以为散文小品的成功，几乎在小说、戏曲之上。这"几乎"是鲁迅式的表达，因此，我们不一定就直接确认这样的指说，但可以肯定的是其时的散文创作，名家辈出，星光灿烂。及至20世纪90年代，散文又见繁盛，蔚然可观，说者指为散文时代。

这是一个方面的存在，而另一方面的情形，正如孙绍振、陈剑晖两位先生在他们主编的"百年散文探索"丛书总序中所说的，与散文创作的

"态势极不相称的是散文理论的贫困,其学术积累,其受关注的程度,其对创作的影响,均远逊于诗歌小说乃至戏剧"。这是一种可见的事实,其中的因由很值得文学研究者寻思。我以为重要的原因与文学研究资源配置的结构性失衡有关。研读现当代文学的十有八九关注的是小说,再有就是诗歌。我们看博士、硕士学位论文写作的选题,研究散文的很少。这样出现的景象,一方面是大量的重复选题;另一方面,一些重要的课题无人问津,以至于现在的一些中国现当代文学史,俨然成为小说、诗歌等文体的历史。这可能是我们忽视散文研究而伴生的一个问题。

回到散文这里,散文研究的缺失,最终需要有年轻的、秉持学术担当精神的学人,以他们勤勉而有为的投入来补足。散文理论的丰赡,需要一代又一代散文学者的有效创造而达成。正是在这里,我很欣赏周红莉学术研究的转向。在硕士阶段,她读研的是小说,在王尧教授指导下,完成了题为《莫言,民间的行吟歌者》的学位论文。题目是文眼,从某种程度上,它可反映出作者的学术敏感度和能力。周红莉这篇论文给我的第一印象,是她对莫言的小说判断别异,把握比较精准。我参加并主持了论文的答辩,与会的老师一致认为这是一篇优秀的学位论文。

从硕士到博士,许多学人的论文选题会有路径依赖,似乎周红莉也可以这样,而且依凭她对小说的感觉和积累,是完全有可能写出一篇有价值的小说或小说家论的博士学位论文的。但周红莉还是从小说走到散文这里来了。这倒并不是因为我,我的导师是研究散文的,学生、弟子一定也要跟着研究。事实上,我的导师和我从没有给学生指定具体的题目,只是要求根据自己的兴趣、已有的积累和基于真实的学术的问题来选题。在我看来,周红莉以当代散文研究作为她的博士学位论文选题,体现了她自怀学术抱负,勇于学术开新的自觉。小说研究可谓人才济济、热热闹闹,而冷寂的散文研究,正期待有更多的甘于寂寞的学者耕耘。

据不完全的统计，现有的研究现当代散文的博士学位论文有40多篇。其中有研究某个作家的，如周作人、巴金《随想录》；有研究某种流派的，如"语丝派""论语派""京派散文"；有研究地域散文的，如解放区散文、西部散文；有研究某一体类的，如游记散文、小品散文、抒情散文等。比较而言，周红莉的《精神生态与散文演变：1976—2010》，是一篇题目容量大，得散文之体，具有学术新意的论文。这篇论文将精神生态与散文文体的演化关联起来，而且涉指的时间跨度较长，因此可以视为一部新时期以来的中国散文史。但它不同于过往常见的综合构架线性铺展的那种文体史制式，而是提取"精神生态"这一学术关键词，作为本书研究的基点，由此观察分析研究对象在特定时代的具体图式和历史线索。当然"精神生态"并不是本书的发明，但用于整体性地研究新时期以来三十多年中国散文，这在学界是第一次。以"精神生态"作为研究散文的主题词，是得散文之体的适体设置。文学是人学，散文一体更是这样。散文文体的某种非虚构性，规定了它是主体精神存在的直接现实。与小说、诗歌、戏剧相比，它更多地体现为一种非技术的写作方式，散文作家精神世界的建构直接影响他的自我表达和对世界的言说。而散文作家的精神世界不是一种孤立的存在，它必然关联着特定时代的社会精神状态。因此，给出"精神生态"来观照散文世界，是很有意义的。

关于精神生态，学界有种种表述，周红莉在这里没有将它复杂化。"精神生态，主要指向创作主体的思想状态以及关联的社会存在和文化场域。"这样的界定，在书中明确而统一。本书主体部分共有六章，依次是精神向度：知识分子与散文；精神表意：社会转型与散文演变；精神复归："新启蒙"散文；精神多元："无名"散文时代；精神守望："非虚构"散文；精神碎片：创意·地域·女性。以"精神"结构全篇，使本书浑然而成论述的有机体。由章节标目可见，本书将三十多年中国散文发展中的一些重要存在，与特定时段散文作家的精神取向和社会的精神生态进行关联观照，深入地揭示其间存有的机理，阐释了不同形态散文的特质、意义或缺失。

很显然，《精神生态与散文演变：1976—2010》烙有年轻一代散文研究者自身印记。作者的知识谱系、学术视野及话语方式等，已大不同于我们和比我们更年长的学者。此所谓一代有一代的学术，这是很可喜的。这从某种程度上说，预示着学术的前行和学术新景的呈现。学术研究要旨是求是出新，既要尊重研究对象的客观存在，又要彰显出研究者主体性的在场，使研究成为有自己价值取向、有自己独立思想的研究。关于散文有种种的解说。在全媒体时代，从广义上说，散文差不多成为一种泛化的人民文体。但在周红莉的这篇博士学位论文中，作者将散文定义为一种知识分子的写作方式。对此，有学者曾有相关的表述。周红莉不是简单地借取，她有着自己的理解、思考和表达。周红莉梳理了中外关于知识分子的各种表述，有齐格蒙·鲍曼、迈克尔·康菲诺、萨义德、拉塞尔·雅各布、弗兰克·富里迪等，这些个见，有助于我们形成对于知识分子的更为完整的认知。在此基础上，周红莉指出散文的知识分子写作的三种特质，即个人性，基于个体生命的体验感悟思考的表达；思想性，"思想是人的尊严、价值、生命意义的原点"，"思想，坐落在作家的价值、意念、知性和血脉里"；现实性，"散文精神的现实性，不仅是作家的一种写作方式，更是知识分子思考与生存的一种选择"。周红莉认为，"将创作主体的身份锁定在知识分子群体，不仅是一种价值选择，也是散文的一种类型，以及一种研究视角和方法"。这里，不仅明确了论文选择的研究对象的具体类型，更重要的是给出了周红莉的散文本体论和价值观。作者看重的并不是个人私语的抒写和风花雪月的吟唱，而是那些个体生命思想与时代历史深有关联的有精神分量的散文。这样，原来散文史著中熟见的作家和作品不见了，取而代之的是一些具有思想史精神史意义的散文作家和作品。但是作者的研究视野又是开放的，纳入研究对象的主要是、而不只是知识分子型散文，其他与精神生态异动有关联的特征性散文景观也有摄照。这样，本书既突出了研究的主导性，又有了对象的多样性和丰富性。喜欢读书，是周红莉一大优点，所读涉面广泛，尤其注意读研有思想含量的著述。这样的阅读积累，进入博士学位论文的写作中，使之能别开生面，而又有可贵的深度。可以说，《精神生态与散文演变：1976—2010》开拓了当代散文研究的新空间，提升了散文研究的学理品格。

无疑，博士学位论文应当成为博士出身者的学术奠基之作，学术代表之作，能够由此在学界确立起自己的学术形象。我想，周红莉这部书稿是可以这样达成的。

《精神生态与散文演变：1976—2010》只是一种论纲性质的写作，其中有许多重要的课题值得作细化、深化研究。期待红莉的散文研究之旅，从容有致，站得更高，走得更远。

是为序。

丁晓原
2017 年 8 月 6 日

目 录

导　论　寻找散文研究新视角 ……………………………………… 1
　　一　当代散文研究的边缘化 ………………………………………… 2
　　二　知识分子话语的缺失 …………………………………………… 16
　　三　"知识分子到哪里去了" ……………………………………… 23

第一章　精神向度：知识分子与散文 …………………………… 30
　　第一节　"代言式写作" ……………………………………………… 34
　　　　一　启蒙，以自由的名义 ………………………………………… 37
　　　　二　革命的两种表情 ……………………………………………… 44
　　　　三　"废墟"上的苦难记忆 ……………………………………… 50
　　第二节　"思想者"言说 ……………………………………………… 57
　　　　一　"真"的多维路径 …………………………………………… 61
　　　　二　介入政治的与介入生活的 …………………………………… 70
　　　　三　物欲化，抑或冷漠化 ………………………………………… 77

· 1 ·

第二章 精神表意：社会转型与散文演变 ... 83
第一节 "所指"的张力 ... 86
一 知识分子，时代精神的守更人 ... 87
二 散文，"人"的复调式存在 ... 95

第二节 社会转型·精神生态 ... 104
一 中国式政治参与 ... 108
二 权力，想象的政治社会 ... 111
三 国族建构，在真理中生活 ... 114

第三节 社会转型·散文演变 ... 117
一 "主体性复归"与"新启蒙"散文 ... 120
二 "价值多元"与"无名"时期散文 ... 124
三 "精神守望"与"非虚构"散文 ... 126

第三章 精神复归："新启蒙"散文 ... 130
第一节 "见证"散文 ... 135
一 是记忆，还是遗忘 ... 136
二 是信仰，还是谄媚 ... 144

第二节 老作家散文 ... 155
一 "安魂曲"，在荒凉处响起 ... 159
二 干预的，何止是生活 ... 167

第四章 精神多元："无名"散文时代 ... 177
第一节 文化散文 ... 179
一 从突围到范式 ... 180

二　主体的文本姿态 ……………………………………… 182

　　三　文调，回到语言的本真 ……………………………… 186

第二节　江南园林散文 ………………………………………… 189

　　一　物理空间的诗化 ……………………………………… 190

　　二　物化中的诗意栖居 …………………………………… 194

　　三　"还乡"，在行旅的困顿处 …………………………… 198

第三节　小女人散文 …………………………………………… 202

　　一　女性与都市精神 ……………………………………… 204

　　二　一种生命在体 ………………………………………… 208

　　三　重返"闲话风" ……………………………………… 213

第五章　精神守望："非虚构"散文 ……………………………… 220

第一节　在场主义散文 ………………………………………… 223

　　一　创造性非虚构 ………………………………………… 226

　　二　散文性与自由在场 …………………………………… 237

第二节　思想随笔 ……………………………………………… 248

　　一　在历史的幽暗处反思 ………………………………… 251

　　二　身份认证，为思想而活 ……………………………… 254

　　三　关于生命冥想的"丰富的痛苦" …………………… 258

第三节　新乡村散文 …………………………………………… 262

　　一　"亚类属"群与依爱心理 …………………………… 264

　　二　三个创作图式 ………………………………………… 267

　　三　乡村，或是伪乡村 …………………………………… 270

第六章　精神碎片：创意·地域·女性

第一节　新散文 ………………………………………… 273
一　无界的"新"散文 …………………………………… 274
二　越界的"多边"写作 ………………………………… 280

第二节　江南散文 ………………………………………… 285
一　"意象的江南"与"江南的意象" …………………… 286
二　历史中的文化江南 …………………………………… 290
三　记忆里的个人江南 …………………………………… 294

第三节　江苏散文 ………………………………………… 299
一　历史的与非历史的 …………………………………… 300
二　"个人化"记忆 ……………………………………… 304
三　"守夜人札记" ……………………………………… 308

第四节　新海派女性散文 ………………………………… 314
一　时尚与世俗间的城市影像 …………………………… 315
二　"有情绪的"情绪 …………………………………… 319
三　记忆的代码 …………………………………………… 322

结束语　走向弥合之途 …………………………………… 326

参考文献 …………………………………………………… 332

后　记 ……………………………………………………… 349

导论　寻找散文研究新视角

研究是一种文化选择，更是一种价值判断。陈平原在1998年[①]指认作为文类[②]的散文本身并不具备时间性与空间性[③]，但从研究策略上，他还是倾向性地着眼于"历史性文类"（historical genres），思考作为中心文类的散文在漫长的中国文学、文化史中受到重视与漠视的根源，并在金人王若虚《文辨》中找到了依据：

> 或问文章有体乎？曰：无。又问无体乎？曰：有。然则果何如？曰：定体则无，大体须有。[④]

有"大体"无"定体"、识"大体"辨"小异"是文学史家陈平原最终选择的文类（文化）史研究方法。但是，这样的研究，本身并不包含价值判断。

[①] 1998年，上海人民出版社出版陈平原《中华文化通志·散文小说志》，2004年再版时更名为《中国散文小说史》。

[②] 鉴于文学分类术语历来混乱的境况，陈平原把文学分级分类，第一级分类称为"文类"或"体裁"（如小说、诗歌、戏剧），第二级分类定为"文体"（如墓志、题跋、游记）或"类型"（如历史演义、英雄传奇、武侠小说）。本书中将散文作为"文类"为存。

[③] 不受时空影响主要从"理论性文类"（theoretical genres）考量，强调"散文特性"。

[④] （金）王若虚：《文辨》，王水照编著《历代文话》第二册，复旦大学出版社2007年版，第1150页。

作为非技术文类，散文之"散"，预示着其独特体性。它既是作者主体精神、生活样态的直接表征，也是对客体存在和主体自在世界认知、感受、悟觉的自由言说。一定意义上，散文的精神是自由的精神，而最具有"自由性"特质的知识分子群体，自然就成了散文写作（并非全部）的"代言式"群体。这些裹挟着先验的思想预设和价值判断的散文，成为中国文学、文化、思想发展史上不可或缺的重要存在。

但是，散文的"历史命运"却是堪忧的。时代的更迭、社会的转型、主体精神的演化，甚至语言的变革，都深刻影响了散文文类的等级（中心地带还是边缘?）与写作主体（话语）的设置。在文学格局中，散文座次的不断后撤"降序"，成为一种醒目的现实，当代散文更是如此。

一 当代散文研究的边缘化

作为文类，散文在中国文学的构建中是源远流长的。从先秦诸子到两汉史传，继之唐宋"八大家"高标文坛，后承明之"七子派""唐宋派""公安派"，清之"桐城派"，等等，其文类包罗万象，书、记、碑、铭、论、序等均以散文体类为存；及至现代，鲁迅对"五四"散文也有高度的评价，以为"散文小品的成功，几乎在小说戏曲和诗歌之上"[①]。

一代有一代之文学。中国当代文学发展中，小说无疑是主要文类。而文学史，某种意义上，又是系统考量文学历史存在的最有价值的质料。因此，中国当代文学史自然就主要成了小说的历史，其次是"诗歌文学史"。散文在流行的当代文学史构架中处于边缘位置，这在一定程度上反映了散文在当代的存在状况。其实，散文依然是中国当代文学重要的构成部分，但是由于文学史著者对散文的功能限定、价值重估和学

[①] 鲁迅：《小品文的危机》，《鲁迅全集》第4卷，人民文学出版社1981年版，第576页。

科背景等原因，造成了当代文学史对散文叙述的忽视。考察文学史中的散文文类与其历史存在关系的真实性，对于当代散文的研究和发展很有意义。

为了便于验证当代散文研究边缘化存在的真实性，这里选择10种中国当代文学史，并以表0-1给出当代散文综合布局。所选文学史，既注意到它的影响力和代表性，如洪子诚的《中国当代文学史》，起于《当代文学概观》（北京大学出版社1979年版）、《当代中国文学概观》（北京大学出版社1986年版），中经调整修改，基本上为一人编史，称得上是同类文学史中的"老牌"；陈思和主编的复旦版《中国当代文学史教程》（1999年初版），提出当代文学史研究的新观念、新思维、"潜在写作""共名与无名"等，产生了较大的影响。也注意到它编制的多样性，10种文学史的内在结构有多种安排，有的以文类为序列进行叙述，如洪子诚《中国当代文学史》，"对于文学创作，本书以传统的诗歌、小说、戏剧、散文作为主要对象"[1]；有的"以文学作品为主型的文学史"，"突出的是对具体作品的把握和理解"[2]，如陈思和的《中国当代文学史教程》。在时间上，严家炎主编的《二十世纪中国文学史》（上中下），现代当代一体化，贯通了整个20世纪。王万森、吴义勤、房福贤主编的《中国当代文学新编》则延伸到新世纪文学。在空间上，有的纯为中国大陆当代文学，有的则拓展到包括台港澳在内的文学，像董健、丁帆、王彬彬主编的《中国当代文学史新稿》等。表格中含6方面信息，其中"散文章节和页码"，显示着文学史中散文书写的具体内容和篇幅。

---

[1] 洪子诚：《中国当代文学史》，北京大学出版社2007年版，第15页。
[2] 陈思和主编：《中国当代文学史教程》，复旦大学出版社2005年版，第6页。

表 0-1　10 种中国当代文学史中的散文书写布局

书名	著者	出版社	出版时间	全书篇幅	散文章节和页码
《中国当代文学史》	洪子诚	北京大学出版社	2007	27 章	第十一章　散文：一 当代的散文概念；二 散文的"复兴"；三 主要散文作家；四 杂文的命运；五 回忆录和史传文学；第 166—178 页
					第二十四章　散文：一 八九十年代的散文；二 老作家的散文；三 抒情、艺术散文；四 学者的散文随笔；第 397—409 页
《二十世纪中国文学史》	严家炎主编	高等教育出版社	2010	34 章（当代 21—34 章）	第二十二章　五六十年代的诗歌、散文与剧作：第五节 散文的"诗意"与杨朔、余光中的探索；第 43—49 页
					第三十三章　九十年代的诗歌和散文：第四节 "文化散文"与"学者散文"；第 307—310 页
《中国当代文学发展史》	孟繁华、程光炜	北京大学出版社	2011	20 章	第十八章　90 年代作家创作：第四节 值得注意的散文创作；第 360—364 页
《中国当代文学史教程》（第二版）	陈思和	复旦大学出版社	2005	22 章	第一章　迎接新的时代到来：第一节 "五四"新文学传统的转型；第三节 寻找时代的切合点：《奥斯威辛集中营的故事》；第四节 潜在写作的开端：《五月卅下十点北平宿舍》；第 16—30 页

续表

书 名	著者	出版社	出版时间	全书篇幅	散文章节和页码
《中国当代文学史教程》（第二版）	陈思和	复旦大学出版社	2005	22章	第八章 对时代的多层面思考：第一节 时代的抒情与个人的思考；第二节 时代的抒情：《桂林山水歌》与《长江三日》；第三节 现实的讽喻：《燕山夜话》及其他；第四节 私人性话语：《无梦楼随笔》；第143—159页
					第九章 "文化大革命"时期的文学：第二节 老作家的秘密创作：《缘缘堂续笔》；第175—177页
					第十章 "五四"精神的重新凝聚：第二节 痛定思痛的自我忏悔：《随想录》；第194—198页
					第十四章 民族风土的精神升华：第四节 来自大西北风情的歌唱：《巩乃斯的马》与《内陆高迥》；第254—260页
					第二十章 个人立场与文学创作：第二节 个人对生命的沉思：《我与地坛》；第340—343页

续表

书名	著者	出版社	出版时间	全书篇幅	散文章节和页码
《中国当代文学史新稿》（第二版）	董健、丁帆、王彬彬主编	北京师范大学出版社	2011	27章	第五章 散文：第一节 概述；第二节 巴金、冰心、杨朔等人的散文创作；第三节 徐懋庸和"三家村"的杂文创作；第109—124页
					第十章 台港文学的发展与创作：第二节 台湾诗歌与散文；第186—188页
					第十四章 台港文学的发展与创作：第五节 台湾散文；第244—245页
					第十九章 散文：第一节 悲悼散文与讽喻散文；第二节 巴金、杨绛、陈白尘；第三节 冰心、黄裳、孙犁、汪曾祺；第四节 张洁、王英琦、唐敏、叶梦；第333—349页
					第二十六章 散文：第一节 概述；第二节 张中行、余秋雨；第三节 张承志、史铁生、周涛；第436—449页
					第二十七章 台港文学的发展与创作：第五节 台湾散文；第457—459页

续表

书名	著者	出版社	出版时间	全书篇幅	散文章节和页码
《中国当代文学史》	王庆生主编	高等教育出版社	2003	42章	第1编 十二、抒情散文及杂文：1. 抒情散文创作热潮的形成；2. 杨朔的散文；3. 刘白羽、秦牧的散文；4. 吴伯箫等的散文；5. 杂文的兴衰和邓拓等的《燕山夜话》《三家村札记》；第203—219页
					第2编 十九、散文的新变：1. 走向多样化的散文创作；2. 巴金的散文；3. 杨绛、孙犁、萧乾的忆旧散文；4. 余秋雨、张中行等的学者散文；5. 王英琦、李佩芝、唐敏的女性散文；第537—561页
					第3编 四、台湾散文：1. 台湾散文的承续和发展；2. 梁实秋的散文；3. 张秀亚的散文；第655—661页。八、澳门文学：4. 李鹏翥、林中英、凌稜的散文；第714—716页
《中国现当代文学史》	陈国恩、樊星主编	武汉大学出版社	2012	39章（当代19—39章）	第二十三章 "十七年"散文：第一节 概述；第二节 杨朔、秦牧的散文；第三节 《燕山夜话》；第297—303页

续表

书名	著者	出版社	出版时间	全书篇幅	散文章节和页码
《中国现当代文学史》	陈国恩、樊星主编	武汉大学出版社	2012	39章（当代19—39章）	第三十五章 新时期散文：第一节 概述；第二节 贾平凹的散文；第三节 余秋雨的散文；第四节 新生代散文；第471—485页
《20世纪中国文学史》	黄修已	中山大学出版社	2004	16章	第九章 新的文学范式的形成：5. 散文的新范式；第53—58页
					第十章 思想解放浪潮中的文学创作：5. 多样化的散文；第91—95页
					第十二章 转型期的文学新作：6. 散文的兴盛；第159—165页
					第十五章 台湾文学：5. 台湾的散文；第264—269页
					第十六章 香港澳门文学：4. 香港的诗歌和散文；第308—316页
《现代中国文学通鉴(1900—2010)》	朱德发、魏建主编	人民出版社	2012	15章	中卷 多元一体文学结构的演化（1930—1976）第七章 政治文化渗染的文学形态：第十九节 聂绀弩与《野草》杂文；第二十节 刘白羽与颂歌式散文；第845—865页

续表

书　名	著者	出版社	出版时间	全书篇幅	散文章节和页码
《现代中国文学通鉴(1900—2010)》	朱德发、魏建主编	人民出版社	2012	15章	第八章　新潮文化渗染的文学形态：第二十六节　丰子恺与《缘缘堂续笔》；第1142—1148页
					下卷　多元一体文学结构的拓展（1977—2010） 第十二章　政治文化渗染的文学形态：第十五节　邵燕祥与政论杂文；第1517—1526页
					第十三章　新潮文化渗染的文学形态：第二十节　巴金的《随想录》；第二十一节　余秋雨与文化散文；第1696—1709页
《中国当代文学新编》	王万森、吴义勤、房福贤主编	高等教育出版社	2012	19章	第七章　"时代精神"与"散文三大家"：第一节　当代散文创作的审美追求；第二节　杨朔的散文；第三节　秦牧的散文；第四节　刘白羽的散文；第106—117页
					第十六章　散文的繁荣：第一节　理性反思散文；第二节　乡土风情散文；第三节　学者散文和文化随笔；第四节　新散文；第254—279页
					第十九章　新世纪文学：第四节　新世纪散文；第332—338页

由表 0-1，我们大致可见中国当代文学史中散文书写的一些实际情形：散文书写不能算是饱满，每章涉及散文节数各有差异，多则安排三四章，少则仅有 1 节。有的单独叙述，有的与诗歌、戏剧等合叙。多寡不匀，随意性较大，显示散文书写的不充分、不到位，甚至有缺失。这与中国当代散文的实际存在是有距离的。①

我们也考察了历年人文科学博士论文中关涉散文话题的研究。洪亮辑录的《1984—2012 年中国现代文学博士论文题名一览表》②，为了解相关信息提供了便利。这份题名，共收录论文约 1763 篇③。在此基础上，又搜集整理 2013 年研究散文的博士论文选题，并补充洪亮辑录中遗漏的选题，最终得 2000 篇左右二级学科博士论文，其中，研究散文约 38 篇。见表 0-2。

表 0-2　　1984—2014 年中国现代文学博士论文散文论文题名一览④

年份	作者	题名	培养单位
1995	李安东	新文学散文流变论	复旦大学
1999	喻大翔	用生命拥抱文化：中华 20 世纪学者散文的艺术精神	华中师范大学
2000	吕若涵	"论语派"论	南京大学
2002	黄科安	知识者的探求与言说——中国现代随笔研究	福建师范大学

---

① 周红莉、丁晓原：《论中国当代文学史中的散文书写》，《中国现代文学研究丛刊》2016 年第 1 期。

② 洪亮：《1984—2012 年中国现代文学博士论文题名一览表》，《中国现代文学研究丛刊》2013 年第 7 期。

③ 包括比较文学、文艺学、近代文学中与现代文学相关的选项，在对材料进行梳理后，我们发现其中有不少错漏，因此 1763 篇只是一个接近真实的数字。

④ 1984—1994 年中国现代文学博士论文没有散文研究。

续表

年份	作者	题名	培养单位
2003	江震龙	从纷繁多元到一元整——"中国解放区散文研究"	福建师范大学
	周明鹃	论中国现代怀旧散文	南京大学
	欧明俊	现代小品理论研究	福建师范大学
	[韩]洪焌荧	中国现代散文话语的建构	北京大学
2004	蔡江珍	中国散文理论的现代性想象	苏州大学
	肖剑南	东有启明 西有长庚：周氏兄弟散文风格比较研究	福建师范大学
	黄 飞	论中国现代抒情散文的诗意追求	福建师范大学
2005	张黎黎	在永恒中结晶——论余光中散文理论及创作实践	苏州大学
2006	杨 珺	二十世纪九十年代女性散文的主体建构	河南大学
	张宗刚	内质的空虚与价值的失衡——1990年代以来散文创作考察	南京大学
	徐慧琴	20世纪中国游记散文研究	兰州大学
	简加言	整合中外散文精华的艺术创造：巴金散文创作论之一	福建师范大学
2007	辛晓玲	20世纪中国散文意境论	兰州大学

续表

年份	作者	题名	培养单位
2007	范卫东	论抗战时期中国散文创作中的自由精神（1937—1945）	南京师范大学
	肖玉华	江南士风：中国当代散文的一种文化选择	苏州大学
	胡景敏	现代知识者的忧思之旅：巴金《随想录》及其效应研究	中国社会科学院
2008	李　良	现代中国"语丝体"散文研究	南京师范大学
	李　丽	俄苏文学浸润下的中国现代散文作家	苏州大学
	陈　啸	京派散文：走向塔尖	河南大学
2009	严　辉	周作人晚期散文研究（1949—1967）	华中师范大学
	庄　萱	过渡时代的炬火：周作人散文文体理论	福建师范大学
2010	王　雪	二十世纪九十年代以来散文类型研究	吉林大学
	李文莲	论新时期中国散文中的生命意识	山东师范大学
	杨若虹	中国当代西部散文研究	苏州大学
	李一鸣	中国现代游记散文研究	华中师范大学

续表

年份	作者	题名	培养单位
2011	马小敏	20世纪90年代以来的历史散文研究	浙江大学
	郭茂全	新时期西部散文研究	兰州大学
	朱晓江	"文学"与"文明":周作人散文"反抗性"因素研究	复旦大学
	颜水生	论中国散文理论的现代性转变	山东师范大学
	王炳中	论现代散文理论批评的个性说	福建师范大学
2012	李 刚	20世纪90年代中国散文与知识分子自我认同研究	苏州大学
	裴春芳	理论的繁衍和文体的分立——中国现代"小品散文"流变	清华大学
	陈艳丽	中国现代小品文文体研究	山东师范大学
2013	郑 萍	论周作人的散文文体	福建师范大学

由表 0-2 中可见,从选题涉指的时间看,有的包含了现当代,贯通 20 世纪;有的指向现代或当代的某一时段,如新时期、90 年代等;有的研究某个流派,如京派、"语丝派""论语派"等;有的研究某个作家,如鲁迅、巴金、余光中等,研究周作人的数量最多;有的研究某个区域的散文,如解放区、西部等;类型研究和主题研究的论文占有相当的比重,如抒情散文、游记散文、怀旧散文、随笔研究,散文理论的现代性、理论批评个性说、散文中生命意识研究等。但散文研究总体占比很小,当代散文研究边缘化现象并非是种浮泛的假想。

另一个背景，是系统勘察学者已有的散文研究著作。成果主要有两类，一是散文文体史，主要有《中国散文史（20世纪）》（范培松）、《中国当代散文史》（王尧）、《中国当代散文史》（张振金）、《中国当代散文报告文学发展史》（佘树森、陈旭光）、《走向崇高——中国当代散文发展论》（曾绍义）、《中国当代散文史》（徐治平）、《新时期中国散文的发展及其命运》（王兆胜）、《当代散文流变研究》（梁向阳）、《当代散文流变论》（袁勇麟）、《中国当代散文艺术演变史》（沈义贞）等；二是散文专题研究，学者从文化精神、诗学建构、文体理论、艺术审美等方面观察分析20世纪中国散文，主要有《乡关何处——20世纪中国散文的文化精神》（王尧）、《真诚与自由——20世纪中国散文精神》（王兆胜）、《中国现当代散文的诗学建构》《诗性想象》（陈剑晖）、《审美、审丑与审智——百年散文理论探微与经典重读》（孙绍振）、《散文的常道》（谢有顺）、《用生命拥抱文化——中华20世纪学者散文的文化精神》（喻大翔）、《中国当代散文审美建构》（李晓红）、《行进中的现代性——晚清"五四"散文论》（丁晓原）等。这些研究史著，单从量化上，较之小说史研究、诗歌史研究还有很大差距，中国当代散文研究有其有限性。

　　基于这样的背景认知，我们首先确认散文演变为研究中心，表明了研究重心、研究价值的预设。之所以是1976—2010年的时间维度：一是在已有的散文研究中，研究晚近三十多年散文的远比研究现代散文的少；二是这个时段的散文（1976是"文化大革命"事件的终结时间；2010系泛指，延伸至2014年），特别是20世纪80年代的散文，在精神上承续"五四"，在体式上打破此前的创作模式，不仅在散文文类史上具有重要价值，而且也深具当代文学史意义。从形式上看，这是关于一个时段文类史的研究，但并不囿于时代背景＋文类发展概况介绍＋作家作品概述解读的既成模式，尽管这样的叙述对于形成、传播文类存在以及发展的知识谱系不无价值。我更主张超越单一的分割式研究新时期、90年代、新世纪散文，意将这一时段的散文作整体的系统化论述。其次，确认精神生态为散文演变的具体场域。精神生态，主要指向创作主体的思想状态以及关联的社会存在和文化场域。将创作主体的身份锁定在知识分子群体，不仅是一种价值选择，也是散文的一种类型，以及一种研究视角和方法。现代意义上的散文，诚如法国哲学家、文学家让－保罗·萨特说过的，"写作的自由包含着公民的自由，人们不为奴隶写作。散文艺术与民主制度休戚相关，只有在民主制度下散文才保有一个意义"①。也就是说，只有在丰赡而自由的精神时空，才会演绎散文灿烂多姿的文景。从历史的演变看，20世纪70年代后期，中国进入到前所未有的改革开放新时代，社会发生深刻的变动和重大的转型，由计划经济走向市场经济；更为重要的，政治由禁锢逐渐开放，失落的、被遮蔽的人的主体性开始复活和彰显，散文写作所需的作者自由情志、自由精神由此得到激活，这样一个时代有可能是一个散文的时代。20世纪90年代，特别是21世纪初年新媒体时代，散文已经成为一种大众的文类。

事实上，我关注的并不只是或主要不是作为大众文类的散文，而是作为特殊的思想文本、精神文本的知识分子散文②。将散文（不是全部）视为知识分子写作方式，并不是我的发明。学者王尧很早就指说，散文是"知识分子精神和情感最为自由与朴素的存在方式"③。丁晓原教授在论述梁启超、严复、王韬等晚清思想者散文家时，曾以专论《论作为知识分子写作方式的晚清散文话语建构》，具体分析他们写作中所呈现的公共知识分子话语特征④。著名文化学者林贤治《五十年：散文与自由的一种观

---

① ［法］萨特：《为什么写作》，［英］戴维·洛奇编著《二十世纪文学评论》（下），葛林等译，上海译文出版社1993年版，第29页。
② 我所言的知识分子散文，主要指"知识分子"写的散文。
③ 王尧：《乡关何处——20世纪中国散文的文化精神》，东方出版社1996年版，第243页。
④ 丁晓原：《论作为知识分子写作方式的晚清散文话语建构》，《南京师范大学学报》（社会科学版）2005年第3期。

察》，以思想者的深邃，梳理当代散文文体的变化和知识分子自由精神及其表达之间的关联，颇多新意。此外，陈剑晖20世纪90年代思想散文研究系列论文《散文的难度是思想的难度》《20世纪90年代思想散文的兴起及其发展趋势》《散文天空中的绚丽星光——关于90年代思想散文的考查》，柯汉琳《仰望思想的星空——关于90年代以来思想散文的思考》等，都是关涉知识分子散文、精神生态的思考。这些思考，在当代散文研究日趋式微的现实景况下，显得尤为珍贵。而知识分子及知识分子话语的歧义性、复杂性，又牵引出另一个重要问题。

二 知识分子话语的缺失

关于知识分子的种种界说，我们大多是从利奥塔、德里达、福柯、富里迪、别尔嘉耶夫、艾尔曼等人那里转述或借取。很显然，知识分子的概念莫衷一是。我以为重要的不是其名，而是内在的精神品格。成为知识分子与谋生的方式无关，与日常事务的惯性和压力无关，与特定的身份和功利无关。他们是一群带有强烈的批判意识、社会良知与社会参与意识的文化人。

在1989年5月19日的上海西北嘉定某乡，茹志鹃主持"中国四十年文学道路研讨会"，说到"中国人民无法再忍受一代精英的损失了"时"禁不住哭泣"[1]。在茹志鹃哭泣行为背后，潜藏的是当代知识分子以天下为己任的价值取向以及对"一代精英"再损失的深沉忧患[2]。历经漫长

---

[1] 鲁枢元：《梦里潮音》，海天出版社2013年版，第216页。
[2] 胡风也创造过"精神奴役的创伤"这一用语，按照章培恒先生在《关于中国现代文学的开端》中的解读，"精神奴役的创伤"是人性被压抑、扭曲的代名词，以便于与之斗争而已。路翎在《一起共患难的友人和导师：我与胡风》中，记有胡风自己说过："我的理论是我多年积累的，一寸一寸地思考的。我要动摇，除非一寸一寸地磔。"一个"磔"字，道尽了胡风（们）的坚忍执着。

"右派"身份之后的茹志鹃,用非理性的情绪外泄消解了"政治为本"①的作家工具论的话语惯性②,踏上了昔日的辙迹③。

毋庸置疑,"一代精英"显然指向的是知识分子群体。"精英"原是社会学概念,本意是"选拔",而选拔只是个程序性和动作性过程,但选拔依据的标准和价值观却是各有差异,且有历时性。"五四"时期的知识精英承担着启蒙任务,到民间祛除普罗大众的思想蒙昧(愚昧)是精英主义者们的执念,"国民性批评"是当时主流话语且影响至今;在20世纪中下叶,知识精英是被改造对象,普罗大众被无限神化、美化、幻化为政治性、社会性的概念。知识分子一旦自觉走进民间成为普罗大众的救赎对象,或是扔掉知识人格力求成为普罗大众的一分子,那么,无论是主动诉求还是被动屈从,他们已不再是精英,而是民众的附庸、政治意识形态的注脚。从这个意义层面上,茹志鹃指认的"一代精英",大抵是具有知识分子精神品藻的一群。这一群人,既有张灏在《幽暗意识与民主传统》中说的三个特征:

> 1. 受过相当教育、有一定知识水准的人(此处所谓教育不一定是指正式教育,也可以指非正式教育,例如自修求学的钱穆、董作宾等人),因此他们的思想取向比一般人高。2. 他们的思想取向常常使他们与现实政治、社会有相当程度的紧张关系。3. 他们的思想取向有求变的趋势。④

---

① 1942年5月,毛泽东在《延安文艺座谈会上的讲话》中明确指示,"文艺为工农兵服务"和"文艺为政治服务";新中国成立后,毛泽东文艺思想和《讲话》精神在全国全面贯彻。

② 据鲁枢元《梦里潮音》中记载,茹志鹃的原话为:"以前的作品很少能收入集子,追随浮夸风,我走了一个S形,花力气多,留下的东西不多……"这是茹志鹃对特殊时代创作的一个痛苦反思。

③ "昔日的辙迹",是指人性的解放、人文精神等。

④ 张灏:《幽暗意识与民主传统》,新星出版社2006年版,第76页。

又类似于以赛亚·柏林所言的知识阶层：

> 知识阶层并不等同于知识分子。有人说，知识分子关心的只是如何把思想变得尽可能有趣。而"知识阶层"是一个俄语词汇，表达的是一种俄国现象。它诞生于1815—1830年间，是由一群有教养的、道德敏感的俄国人发起的一场运动，他们不满蒙昧的教会，不满对大多数生活在卑贱、贫困和无知中的老百姓无动于衷的残忍暴虐的政府，不满在他们看来简直是践踏人权、阻碍思想与道德进步的统治阶级。
>
> 他们坚信个人与政治的自由，坚信非理性的社会不平等注定会被消灭，坚信真理的存在，在他们看来这与科学的进步在某种程度上是统一的。他们持一种启蒙的观点，推崇西方的自由和民主。
>
> 知识阶层主义是由需要专门知识的职业人员组成……①

这个知识阶层（在中国的话语版图中，我们习惯知识分子而非知识阶层的表达方式），不是那种把知识作为炫技的资本或是用知识换取稻粱、谋取权力的非人文性的知道分子匠工，而是秉持责任意志和自由意志，与政治、政府刻意保持距离（起码不从善如流），坚信真理和民主，如黑夜的一道幽光，成为混乱时代的精神守夜者。这样的群体，我们可以称之为具有"知识分子精神"气质的人。而知识分子精神的核心表征是自由的精神，体现为介入的世道情怀、理想主义式的人类良知的守望者和社会公理的维护者等。唯其如此，"知识分子（包括作家）作为一个相对独立的文化阶层和力量，其历史作用乃在于他们实际上所承担的文化批判者的角色。"②

---

① ［英］以赛亚·柏林：《苏联的心灵——共产主义时代的俄国文化》，潘永强、刘北成译，译林出版社2010年版，第158页。

② 周宪：《超越文学——文学的文化哲学思考》，上海三联书店1997年版，第25页。

林贤治在随笔集《午夜的幽光》中界说过知识分子是有着乌托邦理想的存在，"无论在任何时代，知识分子都是一群不合时宜的人"①，这也部分地决定着、引领着知识分子散文的基本价值取向。也正是基于这种价值取向的选择，我们在散文作家、散文文本的考量上，会有别于此前散文史的取样。有一些通常被认为重要的散文存在会作淡化处理，而另一些"在野"的、具有某种精神史意味的写作会得到凸显。

诚然，知识分子以及知识分子精神不是凝固不变的，它与特殊的社会存在、时代精神风尚密切关联。这样，作为知识分子写作方式的散文及其演变，也就必然地关联着社会的转型。某种意义上，晚近三十多年的散文，既是反映知识分子心路历程的思想稿本，也是特定社会存在的独特投影。20世纪70年代后期至80年代是启蒙时代的重新开启，自由精神复归成为可能，思想解放、人性解放成为新的历史必然性。对历史的回望与反思，成为其间主流散文的基本主题，作为历史的在场者和受害者的作者，以散文书写的独特方式参与新的思想文化启蒙。20世纪90年代是商业化、市场化全面裹挟的时代，在市场经济的强大洪流中，人文精神和思想呈现整体下滑趋势②，知识分子散文因其思想性、严肃性、沉重性，陷入曲高和寡的尴尬境地。同时伴随着社会转型带来的价值多元化，知识分子内部也有了明显的"内分化"。追求时尚的"小女人"散文，是主体物化的某种表征，而园林书写则是以"隐逸"的方式对物化现实的反抗或躲避。新世纪是一个"全面的利益冲突"时代，社会分化加剧，价值建构尚未达成，知识分子如何坚守自由之意志、批判之精神，担当"守夜人"职责？理想型知识分子大抵以社会批评与文化批评者的角色立世，并且将这种文

---

① 林贤治：《午夜的幽光》，广西师范大学出版社2011年版，第19页。
② 王晓明、陈思和、蔡翔等人在新的文化参照和时代背景下，掀起人文主义精神大讨论，思考知识分子在新的历史时期的生存、人性和思想。参见王晓明编《人文精神寻思录》，文汇出版社1996年版。

明批评的职志视作一种宗教般的道义。而要担当起普世的公共价值守望者的使命，就必须持有一种独立不倚和自我完善的精神操守。因此，在公共价值消解和功利物欲日盛的时代，知识分子自身成为知识分子言说的对象。

但是，如何言说以及言说什么？成为新的疑难。拉塞尔·雅各布在《最后的知识分子》中认为，异化的知识分子炮制着只有少数人才会阅读的专著和论文，他们的工作、晋级以及薪水都依赖于专家们的评估，他们的生活和精神都被重铸了，他们缺乏独立性、批判性、思想性……知识分子从公共生活中消失了，而"消逝的知识分子就消逝在大学里"[1]。欧文·豪在《从众的时代》中也论及，"他们不仅失去了传统的反叛性，而且，在某种程度上他们不再发挥知识分子的职能"[2]。于是，弗兰克·富里迪的"知识分子都到哪里去了"[3]成为新"天问"，知识分子散文写作更是一种稀缺式存在。

那么，出现这样巨大的断层和黑洞的根源何在呢？也许有四个质素：一是与文学批评标准有关。知识分子散文因为知识分子的思想性、独立性、批判性、自由性等元素，需要批评者以超越性思想、主体性独立、批判性态度介入文学文本；但因袭的政治为本、道德教化为范的批评准则使政治与道德凌驾于文学（批评）之上[4]，作为文学重要评价标准的主体思想和人性长期被抽空、剥离。此外，中国人崇尚"中和为美"，实化在

---

[1] 参见〔美〕拉塞尔·雅各布《最后的知识分子》，洪洁译，江苏人民出版社2006年版，第3—15页。

[2] Irving Howe, *This Age of Conformity*, in Partisan Review, 21（1954）：10, 13.

[3] 〔英〕弗兰克·富里迪：《知识分子都到哪里去了》，戴从容译，江苏人民出版社2005年版，封面。

[4] 古典文献中的"文以载道"之"道"、"诗言志"之"志"均是关于君主、国家、政权之"道"之"志"。毛泽东在《延安文艺座谈会上的讲话》明确提出的"文艺为工农兵服务""文艺为政治服务"的文学要求也是对文学批评的要求。

主流文学批评阵营中，乡愿式和稀泥批评方式成为常态，凡有尖锐立场、原则、主见的文学批评便被言之哗众取宠，以"酷评"论之。因此，知识分子散文研究若要普遍化存在，不能算是易事。二是与创作者的主体身份有关。"你在为谁写作？""为人类写作？""是为谁的人类写作？"能否真正做到"为人类写作？"这种种问题影像中，作家的主体身份才是决定问题的根本所在。林语堂说过，"著作界应该永久是个反对党"，起码也是个不合作者；有人将散文家界定为人文知识分子以区别于市侩知识分子、政治知识分子等，为的是凸显独立自由的知识分子精神和散文精神。只是，当作家被国有化、体制化、组织化、商业化，当作家身份成为一种政治代言、道德附属、生存职业与牟利工具，创作自由、言论自由、知识分子精神的散文创作与研究只能是个虚假的想象。三是与出版审查制度有关。共产主义导师马克思和资本主义国家总统杰斐逊曾对出版自由不约而同地给予了礼赞，认为出版自由是通往真理和其他一切自由的根本。但是在政党国家，国家意识形态的安全性、纯粹性才是根本，意识形态对出版仍然有着明确的指令，国家或者政治的意志成为"隐作者"。因此，从作家到编辑（特别是一些高校出版社）到宣传部门的文化官员，可以说，权力意志与"安全系数"是他们综合考量的首要准则。也有极个别的坚持着思想自由的作家和编辑，被"特别关注"等成为一种无法规避的现实。真正具有知识分子精神的散文作品，在出版的"隐干涉"作用力下，很难规模化生成，必然导致了知识分子散文（研究）的缺失。四是与时代及思想有关。20世纪80年代是启蒙时代的重新开启，思想解放、人性解放成为新的历史必然性，但"文化大革命"专制思想形态仍以惯性方式渗透在各个领域、特别浸入人的思想深处，因此知识分子话题还是一个被警惕与自我警惕的话题。20世纪90年代是商业化、市场化全面裹挟的时代，在市场经济的强大洪流中，人文精神和思想呈现整体下滑趋势。① 为了迎合实用主义时代社会整体的审美和阅读需求，俗文学大行其道，知识分子散文在世俗的泥潭中凌乱不堪。新世纪是各种思想兼容并存期，政治、社会、人群以包容的姿态迎接一切的新思想、新事物。在这个没有绝对主潮话语制导、被誉为"全民写作"的文学时代，部分成就了知识分子散文创作和研究。

对于知识分子及知识分子写作的种种现实，自有警觉者。孟繁华从知识分子社会职责出发，强调知识分子应有的责任担当：

> 一个民族或者社会无论发展到怎样的地步，知识分子都无须也不能放弃他的良知、理性和精神传统。社会转型带来的进步已为全社会共享，而它的负面也有人在无声承担，知识分子不能无视这一存在并容忍它的无限蔓延，他须以前瞻性的批判加以阻止并告知世人，而不是熟视无睹，以讨人喜欢的面孔加以迎合或认同。这一切的最终目标，无非以理想的方式诉诸它的未来，使社会更多地告别丑恶和更多地接近文明。②

谢冕从文学的视角，期望以明净的文学照亮民族的精神空间：

> 文学若不能寄托一些前进的理想给社会人心以引导，文学最终剩下的只能是消遣和涂抹，即真的意味着沉沦。文学救亡的梦幻破灭之后，我们坚持的最后信念是文学必须和力求有用。③

对于那些洞彻中国社会根底的人，会对那些旨在启蒙式试图救赎的文学动机感到可笑。但是，关于重建社会良知或张扬理想精神的呼

---

① 王晓明、陈思和、蔡翔等人在新的文化参照和时代背景下，掀起人文主义精神大讨论，思考知识分子在新的历史时期的生存、人性和思想。参见王晓明编著《人文精神寻思录》，文汇出版社1996年版。
② 孟繁华：《谢冕和他的文学时代》，《中国作家》2009年第9期。
③ 谢冕：《新世纪的太阳》，时代文艺出版社1993年版，第57页。

吁显然不应受到冷落……拥有自由的文学家可以尽情地去写你们想写的一切,但是,我们却有理由期望那些有志者为中国文学保留一爿明净的精神空间。①

而新世纪力推的"在场主义散文"等非虚构性写作,一定程度上,就是对这种声音的切实回应,即以真实的在场、思想的在场,重新找回散文应有的知识分子精神品格。

三 "知识分子到哪里去了"

还是抑制不住的,有些忧思。知识分子大抵是以社会批评与文化批评者的角色立世,并且将这种文明批评的职志视作一种宗教般的道义。而要担当起普世的公共价值守望者的使命,就需要持有一种独立不倚和自我完善的精神操守,这种操守与恒定良知的自由心志相关。让人忧思的是,作为社会公理与良心代言的大部分知识分子,不只是道德——还有时代变迁与社会转型,他们在意识形态、功利主义思想观念间,在大学等特殊区域间艰难摇摆着。

忧思一,知识分子与意识形态

意识形态是个敏感话题。在拿破仑那里,也许还有些理想主义——被称为"社会浪漫曲";到柏拉图《理想国》中是"高贵谎言"(the noble lie)的思想;在《韦伯斯特辞典》中,已经定性成"一整套构成政治—社会纲领的判断、理论及目标,经常伴随着人为宣传的含义;例如,法西斯主义在德国被改变以适应纳粹的意识形态"。克利福德·格尔茨也坦率地表示过:"至少在共产主义集团(在那里思想在社会中的作用被明显地制度化了)之外,没有一个人会称自己为意识形态专家或是对别人这样称呼

---

① 谢冕:《90年代:回归本位或继续漂流?》,《湖南文学》1995年第9期。

自己而不提出抗议。"① 这该是多么痛悟的认识!

那么,知识分子该如何自处呢?

胡适在《非个人主义的新生活》中,对"个人主义"有三种观点,第一种、第二种观点是引用杜威的理论,将个人主义分为假的和真的两种:

> 假的个人主义就是为我主义(egoism),他的性质是自私自利,只顾自己的利益,不管群众的利益。真的个人主义就是个性主义(individuality),他的特性有两种:一是独立思想,不肯把别人的耳朵当耳朵,不肯把别人的眼睛当眼睛,不肯把别人的脑力当自己的脑力。二是个人对于自己思想信仰的结果要负完全责任,不怕权威,不怕监禁杀身,只认得真理,不认得个人的利害。②

第三种观点是"独善的个人主义":"不满意于现社会,却又无可奈何,只想跳出这个社会去寻一种超出现社会的理想生活"③,这是"五四"时期流行一时的新村主义④和逸世⑤独行。

置于当代语境,胡适指认的"个性主义""独善的个人主义""为我主义(唯我主义)"同样适用于知识分子,或者说,就是知识分子与意识形态之间关系的不同呈现,并且,因时(政治)、因事、因人,时有变异、漂移。老共产党员周瑞金,先后担任《解放日报》党委书记、《人民日报》副总编辑,因为专业岗位与意识形态保持统一话语口径,讲光明多,在岗

---

① [美]克利福德·格尔茨:《文化的解释》,韩莉译,译林出版社2014年版,第231—232页。
② 胡适:《非个人主义的新生活》,《胡适文集》(第2卷),北京大学出版社1998年版,第564—565页。
③ 同上书,第565页。
④ 新村主义是无政府主义的一种,始于法国和日本,其核心理念是倡导"人的生活"。
⑤ 陈平原在《从文人之文到学者之文》中,谈及陈继儒的为人与为文时,区分了"隐士"和"逸民"两种身份,以为前者是不满现实的,后者是平和静穆(当然要有钱、有闲方可,而这"闲"还需有文化、有教养)。

位中就具体问题发出与政治合拍的声音；从岗位卸职之后，给自己定位是"痛苦的清醒者"，发出自由知识分子的独立声音："我不会顾及自己的利害得失，但也不会破了自己的规矩和底线"，"并非赞美才是爱，能揭露问题，发表不同意见，也是一种忠诚啊"①，这是政治型知识分子向自由个性主义知识分子的转移。1986 年，贺麟将旧作《当代中国哲学》改名为《五十年来的中国哲学》交于辽宁教育出版社出版，在新书序言中特别说明："只有第三章时代思潮的演变与剖析，因为涉及政治问题，且系基于学生的笔记写成，由于我当时对于辩证唯物主义毫无所知，所以这次作了较大的修改。"按照谢泳的说法，"贺麟对于旧著的修改是有忏悔心情的，但今天的研究者如将新旧著作对读，就会发现，贺麟在新著中改掉的恰恰是那些最具个性、最有锋芒而又最代表他哲学观点的那些东西"②，这是一个自由哲学家对政治形态的主动屈从和对自我精神的为我（唯我）放逐。1988 年钱钟书给《光明日报》撰写《报纸的开放是大趋势》一文，但是很快他又遁入了沉默，此时已是他人生晚年，③ 这是自由个性主义知识分子向"独善的个人主义"的漂移。

《孟子》有云，"穷则独善其身，达则兼济天下"，不只是儒道互补的宏观思想大义，大抵也是书生困境时知识分子的人生选择吧。

忧思二，知识分子与功利主义

"功利主义"早已声名狼藉了。在西方典论中，功利主义即效益主义，列属于道德哲学（伦理学）范畴，提倡追求"最大幸福"（Maximum Happiness）。在中国的"五四"时期，功利主义偏于精神要义，追求社会公

---

① 卢雁：《周瑞金：宁做痛苦的清醒者》，《南风窗》2014 年第 26 期。
② 谢泳：《晚年贺麟》，《逝去的年代——中国自由知识分子的命运》，福建教育出版社 2013 年版，第 66 页。
③ 谢泳：《钱钟书：书生气又发作了》，《逝去的年代——中国自由知识分子的命运》，福建教育出版社 2013 年版，第 91 页。

益。1919年《新潮》杂志，陈达材写有《物质文明》文章，是当时关于功利主义的通识性解读：

> 功利主义者，谓趋乐避苦，为人生终极之目的。事无所谓善恶，趋大乐，避大苦者，谓之是，谓之善，否则谓之非，谓之恶。第此所谓苦乐，不以个人苦乐为计算，而以世界人类苦乐为计算；不以现在苦乐为计算，而以现在与将来之苦乐为计算，此功利主义之要旨也。①

但在当代中国，功利主义与清末民初时泛滥的物欲主义现象极为相似甚至雷同。物质享受、世俗消费、拜金主义、利己主义等各种沉渣在开放国门、经济繁盛之后蔚成大潮。世俗化时代的物质享受贪婪、人现世功利欲望的升腾，成为一种常态景观。史华慈曾在《中国与当今千禧年主义》中指出，世纪之末出现的物质主义与19世纪的物质主义进步观不同，后者还联系着伦理关怀，现在携着全球化所出现的，乃是一种彻头彻尾的唯物主义末世救赎论，这种新的千禧年主义以科技经济进步为基础，非常乐观地相信人的各种欲望乃至精神的快乐，都可以通过技术的进步和物质的丰富得以满足，就像"百忧解"这种药片一样，人们不再需要宗教，不再需要人文和伦理关怀，就可以在现实的世俗之中获得物质的救赎②。传统的儒家德性价值观被现代社会的工具理性、功利物质所消解；衡量世界的方式不再是善恶是非，而是金钱、地位、安稳和权力，在这个"没有世界观的世界"③，社会大部分人沦为"没有灵魂的物欲主义"（soulless materialism）者。

那么，在公共价值消解和功利物欲横行的时代，知识分子如何作为？政治现实固然不容忽视，但更深刻的存在，是社会转型制导下的世俗社会

---

① 陈达材：《物质文明》，《新潮》1919年3月1日1卷3号。
② 史华慈：《中国与当今千禧年主义》，《世界汉学》2003年第2期。
③ 赵汀阳：《没有世界观的世界》，中国人民大学出版社2003年版，封面。

和高度发展经济的影响。南帆从文学批评的视域,给出了一个出路:我们正处在一个并未"完全定型的社会",文学表达的各种声音或情感,"多少有助于影响最后的定型——哪怕极为轻微的影响。至少到目前为止,历史仍在大幅度地调整。所谓的'中国模式'可能是一个有待于论证的提法,但是,'中国经验'这个概念无可争议。'中国经验'表明的是,无论是经济体制、社会管理还是生态资源或者传媒与公共空间,各个方面的发展都出现了游离传统理论谱系覆盖的情况而显现出新型的可能。现成的模式失效以后,不论是肯定、赞颂抑或分析、判断,整个社会需要特殊的思想爆发力开拓崭新的文化空间。这是所有的社会科学必须共同承担的创新职责。"①

忆起勃莱的诗,贫穷而能听听风声总是好的。

忧思三,知识分子与"大学"

拉塞尔·雅各布对"大学"并无多少好感。他在《最后的知识分子》中认为大学教授的薪水和安稳是诱饵,"吸收"了大量的知识分子,知识分子从公共生活中消失了,而"消逝的知识分子就消逝在大学里"②。知识分子职业化使知识分子精神受到重创,以至于后现代主义者让-弗朗索瓦·利奥塔宣布"教授死亡"了,我们都未感到多少诧异。

的确,当知识分子的身份依赖于制度化和职业化的机构,依赖于市场和媒体的承认,知识分子显然已经没有多少自由的意识形态,他们与学术自由传统或者少有共同之处了。诚然,同在高校的我,并不想把知识分子简单做成膝盖下的某种思想③;但是,弗兰克·富里迪在《知识分子都到

---

① 南帆:《文学批评正在关心什么》,2011年3月,中国作家网(http://www.chinawriter.com.cn)。

② 参见[美]拉塞尔·雅各布《最后的知识分子》,洪洁译,江苏人民出版社2006年版,第3—15页。

③ 美国索尔斯坦·凡勃伦在1918年写有《美国的高等教育》,其副标题是"关于全面堕落的研究"。

哪里去了》中指出的学院派知识分子的三种存在——顺从的知识分子（新式知识分子），他们通过他们的机构获得权威，而并不要求意志自由；多数学者倾向于成为聪颖的专业人士和精明的专家，他们遗憾于没有得到文化上的支持以扮演公共知识分子，他们属于他们的机构，并与公众的世界保持距离；还有许多机构里的知识分子学者渴望在机构的压力下获得一定程度的意志自由，他们并不默认学术生活的制度化，并不接受思想管家这一顺从主义身份[①]——成为无法规避的事实。或许，还有第四种存在，即从学院派大学制度中突围出去，成为自由意志人。

在当代中国大学学院派知识分子中，王小波是秉持自由意志独立精神，首先从大学突围出去的另类学者，他的杂文著作《沉默的大多数》，蛊惑了很多民众成为他忠实的"门徒"。清华大学人文学院历史系教授秦晖，2014年被《南风窗》评为"为了公共利益"年度人物——个人的力量，颁奖词是："秦晖，以及这个时代其他真诚地在为这个国家寻求底线、坚持底线的学者，实际上是用底线为思想与言论建构一座文明的城邦。若没有这样的城邦，当人们向着理想进军之时，思想的论争必然会在权力与利益的纠葛中，要么迷失方向，要么硝烟弥漫。"[②]这个书生，始终关注有无底线问题而非左右问题，他用学者的思想、涵养和胸襟，兼容并包，却也淡化了作为知识分子的批判力度，终究无法与公众会和。

无法忽略的，此外还有那些看起来更像小技术官僚的知识分子，他们的存在，是部分知识分子角色贬值、弱智化、媚俗化的反向性案例。

诚然，任何思想和话语的存在都需要一定的形式。这个形式，既有文类的选择，也有更为广泛的文本选择。韦勒克曾说过："研究文学的人能

[①] [英] 弗兰克·富里迪：《知识分子都到哪里去了》，戴从容译，江苏人民出版社2005年版，第45—46页。

[②] 叶竹盛：《秦晖：用底线构建公共话语的文明城邦》，《南风窗》2014年第26期。

够考察他的对象即作品本身,他必须理解作品,并对它作出解释和评价;简单地说,他为了成为一个历史学家必须先是一个批评家。"① 虽然我们关注的是"演变",但离开了文本来谈演变是毫无意义的。为此,我们的研究,在当代思想史与散文文类史的有机融合中,始终立足于知识分子写作及其文本分析;并且,为避免研究的芜杂无序性,在对三十年散文发展的林林总总进行梳理时,主要提取与本选题研究相关的对象——包括厘清概念(哲学的解释和文字的解释②),有效建构散文文类演变与知识分子精神生态之间关联的逻辑性,由此构成了即将展开的主要内容。

问题可以成为一种预期理由。也许,我们由此开启了另一扇门。

---

① [美]雷纳·韦勒克:《批评的概念》,张金言译,中国美术学院出版社1999年版,第13页。
② 参见冯友兰《中国哲学简史》,北京大学出版社1996年版,第275页。其中论及,"文字的解释,着重在它相信的文献原有的意思;哲学的解释,着重在它相信的文献应有的意思。"

第一章　精神向度：知识分子与散文

在哲学或是文化论著中，"向度"是个玄妙而开放的概念。它常常与价值、本质、精神、意义、文化、时间等发生链接，为我们观察、判断、评价、确认某一类事物制造着多维度、全景式空间。我所言的"精神向度"，主要聚焦于精神实质或要旨，意在探究事物的精微价值，与宋代王安石《读史》诗中言之的"糟粕所传非粹美，丹青难写是精神"义理相通。置于散文文类，我关注的是知识分子与散文话题。

"知识分子"是个难解的哲学命题。英文"intellectual"的本义是理智，辞源学上的原意是公共关怀、道德良知、社会参与、独立批判等作为社会精神支架的职能化指称。齐格蒙·鲍曼在《立法者与阐述者——论现代性、后现代性与知识分子》一书中阐述了知识分子除了为思想而活，还要关心正义、关心审美、关心真理的问题，并考证了知识分子一词的源流：诞生于19世纪与20世纪之交，前身是18世纪的les philosophe[①]，始于法国著名的"德雷福斯事件"（1894年），由当时激进派领袖克列孟梭等1898年1月23日在《知识分子宣言》中首次使用，开创了认为知识分子站在权力结构之外，并被阐释为对现存社会安排加以批判的现代观念。

[①] 法语，指法国启蒙时代的哲学家群体，后来用知识分子而不是哲学家群体命名，是因哲学成为专类学科，不再具有崇高底蕴。

查阅其他典籍，我们发现另有源流，即此词由俄国作家波波里金（Boborykin）在1860年提出（甚至更早便已在东欧的俄国流行），面对专制主义的沙俄政权，一群被西欧社会理想与生活方式开化，对现实、道德、政权、社会秩序带有强烈批判态度的异质性群体。后来，以色列学者迈克尔·康菲诺（Michael Confino）列举的俄国知识分子五项特征——"一、关怀社会；二、把公共事业视同个人责任；三、倾向于把政治、社会问题视为道德问题；四、义务感；五、深信事物的不合理，以及加以改造的必要性"①——在精神气质上与知识分子源起时的特质极为相似。这两个国家的知识分子，以局外人、搅局者②的身份站在权力制度之外，从事社会批判，反对现有价值，他们的言说都不是为了个体的自我（或者不仅仅是为了），而是为了人民、民族、群体、革命、社会改造等群体性概念。知识分子的这种普遍性的价值取向，在曼海姆的知识分子理论中被强调到极端，他们不从属于任何阶级、党派、社会利益集团，他们是自由飘游、无所依附（free-floating）的"漂流的阶层"，公共性、社会性、独立性、批判性是他们的基本语义，这也是我们探究"知识分子"话题所要设定的基本内涵。

尽管作为一种文学实际存在，散文在文学史中自古有之，但定义"散文"不是一件容易的事。关于散文的渊源，一说来自西方说，为舶来之物。郁达夫有言：

> 中国古来的文章，一向就以散文为主要的文体……正因为说到文章就指散文，所以中国向来没有'散文'这一个名字。若我的臆断不错的话，则我们现在所用的'散文'两字，还是西方文化东渐后的产

---

① 参见林贤治《午夜的幽光》，广西师范大学出版社2005年版，第3—4页。
② 参见萨义德《知识分子论》，生活·读书·新知三联书店2002年版。其给知识分子下的定义是：局外人、"业余者"、搅局者。

品，或者简直是翻译也说不定。①

周作人在1935年也有过此类言说：

> 我相信新散文的发达成功有两重因缘，一是外援，一是内应。外援即是西洋的科学哲学与文学上的新思想之影响，内应即是历史的言志派文艺运动之复兴。②

但查阅《大不列颠百科全书》，并无"散文"词条，只有"prose poem"（散文诗），汉语译著大多用"prose"或"essay"翻译"散文"。不过法语中的"prose"、俄语中的"проза"都是泛指与韵文（verse）相对的文体，③ 鉴于法国为"essay"发源地，蒙田（Montaigne）被誉为"essay"体裁创始人，其随笔集Essais④多为思想、理性、真理、生死、自由、灵魂、战争、人性、教育、生活等话语的事实。我倾向用"essay"作为我所研究的散文指代。⑤

另一为中国自有说，但何时出现，有多解。从词源意义上说，木华《海赋》"若乃云锦散文于沙汭之际，绫罗被光于螺蚌之节"，其中"云锦散文"之语为现见"散文"的最早出处。⑥ 而具有文体学意义，或有文体意味的"散文"，有说始自南宋后期罗大经《鹤林玉露》丙编之二"文章

---

① 郁达夫：《中国新文学大系·散文二集》第二册，上海文艺出版社1981年影印本，导言。
② 周作人：《周作人集外文》下集，海南国际新闻出版中心1995年版，第423页。
③ 与中国古代散文理论"有韵为诗，无韵为文"相仿。清代桐城派代表姚鼐将古代散文文体总结为13类，即论辩、序跋、奏议、书说、赠序、诏令、传状、碑志、杂说、箴铭、颂赞、辞赋、哀祭。
④ 法文为"试验"。论者指出，essay是一种不确定（indeterminacy）的文体，它处在纯文学与哲学、科学之间的边缘位置，是一种具有无限可能性的边缘文学或潜在文学（literature in potential）。见Claire De Obaldia, *The Essayistic Spirit*, Clarendon Press (Oxford, 1995), p. 2.
⑤ 郁达夫把散文当作prose的译语，用以与韵文verse对立，现当代研究散文的话语大都以此为根据。
⑥ （晋）木华：《海赋》，转引自萧统《文选》卷一二，中华书局1977年版，第182页。

有体"中:"杨东山尝为余曰:'文章各有体……山谷(黄庭坚)诗骚妙天下,而散文顿觉琐碎局促。'"① 有人则上推至唐代。李小荣在《佛经传译与散文文体的得名》中,认为李豫《密严经序》的"此经梵书,并是偈颂,先之译者多作散文","可能是目前所知有关散文文体名称最早出处的语料"②。而复旦大学罗书华教授则推至更早,"'散文'的概念源于公元6世纪的北朝","作为固定名词而且与文体相关的'散文'概念早已在唐代初年大量出现。只要翻开孔颖达(574—648)的《五经正义》,就可以发现这点。他的《尚书正义·夏书·胤征》解释'皇帝王'说:'对文论优劣,则有皇与帝及王之别,散文则虽皇与帝皆得言王也。故《礼运》云:昔者先王未有宫室,乃谓上皇为王,是其类也。'"③ 但稽考古代典籍中"散文"一词,大抵文献、文体价值有余而思想意蕴不足。蔡江珍在《中国散文理论的现代性想象》中确认:"散文作为一种文体,其本然的自由和无限丰富的文体特质,正是散文现代性理论极力张扬的,散文的'边缘性'和'不确定性'更多地落在对规范的冲决上,它所提挈的是一种散文精神……"④ 其中由"自由和无限丰富""边缘性""不确定性"所提挈而来的散文精神,与知识分子界说的非确定性、多层性,知识分子群体的异质性、边缘性、自由性等形成某种应合关系。基于这种关系的建构,我倾向于散文是"知识分子精神和情感最为自由与朴素的存在方式"⑤ 的表达。无论面向现实或是面向历史,散文都是写作主体个人经历以及由此推演出的个人经验书写,都是对主体精神价值的深度影射,某种程度上,彰显了知识分子的存在意义与精神价值。

---

① (宋)罗大经:《鹤林玉露》,上海古籍出版社2012年版,第264页。
② 李小荣:《佛经传译与散文文体的得名》,《福建师范大学学报》2003年第4期。
③ 罗书华:《"散文"概念源流论:从词体、语体到文体》,《文学遗产》2012年第6期。
④ 蔡江珍:《中国散文理论的现代性想象》,中国社会科学出版社2006年版,第3页。
⑤ 王尧:《乡关何处——20世纪中国散文的文化精神》,东方出版社1996年版,第243页。

精神生态与散文演变：1976—2010

第一节 "代言式写作"

一般来说，"代言式写作"被指认为具有公共化、群体化、社会化特点的支配型写作方式。它关涉的大都是改造社会、时代精神、民族意识、启蒙大众、国家重大题材等宏大命题；启蒙、阶级、国家、政党、大众等是其普遍存在的话语方式；实施代言的主体也大都以启蒙者、"普遍的知识分子"、教育者、传道者等"社会的良心"的身份自居。萨义德在著名的瑞思演讲中明确提出，作为社会公共角色的知识分子身上最突出的特征是代表弱势者的反对精神，指向的是为弱势者而非作为弱势者发声的主导立场与姿态①，但是没有阐述具体策略方法。当代学者陶东风在《文化与美学的视野交融》中对"代言式写作"有过详尽的"指导"性策略：

其一，在内容上，代言式写作表现宏伟的主题、重大题材、高大人物，表现社会群体意识、阶级意识或党派的意识，以及时代精神、民族文化等等（即代群体、社会、阶级党派、时代、民族等非私人或超私人的主体立言），即使是讲述个人的故事，也要融入国家民族的宏大故事，与国家民族的命运紧密结合，把人物化约为阶级、民族、时代或党派的一员，从中为"私人生活"分享到一些合法性。

其二，在叙述的方式上，集中表现为一种革命化、政治化的宏伟叙述，以一个群体性的"终极目的""终极理想"统帅叙述的展开，从而使叙述变成通向这一目的的、高度受控的有机过程，以体现历史

---

① 2004 年，莫言在苏州大学"小说家讲坛"上谈到小说家创作是"为老百姓写作"还是"作为老百姓写作"问题。他认为"为老百姓写作"是一种居高临下的姿态，是一个道德的说教者，其实，指向的也是这种"代言式写作"行为。

的"必然性"。这一过程与"必然性"往往具体地体现为一个正面主人公(超级主体、人民化的"大我")的成长历程或从小我改造为大我的精神提升过程。

其三,在作者的角色上,集中表现为大写的"人",一个"普遍主体""普遍的知识分子",他们以国家、民族、阶级或大众的名义写作,以人民的代言人的身份写作,或以"人类良心""普遍价值"的代表自居。

其四,在写作的动机上,代言式写作旨在启蒙大众,改造社会、振兴民族或造福人类,其具体内容视其作代之对象(如阶级、党派、民族、人类)而定。[1]

这些"指导"性意见,为"代言式写作"的写作内容、叙述方式、作者角色、写作动机指明了书写方向。

但是,知识分子何以成了"代言式写作"的行为主体?我们有必要对其做简要的理论推导。第一,知识分子"向公众"与"为公众"的思想者姿态。萨伊德将知识分子解释为"是有能力向(to)公众以及为公众(for)来代表、具现、表明讯息、观点、态度、哲学或意见的个人"[2]。但是知识分子的"向公众"和"为公众"并不意味着自身的庸常化、大众化。法国哲学家利奥塔在《政治著作选》中说过,"在我看来,'知识分子'更像是这样的思想家,他们把自己置于人类、人性、人民、无产阶级、创造者或者诸如此类的地位。也就是说,他们把自己等同于被赋予普遍价值的主体,并从这个角度分析形势,开出处方,为主体的自我实现,或至少是这种实现过程的进展,提出建议。"[3] 这里,知识分子俨然(期待

---

[1] 陶东风:《文化与美学的视野交融》,福建教育出版社2000年版,第121—122页。
[2] [美]爱德华·萨义德:《论知识分子》,单德兴译,台北麦田出版社1997年版,第48页。
[3] [法]让-弗朗索瓦·利奥塔:《政治著作选》,明尼苏达大学出版社1993年版,第3页。

视阈中）以真理、正义等普遍价值的代言人、携带者自居，以公众的良知身份发言。第二，知识分子"社会性"与"公共性"的文化立场。余英时在《士与中国文化》中谈道："西方人常常称知识分子为'社会的良心'，认为他们是人类基本价值（如理性、自由、公平等）的维护者。知识分子一方面根据这些基本价值来批判社会上的一切不合理的现象，另一方面则努力推动这些价值的充分实现……根据西方学术界的一般理解，所谓'知识分子'，除了献身于专业工作以外，同时还必须深切地关注国家、社会以至世界上一切有关公共利害之事，而且这种关怀还必须是超越个人（包括个人所属的小团队）的私利之上的。所以有人指出，'知识分子'事实上具有一种宗教承担的精神。"① 余英时所言的知识分子文化精神立场，与哈贝马斯的公共领域（公共意识）类似，既有个人主体自由的体现，又有超越个体自身以外的、关注人类的生存状况、建构人类的基本文化价值的共同整体认同。第三，知识分子"独立性"与"批判性"的价值取向。美国《时代》杂志在1965年5月21日载文诠释知识分子含义时谈到两点："第一，一个知识分子不只是一个读书多的人，一个知识分子的心灵必须有独立精神和原创能力……第二，知识分子必须是所在的社会之批评者，也就是现有价值的反对者。"② 强调作为人类普遍精神代言者的知识分子的精神自持与社会职能。关于知识分子批判性的衡量标准，鲁迅也有过界说："真的知识阶级是不顾利害的，如想到种种利害，就是假的，冒充的知识阶级"，"他们对于社会永不满意的，所感受的永远是痛苦，所看到的永远是痛苦"。③ 他们是"午夜的一道幽光"，是黑夜里的"守夜人"。

倘若借用福柯的术语来概括，"代言式"知识分子就是所谓"普遍的

---

① 余英时：《士与中国文化》，上海人民出版社1987年版，第2页。
② 参见范伯群、朱栋霖《1898~1949 中外文学比较史》，江苏教育出版社1993年版，第94页。
③ 鲁迅：《关于知识阶级》，《鲁迅全集》（第8卷），人民文学出版社1981年版，第187页。

知识分子"（universal intellectual），这种知识分子的典型就是作家（writter），他们的活动就是写作（writting）①。考量晚近三十多年中国知识分子"代言式写作"行为，就散文而言，主要是关涉启蒙、自由、革命、真理、正义、良心、良知等话语的写作。

一 启蒙，以自由的名义

法语中的"启蒙"本意是"光明"。17、18世纪的欧洲思想者们②用理性反封建、反教会，宣传自由、平等和民主，把人们带向光明之巅。康德在《回答一个问题：什么是启蒙》中阐述："启蒙就是人从他自己造成的未成年状态中走出，未成年状态就是没有他人的指导就不能使用自己的知性。"③ 他还特别列举了三种现象：未成年状态即习惯于（A）用学者的书代替我拥有的智力、（B）用牧师的布道代替我拥有良心、（C）用医生的防治代替我取舍食物，等等。④ 也就是说，未成年状态主体必须通过"他人"（the other）开导才能摆脱无知、偏见、蒙昧，自我主体意识、理智才能觉醒，才会有自主自由的可能。这里，"他人"意识是"自我"（Self）意识的先决条件。两百年后的福柯（即1984年）针对康德的何谓启蒙，写了《论何谓启蒙》，指出启蒙或者启蒙哲学，不是一个永恒的知识体系，而是一种态度，一种气质，一种哲学生活。福柯启蒙观在于批判，即批判自己或他在的历史限制。由此，延伸出一个问题，什么人才能

---

① 参见陶东风《文化与美学的视野交融》，福建教育出版社2000年版，第126页。
② 启蒙运动的中心在法国，领袖是伏尔泰。他的思想对18世纪的欧洲产生了巨大影响，所以，后来的人称"18世纪是伏尔泰的世纪"，伏尔泰被誉为"思想之王""法兰西最优秀的诗人""欧洲的良心"。据说1793年路易十六里通外国的文件被发现，愤怒的法国人把他投进巴士底狱，路易十六在某一个日落黄昏感慨道："是这两个人打垮了法国。"这两个人，一个是伏尔泰，一个是卢梭。可见思想改变了世界。
③ ［德］康德：《历史理性批判文集》，何兆武译，商务印书馆1991年版，第22页。
④ ［德］康德：《答何谓启蒙？》（1784），转引自张志扬《渎神的节日》，上海三联书店1997年版，第266—267页。

具有开启别人"自我",成为别人"自我"的引路人、代言人以及批判者的角色?针对这个问题,鲍曼做了一个婉转的回应。虽然他没有直接论证知识分子与启蒙之间的关系,但他对知识分子特征的描述,如知识分子坚持"人的理性是最高的权威"①,与启蒙运动的口号"有勇气在一切公共事务上运用理性"②意义相近,知识分子(不完全是)成为致力于启蒙的重要人群。

普遍意义上讲,"自由"是启蒙话语借以言说与书写的核心所在。作为知识分子典型话语方式的散文写作,不可避免地也成了"自由"主题的重要载体。按照萨特在《什么是文学》中的说法,"写作是某种要求自由的方式;一旦你开始了,你就给卷入了,不管你愿意不愿意。"③ 所谓"卷入",就是争取自由、保卫自由。这些自由,可以用自由形态的书写呈现,也可以用书写自由的话语呈现。他们或者以"理想价值的保卫者"姿态介入,直面叙写宏大命题;或者以"个人"的方式介入,但这种介入并非流于私密性的自我表现,其介入的仍是公共领域,包括日常生活。由此,我们也许可以归纳出两种自由写作方式,前者为"显性代言式写作",后者为"隐性代言式写作"。

"显性代言式写作"是指写作者作为"理想价值的保卫者""社会的公知"或者"社会的良心",以"大我""大写的人"为身份标识,将阶层(包括权力者)、国家(包括体制、政权等)、文明(关涉苦难、道德、死刑、流亡等话题)、民众(或者人民、群众、平民)、政治(包括意识形态、专制、集团、法西斯、右派等)、精神(包括思想、自由、理想、乌托邦等)、人类(特别知识分子群体)、革命(包括"文化大革命"、法国

---

① 参见欧阳觅剑《爱与诚缺位的新启蒙》,《南风窗》2012年第12期。
② [德]康德:《答复这个问题:"什么是启蒙运动?"》,《历史理性批判文集》,何兆武译,商务印书馆1990年版,第22页。
③ 柳鸣九主编:《萨特研究》,中国社会科学出版社1981年版,第24页。

大革命等）知识分子等不同程度的群体化概念与宏大命题直接进入写作序列。从中国古代的"士"阶层，到近现代的梁启超、陈独秀、胡适、鲁迅、唐弢、茅盾、郭沫若，晚近三十多年的筱敏、林贤治、徐无鬼、刘小枫、张承志、一平、摩罗、单正平等，似乎都有一种与生俱来的逾越个体言说且把个体言说当作总体言说的意愿甚至本能。晚年胡适在台湾政论刊物《自由中国》中，以宋代士大夫范仲淹等为例探讨传统中国士人言论自由，他在该文结尾写道：

> 从中国向来智识分子的最开明的传统看，言论的自由，谏诤的自由，是一种"自天"的责任，所以说，"宁鸣而死，不默而生。"从国家与政府的立场看，言论的自由可以鼓励人人肯说"忧于未形，恐于未炽"的正论危言，来代替小人们天天歌功颂德，鼓吹升平的滥调。[1]

这样的言论，怀抱民族、国家、天下兴亡意识，怀抱独立的社会批判立场，秉持"甘冒天下之大不韪"的勇气，将知识分子的人格精神（风骨）做了有力的外化。在晚近三十多年散文写手中，此类知识分子虽然不是普遍化存在，却也是无法忽视的一群。筱敏凝视着世界，怀抱苦难意识及悲悯情怀，直面自由、责任、法西斯、知识分子、革命、苦难、理想、乌托邦、游行、群众（群体）、死刑、幸存者、流亡（详见《成年礼》，太白文艺出版社2001年版；《记忆的形式》，百花文艺出版社2004年版）；徐无鬼用激烈且戏谑讽刺的笔端写下思想、专制、希特勒（暴君、极权）、民众、民主、自由、孤独（详见《城市牛哞》之中编"哲人的'蠢话'"，太白文艺出版社2001年版）；刘小枫以思想者与学者的知性和隐忍漫谈知识分子、精神、流亡、苦难（记忆）、死亡、生命、人民、意识形态、伦

---

[1] 唐小兵：《胡适：伟大先知还是一介书生？》，《南风窗》2011年第25期。

理、自由（伦理）、灵魂、国家、革命、宗教（详见《这一代人的怕和爱》，华夏出版社 2007 年版；《沉重的肉身》，华夏出版社 2007 年版）；林贤治以黑夜"守夜人"的身份苦苦思考与追问精神、思想（思想者）、酷刑、历史（如"五四"、红卫兵、胡风集团、后奥斯维辛）、人格、政治、自由、纳粹、法西斯、群众、平民、道义、体制、黑暗、右派、恐惧、殉道者、灵魂、孤独（详见《平民的信使》，作家出版社 1998 年版；《时代与文学的肖像》，人民文学出版社 2001 年版；《关于知识分子的札记——午夜的幽光》，广西师范大学出版社 2005 年版；《五四之魂——中国知识分子精神史》，广西师范大学出版社 2008 年版；《旷代的忧伤》，江苏人民出版社 2009 年版，此书获第一届"在场主义"散文奖）；一平站在人类文明、宗教、文化、思想的立场，抽取自由、民主、正义、和平那些普世价值（详见《身后的田野》，作家出版社 1998 年版）；此外还有执着书写民众、红卫兵、公社、群众、底层人、自由、正义、良心、国家、民族（从内蒙古到新疆）的张承志（详见《张承志散文》，人民文学出版社 2005 年版；《匈奴的谶歌》，上海文艺出版社 2010 年版），以"大地道德"为基本主题像圣徒一样行走人生与写作的苇岸（详见《大地上的事情》，四川出版集团·天地出版社 2004 年版），等等，这些作家，他们关注的话语及写作的对象常常惊人地相似。刘小枫在《流亡话语与意识形态》中说：

> 就历史的情形来看，至少有三种不同的知识分子类型：1. 认同以至献身人民意识形态话语的知识分子（哲学家、文学家或其他人文科学乃至自然科学和一般知识人中都不乏其人）；2. 在两者之间徘徊的知识分子；3. 决意不放弃个体言说的知识分子。[①]

[①] 刘小枫：《流亡话语与意识形态》，《这一代人的怕和爱》，华夏出版社 2007 年版，第 268 页。

无论他们进行何种话语抉择，都是自觉、自主、自由地游走在意识形态话语和个体言说之间，或批判，或省思，或痛苦，或回望，或叩问，不约而同地选择强烈的启蒙精神（意识），给读者心灵留下重重的印痕（或许是伤痕、裂痕、烙印）。

"隐性代言式写作"是以个人的方式介入公共领域（包括日常生活）的写作行为。恰如陶东风所言的，即便是"讲述个人的故事，也要融入国家民族的宏大叙述，与国家民族的命运紧密结合，把人物化约为阶级、民族、时代或党派的一员，从中为'私人生活'分享到一些合法性"①。这些写作者，始终在以自我主体（个人）的言说来关照自由、尊严、道德、苦难、民主等精神力量，从而将人性、宗教、生命、民族、人类等复杂命题的认知与思考融为一体。深受西方文化影响的陈独秀，以个人为本位，认为：

> 举一切伦理，道德，政治法律，社会之向往，国家之所祈求，拥护个人之自由权利与幸福而已。思想言论之自由，谋个性之发展也。法律之前，个人平等也。个人之自由权利，载诸宪章，国法不得而剥夺之，所谓人权是也。人权者，成人以往，自非奴隶，悉享此权，无有差别，此纯粹个人主义之大精神也。②

陈独秀诚如康德那样，把个人看作是目的，而不是仅仅把个人看作是满足其他人或群体意志的手段与工具，但是，个人并未与那些启蒙话语和宏大叙事完全断裂开来。倾向于社会主义意志的李大钊倡导："真正合理的社会主义，没有不顾及个人自由的。"③ 李大钊的"没有不顾及"，实际是在群体与个体之间考虑个人自由，与西方思想界所言的 communitarian 立

---

① 陶东风：《文化与美学的视野交融》，福建教育出版社 2000 年版，第 121 页。
② 陈独秀：《东西民族根本思想之差异》，《青年杂志》1915 年 12 月第 1 卷第 4 号。
③ 参见林贤治《也谈五四、鲁迅与胡适》，《五四之魂——中国知识分子》，漓江出版社 2012 年版，第 124 页。

场相仿。列宁谴责《路标》文集是"自由主义者叛变行为的百科全书"，是"知识分子全部叛变和变节"①的写照，但"路标派"们知识分子，即使面临被监视、被流放，仍坚持要从"个人自由"出发，维护并书写正义、真理、生命、思想、尊严、权力。萨特说"散文首先是一种精神态度"②，个体自身思想意识的觉醒、个人价值的发现与建构，正是一些公共型知识分子散文创作所秉持的。

在当代散文创作中，王小波从个人出发，思考自由、尊严、民主、科学和人的境遇。作为自觉从体制内撤离出来的作家，写作是王小波生存问题的一种形式，而道德问题、科学问题、自由民主问题、社会问题等，其实也是他生存问题的一种；他认为自由是属于个人的一种权利，而权利就是尊严，"个人是尊严的基本单位"③；他反对以集体的概念，诸如国家的、社会的、政治的尊严替代或剥夺个人的尊严，自由对于个人，是一种独立性存在，对于社会，则是罗素说的"参差多态"（即多样性、复杂性、多元化）；他在《个人尊严》中有过一段内心独白：

> 人在写作时，总是孤身一人。作品实际上是个人的独白，是一些发出的信。我觉得自己太缺少与人交流的机会——我相信，这是写严肃文学的人共同的体会。但是这个世界上除了有自己，还有别人；除了身边的人，还有整个人类。写作的意义，就在于与人交流。因为这个缘故，我一直在写。④

---

① 辽宁大学中文系文艺理论教研室主编：《马克思恩格斯列宁斯大林文艺论著选读》，辽宁大学中文系文艺理论教研室1972年版，第154页。
② [法]让-保罗·萨特：《萨特文集》（文论卷），施康强等译，人民文学出版社2005年版，第105页。
③ 王小波：《个人尊严》，《王小波文集第二卷：杂文》，北京理工大学出版社2009年版，第178页。
④ 王小波：《沉默的大多数》，上海三联书店2008年版，第287页。

因为选择"写严肃文学的",所以王小波如圣徒一般,义无反顾地行在朝圣(精神)的路上。

邵燕祥对"思想"有着深刻的阐释,他在《大题小做集·自序》中说:

> 人之贵有思想,乃因思想是独立的、自由的;独立思想来自独立的而不是依附的扭曲的人格,自由思想,来自自由的而不是禁锢的奴役的精神。为了能够思想,哪怕会像脆弱的芦苇一样折断,也应是在所不惜。思想会使人的如芦苇一样脆弱的生命变得有力,面对"凶手"而高于"凶手",面对死亡而超越死亡。我想,即使不能成为帕斯卡尔所指意义上的"会思想的芦苇",至少我也该做一根会唱歌的芦苇,在晚秋时节唱出心底的悲欢和身历的沧桑,做一根发议论的芦苇,在阵阵疾风中倾吐出肺腑之言的真话吧。①

巴金从"文化大革命"的精神废墟中醒来,抒写人生而为人的意义:

> 总结几十年来的坎坷经历,我才想起自己是一个人,我才明白我也应该像人一样用自己的脑子思考,我有一种大梦初醒的感觉。②

刘亮程在《寒风吹彻》中记录着生命的悲凉:

> 落在一个人一生中的雪,我们不能全部看见。每个人都在自己的生命中,孤独地过冬③……

---

① 邵燕祥:《大题小做集·自序》,上海文艺出版社1994年版,第2页。
② 巴金:《随想录·合订本新记》,作家出版社2009年版,第3页。
③ 刘亮程:《一个人的村庄》,春风文艺出版社2006年版,第76页。

的确如奥威尔所表述的,"现代文学基本上是个人的事"①。作家可以作为政权、社会、集团等话语的代言人(无论是批判的立场还是赞许的立场),也可以纯粹地进行自我表现。但就写作存在状态和方式而言,这种写作的自觉性、个人化,是不受任何力量强迫和操纵的,是写作者的自由选择。不过,这些写作,并非是私人领域中的小情小绪、窃窃私语,而是思想的觉醒、灵魂的释放、生命的飞翔(即便是跌落)。这样的创作,类似于胡适提倡的"非个人主义的新生活",虽然提倡个人自主,但行事都是以成全大我为目的②。换言之,以自由个体之名,作关涉启蒙话语、公共意识的表达。

二 革命的两种表情

"革命"是知识分子无法绕过的语词。社会改良、改造、进步等与"革命"都有着无法割裂的关系。"革命"一词,也因着时代、国家、民族、体制、宗教、阶级、政治的差异而呈现不同的义项属性。在西方社会,"革命"(revolution)一词最初是天文学术语,意为"持续不断的旋转运动"。哥白尼名著《天体运行论》的英文译名即为"On the Revolutions of the Heavenly Spheres"。按阿伦特的阐述,革命在此强调的是非人力所能影响的、不可抗拒的、有规律的天体旋转运动,它是与暴力无关、新旧无关的自然术语。至17世纪开始,"革命"变成政治术语。米什莱在《法国革命史》中问道:"什么是大革命?这是公正的反抗,永恒正义的为时已晚的来临。"③托克维尔在《旧制度与大革命》中提出另一个问题:"大革命的真正目的是什么?"答案是:"这场革命的效果就是摧毁若干世纪以来绝

---

① [英]乔治·奥威尔:《文学和极权主义》,《我为什么要写作》,董乐山译,上海译文出版社2007年版,第146页。
② 参见余英时《中国文化的重建》,中信出版社2011年版,第188页。
③ 参见周濂《革命的窄门》,《南风窗》2012年第2期。

对统治欧洲大部分人民的、通常被称为封建制的那些政治制度，代之以更一致、更简单、以人人地位平等为基础的社会政治秩序。"①……由此大抵可见，公正反抗、永恒正义、人人平等是西方"革命"语词的精神要义，也是西方知识分子精神的职志所在。

在传统中国社会，"革命"语出《周易·革卦·彖传》："天地革而四时成，汤武革命，顺乎天而应乎人。"②虽然"革命"包含着"顺应天人"的天命思想，但是君主专制中央集权统治，"革命"沦落为"叛乱""造反"的近义项。到近现代社会，以孙中山为首的革命党人，为"革命"正名："前代为英雄革命，今日为国民革命。所谓国民革命者，一国之人皆有自由、平等、博爱之精神，即皆负革命之责任。"③"自由、平等、博爱"既是三位一体的普世观，也是启蒙大众的核心观，后经由共产党人的革命洗礼，已带有明显的理想化、政治化标识。至于鲁迅论及革命时言之的"'革命'是并不稀奇的，惟其有了它，社会才会改革，人类才会进步，能从原虫到人类，从野蛮到文明，就因为没有一刻不在革命。"④既包含了胡适们温和改良的"小革命"，也包括用暴力实施权力转移、发泄不满、改变现状（实现正义和恢复秩序等）的"大革命"。当代戴小京在《南风窗》中，也简单区分过"革命"和"大革命"："革命了，你仍可以选择参加或者不参加。但'大革命'一来，你就必须参加，你不公开加入革命一方，你就是反革命！大革命要强迫所有人，在它面前不许沉默。大革命不仅革命，还要'诛心'"⑤。戴小京所说的"革命"类似于鲁迅说的

---

① [法]托克维尔：《旧制度与大革命》，冯棠、张丽译，商务印书馆1992年版，第59页。
② 郭彧译注：《周易·革卦·彖传》，中华书局2006年版，第258页。
③ 广东省社会科学院历史研究所、中国社会科学院近代史研究所中华民国史研究室、中山大学历史系孙中山研究室主编：《孙中山全集》第1卷（1890—1911），中华书局1981年版，第296页。
④ 鲁迅：《革命时代的文学》，《鲁迅演讲集》，漓江出版社2001年版，第59页。
⑤ 戴小京：《微天下》，《南风窗》2013年第3期。

"小革命",而其言的"大革命",在中国的现实语境中,更多地指向"文化大革命",即政治取代文化、阶级钳制人性、宣传代替艺术的高度专政极权时代,"革命"担负起政党性主张与工具性职能,个体的人——特别是知识分子——被蔑视、糟蹋、残害,社会裂变为灵魂的监狱。由此,许多公众人物都在其中耗尽心力,如梁漱溟、章乃器、沈从文、启功等;许多彰显民主、启蒙的知识分子被迫自杀,如陈琏、陈子晴、储安平、翦伯赞、邓拓、陈笑雨、傅雷、老舍、闻捷、吴晗、熊十力等;许多坚持真理、批判精神的知识分子被折磨死、打死甚至枪杀,如赵树理、海默、田汉、华岗、陈寅恪、巴人、遇罗克、林昭、张志新、朱平、陈克礼、李九莲等。

鉴于以上的论述,关于革命话语的写作,主要是关于真理、正义、生命的写作,它们常与革命置于同一话语系统,探寻和坚守的是个人权利、民族尊严、人类普遍性价值,如理性、自由、平等等精神谱系。其间,弥漫着暴力、血腥、死亡的气息,譬如筱敏。在筱敏这里,启蒙、革命、专制是附着在一起的。在她的创作中,主要关注了两个历史性革命事件——也是政治的、更是精神的事件——法国大革命与中国文化大革命。这两个革命事件有着类似的形式和类似的激情,但是,前者偏向自由民主,后者走向专政极权。筱敏在《成年礼》《记忆的形式》(以下引号中所引,皆出自此)两书中曾说过,"自启蒙运动以来,所谓'革命',所谓'现代性',是沿两个分叉生长的,一个沿着美国革命和法国革命奠定的精神原则,通往个人的权利和个人的自由;另一个沿纳粹主义和极权主义,通往集体的奴役。"[①] 的确,我们无法否认,历史上的君主权力、专制权力总是假借"革命"之名赋予暴政以合法性,革命演化为君主专制的某种工具性

[①] 筱敏:《法西斯摧毁了什么?》,《成年礼》,太白文艺出版社2001年版,第63页。

符号。筱敏秉持知识分子的独立和批判精神,以"个人"权利为基本的价值立场,认为作为群体事业的革命,最终的必然是由个人选择和个人承担,无论是平民还是贵族,革命都不只是意味着社会运动,它更是一种自由、解放、乌托邦的理想。在《1789 年原则》中,筱敏将自由、平等、财产、反抗压迫、信仰、思想、表达的权利、人民主权、三权分立这些著名的 1789 原则看作新社会、新政治秩序、新的普世价值的支点,法国大革命便是寻找这些支点的过程,而"个人"[①] 是寻找行为的施予者,只是,"个人"寻找的脚印总是纷乱杂沓,暴力血腥也总是如影随形。面对大革命后期的血腥,筱敏这样写道:"一七九三年是血腥的,与其说这是革命的血腥,不如说是专制——革命专制依然还是专制——的血腥;与其说这是革命的惯性,不如说是专制的惯性,与其说是平等的祈求所导致的恶行,不如说是整体主义和权威主义的传统惰性所导致的恶行。"[②] 革命与专制形成合谋关系,革命与个人自由成为否定性存在。关于"文化大革命",筱敏依旧坚持个人自由的信念。她认为"文化大革命""是一个以人民的名义压制个人的时代",是一个"强制噤声的时代","文化大革命"以集体概念——人民——剥夺个体自由及个人尊严,人民成为道德化身,人民意志成为道德良心,人民公意成为民主。只是,"任何一场以民主和社会平等为号召的革命,都可以使民众成为充满幻想的少年"[③]。这些"充满幻想的少年"般的民众,对每一个被仓促指认为不符合人民道德的人采取"迅

[①] "个人"特指革命者。1789 年留给人类的《人权宣言》,由革命者拉菲德起草,罗伯斯庇尔修改,他们一个坐牢,一个上了断头台。在逃亡期间开始研究法国大革命历史的毕希纳写信给未婚妻说:"我研究了革命的历史。我觉得自己仿佛被可怕的历史宿命论压得粉碎……个人只是波浪上的泡沫,伟大纯属偶然,天才的统治是一出木偶戏,一场针对铁的法律的可笑的争斗,能认识它就到顶了,掌握它是不可能的……我的眼睛已经看惯了血。不过我并不是断头台上的刀。'必须'是应该受到诅咒的词汇之一,人不是用这个词汇来给自己洗礼的。"

[②] 筱敏:《天平之上还有七弦琴》,《成年礼》,太白文艺出版社 2001 年版,第 34 页。

[③] 筱敏:《成年礼》,《成年礼》,太白文艺出版社 2001 年版,第 115 页。

速、严正、坚毅不屈的正义行动"（罗伯斯庇尔语）。后来，余英时在《中国文化的重建》中慨叹道："文革中的所谓'民主'竟堕落为'多数人的暴政'，苏格拉底便是被群众判处死刑，柏拉图终身反对这种'暴民式民主'。"① 学者王元化也表达过类似的观点："'文化大革命'反过来，是按指挥刀命令行事，打击的对象则是手无寸铁、毫无反抗能力的被压迫者。'文化大革命'虽然号称大民主，实际上却是御用的革命。"② 罗伯斯庇尔所言的"革命政府就是自由对暴政的专政"③，"共和国的武器是恐怖，共和国的力量是德行"④的自由恐怖论，在中国"文化大革命"期间，发酵到极致。

一平是站在人类的价值立场，关注人的生命、基本生存及幸福，对革命问题做着温情的省思。他在《身后的田野》中，怀抱历史意识，以俄国革命为例，认为革命"是一个强制自己，通过强制自己而强迫外部世界的过程。它的圣洁和它的残酷是同等的"⑤，"俄国的失败，终结是它的生命、生活、精神方式的失败"⑥。由此，一平进一步阐释到，俄国革命"宏伟而气派，但是它缺少优美、华丽、人情味"，"它过于严肃、笨拙，过于富有统治感"，但是，"什么也不能超越人们对生活的要求。莫斯科还不懂这些，或者说它还不具有真正的力量完成这些。它以粗暴的方式蛮横地聚积力量——专权、强制、恐怖、集体化，其对人民的掠夺和强制超越了人性的可能，窒息了民族的活力和创造。征服并不是仅仅依靠力量就能完成

---

① 余英时：《中国文化的重建》，中信出版社2011年版，第61页。
② 王元化、李辉：《对于"五四"的认识再答客问》，李世涛主编《知识分子立场》，时代文艺出版社1999年版，第283页。
③ ［法］热拉尔·瓦尔特：《罗伯斯庇尔》，姜靖藩、钱慰曾等译，商务印书馆1983年版，第443页。
④ ［德］格奥尔格·毕西纳：《丹东之死》，傅惟慈译，人民文学出版社1981年版，第19页。
⑤ 一平：《庞大的莫斯科》，《身后的田野》，作家出版社1998年版，第78页。
⑥ 同上。

的，在种族竞争的后面潜藏着人类——人性对文明的选择。只有那种对于人性相对完整、恰当的文明才能取得最终的胜利。这也就是人类这个大种族以它的残酷和鲜血所换取的果实吧。俄国最终放弃了自己，这是人类今天的选择。"① 一平这里所言的"人们""人民"，不再是冰冷的、笼统抽象的集体性概念，而是鲜活实存的生命；他没有用种种意识形态将人类敲成碎片（肉体碎片和精神碎片的掺和），而是以生存为"人生的第一原则"，将人类（人道）至于革命之上。汪曾祺说过，权力者的存在，如果与公民个体的自由和幸福无关，这种"伟大"是悬空的。显然，陷于理想主义泥潭的一平，是想给革命或者革命时期的人们罩上一件温情脉脉的外套。

此外，林贤治也以《夜读遇罗克》之名思考革命："什么叫革命？它首先是千千万万个人的内在风暴，是合目的性的出路要求，是源自底层的巨大的历史变动。""革命，或者变换了温和的口气叫改革，无疑是一种主体行动，然而始终外在于我们。革命成了主体。我们匍匐在它下面，以奴隶的语言乞讨被接纳的资格，然后从这资格出发，去替恩许给我们以资格的人或神，谋取他们所需求的一切。我们是谁？我们是狗崽子或者不是狗崽子有什么区别呢？临到最后，我们仍然遭到了拒绝。"② 个体单元的人，成为社会、国家和集体实施某种权力的对象，或者是社会、国家和集体践行某种主张的工具。这里，没有独立私有的个体，只有被操控被奴役了的傀儡，人的生命、自由散落风尘。在文章接近尾声，林贤治悲怆地追问到："'革命'之前有法制，'革命'之际有权威，为什么都无法制止如此惨无人道的行为？"因为"长期以来，我们接受的只是兽的教育，没有人

---

① 一平：《庞大的莫斯科》，《身后的田野》，作家出版社1998年版，第78页。
② 林贤治：《夜读遇克罗》，《五四之魂——中国知识分子精神史》，漓江出版社2012年版，第275页。

的教育。仇恨和杀戮是受到鼓励的。我们只知道'阶级敌人',不知道他们是'人类伙伴',不懂得爱他们,甚至不懂得爱。"① 林贤治的这份追问与悲悯,后来在周辅成先生那儿有过更为理性和哲学的结论:"我读了一辈子康德的伦理学,精义是什么?是'批判精神',其实批判精神只是康德哲学的工具,康德哲学的中心是'人是目的'。评判一个国家、政府好不好,就要看它是否把人当作目的。凡讲基本人权,讲人性的政府,即使有点错误,也可以挽救;而凡是无视人权,挑动人的仇恨,残害人的精神活动的政府,即使它做了一两件留名历史的大事,也仍然是坏政府。"② 至于20世纪90年代,李泽厚、刘再复们提出的"告别革命"说,一个固然是对革命暴力的反思,还有一个,大概也是对极权制度下民众生活(生存)的某种温馨抱慰吧。

三 "废墟"上的苦难记忆

"文化大革命"造成了中国文化的巨大废墟。有关它的文学书写是源于废墟之上的一段苦难记忆。它既是主体精神品质的外化,也是历史意识的彰显。1976年是历史的断裂带。强迫信仰的极权时代仿佛一夜崩塌,亲信的人们从狂热中醒来。在历史潮流中沉淀下来的生命个体,由伤痕、反思、寻根、改革中寻求活着的正当性与价值。关于"文化大革命"的整体性反思,官方定性其为政治事件,思想界更主张其是一场巨大的精神事件。

马内阿在《论小丑:独裁者和艺术家》中说道,"对于一个有过极权统治历史,经受过沉重的政治灾难的国家,无论如何设法切断记忆,清

---

① 林贤治:《夜读遇克罗》,《五四之魂——中国知识分子精神史》,漓江出版社2012年版,第276页。
② 赵越胜:《燃灯者——忆周辅成》,湖南文艺出版社2012年版,第103页。

洗、扭曲、掩盖，只要害怕清算，那结局，都只能为新的极端主义灾难提供土壤！"①李泽厚在《二十世纪中国（大陆）文艺一瞥》中也指出："物极必反。历史终于翻开了新页，十亿神州从'文革'噩梦中惊醒之后，知识分子特别是青年一代（即'红卫兵一代'）的心声就如同不可阻挡的洪流，倾泻而出。它当然最敏感地反映在文艺上。""一切都令人想起五四时代。人的启蒙，人的觉醒，人道主义，人性复归……都围绕着感性血肉的个体从作为理性异化的神的践踏蹂躏下要求解放出来的主题旋转。'人啊，人'的呐喊遍及了各个领域各个方面。这是什么意思呢？相当朦胧；但又有一点异常清楚明白：一个造神造英雄来统治自己的时代过去了，回到五四时期的感伤、憧憬、迷惘、叹息和欢乐。但这已是经历了六十年惨痛之后的复归。历史尽管绕圆圈，但也不完全重复。几代人应该没有白活，几代人所付出的沉重代价使它比五四要深刻、沉重、绚丽、丰满。"②这种沉痛的代价，必须有人拿起笔来作为历史的见证人，进行某种"清算"。于是，在话语相对解禁的后文化大革命时代，作为一种精神态度的散文文体（萨特语），被知识分子们得以"时代批判性良知的身份"进行显性或者隐性的代言写作。他们纷纷聚焦于历史的幽暗处，叙述"革命"的废墟——经济的、文化的、精神的，对耗时十年的"文化大革命"进行苦难记忆：有对革命、专制、人道、斗争、启蒙、历史发展等问题进行省思与批判的，如赵越胜的《燃灯者——忆周辅成》（湖南文艺出版社2012年版），筱敏的《成年礼》（太白文艺出版社2001年版）、《记忆的形式》（百花文艺出版社2004年版），徐无鬼的《思想的尊严》《"我思故我在"》（《城市牛哞》之中编"哲人的'蠢话'"，太白文艺出版社2001年版），一平的

---

① ［罗马尼亚］诺曼·马内阿：《论小丑：独裁者和艺术家》，章艳译，吉林出版集团有限责任公司2008年版，第89页。

② 李泽厚：《二十世纪中国（大陆）文艺一瞥》，《中国现代思想史论》，生活·读书·新知三联书店2008版，第270页。

《身后的田野》（作家出版社1998年版），摩罗的《悲悯情怀》（中国青年出版社2008年版），林贤治的《平民的信使》（作家出版社1998年版）、《时代与文学的肖像》（人民文学出版社2001年版）、《午夜的幽光》（广西师范大学出版社2005年版）、《五四之魂》（广西师范大学出版社2008年版）、《旷代的忧伤》（江苏人民出版社2009年版），单正平的《膝盖下的思想》（太白文艺出版社2001年版），刘小枫的《这一代人的怕和爱》《沉重的肉身》（均为华夏出版社2007年版），张承志的《张承志散文》（人民文学出版社2005年版），牧歌的《城市牛哞》（太白文艺出版社2001年版），史铁生的《对话练习》（时代文艺出版社2000年版）、《我与地坛》（人民文学出版社2008年版），蓝英年的《风雨敲书窗》（中国工商联合出版社1999年版），邵燕祥的《大题小做集》（上海文艺出版社1994年版），李锐的《谁的人类》（太白文艺出版社2001年版），王尧的《纸上的知识分子》（北京大学出版社2013年版），冯秋子的《寸断柔肠》（太白文艺出版社2001年版），刘烨园的《精神收藏》（太白文艺出版社2001年版），鲍尔吉·原野的《掌心化雪》（太白文艺出版社2001年版），朱学勤的《边缘思想》（南海出版公司1999年版），钱理群的《拒绝遗忘》（汕头大学出版社1999年版），王小波的《沉默的大多数》（中国青年出版社1997年版）等；有立志用文字建立纸上"文化大革命"博物馆的，如巴金的《随想录》（人民文学出版社1980年6月陆续分5卷出版），杨绛的《干校六记》（香港出版社1981年版），王西彦的《炼狱中的圣火》（上海文艺出版社1982年版），陈白尘的《云梦断忆》（生活·读书·新知三联书店1983年版），遇罗锦的《一个冬天的童话》（人民文学出版社1985年版），流沙河的《锯齿啮痕录》（生活·读书·新知三联书店1988年版），于光远的《"文化大革命"中的我》（上海远东出版社1996年版），季羡林的《牛棚杂忆》（中共中央党校出版社1998年版），韦君宜的《思痛录》（北京十月文艺出版社1998年版），马识途的《沧桑十年》（中共中央党校出版社1999年版），韶华的《说假话年代》（春风文艺出版社1999年版），徐友渔的《蓦然回首》（河南人民出版社1999年版），杨静远的《咸宁干校一千天》（长江文艺出版社2000年版），徐晓的《半生为人》（同心出版社2000年版），高尔泰的《寻找家园》（花城出版社2004年版），齐邦媛的《巨流河》（生活·读书·新知三联书店2010年版），晓剑的《亲历历史》（中信出版社2008年版），朱正琳的《里面的故事》（生活·读书·新知三联书店2005年版）等；有集体记忆"文化大革命"的历史合订本，如者永平主编的《那个年代中的我们》（远方出版社1998年版），徐友渔编的《1966：我们那一代的回忆》（中国文联出版公司1998年版），北岛、李陀主编的《七十年代》（生活·读书·新知三联书店2009年版），张贤亮、杨宪益等写作的《亲历历史》（中信出版社2008年版）等；还有些碎片般的记忆，散落在作家的各种文字中，如资中筠的《不尽之思》（广西师范大学出版社2011年版），南帆的《关于我父母的一切》（人民文学出版社2004年版）等。这些以亲历性和真实性为基本表征的非虚构性叙述，构成中国散文史、中国当代文学史叙述的重要部分。

上述作品中的内容，它们几乎都关涉了在这一非常年代对人，主要是对知识者身与心的摧残。一种是体罚，即游行、示众、批斗、牛棚、劳动改造、干校、陪绑、武斗、坐喷气式、剪阴阳头、枪毙、强暴、刺杀、冤狱、曝晒等。如齐邦媛在《巨流河》中隐忍叙述吴宓"一生勤于读书教书，自己俭朴却不断助人，然而在'文革'期间却'不得善终'——不准授课、遭批斗、屈辱、逼写检讨、强迫劳动、挨打、罚不准吃饭、挟持急行摔断腿、双目失明……在生命的最后时刻甚至昏迷，频频发出声声呼喊：'给我水喝，我是吴宓教授！我要吃饭，我是吴宓教授！'"① 晓剑在《抄家经历》中叙述他们去一对据说是"当过国民党的大官"的老年夫妻家抄家，在宣读了伟大领袖毛主席语录之后，"迅速解下腰间的皮带，二话不说，照着那老头子就抡了过去……那个肤色很白的老头子一下子就摔倒在地，而且呜呜地哭了起来，而那个老太太则扑通跪了下去，连连磕头……我们开始了对老两口的刑讯逼供。刑是皮带、拳头、巴掌、木棍及脚侍候，训是横眉立目、义正辞言及歇斯底里、破口大骂……"② 季羡林在《牛棚杂忆》中讲到自己因为被批斗和殴打，致使睾丸发炎肿胀不能站立与走路，押解人员仍责令其捡拾院中砖石，他只能"裂开双腿，趴在地上，把砖石捡到一起，然后再爬着扔到院子外面"③。高尔泰在《桃源望断》中记下"油炸xxx！砸烂xxx的狗头！把xxx剥皮火烧！"④ 的大字报。林贤治在《夜读遇罗克》中写道："我的熟人圈子本来十分有限，其中，便有不少死于这场无妄之灾：有枪杀的，有棍棒打死的，有捆绑了推到河里淹死的，有活埋的，死后往往不见尸首。"⑤ 巴金以战栗的笔讲述那十年间每个人都有写不完的惨痛经历，"惨痛太寻常了，那真是有中国特色的酷刑，上刀山，下油锅以及种种非人类所能忍受的'触皮肉'和'触灵魂'的侮辱和折磨，因为受不了它们多少人死去"⑥……在暴虐的时代，个体独立存在的生的价值，被任意践踏，甚至摧毁！

另一种是精神的受辱，即思想改造、自我批判、斗私批修、大字报、检举信、大批判、早请示晚汇报、万人大会、告发、学习班等。显然，精

---

① 齐邦媛：《巨流河》，生活·读书·新知三联书店2010年版，第353页。
② 晓剑：《抄家的经历》，《亲历历史》，中信出版社2008年版，第191页。
③ 季羡林：《牛棚杂忆》，中共中央党校出版社1998年版，第124页。
④ 高尔泰：《桃源望断》，《寻找家园》，花城出版社2004年版，第210页。
⑤ 林贤治：《夜读遇罗克》，《五四之魂——中国知识分子精神史》，漓江出版社2012年版，第277页。
⑥ 巴金：《二十年前》，《随想录》，作家出版社2009年版，第612页。

神酷刑是"文化大革命"创作中的主导性话语。布瑞安·伊恩斯在《人类酷刑史》中曾有言,在20世纪,精神酷刑被发展到了一个高峰,而中国"文化大革命"便是其中之一:

> 与这些手段相关的其他精神酷刑技术有"思想改造",口语叫"洗脑"。这种"洗脑"已经以各种形式,在数世纪中被宗教裁判所、沙皇主义者,特别是苏联政府所使用。
>
> 洗脑是作为一种政治教化的工具而出现的,它建立在这样一种观念之上,那些没有在正确的理论中接受过教育的人,必然有不正确的世界观,所以必须接受"再教育"。这种"再教育"适用于一切被认为政治上不可靠的人——不仅是知识分子,也包括各阶层的人。
>
> 这种手法是通过外界的压力、侮辱和制造一种负罪感而摧毁人的自我形象;然后再在编制紧密的组织里重新建立起这个自我形象。①

这里所谓的思想改造,本质特征便是特定意识形态的强制性植入行为。"洗脑""洗澡""脱裤子""割尾巴"等语词真正传递的,当下时代,没有任何未经政权认可的自由个人行为、思想和情感,只有"大一统"的"最高指示"。毛泽东曾断言过:"拿未曾改造的知识分子和工人农民比较,就觉得知识分子不干净了。最干净的是工人农民,尽管他们的手是黑的,脚上有牛屎,还是比资产阶级和小资产阶级知识分子干净……我们知识分子……得把自己的思想感情来一个变化,来一番改造。"② 在思想无声、真理蒙蔽、精神禁锢时代中的知识分子,有的从被改造走向自觉改造,成为时代的附庸。高尔泰在《面壁记》中这样叙述道:"'文革'改变了人们

---

① [美]布瑞安·伊恩斯:《人类酷刑史》,李晓东译,时代文艺出版社2000年版,第259—260页。

② 毛泽东:《毛泽东选集》,人民出版社1991年版,第851页。

的生活，也改变了人们的形象。所里那些温文尔雅不苟言笑的好好先生，一夜之间变成了凶猛的野兽，剧烈地蹦跳叫喊，忽又放声歌唱，忽又涕泗滂沱，忽又自打耳光，忽又半夜里起来山呼万岁，敲锣打鼓宣传伟大思想……"① 这些"好好先生"的形象大逆转，归根究底，是思想意识被"清洗"后的裂变。王小波在《沉默的大多数》中模拟他老乡教育一个同学时期期艾艾地言语："哇！不行啦！思想啦！斗私批修啦！"② 其实他真正想告诉我们的是，思想改造已经渗进大部分人的血液骨髓，已经成为那个时代的习惯思维和常态性话语。有的坚持自我思想，在无声处艰难发声，像遇罗克（《出身论》）、林昭、李九莲等，但最终被"革"去了性命，惨绝人寰！书写她（他）们的作品有，彭令范《我的姐姐林昭》、张元勋《北大往事与林昭之死》、遇罗锦《一个冬天的童话》《乾坤特重我特轻》、张朗朗《宁静的地平线》《我和遇罗克在狱中》（都是记录遇罗克的），筱敏用《死刑的立论》沉痛记下三位女性即林昭、李九莲、钟海源，她们死于"现行反革命罪"。剩下的大多数，被寂然无声了，包括口头和书面的双重失语（无声，也是种态度和表达）。如南帆在《在劫难逃》中回忆，他父亲得知被市委书记批示指名要抓，"父亲一阵后怕：如果一开始就知道如此严重，他敢活下来吗？"一个"敢"字，将一个"思想罪臣"的惶然之态跃然纸上！此后，"口说无凭，不留字据，这是父亲在'沉默是金'之后重新拟定的人生策略"③。林贤治也讨论过"何其芳现象"，他说经历此时代的何其芳，由一支忧郁的短笛变成了一支"棍子"。显然，我们知道，这应该是一支剔除了个人主体性存在，被意识形态彻底专政了的"木棍"。

---

① 高尔泰：《面壁记》，《寻找家园》，花城出版社 2004 年版，第 221 页。
② 王小波：《沉默的大多数》，《沉默的大多数》，北京理工大学出版社 2009 版，第 9 页。
③ 南帆：《关于我父母的一切》，中国人民大学出版社 2011 年版，第 151 页。

"文化大革命",是一段非常态的历史,无论精神的,还是肉体的。知识分子们纷纷被改造、被迫害、被洗澡、被洗脑、被受罪、被受死,或者还因为缺乏类似法国"德雷福斯"事件中"左拉们"知识分子阶层群体对理性、知识、勇气、良知、正义、自由、平等、博爱等精神的秉持与坚守。"独立之精神,自由之意志",在时代的肃杀中散落成一个泛黄的旧影。

的确,知识分子自我实现的方式很多,但是,散文写作无疑是最重要的方式。这些写作,既有蒙田所说的"我们要保留一个完全属于我们自己的自由空间,犹如店铺的后间,建立起我们真正的自由,最最重要的隐逸和清静"① 的从个体化出发的"隐性代言写作";也有席勒所说的,"我们的社会、政治、宗教和科学的现实情况都是散文气的,这种散文气是现实关系的表现"② 的带有启蒙意识、社会良知般的"显性代言写作"。无论这些写作以何种形态呈现,最终彰显的,依旧是知识分子的批判精神。

第二节 "思想者"言说

思想是个悬浮的概念,在时间的流逝中,多少显得有些面目模糊。它常与其他语词组合,标识出曾有过的意义追寻。比如思想改造、思想禁锢、思想抛锚、思想包袱、思想解放、思想体系、思想启蒙、思想自由、思想者等。并且,在不同的话语场阈,思想的意义标记与主体身份——尽管"主体"早已声名狼藉——之间存在着难以割裂的关联。

---

① [法]蒙田:《一个正直的人》,《蒙田随笔全集》(上),潘丽珍等译,译林出版社1996年版,第11页。

② 参见刘小枫《诗化哲学》,华东师范大学出版社2007年版,第41页。

当文学家的鲁迅在杂文（广义散文的一种）《坟·灯下漫笔》中写下："但我当一包现银塞在怀中，沉甸甸地觉得安心、喜欢的时候，却突然起了另一思想，就是：我们极容易变成奴隶，而且变了之后，还万分喜欢"[1]；当政治家的毛泽东在《实践论》中写下："在阶级社会中，每一个人都在一定的阶级地位中生活，各种思想无不打上阶级的烙印"[2]，我们首先确认的，这里的"思想"都是主体意识观念的一种表达。然后才是，鲁迅倾向于思想启蒙的"立人"观念与"国民性"批判；毛泽东以及后来被标杆化、专权化的"毛泽东思想"，主导着政治情绪、政治习惯、政治体制等，成为特定时代、阶级、国度、政党、集体、群众的"绝对领导"。

显然，我们可以借助已经形成的历史史实，验证这种言说的合理性。作为无政党的知识分子鲁迅，因为不隶属于任何阶级而葆有自由思想的权利，并且成为他所在社会的批判者和新价值的创建者，在"暗暗黑夜中担当守更人的角色"，成为伟大的"民族魂"。"思想成全人的伟大"，但是被符号化、概念化、强权化的教条思想却是种错误的空悬。帕斯卡尔把思想拉进"人"的话语范畴，他说"人的全部尊严就在于思想"[3]。尊严是人本固有的价值，强调人（个人）、人类、人生的意义、个人决定和自由便是对思想的执念。而这样的思想，在《牛津词典》中有权威性解释："思想就是人类运用心灵与智慧观察外部的客观对象，并在这一基础上形成自己的看法、意见与决定。"[4] 由这个解释可知，思想是客观对象与审美主体的双向性、能动性的存在。陈剑晖根据《牛津词典》和《现代汉语词典》对思想的解释，在《20世纪90年代思想散文的兴起及其发展趋势》

---

[1] 鲁迅：《灯下漫笔》，《鲁迅全集》（第一卷），人民文学出版社2005年版，第223页。
[2] 毛泽东：《实践论》，《毛泽东选集》（第一卷），人民出版社1966年版，第272页。
[3] ［法］帕斯卡尔：《人是一根能思想的苇草》，《思想录》，何兆武译，中国国际广播出版社2009年版，第87页。
[4] 参见陈剑晖《诗性散文》，广东教育出版社2009版，第248页。

中，将思想归纳为四种特征，即个人性、独创性、质疑性与批判性、重大性与根本性，这些大概可以认作是思想的普遍性特征。

置于文学语境中，我们或者可以思考两个问题：第一，人（生）的文学怎么理解？周作人在《新文学的要求》中做过明确解答：

> 人生的文学是怎么样的呢？据我的意见，可以分作两项说明：一，这文学是人性的；不是兽性的，也不是神性的。二，这文学是人类的，也是个人的；却不是种族的，国家的，乡土及家族的。①

周作人强调的文学的人性、人类、个人化属性，早在1918年12月《新青年》刊登的《人的文学》中便做了详细阐释：从个性解放出发，以人道主义为本，对于人生诸问题加以记录研究，充分表现"灵肉一致"的人性，提出"普遍"与"真挚"的原则，申明"以真为主，以美即在其中"的文学观念，强调一种"利己而利他，利他即是利己"的"理想生活"观念。第二，人（生）的文学用何种文体体现？洪堡特在比较诗歌和散文时，也明确交代过：

> 诗歌只能够在生活的个别时刻和在精神的个别状态之下萌生，散文则时时处处陪伴着人，在人的精神活动的所有表现形式中出现。散文与每个思想、每一感觉相维系。在一种语言里，散文利用自身的准确性、明晰性、灵活性、生动性以及和谐悦耳的语言，一方面能够从每一个角度出发充分自由地发展起来，另一方面则获得了一种精微的感觉，从而能够在每一个别场合决定自由发展的适当程度。有了这样一种散文，精神就能够得到同样自由、从容和健康的发展。②

---

① 周作人：《新文学的要求》，《艺术与生活》，河北教育出版社2002年版，第19页。
② [德]威廉·冯·洪堡特：《诗歌和散文》，《论人类语言结构的差异及其对人类精神发展的影响》，姚小平译，商务印书馆1999版，第242页。

周作人和洪堡特都是以现场、在场的方式介入生活，在个人、人类、人性、自由、精神这些正价值间，真诚真实地记录，阐释思想之于散文抑或散文之于思想的意义。福斯特在转引奥威尔观点时，甚至煽情地说，"假如散文衰亡了，思想也将同样衰亡，人类相互沟通的所有最好的道路都将因此而切断。"① 散文和思想因为某些共同的质素形成同谋关系。

那么，究竟是什么质素使散文文体与思想之间形成这种同谋关系？一些思想者、研究者早有论述。萨特在《什么是文学》中说："散文首先是一种精神态度"②；鲁迅在《怎么写》中指出："散文的体裁，其实是大可以随便的"③；冰心在《谈散文》中说"散文比较自由"④；厨川白村在《出了象牙之塔》中将散文（随笔）定性为"装着随便的涂鸦模样，其实却是用心雕心刻骨的苦心的文章"⑤；南帆也说："散文的文体旨在颠覆文类权威，逸出规则管辖，撤除种种模式，保持个人话语的充分自由。""散文追求个性的自由，这是它的核心问题"⑥；其他还有"现代散文是一种自由文体，在文学范畴是最自由、随意、带有自由独创的精神的一种文体。与其他范畴进行比较，在作家的创作中，散文的本质从形式到内涵，应该是自由的"⑦、"现代散文强调散文是个性的艺术"⑧ 等散文观点。"精神态度""自由"（包括个人话语的自由、个性的自由）"随便""随意""独创""个性"都是散文文体从内容到形式的具体形态，彰显的是散文非固

---

① 参见刘会军、马明博主编《散文的可能性：关于散文写作的10个提高及回答》，人民文学出版社2006年版，第164页。
② [法]让-保罗·萨特：《什么是文学》，《萨特散文》，沈志明、施康强译，人民文学出版社2009年版，第166页。
③ 鲁迅：《怎么写》，《三闲集》，上海文艺出版社1991年版，第22页。
④ 冰心：《谈散文》，《冰心全集》第五卷，海峡文艺出版社1994年版，第535页。
⑤ [日]厨川白村：《出了象牙之塔》，鲁迅译，未民社1929年版，第16页。
⑥ 南帆：《文类与散文》，《文学评论》1997年第4期。
⑦ 王光明等：《市场时代的文学》，安徽教育出版社2008年版，第156页。
⑧ 同上。

态化（南帆用"水"的流动感来阐述散文）、自由性、创造性、个人化、主体性的特征。而这些特征，与思想的自由性、独创性、个体性、人（人生、人性）性的精神义理相吻合，形成合鸣关系。

毋庸置疑，知识分子是"为了思想而活，而不是靠思想生活"①的阶层群体，我将这些以思想和精神为散文根本性存在的写手称为思想者。他们是思想自由、思想独立、思想价值等非功利属性的创造者，而非仅仅是思想的记录者、转述者或者贩卖者。思想所强调的自由，以及衍生出的人的价值、个人话语、人生意义、人性等这些质素与散文文体形成形式层和意蕴层的共建关系。摩罗称它的散文是"咀嚼耻辱的方式"，"我的散文观从属于我的文学观，我的文学观从属于我的人生观……那就是反思、审视自己的生存状态，我将此种反思和审视称为咀嚼耻辱。无论写小说写论文还是写散文写随笔，都是我咀嚼耻辱的方式"②；周涛称散文"是思想的容器"③，散文文体为思想者的言说创造了巨大的承载空间。这个空间，以现实主义或现实性为基石，写真实讲真话守真理，介入政治，介入生活（譬如苦难、黑暗、流亡等话题），在人的异化中给我们呈现意义的确立、意义的颠倒和意义的毁灭，由此，散文文本、散文书写者（思想者言说）以及作为读者的我们，均不自禁地，陷入某种零落难堪的悲喜中。

一 "真"的多维路径

以往关于散文"真"的表述，更多地滞留在叙述策略上。陈剑晖在《中国现当代散文的诗学建构》中就散文的"真实与虚构"问题，提出

---

① ［英］弗兰克·富里迪：《知识分子都到哪里去了》，戴从容译，江苏人民出版社2005年版，第29页。
② 摩罗：《我的故乡在天堂　站在自己的墓碑上发问》，珠海出版社2006年版，第170页。
③ 参见韩小蕙《散文观潮》，《新华文摘》1994年第1期。

"有限制虚构"① 观点；并就"真情实感"提出散文情感审美效果与审美价值、文学与非文学、大小与高低问题。刘锡庆在《当代散文创作发展的几个问题》中分别从"实生活"层面、"情感"层面、"性灵"层面、"心灵"层面、"生命体验"层面讨论散文的"实和虚"②。孙绍振在《散文三十年——世纪视野中的当代散文》中提出，散文是"真情实感"还是虚实相生的问题，并以巴金《随想录》为例，思考散文"说真话"的危机，认为散文"说真话"是不仅不属于散文，而且很难说属于文学③。

我所说的散文的"真"，主要就散文的精神、思想而言。它是以现实主义或现实性为根基，将灵魂、真相、真情、真理、时代为观念核心，以写真实、讲真话、守真理为基本职能的思想言说。这类散文的现实主义，是"主观精神和客观真理的结合或融合"④，是通过意识和自我认识，或者通过寻找有关自我的形式和方式，确认主体思想及价值的存在。譬如鲁迅，认为真正的现实主义是把自己的灵魂亮出来给别人看。他安置灵魂的方式，一个是被称为"安魂曲"的散文集《朝花夕拾》，一个是被称为"独语体"的散文诗集《野草》。孙犁晚年也有意呼应现实主义。他把现实主义的笔指向散文的"要有真情，要写真相"，而"所谓感情真实，就是如实地写出作者当时的身份、处境、思想心情以及与外界事物的关系"⑤；所谓真相则是"作家的亲身遭遇，亲身感受，亲身见闻"⑥，由此写下《远

---

① 陈剑晖：《中国现当代散文的诗学建构》，江西高校出版社2004年，第033页。陈剑晖认为，所谓"有限制"，即允许作者在尊重"真实"和散文文体特征的基础上，对真人真事或"基本的事件"进行经验性的整合和合理的艺术想象；同时，又要尽量避免小说化的"无限虚构"或"自由虚构"。
② 刘锡庆：《当代散文创作发展的几个问题》，《北京师范大学学报》（人文社会科学版）2001年第1期。
③ 孙绍振：《散文三十年——世纪视野中的当代散文》，《当代作家评论》2009年第1期。
④ 胡风：《现实主义在今天》，《在混乱里面》，作家书屋1945年版，第57页。
⑤ 孙犁：《远道集》，百花文艺出版社1984年版，第117页。
⑥ 孙犁：《陋巷集》，山东画报出版社1999年版，第228页。

道集》和《陋巷集》等。张晓风在《中华现代文学大系·散文卷》序言中,对散文能否坚持反映现实表示了某种忧虑和质疑:"散文并非虚构的文学,因此作者与作品之间的关系亲密无间……然而,时移俗易,今天的散文是否依然反映现实,作者与隐含作者是否依然重叠合一,实成疑问。"[1] 张晓风对现实的不懈关注与书写,成就了十二卷散文集、三卷杂文集。章诒和在给野夫散文集《乡关何处》作序时也说道:"如果说诗歌是面对天空的话,那么散文就是面对大地了。野夫的作品正是由哭泣的大地孕育出来的。"[2] 林贤治直接确认"现实性"是散文(精神)的第一要求,他所言的现实,是人得以生存的机制空间,是面向大地和事实的存在,也正是因为其散文的在场性、介入性、去蔽性、本真性、精神性等特质,散文集《旷代的忧伤》被评为首届"在场主义散文奖"。

具体而言,这些以现实主义或现实性为根基的思想者言说,主要有三种存在形态。第一种是写真实。写真实一般可以分为两类,一类是内容求真,采用纪实性摄取现实,强调审美主体对审美对象的分有或描摹,强调现实本质属性的分量。像罗伯·弗罗斯特(Robert Frost)在他一篇很有名的诗《刈草》(Mowing)中说道:"一切超过于真实的就显得贫弱了。"(施蛰存翻译,发表在《现代》上)法国自传学者菲力浦·勒热讷(Philippe Lejeu)也说,文字的"目标已经不仅仅是要做到似有其事,而是确有其事,不是'真实的效果',而是真实的写照"[3]。他们都是强调以逼真的(甚至亲历的)视野叙述现实的话题。在当代中国散文写作中,自称为"政治化一代"的陈徒手像一个盗墓者,在北京档案馆手抄几十万字档案,写下《人有病,天知否》(2000年版)、《故国人民有所思》(2013年版),

---

[1] 张晓风:《中华现代文学大系·散文卷》,九歌出版社2009年版,第13页。
[2] 章诒和:《乡关何处——故乡·故人·故事》,中信出版社2012年版,第8—9页。
[3] [法]菲力浦·勒热讷:《自传契约》,杨国政译,生活·读书·新知三联书店2001年版,第234页。

他说，涉及史料来源于档案，"没有随意的想象，随意的扩充"，这份对现实的严谨、尊重、认同感，正是他文字的价值与意义所在。并且，陈徒手对他笔下知识分子的态度也很为恳切："要求他们如何坚强、完善，是个苛求，因为时代很荒诞。"① 巴金立志要创建"文化大革命"博物馆，强调要"用具体的、实在的东西，用惊心动魄的真实情景，说明二十年前在中国这块土地上，究竟发生了什么事情?! 让大家看看它的全部过程，想想个人在十年间的所作所为，脱下面具，掏出良心，弄清自己的本来面目，偿还过去的大小欠债"②。孙犁在《致郑云云》中就取材和表现手法谈道："我是老头脑，以为散文还应该写得实一些。即取材要实，表现手法也要实。就是写实际的事情，用实际的笔墨。"③ 单正平在《膝盖下的思想》中对"身份证""户口""政治面貌""人事""护照"等做了史料般的梳理，客观揭示社会机制中的某些症结等等。

一类是思想求真，要求心灵真实地书写，甚至确立一种道德信仰。周涛认为"散文首先是表达思想的工具，而不是描摹生活的画笔。"④ 写作者们假借散文文体反思内省，表达真我，表达人性生命，表达思想力量。譬如史铁生从他残损的肌体为行文的起点，认为"散文最紧要的是真切的感受和独到的思想，是对生命的发问"⑤。王小波由启蒙话语出发，认为"善良要建立在真实的基础上，所以让我去选择道德的根基，我愿选实事求是。"⑥ 筱敏坚守自己的思想情感，对特定时代知识分子的坚定性发出质

---

① 陈徒手:《果戈里到中国也要有苦闷》，《人有病 天知否》，人民文学出版社 2000 年版，第 392 页。
② 巴金:《随想录》，作家出版社 2009 年版，第 603 页。
③ 孙犁:《致郑云云》，《孙犁文集·杂著》，百花文艺出版社 2002 年版，第 427 页。
④ 周涛、张占辉:《散文的前景：万类霜天竞自由》，《中国作家》1993 年第 2 期。
⑤ 史铁生:《病隙碎笔》，人民大学出版社 2008 年版，第 231 页。
⑥ 王小波:《不新的万历十五年》，《沉默的大多数》，北京理工大学出版社 2009 版，第 196 页。

疑:"我们的时代是严峻多了,知识分子面临的外在压力和内在压力都更其巨大,压力之下肯定有物体裂开,这次是知识分子。"[①] 邵燕祥面向现实苦痛写下系列杂感:《历史中的今天》《说欺骗》《英雄观》等,他称之为"忧郁的力量",即"我长久以来确认:在多灾多难的国土上,若不感到痛苦,就是没有心肝;而说到有害的事物若不愤怒,就会变成无聊。——这一思想,我得之于十九世纪的俄国,用之于二十世纪的中国,我懂得了中国的痛苦和愤怒,也从而懂得了痛苦和愤怒无由表达时的忧郁。"[②] 林贤治依据"真诚与疼痛"的标准,选编《我是农民的儿子》散文集,称这些作家和作品"如实地写下目睹耳闻的故园的一切,自始至终,不曾以聪明人的方式利用农民的痛苦",确认"为人生的文学"价值观[③]。

说真实,既有直面现实的客观(哪怕是惨淡的),也有写作者自身的反观内省,更有关于记忆、历史、良知、道德、人生的思考。这样的散文存在,有人命名为"见证的伦理",即是一种坚持真实、反抗遗忘的非虚构性叙述。

第二种是讲真话。"讲真话"是巴金提出的一个散文观念。巴金说:"我所谓'讲真话'不过是'把心交给读者',讲自己心里的话,讲自己相信的话,讲自己思考过的话。"[④] 这些真话,是巴金对"文化大革命"经历的回望式记录,是巴金对自己、对他人、对历史、对社会、对政权的整体性省思。他的《随想录》(从1978年第一篇《谈〈望乡〉》到1986年最后一篇《怀念胡风》,共计150篇,每三十篇编为一集,共出五集,依次为《随想录》《探索集》《真话集》《病中集》和《无题集》),以42万字记下一个民族十年的历史创伤。巴金后来在《随想录》的《合订本新

[①] 筱敏:《知识分子的声音》,《成年礼》,太白文艺出版社2001年版,第210页。
[②] 邵燕祥:《邵燕祥文抄3:梦边说梦》,作家出版社1997年版,第576页。
[③] 林贤治:《90年代散文:世纪末的狂欢》,《文艺争鸣》2001年第2期。
[④] 巴金:《随想录》,生活·读书·新知三联书店1987年版,第506页。

记》中如是说:"拿起笔来,尽管我接触各种题目,议论各样事情,我的思想却始终在一个圈子里打转,那就是所谓十年浩劫的'文化大革命'……住了十载'牛棚',我就有责任揭穿那一场惊心动魄的大骗局,不让子孙后代再遭灾受难。"① 文化大革命历史问题在巴金这里被转换为个体生存意义的问题,他直面自我,说真话,讲真实,使其成为老一代知识分子的良心代言。② 不过,巴金的"真话"首先不是在中国大陆讲出。1978年12月,他在香港《大公报》开辟了《随想录》专栏,开始了历时8年的"讲真话"创作生涯。这样的写作,有反思,有忏悔,有客观叙述,但终究少了份担当风险的勇气。林贤治在《散文精神》中给"真话"做过一个判断,在正常社会中,讲真话只是一个道德问题,但是,在警察国家里则首先是一个勇气问题,不存在风险性的真话,是没有社会价值的③。虽然林贤治的判断难免陷入一种片面,但是,从本质上来说,知识分子精神应该是独立的、批判的精神,思想者的"勇气"本身就是种品质。顾准说到卢梭时,首先赞赏的不是他的智慧和灵感,而是他的勇气,勇气直接与实践相联系,这个实践,可以是思想的,也可以是社会的。巴金、巴金

---

① 巴金:《合订本新记》,《随想录》,作家出版社2009年版,第3页。
② 孙绍振在《散文三十年——世纪视野中的当代散文(一)》中,对巴金的"说真话"散文观有过一些论述。他认为,巴金的《随想录》,把政治控诉转化为真诚的自我反思和解剖,提出了自我忏悔的命题,显示了老作家的心灵的纯洁和人格的崇高,获得一片赞扬。比他的散文影响更大的是他提出的散文观念"说真话",却并没有带来散文文体意识的觉醒。从理论上来说,比之把散文当作诗来写,"说真话"更加不属于散文,不但不属于散文,而且很难说属于文学。比之钱玄同在"五四"当年为胡适的《尝试集》作序,痛斥"毫无真情实感"的"文妖",提出"做文章是直写自己脑筋里的思想",并没有什么发展。虽然,其积极意义不可抹煞,但是,其中隐含着三个误区:第一,在政治高压下,敢不敢说真话,是道德和人格的准则,并不完全是文学创作的准则。第二,在文学中"说真话",不仅仅需要道德勇气,真话,并不是现成的,只要有勇气就脱口而出,真话是被假话、套话窒息着的,遮蔽着的,说真话就意味着从假话、套话的霸权中突围,这是需要高度才情和睿智的。在思想解冻的初期,真实的情志,往往存在于潜意识的深层,可意会而不可言传,需要话语颠覆的才能。第三,就是把潜在的、深邃的真话顺利地讲了出来,还有一个散文文体的特殊性问题。真话不等于诗和小说,真话也不等于散文。同样的真话,在不同的文体中,会发生不同的变异。一味用诗的话语去写散文,正等于用散文的话语写诗。
③ 林贤治:《论散文精神》,《中国散文》2011年第4期。

《随想录》以及巴金"讲真话"散文观念，兼容着社会和思想的双重实践，只是的确少了些承担社会责任的勇气。显然，索尔仁尼琴的勇气在巴金之上。他在诺贝尔文学奖作获奖演说时，讲过一句很有名的话："一句真话要比整个世界的分量还重。"[1] 后来，他又在回忆录中坦承道："我一生中苦于不能高声讲出真话。我一生的追求，就在于冲破阻拦而向公众公开讲出真话。"[2] 也就是说，讲真话是思想者索尔仁尼琴毕生所持的信念与他著作的全部重量，他首先是一个与沙俄"非人的残暴统治"做斗争的反黑暗斗士（索尔仁尼琴一生，因言因思想获罪甚多，曾被判刑8年，被流放2次，作品被批判、被禁止出版、出版后被禁不可胜数），然后才是思想文化者、文学者。[3] 此外，在中国当代思想文化界，也纷纷对"历史记忆"问题给予关注，有对历史"失忆"问题的提醒[4]，有对"十七年"和"文化大革命"时期"潜在写作"的发掘[5]，有大量的"历史备忘"[6]，有知识分子的"创伤记忆"[7]，等等，这些都可以看作"讲真话"的理性表达。

第三种是守真理。亚里士多德是对真理进行哲学思考的第一人，他在《形而上学》中阐述道："凡以不是为是、是为不是者，这就是假的，凡以实为实、以假为假者，这就是真的。"[8] 亚里士多德这里所言的"真"，和希腊语中的真实、真相相仿：既是指存在的本真、敞亮，也就是海德格尔

---

[1] 参见林贤治《索尔仁尼琴和他的阴影》，《旷代的忧伤》，江苏人民出版社2009年版，第122页。
[2] ［俄］索尔仁尼琴：《英雄末路》，《牛犊顶橡树》，陈淑娴等译，时代文艺出版社2000年版，第373页。
[3] 金雁在《倒转〈红轮〉——俄国知识分子的心路回溯》中，就索尔仁尼琴与俄国的"分裂教派"传统做了详细论述。
[4] 丁帆等：《个人化写作：可能与极限·失忆时代》，《钟山》1996年第6期。
[5] 主要是以陈思和为中心的学术群体对于"潜在写作"的一系列研究。
[6] 李辉主编了一系列的相关图书，主要有河南人民出版社的"沧桑文丛"和长江文艺出版社的"历史备忘书系"，其他有关图书尚有多种。
[7] 如张志扬《创伤记忆》，上海三联书店1999年版；徐贲《文化批评的记忆和遗忘》，《文化研究》（第1辑），天津社会科学院出版社2000年版。
[8] ［古希腊］亚里士多德：《形而上学》，吴寿彭译，商务印书馆1997年，第79页。

说的无遮蔽状态,周闻道在《在场主义宣言》中认为"无遮蔽状态"就是"澄明"状态,其源出于动词照亮,照亮某物即意味着使某物自由,使某物敞开;也是对现实(时代的、环境的)某种介入、揭露和展现行为,类似于克尔凯戈尔所说的"主观性真理",即必须通过个体吸收、消化并反映在个体的决定和行动上,它不仅关注外部世界的某些事实,而且也是发扬生命、抵达真相的依据。前者有钱穆的散文集《师友杂忆》:"余亦岂关门独坐自成其一生乎,此亦时代造成,而余亦岂能背时代而为学者。惟涉笔追忆,乃远自余之十几童龄始。能追忆者,此始是吾生命之真。"① 一代文人学者,在乱世间颠沛流离,仍忘不了故园家国情怀,仍充溢温暖和敬意,此是生命的真敞亮。有韩少功的《山南水北》,"用一种简单的劳动美学,与重大的精神难题较量,为自我求证新的意义……在这个精神日益挂空的时代。韩少功的努力,为人生,思想的落实探索了新的路径"②。有张承志坚守的理想主义,在《离别西海固》《英雄荒芜路》《禁锢的火焰色》等作品中书写"清洁的精神"。有张炜的《融入野地》,"寻找一个原来,一个真实"③。后者有一平的《鬼节》,如对"文化大革命"的思考:"我们没有学到知识和文明,却学习了盲目与否定;没有学到人的尊严与道义,却学习了暴力、诅咒和亵渎;没有学会人类于时间中的法则,对之继承与建设,却学习了破坏和狂妄;我们没有学会人道,却学习了对人的轻蔑和残酷;没有学会人性的丰富和宽容,却学习了阴暗、偏狭和极端;我们没有学会于世立身,却学会现实的谄媚与投机……尊严、爱、人格、品质、仁慈、宽恕、善意、正直、诚实,没有人正面地使用,这些词一度从汉语中消失了。如果一个社会其'人'的信念、原则、道义、传统、礼

---

① 钱穆:《八十忆双亲 师友杂忆·序》,生活·读书·新知三联书店1998年版,第364页。
② 《"第五届华语文学传媒盛典"2006年度杰出作家授奖词》,《南方都市报》2007年4月8日。
③ 张炜:《融入野地》,作家出版社1996年版,第5页。

仪、方式——文明与文化——均丧失、摧毁，那么这已不是一个'人'的社会，其成员也必不能作为'人'而生活。他们的恐惧、阴暗、绝望是应该的。今天是昨天给予的惩罚。人的时间是连续的，每一段都不会白过，而会留下深深的印迹。如果我们对'人'的文明、文化犯下了那么多罪过，我们又怎么能拒绝它的惩罚呢？"① 一平用"没有学会……却学习了……"的排比句式，强烈扣问时代之痛，批判"文化大革命"生存的离殇，价值的轰塌。有王小波的《沉默的大多数》，对中国政治环境和生活环境下的"尊严"问题作沉痛之思："从上古到现代，数以亿万计的中国人里，没有几个人有过属于个人的尊严"②。有张中晓（"胡风集团案"中年轻的牺牲者）去世前对人性、人类挚爱的复杂揭示："只有经过激烈的、残酷的人生战斗才会理解别人是一个矛盾的东西，一方面有着种种的情欲的打算，而另一方面怀抱着对真理的神圣的追求。"③ 只是，这些对神圣真理的追求者，更多时候是以受难、受死作为代偿行为的。

综上，写作是伴随"真"生成的事件。无论是真实、真话还是真理，都以非虚构的现实主义或现实性为本源，然后，在"我是我和我的环境的叠加"④ 中，真诚地面对自我的心灵或精神，真诚地正视生存环境或时代，真诚地表现自我或本我，由此，干瘪的存在和价值获得一种生的圆润。

---

① 一平：《鬼节》，林贤治、肖建国主编《广场上的白头巾》，花城出版社2008年版，第219页。
② 王小波：《沉默的大多数》，上海三联书店2008年版，第394页。
③ 张中晓：《无梦楼随笔》，上海远东出版社2011年版，第75页。
④ 林贤治：《中国作家的精神还乡史》，《纸上的声音》，广西师范大学出版社2010年版，第156页。

二 介入政治的与介入生活的

"介入"的法文是 engagée，包含着揭露、批判、担当、投入、参与、干预、奉献等语义。1947 年，萨特在《现代》杂志发表了长篇文论《什么是文学》，正式提出了"介入文学"的概念，强调"介入就是通过揭露而行动"，"揭露就是改变"①。1975 年，萨特继续给文学和介入下着定义："人生在世，他的各种形象环绕着他。文学是一面批判的镜子。显示，证明，表现：这就是介入。"② 尽管萨特介入观前后表述有异，但是，核心精神肌理并未改变。在萨特看来，写作或者言说就是一种行动，既有作家勇于面对处境压迫的反抗，也有作家积极干预公众生活，对社会事务中的不公正、非正义进行公开表态批判的能力，是作家个体之于社会、时代、历史的责任感。后来贝尔纳-亨利·列维（Bernard-Henri Lévy）在《萨特的世纪——哲学研究》中修正了萨特早期的介入观，称之为"纯粹的介入"，认为其是自由的否定性与自由的建构性的统一。也就是说，介入理论首先是一种批判理论，在否定和摧毁以往的文学等级观念的同时，进行了一种理论的建构。介入的主体是个人与民族、与人类命运相关这样一种大语境下的作家个人，介入的客体则是作家本人置身的当下现实，以及作家个人的生存处境。③ 在此基础上，"介入"及"介入文学"呈现出多元发展及歧义界说的趋势。

在当代中国，萨特开创的"介入文学"理论，对 20 世纪八九十年代的中国文坛产生了巨大影响，并因此催生了一个重要的散文流派，即"在

---

① ［法］让-保罗·萨特：《什么是文学?》，《萨特文学论文集》，施康强等译，安徽文艺出版社 1998 年版，第 81 页。
② ［法］让-保罗·萨特：《七十岁自画像》，转引自柳鸣九主编《萨特研究》，中国社会科学出版社 1981 年版，第 90 页。
③ 参见［法］贝尔纳-亨利·列维《萨特的世纪——哲学研究》，闫素伟译，商务印书馆 2005 年版，第 56 页。

场主义"散文。1992年2月，作为"在场主义"发起人之一的周伦佑，在诗学论文《红色写作》中首次正面解读介入写作理念：

> 写作即是介入。从书本转向现实，从逃避转向介入，从阅读大师的作品转向阅读自己的生命。以人的现实存在为中心，深入骨头与制度，涉足一切时代的残暴，接受人生的全部难度与强度，一切大拒绝、大介入、大牺牲的勇气。决不回避现实的全部严峻与残酷，扑面而来的钢铁血腥，精神肉体的伤口感染，手铐、牢狱、苦役、亲身经历的制度之痛，以深入虎口的大无畏精神，写别人不敢写的，写别人不准写的；无不能写的主题与梦想！那些人们只能以耳语的方式，把手指放在嘴唇上悄悄暗示出的真相，应该由诗人大声道出。①

这是将"介入即是去除遮蔽"命题具体化、行为化的过程。十年之后，周伦佑站在苏州大学的讲坛上，对介入写作又进行了理论性概述：

> ——去除意识形态虚假陈述对历史的遮蔽，还原历史的真相；
> ——去除主流宣传话语对现实生活的遮蔽，揭示出现实的真实；
> ——去除谎言和恐惧对诗人、作家心灵的遮蔽，敞现写作者内心的良知和精神的自由；
> ——去除制度化语言、意识形态用语、公众意见对诗人、作家感受力的遮蔽，探求新的感受力和新的表现形式。②

周伦佑的介入写作观，与我论述的思想者言说的散文理念颇为切合。根据散文文本呈现的不同形态，我将这些写作分为"介入政治的写作"和"介入生活的写作"，它们都是以人的现实存在为根基，以作家主体的精神

---

① 周伦佑：《红色写作》，《非非》杂志1992年复刊号。
② 周伦佑：《"介入"与写作的有效性——在苏州大学的演讲》，《在场》2012年。

和立场为介入切口，去除遮蔽，反映并批判，在某种意义上返回事物的原点。

"介入政治的写作"不是为主流意识形态代言，做一堆"歌功颂德"的文字；而是揭露、批判政治及固有体制、社会事件和问题，暴露专制、极权、垄断及社会不公现象，由此引起改变（或是变革）的可能。布迪厄称这种介入的方式为"自主性介入政治方式"，并在《艺术的法则》结尾处明确地阐述："知识分子是双维的人，他们要作为知识分子存在和继续存在，只有（而且只有）被赋予一种特殊的权威，这个权威是由一个自主的（也就是独立于宗教、政治、经济权力）知识世界赋予的，他尊重这个世界的法则；此外只有（而且只有）将这些特殊权威用于政治斗争。他们远非如人们通常想象的那样，处于寻求自主（表现了所谓'纯粹的'科学或文学的特点）和寻求政治效应的矛盾之中，而是通过增加他们的自主性（并由此特别增加他们对权力的批评自由），增加他们政治行动的效用，政治活动的目的和手段在文化生产场的特定逻辑中找到了它们的原则。"[1] 自主自由地反思与批判是这群知识分子的基本属性。

就具体作品而言，有对政治事件，特别是"文化大革命"的介入。巴金在《一颗桃核的喜剧》中反思："我常常这样想：我们不能单怪林彪，单怪'四人帮'，我们也得责备自己！我们自己'吃'那一套封建货色，林彪和'四人帮'贩卖它们才会生意兴隆。不然，怎么随便一纸'勒令'就能使人家破人亡呢？"[2] 在《十年一梦》中自责："奴隶，过去我总以为自己同这个字眼毫不相干，可是我明明做了十年的奴隶！……我就是'奴在心者'，而且是死心塌地的精神奴隶。这个发现使我十分难过！我的心

---

[1] 参见何言宏《知识人的精神事务》，昆仑出版社2013年版，第86页。
[2] 巴金：《十年一梦》，人民日报出版社1995年版，第32页。

在挣扎，我感觉到奴隶哲学像铁链似地紧紧捆住我全身，我不是我自己。"①陈白尘在《云梦断忆》中质问："十年动乱，国家和人民都遭受到巨大的创伤，除少数宠儿之外，谁不在心灵或肉体上伤痕累累？文学艺术如果不反映这些伤痕，那才是咄咄怪事！难道说：一个作家可以把十年动乱一笔勾销，而专事歌颂什么'一举'的功绩么？伤痕文学不是不该写，而是写得不够：我们还没有反映十年动乱的深刻而伟大的作品出现！"②周辅成也有过中肯评判："过去我们对这个世界没有好好地爱它，让它少受阴影的干扰，有负于它。更令人痛心的是，我们竟然也随着阴影活动，做了它的顺民、奴隶、帮凶，有时自己还和他们一起，觉得自己了不起，自鸣得意，真是可怜可悯，又可耻！"③

有对权力、国家地介入。在汪曾祺看来，朕是中国最高统治者，是权力的唯一代表，但是，如果权力者的存在，只是压制、欺骗、摧残社会与个人的工具，作为被剥夺了自由和幸福权力的公民之一，汪曾祺坚定地叙说着文人的气节和风骨："我对一切伟大的东西总有点格格不入"，"对于秦始皇，我对他统一中国的丰功，不大感兴趣。他是不是'千古一帝'，与我无关。"④张承志在《再致先生》中表示个体公民的道德困惑："民众在这个国度里无权无望，但他们发觉：当他们在暴政官僚的重压下绝望痛苦的时候，'智识阶级'却是政治金钱之后的又一个凶恶的压迫者。大众但求温饱而已，但他们需要知识分子始终对社会和权力保持基本的批判火力。否则，底层的处境不堪设想。"⑤杨绛似乎对权力、国家保持着一个温和改良主义的态度，她在《回忆我的父亲》中写道："我记得父亲曾和我

---

① 巴金：《十年一梦》，人民日报出版社1995年版，第176页。
② 陈白尘：《云梦断忆·后记》，《陈白尘选集》（第五卷），四川文艺出版社1988年版，第153页。
③ 参见赵越胜《燃灯者——忆周辅成》，湖南文艺出版社2012年版，第46页。
④ 汪曾祺：《汪曾祺游记》，新华出版社2010年版，第62—63页。
⑤ 张承志：《再致先生》，《读书》1999年第7期。

谈过'革命派'和'立宪派'的得失。他讲得很仔细，可是我不大懂，听完都忘了，只觉得父亲倾向于改良。他的结论是'改朝换代，换汤不换药'……我是脱离实际的后知后觉或无知无觉，只凭抽象的了解，觉得救国救民是很复杂的事，推翻一个政权并不解决问题，还得争求一个好的制度，保障一个好的政府。"① 张中行是一直儒雅地做着"为人生"文章的学者型知识分子，民本思想是其治国思想根基，他坚决反对把"官治"等同于"法治"："我们现在标榜民主，乞怜与民主是背道而驰的……颂扬好官就正好表示，民未能主，法未能治"② 等等。

诚如墨西哥诗人帕斯所言，"消逝的时间的良心是人的良心"③。知识分子们反诸内心，介入社会历史问题，暴露种种反人道、反人权、反自由、反人类现象，将极权制度的事实拉进公众的视线，承担着"批判性良知"的职能。

"介入生活的写作"是种介入当下现实，进入生活内部，从个体生存处境的真实境遇中，彰显当下现实的真实性、真相性、真理性写作方式。介入的话题一般附着着个体生命的厚重，在诸如苦难、黑暗、流亡等碎片的断裂处，拼凑出价值的某种诉求。

如对苦难的叙述。诺贝尔文学奖获得者爱尔兰诗人希尼在《舌头的管辖》一文中说："如果我们必须受苦，最好是去创造那个我们在其中受苦的世界，这就是英雄们无意识地做的，艺术家们有意识地做的，以致所有的人在不同程度上做的。"④ 这种受苦的外化，有史铁生面对个体生命时的困惑："假如世界没有了苦难，世界还能够存在么？要是没有愚钝，机智

---

① 杨绛：《回忆我的父亲》，《杨绛作品集》，中国社会科学出版社1993年版，第67页。
② 张中行：《月是异邦明》，《读书》1992年第9期。著名的流亡者卢梭曾经写信给朋友说：组成祖国的不是城墙，不是人，而是法律、道德、习俗、政府、宪法和由这些事物决定的存在方式。祖国存在于国家与其民众的关系之中。
③ 参见林贤治《90年代散文：世纪末的狂欢》，《文艺争鸣》2001年第2期。
④ [爱尔兰]谢默斯·希尼：《希尼诗文集》，吴德安等译，作家出版社2000年版，第243页。

还有什么光荣呢？要是没了丑陋，漂亮又怎么维系自己的幸运？要是没有了恶劣卑下，善良与崇高又将如何界定自己，又如何成为美德呢？要是没有了残疾，健全会否因其司空见惯而变得腻烦和乏味呢？……看来差别永远是要有的。看来就只好接受苦难——人类的全部剧目需要它，存在的本身需要它。看来上帝又一次对了。"[1] 有汪曾祺面对知识分子群体自古而今的艰难处世和创作的感叹："人生多苦难。中国人、中国的知识分子生经忧患，接连不断的运动，真是把人'整惨了'。但是中国的知识分子却能把一切都忍受下来，在说起挨整的经过时并不是捶胸顿足，涕泗横流，倒常用一种调侃诙谐的态度对待之，说得挺'逗'，好像这是什么有趣的事。这种幽默出自于痛苦。惟痛苦乃能产生真幽默。唯有幽默，才能对万事平心静气。平心静气，这是中国知识分子的缺点，也是优点。"[2] 有张炜假借屠格涅夫指出的"真正的人民作家，被苦难浸过并专注于表现苦难、深深理解苦难的作家，才会彻底抛弃和消除那'一点点造作'"[3]的创作立场，还有刘小枫、筱敏、一平他们执念不忘的"苦难记忆"与"拒绝遗忘"写作。苦难，无论是对个体精神生命，还是对知识分子群体，都是他们对已逝生命片段的幽思。写作者们悬在半空中的意志、思想更多地笼罩着悲剧神情。

如对黑暗的叙述。这里的黑暗，不是指科学上的黑，而是指思想上和文化上的黑。陀思妥耶夫斯基说"黑暗也是一种真理"，承载着破解黑暗真相的道德考验；林贤治说"书写黑暗乃最高意义上的写作"[4]，传递着写作真相的价值意义。多做纪实写作的夏榆，记录了许多流亡者、上访者、

---

[1] 史铁生：《我与地坛》，春风文艺出版社2002年版，第244页。
[2] 汪曾祺：《老人情》，中国青年出版社2013年版，第1页。
[3] 张炜：《域外作家小记（节选）》，陈建华选编《凝眸伏尔加——俄苏书话》，江西教育出版社1999年版，第107页。
[4] 夏榆：《黑暗的声音》，新星出版社2011年版，第1页。

妓女、拆迁户、各种各样的无权者的生活现场,场景和故事不断转换,但"黑暗"是同一的,"他们白天遇见黑暗,他们中午摸索而行,宛如在夜间"①。夏榆把黑暗当成他的宿命,作品直接以黑暗命名或者隐射黑暗,如《黑暗纪》《白天遇见黑暗》《黑暗的声音》《黑暗中的阅读与默诵》《在黑暗中升起黎明》《黑暗之歌》《我知道黑夜的忧伤》《打开一个封闭的世界》(封闭的世界显然也是黑暗所在)等,黑暗成为夏榆关注现实、揭露真相的重要叙事策略。张承志是承继鲁迅衣钵的思想者,他与鲁迅的骨气和硬度,甚至于黑夜创作的习性和心态,都颇为相似。鲁迅在黑夜中记下的《野草》集,因着语言、思想和意义的极致张力,我们至今仍无法穷尽。张承志的《静夜功课》也给我们显示了意义的多层性:"应该有这样的夜:独自一人闭锁黑暗中思索的夜。"②这儿的夜、黑暗,既是自然的夜,也寓意着社会时代的漫漫黑夜,更是思想凝固、真理隐匿的思想、文化的黑夜。他们传递出的,是作为黑夜守更人的知识分子挥之不去的忧患意识。

如对流亡的叙述。刘小枫认为流亡是人的存在的一个生存论现象,它有三个维度的景观透视:一是话语的原初政治性(即具有公民性、公众性、国家性等含义),二是与个体处境之关联的独特现实性,三是话语中精神意向的历史处境性。"流亡话语的界定可以是:一种与个体或群体本已的存在处境和精神处境相分离的生活形态[Exil als Lebensform]、话语形式及其所建构的话语类型或精神定向。"③刘小枫关于流亡的理性之思在筱敏这里具体化了:"流亡这个词指的是一种生存态度。她是拒绝趋附,拒绝从属;她是尊严,自由,叛逆性,个人选择的权利;她是永远在路

---

① 夏榆:《黑暗的声音》,新星出版社2011年版,第38页。
② 张承志:《静夜功课》,民主与建设出版社1997年版,第106页。
③ 刘小枫:《流亡话语与意识形态》,《沉重的肉身》,华夏出版社2004年版,第259—261页。

上,永远动荡,不能安居的灵魂。"① 刘烨园更是用抒情的笔抚心自语:"——我这一生,感情的事总是事后才触到深处。是因为早已确定了方向,难以遗忘历史的悲苦,一边咀嚼一边朝前赶路么?"② 这个早已确定了的方向,"无论是物质的,血缘的,还是精神的,'人'的。它至死渗透在个人选择的道路上。对立、矛盾、缘分、相依,乃至宽容、理解、尊重、法律、民主,其因源于此也为了此。"③ 流亡、流浪、游牧、在路上等同一精神本质的语词,核心价值是个体乃至人类的精神诉求。现代哲学家把原点称为家、家乡、故乡,所谓的还乡说其实就是在路上。这群寂寂的"精神困守者",踟蹰在路上,寻找精神的栖息所,即便充满劳绩。

三 物欲化,抑或冷漠化

异化(Entfremdung),又为疏离,是人的"自我意识"形态。1947年霍克海默、阿道尔诺出版《启蒙辩证法:哲学断片》,其中论说了对人的异化有两个表现,一是人的自然的异化即物欲化,一是人的道德的异化即冷漠化④。物欲化植根于客观世界,以对客观世界的追随、掠取、宰制为目的;冷漠化是主观意识的内倾性行为,是人与社会、人与人、人与自我之间的存在关系。

对于作家来说,物欲化的表现可以是参与团队的形式呈现。鲁迅对"团队"一直心存戒备。他曾在回复许广平关于是否加入团队问题时,作如是说:"这种团体,一定有范围,尚服从公决的。所以只要自己决定,

---

① 筱敏:《流亡与负重》,《成年礼》,鹭江出版社2010年版,第208页。
② 刘烨园:《我的兄弟死在路上》,《山东文学》1998年第11期。
③ 刘烨园:《精神收藏》,王久辛主编《中国当代青年散文家"八人集"》,敦煌文艺出版社1997版,第270页。
④ [德]马克斯·霍克海默、西奥多·阿道尔诺:《启蒙辩证法:哲学断片》,曹卫东译,上海人民出版社2003年版,第321页。

如要思想自由,特立独行便不相宜。"① 言下之意,团队,在某种意义上,会禁锢、钳制自由;而创作,尤为重要的,便是对自由思想、自由立场的秉持。鲁迅,终其一生,未参与任何政党,坚守着一个知识分子的自由独立精神。作为"开明派"散文代表的叶圣陶,以退守的姿态,与现实政治、主流话语形态保持距离,强调个人的自由本质和价值:"文学事业到底是个人的劳动……既然是个人劳动,不用问有了领导有什么坏处,只要问有领导有多少好处。"② 吴祖光直接质疑以"领导"为核心的团队对个人自由书写的宰制:"就文学艺术的角度看来,以为组织的力量的空前的庞大使个人的力量相对地减少了。假如是这样,对于文艺工作者的'领导'又有什么必要呢?谁能告诉我,过去是谁领导屈原的?谁领导李白、杜甫、关汉卿、曹雪芹、鲁迅?谁领导莎士比亚、托尔斯泰、贝多芬和莫里哀的?"③ ……这些作家,对于自我生命意义的确认,不是由他人——团队的、极权的、政党的——所给予、所判定,而是自我主观能动的表达。

但是,团队毕竟是种社会制度。社会制度的荫庇,到底催生了某些特殊利益集团,促成了某些作家作品,也牵制了某些自由思想。如评奖制度。刘绍棠公开说:"我对官方公开评奖,而且与提级、升官、评职称、分房子等挂钩,一向不以为然。强制与利诱,一手硬一手软,都对文学艺术的发展繁荣不利的。"④ 只是,由官方建立的重大奖项,依旧是作家们趋之若鹜的场阈,这些奖项,可能带来声名、奖励、权力、社会效益、经济收入等,诱惑着知识分子们追随、失节。这样的物欲化诉求,并非来自政权的压力,而是个人对于客观世界的欲望索取。如作家协会制度。这个由高尔基创立的官方"文学党",被索尔仁尼琴称为"丑恶的协会""帮凶

---

① 王乾坤:《鲁迅的生命哲学》,人民文学出版社2010年版,第110页。
② 参见林贤治《五十年,散文与自由的一种观察》,《书屋》2000年第3期。
③ 同上。
④ 同上。

第一章 精神向度：知识分子与散文

的协会"的组织，在当代中国的特定历史时期，异化为准官僚机构，任职与工资挂钩，创作与组织安排挂钩，户口与编制挂钩，将宣传功能列为第一，认知功能或许第二，人文精神消失殆尽。在晚近三十年，因其组织机构的庞大，即现设有18个局级机构，机关内设机构6个（办公厅、创作联络部、对外联络部、人事部、机关党委、离退休干部办公室），所属企事业单位13个（创作研究部、《文艺报》社、《人民文学》杂志社、《诗刊》社、《民族文学》杂志社、《中国作家》杂志社、《小说选刊》杂志社、《长篇小说选刊》、作家出版社、现代文学馆、鲁迅文学院、中华文学基金会、作协机关服务中心），成为固定单位（铁饭碗）与利益权力的存在。并且，有些作家协会成员常以职业化、精英化、商业化的姿态，远离一般大众，特别是底层群体和社会问题，占据公共平台，做着浮泛的文字，迎合浮躁喧嚣的社会享受需求。此外，还有很多生存在体制下的知识分子，或者是在体制下成长起来的年轻学者和博士研究生，已部分失去了个人化的学术品格、学术价值和精神追求，荣誉、收入、社会身份、职位升迁等外在的量化标准是他们自我评估和评估他人的主要标准。冯友兰说，人生有四种境界，即自然境界、功利境界、道德境界、天地境界。这群本该列属于道德境界，以社会为本位，将自由、独立、批判化为内在品质的知识分子，在勒庞称为的"群体的时代"中，依赖、附属于物欲，渐渐蜕化为时代的"软骨人"。

弗兰克·富里迪在《知识分子都到哪里去了》里慨叹："定义知识分子，不是他们做什么工作，而是他们的行为方式、他们看待自己的方式，以及他们所维护的价值。"[①] 诚然，知识分子这种软弱性，有其存在的历史局限性，譬如社会制度条件变化了，很多人置于固定的组织之中，言论和

---

① ［英］弗兰克·富里迪：《知识分子都到哪里去了》，戴从容译，江苏人民出版社2012年版，第25页。

言论空间都受到某种监控；并且，任何政府都有政府自利性，政治的正当性特质，限制着自由发声的可能。但是，并非就此便要沦陷入一种彻底的不自由状态，为物欲化所操控。俄罗斯思想家弗兰克在《生命的意义》中说，"生命的意义不是被给予的，而是被提出的。"①"被给予"是种非主动、非自由的被强加行为，其源于外力的直接干预，人更多的时候以"无自我"状态呈现，被物欲掌控，成为执行命令的机器和工具。而"被提出"，即便也具有某种被动性，但"提出"是个开放性的动作行为，为主体生命意识的祛物欲化创造了诸多可能。

鲁迅宣称过，在霸权话语没有建立起来的时代，是"文学的自觉时代"。这意味着，"不管作家写的是随笔、抨击文章、讽刺作品还是小说，不管他只谈论个人的情感还是攻击社会制度，作家作为自由人诉诸另一些自由人，他只有一个题材：自由"②。但是，在一个专制的国度里，个人的主观取向和自由选择，很多时候，是以道德的异化呈现。譬如对特定时代的沉默③。埃利·威塞尔说："言说可能是歪曲，不言说则可能是背叛和掩盖。"④沈从文对政治的态度一直是种服从和疏离状态（胡适称之为"不感兴趣的兴趣"），在 1969 年 9 月，沈从文给其兄长沈云麓书信时说："我因为这卅年来，前廿年不依傍过蒋，近廿年又不沾文学，不和周扬有什么关系，只老老实实在博物馆搞文物工作，不怕沉闷寂寞，也不怀什么名位野心，凡事从头做起。"⑤这一天天沉默着活下来的作家沈从文，主动（抑或

---

① 转引自史铁生《病隙碎笔》，湖南文艺出版社 2013 年版，第 99 页。
② [法] 让-保罗·萨特：《什么是文学》，《萨特文集》（第七卷），施康强等译，人民文学出版社 2005 年版，第 141 页。
③ 同上书，第 108 页。萨特认为："沉默乃是语言的一个瞬间；沉默不是不会说话，而是拒绝说话，所以仍在说话。如果一个作家选择对世界的某一面貌沉默不语，或者借用一个真实把话说到点子上的成语来说，他把世界的某一面貌置于沉默之下。"
④ 参见林贤治《记忆或遗忘》，《旷代的忧伤》，江苏人民出版社 2009 年版，第 282 页。
⑤ 沈从文：《沈从文家书》，人民文学出版社 2010 年版，第 495 页。

被动）放弃了二三十年代供奉在心中的那个希腊神庙及神庙上刻着的两个字"人性"，在时代宣传的"无我"性中沦陷，最后成了考古学家、历史学家的沈从文。譬如对红卫兵、知青、群众的狂热。张承志代表知青发言："无论我们曾有过怎样触目惊心的创伤，怎样被打乱了生活的步伐和秩序，怎样不得不时至今日还感叹青春；我仍然认为，我们是得天独厚的一代，我们是幸福的人。"① 他认为从知青经历中获得了"两种无价之宝：自由而酷烈的环境与'人民'的养育"②。这样的经验书写，带着强烈的道德漠视，缺乏普遍性与深层的道德反思，自觉不自觉地遮蔽了惨淡的现实景观。作为旁观者的汪曾祺，反而对知青问题饱含了沉痛之思："知青问题是中国历史上的一块癌肿。是什么人忽然心血来潮，把整整一代天真、纯洁、轻信、狂热的年轻学生流放到'广阔的天地'里去的？这片天地广阔，但是贫穷，寒冷，饥饿。尤其可怕的是这片天地里有狼。发出那样号召的人难道不知道下面的基层干部是怎么回事？把青年女学生交给这些人，不啻是把羔羊捆起来往狼嘴里送。我们对知青，尤其是女知青，是欠了一笔债的。"③ 这是一个知识分子的道德良心。譬如自杀问题。自杀在"文化大革命"时代，被认为是"自绝于人民"的政治事件。"人民"具有强大的道义迫害力量。凡是不能被"人民"认同者，或者凡是不能认同为"人民"者，个体的存在都需要消除。杨朔的命运便是如此。1968年，杨朔因言获罪被隔离，但还未被定性，军代表也未接见他。一个"根红苗正"的人民——勤杂工——用粉笔写下"打倒反革命修正主义分子杨朔"几个大字，杨朔以为这是军代表给他定的性，递条子要求与军代表谈话，但是未被应允，于是，杨朔自杀。杨朔之死，死于三重冷漠：一重是仿若

---

① 张承志：《老桥·后记》，北京十月文艺出版社1984年版，第303页。
② 张承志：《绿风土》，作家出版社1992年版，第106页。
③ 汪曾祺：《一个过时的小说家的笔记》，《汪曾祺全集五：散文》，北京师范大学出版社1998年版，第465页。

人民代言人的勤杂工；一重是作为国家政权代言人的军代表；还有一重，是杨朔对主体独立精神的自弃。宗璞在《霞落燕园》中也记录了"文化大革命"时期老知识分子的被迫自杀："'文化大革命'初始，一张大字报杀害了物理系饶毓泰先生，他在五十一号住处投缳身亡。数年后翦伯赞先生夫妇同时自尽，在六十四号。他们是'文化大革命'中奉命搬进燕南园的。那时自杀的事时有所闻，记得还看过一个消息，题目是刹住自杀风，心里着实觉得惨。"①"刹住自杀风"呈递的是人性荒凉、命如草芥的深刻悲伤！

卢梭在《社会契约论》中规定异化是一种损害个人权利的否定活动②；史铁生在《病隙碎笔》中也宣称："'异'是自由，你可异，我亦可异，异与异仍可存异，唯异端的权利不被剥夺是普遍的原则。"③ 即便如此，中国的文人，诚如鲁迅所说的，"对于人生——至少是对于社会现象，向来就没有正视的勇气。"④ 这种缺乏社会担当和道德义务的知识分子，充其量，也只是知道分子罢了。

---

① 宗璞：《霞落燕园》，百花文艺出版社2004年版，第38页。
② ［法］卢梭：《社会契约论》，何兆武译，商务印书馆2011年版，第235页。
③ 史铁生：《病隙碎笔》，中国盲文出版社2008年版，第105页。
④ 鲁迅：《论睁了眼看》，《坟》，人民文学出版社1973年版，第195页。

第二章 精神表意：社会转型与散文演变

对于特定的文类，时间单元的长短更迭与文类兴衰流变并无实质性的影响，但由社会时代深刻转型带来的文化生态裂变与特定群体精神生态的漂移、困顿甚至决裂却是无法规避的重要存在。本雅明在《文学史与文学》一文中指出：

> 不是要把文学作品与它们的时代联系起来看，而是要与它们的产生，即它们被认识的时代——也就是我们的时代——联系起来看。这样，文学才能成为历史的机体。①

本雅明所言的"被认识的时代"，显然是异于通识意义的主流意识形态观照、参与、建构的显性时代，他倾向的是作为主体精神存在的"人"的身份确认与时代自由精神及它们内在的机理性链接，在怎样的时代（社会生态）、谁的书写（主体身份）、何种文类（文类定向）之间有机地研究文学和文学史。

显然，知识分子精神的参差形态与散文文类的演变不是空穴来风，必然有其生存与依附的社会空间，它是主体存在的背景和精神定位的依据。

---

① ［德］瓦尔特·本雅明：《文学史与文学》，《经验与贫乏》，王炳军译，百花文艺出版社1999年版，第251页。

"转型"是晚近三十年中国的关键词,也是影响知识分子精神的直接动因。转型类别主要包括经济体制转型、社会结构转型和政治文化转型。经济体制转型是由中央集权的计划经济转向开放多元的市场经济;社会结构转型是由封闭的传统农业社会转向开放的现代工业社会;政治文化转型是由以政治为中心导致政治与文化的同质转向文化生活多样性与文化价值取向多元化。这些转型以及全球化的形成,必然导致"社会人"(社会大众),特别是最为敏感的"知识人"(知识分子)的价值体系、行为方式、社会生活发生质的变化。"表意"是语言学概念,它包含着能指系统(表达手段)和所指系统(含义)构成的表达功能。"转型"和"表意"的结合,旨在体现社会形态与知识分子主体精神世界之间的胶着关系。某种意义上,勘探知识分子中国式政治参与的独特性,是考量时代进程中知识分子精神生态的重要方式。

之所以是散文而非其他文类承载晚近三十年社会转型期知识分子精神生态,原因有二:一是散文精神使然。林贤治说,散文对自由精神的依赖超过所有文体。自由、现实性(生存时空即所谓现实)、真实性是散文精神特质,与"知识分子精神"属同质异构关系。独特社会生态所生成的主体精神存在直接地影响到散文写作,并且在散文文本中直接地呈示主体具体的精神信息,即散文在书写客体的同时也在书写主体自己。现代散文"姓散"(自由)、"名真"(真实)、"字有'我'"(个性)。郁达夫在《中国新文学大系·散文二集》中,指认"现代散文之最大特征,是每一个作家的每一篇散文里所表现的个性,比从前的任何散文都来得强"[①]。但"五四"以后救亡、革命、运动等政治规制,使得散文文体自由精神和作者个性表达被压缩到一个非常有限的空间。20世纪70年代后期以降,拨乱反

---

① 郁达夫:《中国新文学大系·散文二集》,上海文艺出版社1981年版,第5页。

正、改革开放、社会转型,被压抑的主体性复归,与此同时,散文也开始"有我"地出场。政治挂帅让位于经济中心,主体价值取向多元。多样的主体性生成多种形态、内蕴不一的散文。散文文体的自由精神和作者主体的个性得到张扬。二是知识分子对散文文体的主动选择。散文是知识分子书写介入、参与社会所得、表达自己思想感悟等的相宜文体,被认为"是知识分子精神与情感最为自由与朴素的存在方式"[①]。作为知识分子的写作方式,散文不仅表示其身份,更表示写作特殊的价值取向、题材题旨和表达形式等的特殊设置。20世纪80年代,巴金等老一代作家以对历史、自我批判与反思的散文写作参与其时的思想新启蒙;20世纪90年代文化散文、思想随笔等,通过对历史文化的清理和对现实的质疑,期待在开放时代重建新人文价值;新世纪倡导的非虚构散文、在场主义散文,则可视为对时代浮华的反拨。具有社会职志的知识分子,选择或创造某种体式的散文,是他们的一种自觉。

基于这样的价值尺度,我对散文作家与散文文本有着个人化的取向与评判。就散文作家而言,区分体制内与体制外作家,且以是否"被制度同化"为基本考量策略:作协、社团与学校倾向于体制内;自由作家、公共记者归属于体制外。就散文文本而言,区分进入文学史的经典性"典范式文本"与散落民间传播思想的"零碎性文本",特别关注民间奖项,如在场主义散文奖、华语文学奖;特别关注出版制度,如禁书(禁书大致分政治性与道德性两类,最终以维护统治集团利益为准)等。就散文文体而言,有现实型、抒情型、批判型(杂文体式),且互为交叉。

时代是具体的。在时代语境中,政治经济社会文化互为关联。每个时代,或者说每个社会转型期,都生成其自身的特殊性和价值立场,也诱导

[①] 朱自奋:《"我的血管里流淌着八十年代的血"》,《文汇读书周报》2009年1月16日。

了，或是规约了知识分子精神的走向。我们诉求的精神生态，是特定时代场域中知识分子精神与散文精神的合构：社会转型史存录了知识分子一段精神史，而时代生活图景、知识分子精神形态，又制导了散文文体的演变。

第一节 "所指"的张力

"所指"是索绪尔语言学创作术语，它指向意义空间，更多地面向精神肌理，而"人"是精神对象所在。黑格尔在《精神哲学》中提出人本质上是"思考自己"，是独立的具有自我意识和自决自由的精神实体，人即精神、精神即人；维吉尔在《埃涅阿斯纪》第6章中记下"精神激活主体"，指向人的自我的统觉；存在主义强调个人、独立自主和主观经验；连21世纪的经济学著作《博弈圣经》对精神都有这样的陈述："我们把主体的癔魂，用气质自由合成的唯一个性，看成精神。"[1] 这些关于精神的言说，均同一地指向人、主体、自由、个性、自我意识，而这也是知识分子精神与散文精神得以主张的根本所在。

事实上，知识分子精神与散文精神都具有多重性。社会学家曼海姆认为，唯有知识分子不隶属于任何阶级而葆有自由思想的权力，才能在"暗暗黑夜中担当守更人的角色"；萨义德用"批判精神"直接定义公共知识分子；利奥塔（Jean-Francois Lyotard）称"知识分子"是一群把自己置于人类、人性、人民、无产阶级、创造者或者诸如此类的地位的思想家；米歇尔·福柯指出，知识分子被公认为代表真理和正义发言，他们是公众的良知，承担着社会责任；18世纪欧洲更是直接将知识分子看为致力于社

---

[1] 曹国正：《博弈圣经 博弈哲学思想录》，新加坡希望出版社2007年版，第78页。

会启蒙和改革人群的标签……独立（自由）、批判、公共、社会这些高频出现的关键词语，正是知识分子精神的核心品质与具体形态。散文精神也有其丰富性内涵。奥威尔强调散文精神对自由的依赖，断言在极权社会，散文要么沉默要么死掉；林贤治指认散文精神第一是现实性，其他还有个体精神的丰富性、即时的创造性以及精神生命的质量之于散文的品格；在场主义认为散文精神在精神向度上包括对世界的完美表达（抵达真理的过程）、通过作品整体呈现（强调形神兼备）、社会思想价值（强调作家对自然、社会、生命、灵魂的独特体验和发现）三方面；韩小蕙认为散文精神要反映时代思想和社会思想；学者丁帆认为人性的聚焦是散文（精神）最终追求……自由（独立）、现实性、个体精神、创造、时代精神、社会思想、人性是散文精神的核心品质和具体形态。由上陈述，我们可以得知，知识分子精神与散文精神在核心品质和具体形态上多有类似语，在精神底气上一脉相承，这也就必然引出一个事实，那就是，我们在论述知识分子精神与散文精神时，都会不约而同地指向同一类作家甚至同一个作家。这样的同一化指向，其根源在于，"精神"话语的介入。

一　知识分子，时代精神的守更人

1889年，阿列克塞·马克西莫维奇·彼什科夫写下这样的诗句："我来到这个世界是为了说'不'！"这是一个热血青年对专制时代吹响的批判号角和发出的独立宣言。三年后，他取了一个笔名，马克西姆·高尔基，俄语里的意思是"最大的痛苦"。在生命的最后十年，他在《克里姆·萨姆金的一生》中断然说到，知识分子是"那些命里注定要坐监牢、遭流放、受酷刑和上绞架的人"。[①]

[①]《回忆列宁》（第2卷），南京大学外语系译，人民出版社1982年版，第308页。

时间的确起到分离作用，它把一个知识分子精神历练的轨迹，在几个关键的时间节点凸显出来，由独立精神的追寻——最大痛苦的彷徨——顿悟时的内心决然，心路历程何其难堪？从已经形成的历史观点，我们得知高尔基的两面性、两种灵魂观，既有独立人格又有依附人格。关于这种人格现象，许纪霖做过很为中肯且详尽的表达。他将知识分子（以中国近代知识分子为例，其实古今中外大抵相似，只是语言表述各异罢了）在人格的选择上分为两大类五个层面：一类为独立人格，包括"特立独行"和"外圆内方"两层面；一类为依附人格，包括"帮忙奴才""帮闲文人"和"游世之魂"。① 所谓"特立独行"，一是有强烈的社会责任感和道德义务感，二是追求"说真话"的精神境界，三是在死神面前的无畏勇气。"外圆内方"讲的是中和的人格精神，虽然也维护人格独立，但内心是分裂的，他们最大的困惑与痛苦就是如何将双重的性格自觉地在现实中加以弥合。"帮忙奴才"是与传统中国的学而优则仕有关，在相当一部分知识分子那里依旧奉为圭臬。"帮闲文人"与官方政治总有某种若即若离的关系，处于半独立半依附状态。鲁迅区分"帮忙"和"帮闲"者："前者参与国家大事，作为重臣。后者却不过叫他献诗作赋，'俳优蓄之'，只在弄臣之列。"② "游世之魂"是指以儒道互补的传统文化为背景的中国知识分子对于政治极为独特的"进退"观：达则兼济天下，穷则独善其身。这是一种"超世"与"顺世"明哲保身、随遇而安，依违于无可无不可之间。

事实上，我所指称和研习的知识分子倾向于第一类独立人格中的"特立独行"，他们是不合时宜的时代守更人，但知识分子精神的核心义理也恰恰于此。下面从自由、批判、知性等方面论之。

---

① 许纪霖：《一九八五 中国知识分子群体人格的历史考查》，《另一种理想主义》，复旦大学出版社2010年版，第25—30页。
② 鲁迅：《从帮忙到扯淡》，《且介亭杂文二集》，人民文学出版社1973年版，第105页。

（一） 自由

知识分子对"自由"的关注和言论历来激烈与放肆。在萨特那里，自由是意识的基本属性，意识即自由，自由即意识，它是种内化式本能性存在；在斯宾诺莎那里，思想自由本身就是一种德行，不能禁绝；经济学家米尔顿·弗里德曼则强调对自由最大的威胁是权力的集中，极权时代自由被阉割或钳制；文化批评家马修·阿诺德说自由是匹好马，但关键是看它向何处去；从班达到萨义德给知识分子的基本定义，都没有绕开过自由（独立）；《世界人权宣言》中也有"人人有权享有生命、自由和人身安全"的条款，并且是并列而置。

在知识分子精神的话语场中，自由主要关涉到这几个方面：第一，自由对于"自我"意义的诉求。余英时在《自我的失落与重建——中国现代的危机意识》中，把"意义危机"和"自我的失落"当作一个重点，转引李泽厚的话，解析知识分子的自我精神诉求："中国许多老一辈共产党员、革命者，当初认为共产主义并不是最后一步，他们之所以参加共产党，是希望为无政府主义铺路，达到最后人人皆自由的目的，甚至像庄子所倡的自由，非但人与人之间无界限，同时人与鸟兽相处也能达到所谓麋鹿不惊的理想境界，由此可见当时这种无政府主义的思潮，多少是以自我为本位而非以群体为本位。"[1] 像巴金、鲁迅早期均受到无政府主义的影响，都是对自我价值的某种追寻。第二，自由对于政治的理性态度。在国家危难时，胡适因日寇侵入与丁文江、蒋廷黻等人发起《独立评论》，提倡"不倚傍任何党派，不迷信任何成见，用负责的言论来发表我们各人思考的结果；这是独立的精神"[2]；在专制极权时代，自由严重缺失，但自由

---

[1] 余英时：《自我的失落与重建——中国现代的危机意识》，《中国文化的重建》，中信出版社2011年版，第186页。

[2] 参见唐小兵《胡适：伟大先知还是一介书生？》，《南风窗》2011年第25期。

仍以对抗性方式存在,即便自由行为的实施者面临关押、酷刑甚至枪杀;在现代背景下,自由度的多少是衡量新秩序有别于旧体制的最高标准,托克维尔甚至表示,"没有自由的民主社会可能变得富裕、文雅、华丽,甚至辉煌……但是我敢说,在此类社会中绝对见不到伟大的公民,尤其是伟大的人民。"① 第三,自由对于公共写作者的艰难。对于作家来说,自由包括写作自由和出版自由。写作自由是作家自主性的表达,这种自主性,既建立于社会环境的客观结构中,又建立于环境中的人的精神结构中。那些特殊时代,为了保持时代真实和思想自由,带着风险意识创作的"地下作家"是一种存在;站在新世纪的刘阳在《从失去开始的永远》中写道:"每一个公共写作者都会选择自己的言说立场,一些人选择路过,选择旁观,选择掌声,但另一些人选择身处其中,静默着,救赎自我"② 是另一种存在。出版自由是个疑难的历时性话题。马内阿说,"所有'真正的文学'都悄然躺在安全局的保险柜里"③;马克思评普鲁士书报检查会,面对出版界的"唯一许可的色彩——官方的色彩",究诘道"你们为什么却要求世界上最丰富的东西——精神只能有一种存在形式呢?"④ 他们都是在质疑政治体制对于出版的管制。何言宏在《精神的证词》中也清醒地认识到,国家伦理对于出版自由的影响或是制约:一方面意识形态对文学出版仍然有着明确具体的要求,另一方面意识形态会内化为某些心照不宣的行规或出版界的集体无意识,此外,还有市场和读者的一些因素⑤。出版自由终究是个理想化的存在。

---

① 参见周濂《你永远都无法叫醒一个装睡的人》,中国人民大学出版社2012年版,第301页。
② 参见宁二《现在,不早不晚》,《南风窗》2012年第6期。
③ [罗马尼亚]诺曼·马内阿:《论小丑:独裁者和艺术家》,章艳译,吉林出版集团有限责任公司2008年版,第74页。
④ 马克思:《评普鲁士最近的书报检查令》,《马克思恩格斯全集》第一卷,人民出版社1995年版,第111页。
⑤ 何言宏:《精神的证词》,吉林出版集团2009年版,第98页。

(二) 批判

萨义德以批判精神定义公共知识分子,他在《人文主义与民主批评》一书的结束部分,要求知识分子有面对周围一切暴虐的勇气。作为政治意识很强的诺贝尔文学奖获得者巴尔加斯·略萨,直言"要想避开政治是极难的,既然文学是生活无法剔除的一种表达,而政治又是渗入生活中无法剔除的部分。"[①] 鲁迅提出,知识分子应该不安于现状。也就是说,知识分子应该和现状形成某种紧张关系,暴露或是批判现状构成知识分子的全部实践活动。这种不安于现状的思想形状更多地表现在对既存现实社会的反思与批判,特别是对现实社会中的政治关系,诸如权力及其阴影、政府体制、专制、腐败、社会不公的揭示。

如对权力禁锢和自我禁锢的批判。学者资中筠十余年间,"针对心中不太同意的说法有感而发"笔耕不辍,在《斗室中的天下》《财富的归宿》《资中筠自选集》(全五册)中一再指认,"凡是禁锢思想自由的时代,文化是没法繁荣的。春秋战国、魏晋虽是乱世,却不曾管制文化,因此很繁荣。"[②] 并且提出,除了被外在权力所禁锢的自由之外,自我禁锢更可怕,自我放逐地随着"风气"走,泯灭了自由的个性化差异化发展。如对知识分子的批判。丛维熙说:"无论你笔触什么年代的生活,深藏在文学中的真、善、美的因子,不能因年轮相异而缺失。笔锋要敢于撕裂假、恶、丑的五脏六腑,为社会的进步出一份绵薄之力。作为文化人,是应该在激流中寻觅自身之重的,因为文人不是随水浮萍和长着四肢的空具人形的木偶,人有大脑可用之思,人有眼睛可用之于审视人间万象,美者文笔

---

① 参见《巴尔加斯·略萨:文学是一团烧向政治的火》,《时代周报》2010年10月14日。
② 资中筠:《"那个时代"的思想者,为这个时代发声》,《晶报·深港书评》2012年7月22日。

赞之,恶者文笔伐之。"① 如对"底层"态度的批判。阿伦特研究专家蔡英文认为,对"底层"的怜悯是"一种虚有其表的悲切情绪、一种居高临下的非对称的人际关系、一种施小惠的态度。当贫苦无依、饱受经济匮乏磨难的广大民众蜂拥进入政治场景,'怜悯'之情绪反应愈形扩散,而推促革命分子'视怜悯为个人最真诚与真实的自我,同时将之投射于政治领域'。'怜悯'一方面变成一种哗众取宠的自我展示;另一方面,它像一块海绵,盘吸了个人的自我,革命分子变成一位自我迷恋、顾影自怜的行动无能者。"② 如对知青问题的批判。当张承志自诩从知青经历中获得了"两种无价之宝:自由而酷烈的环境与'人民'的养育"③,汪曾祺深为知青鸣不平:"知青问题是中国历史上的一块癌肿",并质问"是什么人忽然心血来潮,把整整一代天真、纯洁、轻信、狂热的年轻学生流放到'广阔的天地'里去的?这片天地广阔,但是贫穷,寒冷,饥饿。尤其可怕的是这片天地里有狼。发出那样号召的人难道不知道下面的基层干部是怎么回事?把青年女学生交给这些人,不啻是把羔羊捆起来往狼嘴里送。我们对知青,尤其是女知青,是欠了一笔债的。"④ 如对农村问题的批判。摩罗带着深深的负罪感,摹写农村生活、教育制度、医疗制度等,深刻揭露新中国成立后的农民在社会结构中的位置并无改变,农民仍被排斥在社会制度之外,他们没有话语权。朝阳直言"我鄙视一切把农村视作田园的人们,他们不能理解劳动给予身体的痛苦和重压。"如对精英和大众问题的揭示。"以知识精英为主体的公共舆论能否代表最广泛的民意?被主流社会遗忘甚至背弃的底层社会如何才能被自诩为精英的知识人所代表?或者一直沉

---

① 丛维熙:《仰望"思想者"——人文精神求索》,《文学报》2013年10月10日。
② 蔡英文:《底层叙述与苦难的力量》,《南方都市报》2013年10月24日。
③ 张承志:《初逢钢嘎·哈拉》,《清洁的精神》,中信出版社2008年版,第3页。
④ 汪曾祺:《一个过时的小说家的笔记》,邓九平编《汪曾祺全集·五·散文卷》,北京师范大学出版社1998年版,第465页。

默的大多数有无可能独立地发出自己的声音而不是被代表？"① 此外还有利益冲突时代中知识分子责任的追问和爱国与权力之间的伦理批判。

（三）知性

许纪霖说过，"作为公共知识分子，仍然可能有两种存在的方式，或者是作为德性的存在，或者是作为知性的存在。但他首先应该以知性的方式而存在。"② 何为知性？康德认为是介于感性和理性之间的一种认知能力。罗马诗人贺拉斯在《书简集》中有"敢于明智"（sapere aude），即大胆地使用你自己的知性，它是一种非感性的存在，与其相关的词语有知识、智慧等。

知识是知性存在的必然前提。知识在发生学上有"价值的先见"论，即卡尔·波普所说的"世界3"形态，又称为"客观知识世界"，包括人类所创造的语言、文艺作品、宗教、科学、技术等，知识本身是客观的、中立的，无价值倾向性。但在知识分子这里，"知识就是抗议"已成为一种宿命③。就作家作品而言，自由主义知识分子王小波一直强调真正可

---

① 唐小兵：《精英与大众的舆论冲突》，《南风窗》2012年第20期。
② 许纪霖：《知识分子是否已经死亡》，陶东风主编《新思潮文档·知识分子与社会转型》，河南大学出版社2004年版，第45页。
③ 参见於兴中《"知识就是抗议"》，《南风窗》2012年第6期。"知识就是力量"流行的说法是"Scentia Protentia Est"。不过这并不是培根的原话。培根的原话是"Scentia Protestas Est"。很多人认为这句话出自培根的《新工具》，其实不然。这句话出自培根鲜为人知的《圣思录》（Meditationes Sacrae）中的"论谣言"（De Haeresibus）一节，原文为拉丁文。1596年培根被任命为御用大律师。翌年，即1597年，培根《论说文集》第一版问世，收录论说文10篇，书后附有《圣思录》和《善恶之色彩》两篇论文。培根原话："Dei quam potestatis; vel putius ejus partis potcstatis Dei, (nam et ipsa scientia potestas est) qua scit, quam ejus qua raovet et agit; ut praesciat quaedam otoise, quae non praedestinet et praordinet."意为"上帝的权力，或者上帝知悉（知识本身就是权力）的那部分权力，而非他劳作和行为的权力"。事实上，这句话很有可能出自霍布斯之手。霍布斯在1658年出版的《论人》（DE HOMINE）一书的第十章中曾写道：Scientia potentia est……这便是流行的"知识就是力量"的原文。在《利维坦》中，也有相同的论述。"学识只是一种微小的权势，因为它在任何人身上都不是很显著，因而也不易被人公认；而且除开在少数人身上以外，连小权势都不是，在这些人身上也只限于少数事物。因为学问的本质规定它除开造诣很深的人以外就很少有人能知道它。"霍布斯在论及人的权势时，列举了很多构成因素，诸如财富、地位、出身和外貌，而学识只是其中的一种相对不重要的因素。故此才有"微小的权势"之说。

靠的知识，建立自己的合法性，如借推理诸葛亮砍椰子树批判不平等（《沉默的大多数》）；公共知识分子林贤治认为知识只是价值论，确立知识与人的关系，一切知识都应当是为了人的，也就是为人生的，为改善人的生活和生命自身的（《穿过黑暗的那一道幽光》）；张承志从鲁迅那里承继了一种骨气和硬度，仰望信仰星宿，成就别样智慧（《张承志散文》）；张中行豁达老道，世事洞明，在婚姻、伦理、道德等问题中体现人生大智慧（《顺生论》）；史铁生就真理、真诚、真实、生命做智性之思（《病隙碎笔》）；李晖还原历史人物，追踪历史现场（《封面中国——美国〈时代〉周刊讲述的中国故事1923—1946》）等。就评论家而言，郁达夫在《文学上的智性价值》中甚至断言"散文是偏重在智的方面的"；王兆胜在《困惑与迷失——论当前中国散文的文化选择》中认为，反对知识崇拜倡导深刻思想，只是问题的一个方面，对于思想来说，它的前提是智慧，智慧不会让人深重、纠葛、缠绕，而是通透明朗；孙绍振在《世纪视野中的当代散文》中论述"当代散文的审智，并没有选择鲁迅式的社会文明批判，充当政治'感应的神经，攻守的手足'，而是独辟蹊径，从民族文化人格和话语的批判入手，以雄视古今的恢宏气度，驱遣历史文献，指点文化精英，从时间和空间的超大跨度作原创性的深层概括，作思想的突围和话语的重构，胸罗万象，笔走龙蛇，开一代大情大智交融的文风。"[1] 彭彦琴从美学角度强调通过"以和为美""以心为本""以形媚道""以境为高"来强化一种审美的智性[2]等。

诚然，知性可以启蒙明智，正如台湾政论家南方朔所言，"人们以为理性很伟大，但人们所谓的理性却定义不明，只是用理性为名来合理化自己的贪婪自私。礼教可以杀人，理性可以杀人，自由民主更可以杀人。伟

---

[1] 孙绍振：《世纪视野中的当代散文》，《当代作家评论》2009年第1期。
[2] 彭彦琴：《审美之魅》，中国社会科学出版社2005年版，第3页。

大的概念有流动性,一不小心就滑到了它的反面"(《重读〈格列佛游记〉》),未尝不值得我们省思。

二 散文,"人"的复调式存在

散文精神首先是关于人的精神。所谓的个人、自由(独立)、现实、创造、时代精神、社会思想、个体精神、人性等语词都是以"人"为底色。而我所指的"人",既是知识分子又是知识群体,他们作为散文的一种复调式存在。

"知识群体"(intelligentsia)首先由别林斯基(V. G. Belinsky)等俄国、波兰人在19世纪40年代使用,主要指身在经济、社会较为落后的环境,又接受了西方观念,并因而对现存秩序持强烈批判态度的群体。他们追求进步与理智,相信科学方法、相信自由批判、相信个人自由;他们反对反动,反对蒙昧主义,反动基督教会和独裁主义的政体,视彼此为共同事业(首先是为人权和正当的社会秩序)。别林斯基称他们为"批判性的知识群体"。知识分子是指一些生活在现代社会中的思想、观念的创造者个人,他们"没有团结奋斗,没有结成队伍",只是凭借个人的知性与德性观去观察、批判世界的某种存在,——以赛亚·伯林在《伯林谈话录》中对知识分子和知识阶层也有过详尽阐述①,由知识分子所建构起来的散文精神,必然呈现出独特的品质价值。

(一) 个人性

论及"个人性",我们无法不征引郁达夫的话,这大概也是现今散文研究界或是关于"五四"时期"个人"与文学关系研究方面的权威性论述:

---

① [伊朗]拉明·贾汉贝格鲁:《伯林谈话录》,杨祯钦译,译林出版社2002年版,第166页。

>　　五四运动的最大的成功，第一要算"个人"的发现……现代的散文之最大特征，是每一个作家的每一篇散文里所表现的个性，比从前的任何散文都来得强。古人说，小说都带些自叙传的色彩的，因为从小说的作风里、人物里可以见到作者自己的写照；但现代的散文，却更是带有自叙传的色彩了，我们只消把现代作家的散文集一翻，则这作家的世系，性格，嗜好，思想，信仰，以及生活习惯等等，无不活泼地显现在我们的眼前。这一种自叙传的色彩是什么呢？就是文学里所最可宝贵的个性的表现。①

郁达夫关于"个人""个性"的论述，观点鲜明，行文温和，未将传统文学中常见的国家、社会、集体、阶级、民族等宏大概念植入。弥尔顿和伯尔显然就激烈多了。弥尔顿说："国家可以是我的统治者，但并非是我的作品的鉴赏家。"② 伯尔也说："一个和艺术打交道的人不需要国家，但他知道，几乎所有别的人都需要它。"③ 他们宣称写作是个人行为方式，不接受任何力量地挟持与操控。奥威尔的态度比较暧昧，他在《文学和极权主义》一文中提到："现代文学基本上是个人的事"④。"基本"传递着个人存在的必然性，但是，人的社会化属性，使作家创作时不可避免地有社会因子的渗入。自由思想家别尔嘉耶夫甚至拿"个性"与社会作了包含与被包含的比较："与个性相比，社会是一股无穷大的力量。但不能用数量和力量来解决价值问题。从内部、从存在、从精神的角度来看，一切都要颠倒过来。个性不是社会的一部分，社会则是个性的一部分，是个性在

---

① 郁达夫：《中国新文学大系·散文二集》，上海良友图书印刷公司1935年版，第5页。
② [英] 约翰·弥尔顿：《论出版自由》，吴之椿译，商务印书馆1958年版，第29页。
③ [德] 海因里希·伯尔：《艺术的自由——在乌珀塔尔的第三次演讲》，黄凤祝等主编《伯尔文论》，袁志英等译，生活·读书·新知三联书店1996年版，第112页。
④ [英] 乔治·奥威尔：《文学和极权主义》，《我为什么要写作》，董乐山译，上海译文出版社2007年版，第146页。

其实现的道路上所具有的质的内涵。个性是一个大圈子，社会则是一个小圈子。"① 维奈进一步说到，"社会不是整个的人，而是所有的人。个性具有社会根本无法到达的深度"②。这里，颠覆了个人与社会的伦理关系，将社会内化为"个人"的社会，并且，有可能内化为某种个人的德性操守。事实上，捷克作家就十分看重个人道德，《七七宪章》就是基于个体道德（包括责任感）之上的政治吁求。

有感于"个人化"散文精神，在散文作品中，我们看到"像是在墙上挖洞"的高尔泰重返历史的现场，《寻找家园》：

> 这次是混沌无序之墙，一种历史中的自然。从洞中维度，我回望前尘。血腥污泥深处，浸润着蔷薇色的天空。碑碣沉沉，花影朦胧，蓝火在荒沙里流动……不知道是无序中的梦境？还是看不见的命运之手？毕竟，我之所以四十多年来没有窒息而死，之所以烧焦了一半的树上能留下这若干细果，都无非因为，能如此这般做梦。③

我们看到徐晓在《半生为人》中记下隐悲的文字：

> 有朋友曾说，我的写作美化了生活。为此，我曾想给这本书命名为"美化，直至死"。与其说是想回应这善意的批评，不如说是无可奈何的孤绝。作为人，作为女人，作为母亲，当你在任何一种角色中都面临困境的时候，你怎样论证"活着的正当性"？作为历史的参与者，作为悲剧的见证者，你怎样能够保持内心的高傲和宁静？
>
> 然而，我们终于还是活着。所以我写作——正如史铁生所说，写作是为活着寻找理由；所以我在写作时踌躇——"最终我把血腥和粗

---

① 参见林贤治《90年代散文：世纪末的狂欢》，《文艺争鸣》2001年第2期。
② 同上。
③ 高尔泰：《感激命运——〈寻找家园〉代序》，《书屋》2007年第2期。

暴的细节删除了，也把荒诞和滑稽的故事删除了，唯独没有删除的是从那个故事中走出来的人，因为那其中虽然凄婉，却飘散着丝丝缕缕的温情。我愿意把这传达给我的儿子，传达给所有我的朋友。因为我深深地懂得，这对人有多么重要。①

这些裹挟着生命沉痛的个体，内心必然填满了舒勒姆所言的"深刻的悲伤"，在清淡的文字中，我们隐约听见心的碎裂。

(二) 思想性

霍克海默、阿道尔诺《启蒙辨证法：哲学断片》第一页赫然写道："从进步思想最广泛的意义来看，历来启蒙的目的都是使人们摆脱恐惧，成为主人。但是，完全受到启蒙的世界却充满着最大的不幸。"②这似乎是一个悖论，但却是对思想价值所在的最好表述。启蒙开化思想，思想缺失故要启蒙教化。"完全受到启蒙的世界"给我们呈现的是思想的荒芜、精神的废墟。尼尔·波兹曼也说过："有两种方法可以让文化精神枯萎，一种是让文化成为一个监狱，另一种就是把文化变成一场娱乐至死的舞台。"③成为监狱，这是文化专制，思想禁锢；变成娱乐，这是思想的肤浅甚至缺席。"二战"战犯艾希曼之所以签发处死数万犹太人命令，根源便是他像机器一般顺从、麻木和不负责任，由此阿伦特提出"平庸的恶"的观点。思想的虚无使人性迷失，"平庸的恶魔可以毁掉整个世界。"④马内

---

① 徐晓：《无题往事》，《半生为人》，中信出版社2012年版，第71页。
② [德] 马克斯·霍克海默、西奥多·阿道尔诺：《启蒙辨证法：哲学断片》，曹卫东译，上海人民出版社2003年版，第1页。
③ [美] 尼尔·波兹曼：《娱乐至死·童年的消逝》，章艳、吴燕莛译，广西师范大学出版社2009年版，第132页。原文为"有两种方法可以让文化精神枯萎，一种是奥威尔式的——文化成为一个监狱，另一种是赫胥黎式的——文化成为一场滑稽戏"。
④ [美] 汉娜·阿伦特：《关于〈耶路撒冷的艾希曼〉的往来书信》，《伦理的现代困境》，孙传钊译，吉林人民出版社2003年版，第166页。原文为"'恶'正犹如覆盖在毒菇表面的霉菌那样繁衍，常会使整个世界毁灭。……这就是'恶的平庸'。"

阿也提过受害人"责任"问题:"人们总是喜欢谈论他们无辜的痛苦,却不敢直面自己对这些苦难应该承担的责任。"① 这也是种因思想缺席而导致的人性肤浅。思想是人的尊严、价值、生命意义的原点。

乔治·奥威尔说:"假若思想自由消亡了,文学注定也会消亡。"② 这是讲作家思想力之于文学的意义。思想是作家传递个人精神意向性、道德哲学、价值观念、批判立场与散文精神的方式,更是知识分子批判精神的根基。的确,在中国当代散文场域,我们有着这样一群知识分子的话语存在。巴金的《随想录》被誉为"近几十年来中国知识分子的思想变迁史"③。他借赵丹之嘴,说出反思现实的批判性话语:"对我,已经没有什么可怕的了。"④ 在20世纪80年代初期的后文化大革命时代,巴金这样的表达既需要思想的深邃也需要真诚与勇气。王英琦认为散文的书写是个"向内转"的书写,"真正的散文写作,起码要做到灵魂在场。有自我的血泪参与,有作者心的跳动、精神的痛苦,以及人性的冲突升华。认识并书写外部固然重要,但认识并书写内我更符合散文的本义。一个内在灵魂尚未开启的人,是无资格言说世界、济世启人的。或许大散文的难点——大散文真正的弊端不在由外引内和借景抒情,而在'向内转'面向真实自我的困难上。"⑤ 张承志觉得"散文也许是我的一种迟疑和矛盾的中间物吧。"⑥ 苇岸认为"富于理想精神的作家,都会选择散文"⑦。史铁生也感到人生最为本质的东西是精神:"有一天我认识了神,他有一个更为具体

---

① [罗马尼亚]诺曼·马内阿:《论小丑:独裁者和艺术家》,章艳译,吉林出版集团有限责任公司2008年版,第112页。
② [英]乔治·奥威尔:《对文学的阻碍》,《政治与文学》,李存捧译,译林出版社2011年版,第407页。
③ 柯灵:《〈随想录〉的随想》,《墨磨人》,生活·读书·新知三联书店1991年版,第115页。
④ 巴金:《赵丹同志》,《探索集》,生活·读书·新知三联书店1987年版,第293页。
⑤ 王英琦:《散文的敌人》,《散文选刊》2004年第9期。
⑥ 张承志:《绿风土》,作家出版社1994年版,第293页。
⑦ 苇岸:《大地上的事情》,中国对外翻译出版公司1995年版,第9页。

的名字——精神。在科学的迷茫之处,在命运的混沌之点,人惟有乞灵于自己的精神。不管我们信仰什么,都是我们自己的精神的描述和引导。"①林非从散文理论家的角度,庆幸许多作家"告别了严厉呵斥和粗暴批判的文化专制主义的灾祸,不再心惊胆战和畏首畏尾地握着自己的笔杆了,而已经开始形成一种比较自由与活泼的创作心态,这样也就从根本上保证了散文创作的思想与艺术质量,能够逐渐走向进一步的丰收和繁荣"②。资中筠探讨文化与制度二者的关系,认为历史上中国人在长期顽固的王权专制统治之下,发展出一整套可称之为"中国式"的文化观念,"当时以孔教的名义阻碍包括婚姻自由、思想平等在内的各种进步,所以鼓励要挣脱旧礼教的枷锁。但是在某一个时候,大家思想已经到了要突破的时候,制度却禁锢了文化的前进。当前中国的问题根源不在文化,而是制度的问题"③,等等。

思想,坐落在作家的价值、意念、知性和血脉里。

(三) 现实性

散文精神的现实性,不仅是作家的一种写作方式,更是知识分子思考与生存的一种选择。在西方浪漫主义诗人那里,散文精神内涵比较单一,它与现实关系几乎以同义词出现。席勒提出的"散文气"概念,认为关涉社会、政治、宗教和科学的现实情况都是散文气,散文气即是现实关系的表现。在中国现代文学家鲁迅那里,现实性是种积极介入人生的姿态,他做的是"为人生"的文学,立的是"国民性"精神。甚至在答复《京报副刊》关于"青年必读书"问题时,鲁迅直接建议青年人要少看甚至不看

---

① 史铁生:《我21岁那年》,《中外名家经典随笔 上帝的预言》,长江文艺出版社2012年版,第8页。
② 林非:《关于散文、游记和杂文的思考》,《中国社会科学院研究生院学报》2000年第1期。
③ 资中筠:《"那个时代"的思想者,为这个时代发声》,《晶报·深港书评》2012年7月22日。

中国书，理由是，"我看中国书时，总觉得就沉静下去，与实人生离开；读外国书——但除了印度——时，往往就与人生接触，想做点事。"① 在中国当代学者林贤治那里，他直接指认"散文精神对于散文的第一要求就是现实性。唯有现实的东西才是真实可感的"，"生存的时空即构成所谓现实"②。这是将散文精神赋予人间气，真实、真诚、真理是林贤治在生存时空中所要觅求的"原点"。

就具体散文文本而言，我们可以列举两个颇具代表力但也颇受争议的话语。第一个是"文化大革命"话语。诚如阿道尔诺所说，"在一个压制性的集体主义时代，与大多数人作斗争的抗拒力存在于孤独不依的艺术创作者身上。它成为艺术的绝对必要的条件。没有这种品格，艺术就失去了社会真实性。"③ 有人客观揭露"文化大革命"创伤，如汪曾祺如实写下知识分子在"文化大革命"中的惨况——老舍、金岳霖、赵树理、沈从文，以及戏曲界同行多人，他们在"火红的年代"，受迫害、受压抑，更多的"死于精神上的压抑"；杨绛在傅雷夫妻自杀多年之后，作文介绍傅译传记五种并悲愤追问："他这番遭遇对于这几部传记里所宣扬的人道主义和奋斗精神，该说是残酷的讽刺。"④ 有人抵制"文化大革命"记忆，如孙犁说："我体验很深，可以说是镂心刻骨的。可是我不愿意去写这些东西，我也不愿意去回忆它。"⑤ 有人对"文化大革命"进行省思，如周辅成说过一段话，也许能代表老一代知识分子（学者）的心路历程："四十年前，共产党掌权，当时我在武大任教。看到老百姓'箪食壶浆，以迎王

---

① 鲁迅：《青年必读书——应〈京报副刊〉的征求》，《鲁迅全集》第三卷，人民文学出版社2005年版，第12页。
② 林贤治：《论散文精神》，《中国散文》2011年第4期。
③ 参见林贤治《五十年：散文与自由的一种观察》，《书屋》2000年第3期。
④ 杨绛：《傅译传记五种·代序》，生活·读书·新知三联书店1983年版，第11页。
⑤ 孙犁：《文学和生活的路》，《书林秋草》，生活·读书·新知三联书店1983年版，第345页。

师'的热情,心想中国可能得救了。五十年代诚心诚意批判自己的资产阶级思想,把自己多年的学术成果骂得一钱不值。'文化大革命'十年住'牛棚',反而心平气和。改革十年可谓大梦初醒,觉四十年前我并无大错。想想这些,真有一种解放的感觉。"① 有人对"文化大革命"进行忏悔,如巴金1986年写的《"文革"博物馆》,他明确倡导要建立一座"文化大革命"博物馆,以"用具体的、实在的东西,用惊心动魄的真实情景,说明二十年前在中国这块土地上,究竟发生了什么事情?!让大家看看它的全部过程,想想个人在十年间的所作所为,脱下面具,掏出良心,弄清自己的本来面目,偿还过去的大小欠债。"② 有人为"文化大革命"纠葛,如朱正琳在《醒不过来的梦》中诉说,出狱三十年来"有一个梦一直在追逐着我——我老是梦见自己被收监!说是案子还没有结,说是案子还需重审,说是案子又查出了新问题……总而言之,我又进去了"。③ "文化大革命",成为每一个时代亲历者,无法逃离和抗拒的梦魇。

第二个是"底层"话语。进入底层的方式大概有两种,一种是代表底层发言。他们往往以社会"精英"作为自我身份的默许,以代表社会的良知为主动价值诉求,论述或者叙述底层的种种,颇具思辨性。张天潘在《我是神探我闹心——〈神探亨特张〉的"人民和解史"》中赫然写道:"对底层的关注似乎有着天然道德正义性与优先性,也正是如此,中国现在所有的思潮中,不管是自由主义还是左派,在底层立场上,居然是一致的,纷纷自我定位为代言人或者无限的同情者、同盟来进行公共叙述。但事实上,这些表述,很容易陷入两个极端:一个是精英主义

---

① 赵越胜:《燃灯者——忆周辅成》,湖南文艺出版社2012年版,第104页。
② 巴金:《"文革"博物馆》,《随想录》,作家出版社2009年版,第603页。
③ 朱正琳:《醒不过来的梦》,《里面的故事》,生活·读书·新知三联书店2005年版,第142页。

的矫情,一个是民粹主义的怨懑。"① 田磊在关注了环卫工人劳动艰辛、收入微薄、社会身份卑微的事实后,追问《劳动还有多少价值?》:"马克思主义的人道主义核心,即制度化关系给人带来的后果。底层劳动者们早已丧失了的自我救赎能力、他们绝望的自杀式反抗,以及主流社会对这些现实的熟视,对这种反抗故事的消费式关怀,都在加深着这种制度化了的关系,诠释着一个资本社会缺失的到底是怎样的人道主义。"② 李北方在《利他主义的自杀》中,提到中国底层老年人的悲凉[3];学者唐小兵《暴力、交易与尊严》更是深沉地看到暴力对于底层生命残忍后的中国式与"利益的计算"[4],等等。另一种是作为底层发言。朝阳鄙视一切把农村作为田园,把劳动作为闲情逸致的人群,他写着切身的沉痛:"在整个关中平原,在整个中国的土地上,我不知道有多少像我母亲和祖母那样的农民,他们把生活叫受苦,把农民叫作下苦人。你仔细看看那些下苦人吧,他们的腰几乎都一律向下弯,他们的腿几乎都变成了罗圈腿。他们告诉你,劳动能使人变成残疾,他们告诉你,劳动是一种受难,他们告诉你,工作着不是美丽的。劳动,是怎样使我的祖父祖母们变得丑陋!"⑤ 江子在《永远的暗疾》中叹息着"以土为命的人,哪一个身体上没有一两个未愈合的伤口"⑥ 的现实。杨献平感念着乡村人情、人性的复杂:"热爱的亲人都老了,皱纹和白发,没有什么比它们更能刺痛我的心。当然还有村庄的风俗和人心,他们是比当年更为陌生,比

---

① 张天潘:《我是神探我闹心——〈神探亨特张〉的"人民和解史"》,《南风窗》2012年第18期。
② 田磊:《劳动还有多少价值?》,《南风窗》2012年第15期。
③ 李北方:《利他主义的自杀》,草根网,2012年4月22日。
④ 唐小兵:《暴力、交易与尊严》,《南风窗》2011年第12期。
⑤ 朝阳:《丧乱》,林贤治编著《我是农民的儿子》,花城出版社2005年版,第71页。
⑥ 江子:《永远的暗疾》,林贤治编著《我是农民的儿子》,花城出版社2005年版,第138页。

刀子更为锐利……我知道，我不会再回到这里的，死了也不。"① 中国传统观念中的还乡、叶落归根在杨献平这里，被无情地消解了。只是这样的决然，又是何等的悲怆。

后来，林贤治在编选《我是农民的儿子·序》中写道："这是为人生的文学。作为农人的后裔，在作者的血脉里，依然流淌着父兄的滞重的血液；他们的心，依然为日日剧变着的家园而悸动。他们如实地写下目睹耳闻的故园的一切，自始至终，不曾以聪明人的方式利用农民的痛苦。"② 这些蕴藏着疼痛的文字，以一种坚实的力量嵌入人的心灵，无论我们是否有农村生活经验，都不会无动于衷。

也许，散文精神的意义，便是生活之重与生命之痛的累加吧。而这"痛"的源起，大抵是社会生态与精神生态断裂性关系使然。

第二节 社会转型·精神生态

是诉诸价值，还是仅仅诉诸利益？这是个难题。徐友渔在《社会转型时期的价值问题》中也忧虑过："这是一个历史性、世界性的问题，它的核心是：物质条件的变化引起精神文化的变化，社会的变化引起价值的变化。"③ 那么，这些变化的核心质素在哪里？或者说，社会转型的突破口在何处？郭罗基在《新启蒙》中给了一条出路，即"思想启蒙是历史变革的先导"，社会转型的关键在于"新启蒙"。

---

① 杨献平：《有一种忧伤，比路途绵长》，林贤治编著《我是农民的儿子》，花城出版社 2005 年版，第 174—176 页。
② 林贤治编著：《我是农民的儿子》，花城出版社 2005 年版，第 3 页。
③ 徐友渔：《社会转型时期的价值问题》，《与时代同行》，复旦大学出版社 2010 年版，第 176 页。

第二章　精神表意：社会转型与散文演变

"新启蒙"的提出，在20世纪中国，先后有过两次。一次是20世纪30年代中期，陈伯达、张申府、艾思奇等人发动，它具有很强的政治倾向性，不仅以无产阶级的新哲学、新思想来开启传统专制文化的蒙昧，还开启"五四"时代资产阶级民主思想之于人民思想自由化的蒙昧，某种程度上，是对"五四"人格独立、精神自由、个人确认的启蒙思想的清算与倒退。一次是20世纪80年代末，王元化、王若水等人主持《新启蒙》丛书（湖南教育出版社出版），重新呼吁思想解放，并提出民主、自由和人权的口号（有学者称20世纪80年代的知识分子基本上都是自由派，新启蒙主义者一般被泛泛地称为自由主义者），但在市场冲击、政治干扰中很快夭折。郭罗基所言的"新启蒙"，是面向21世纪中国，"新启蒙具有双重含义，即重新启蒙和新的启蒙。任务的提出，理由有二：第一，因为以往的启蒙不彻底，故需要进行重新启蒙；第二，因为老的蒙昧未去，新的蒙昧又来，故需要进行新的启蒙。"[1]张显扬在《新启蒙：两重含义三个层次——读郭罗基先生新作〈新启蒙〉》中对此做了详细解读，其核心机理是，"批判'反对资产阶级自由化'，打破思想禁锢；勇于运用自己的理智，化解思想僵化；反对'以国为本'，坚持'以人为本'，或者说，打破思想禁锢，发展民主主义；化解思想僵化，弘扬理性主义；坚持'以人为本'，发扬人文主义"[2]，最终，让蒙昧主义和专制主义寿终正寝。启蒙的根本目标，是造就陈寅恪所说的具有"独立之精神，自由之思想"的人，使人获得人的尊严、自由精神和合法权利。

只是，通往启蒙之路的中间，往往横亘着"政治"的导向。亚里士多德指称："人是天生的政治动物"[3]。不过亚里士多德所言称的"政治"内

---

[1] 郭罗基：《新启蒙——历史的见证与省思》，香港晨钟书局2010年版，第19页。
[2] 张显扬：《新启蒙：两重含义三个层次——读郭罗基先生新作〈新启蒙〉》，共识网，2011年11月24日。
[3] 颜一编著：《亚里士多德选集 政治学卷》，中国人民大学出版社1999年版，第6页。

涵与我们今天通常的所指并不一致,他强调个人的德性,认为人生活的意义在于实践自己的德行,即追求至善。而我们今天的政治,诚如美国现代政治学家罗伯特·达尔所说,是人类生存的一个无法避免的事实,"不论他们的价值观和所关注的是什么,人们都不可避免地会陷入政治体系网中,不管他们是否喜欢,甚至是否注意到这一个事实。"① 这种具有"外在决定因素"的政治质素,很多时候,并不直接作用在社会民众,特别是知识分子身上,而是通过某些生活场域,硬性植入或是软性渗入人们的行为方式与精神心态中,使人们自觉或不自觉地受政治规约的作用;同时,自己又以独特的方式参与政治话语或者政治文化的建构。

阿尔蒙德认为:

> 政治文化是一个民族在特定时期流行的一套政治态度、信仰和感情。这个政治文化是由本民族的历史和现在社会、经济、政治活动的进程所形成。人们在过去的经历中形成的态度类型对未来的政治行为有着重要的强制作用,政治文化影响各个担任政治角色者的行为,他们的政治要求内容和对法律的反应。②

或许,我们可以这样理解,政治文化的形成与"人们在过去的经历中形成的态度类型"(包括社会的、政治的、经济的)有着不可割裂的关系,而"态度类型"的形成又受政治体系中政治行为主体、对象的生活素养、观念价值、知识修养、审美能力、社会地位等的影响。政治行为主体、对象对政治既有一种高度的认同、依附,同时又因自身的参差差异,导致政治文化的非同质性。并且,因着政治文化的非同质性,某种程度上又规约了

---

① [美]罗伯特·A.达尔:《现代政治分析》,王沪宁、陈峰译,上海译文出版社1987年版,第127页。
② [美]加布里埃尔·A.阿尔蒙德、小G.宾厄姆·鲍威尔:《比较政治学:体系、过程和政策》,曹沛林等译,上海译文出版社1987年版,第29页。

社会结构的阶层分野。何清涟在《当前中国社会结构演变的总体性分析》中，将中国社会分为四个阶层，即社会精英阶层、中间阶层、下等阶层、社会边缘化群体。"上等阶层少，下等阶层、社会边缘阶层相当庞大。百分之八十以上的民众属于社会下层与边缘阶层。中产阶级（即中上阶层与中等阶层）从数量来说很不发达。"他们呈"金字塔结构"的方式存在①。由社会转型带来的阶级分层，导致严重的贫富分化、社会不公，社会学家孙立平称这样的社会结构为"断裂"的社会结构；清华大学汪晖则发明了"代表性的断裂"术语，由此来观照中国的政治结构；而在舍勒看来，阶级分层必然生成一种"怨恨"的精神现象……那么，在这样的社会生态中，知识分子充当着什么角色呢？

尽管班达在《知识分子的背叛》中指出，源于"德雷福斯事件"的知识分子传统正在终结，他们为所在的特定国家、阶级、种族的利益服务，甚至成为愚蠢的民族主义的辩护士，丧失了应有的普遍价值观和使命感。并且，我们确实也听到时代中关于"知识分子死了"（利奥塔）、"主体死了"（德里达）、"人死了"（福柯）的别样声音。但是，知识分子"希求不可名状，希求崇高，希求超越限制，希求完全自由地运用语言、不受制于社会制度"②的特殊性、奇异性，决定了他们不可能完全附属于任何阶层，同时，不可避免地，每一个社会阶层又都有知识分子的渗透。在与时代同行中，知识分子介入政治，见证权力，建构国族，树立信仰，以个人独特的方式和精神姿态，影响社会转型期时代风貌的形成；在利益冲突时代与市侩主义下的文化（精神）危机中，承担着知识分子"宁鸣而死，不默而生"的"自天"责任。

---

① 何清涟：《当前中国社会结构演变的总体性分析》，《书屋》2000 年第 3 期。
② ［美］理查·罗蒂：《哈贝马斯与利奥塔论后现代》，王晓明译，转引自王岳川、尚水编著《后现代主义文化与美学》，北京大学出版社 1992 年版，第 71 页。

一 中国式政治参与

在法国，法兰克福学派的思想家们向来主张知识分子"应该是每一时代的批判性良知"；在俄国，知识分子与政府的对抗由来已久，以致沙皇"尼古拉（二世）始终认为，知识分子是专制统治最大的威胁，是完全天然的敌人，知识分子就是叛逆和异端的代名词。有人提到'知识分子'这个词，尼古拉说，我对这个词十分反感，应当命令科学院把这个词从俄语词典中勾掉。"① 在中国，"知识分子的真实含义，是指政治另册中的知识精英，其定位则取决于执政系统根据需要而做出的实用选择，即改造、团结、利用、依靠（这四者既可分立，也可并举）。"② 考证一下"另册"，是清代用以登记不入流品者的户口册，毛泽东在《湖南农民运动考察报告·打倒土豪劣绅，一切权力归农会》中阐述道："前清地方造丁口册，有正册、另册二种，好人入正册，匪盗等坏人入另册。现在有些地方的农民便拿了这事吓那些从前反对农会的人：'把他们入另册！'"③ 在这里，"另册"是与坏人、反对置于同一话语平台的。也就是说，知识分子以异端者、非良民的身份被标识在社会和政治文化中，良民的安分守己、俯首听命是他们所少有或是没有的。他们在社会结构，特别是政治结构的"断裂"处，根据执政系统的需要及其自身的妥协性程度，面临着被"代表"、被"另册"的可能。即便如此，知识性、自由性、批判性仍是他们的普遍性特征。

只是，知识分子如何介入社会结构转型，又如何实现个人价值诉求

---

① ［俄］谢·尤·维特：《维特回忆录》（第1卷），张开译，新华出版社1983年版，第263页。
② 孙津：《今日中国知识分子的变化与生成》，《知识分子与社会转型》，河南大学出版社2003年版，第308页。
③ 毛泽东：《湖南农民运动考察报告·打倒土豪劣绅，一切权利归农会》，《毛泽东选集》（第一卷），人民出版社1991年版，第14页。

的？余英时在《士与中国文化》中给出了还算明了的答案，即中国现代知识分子形象需具备双重属性，超然性与介入性。"所谓'超然'，就是知识分子应该与整个社会保持一定的隔离状态，在社会角色分工中有着一块只属于其本人的独立营地，并凭借各自的专业从事文化价值创造和操作性运用。所谓'介入'，就是知识分子又必须关切和参与整个社会的公共事务，包括国家的最高政治决策，能够在一个超个人功利的宏观立场上领导舆论，批评时政，发挥社会良心的功用。"[1] 知识分子许纪霖在《中国自由知识分子的参政（1945—1949）》中也有过明确指认，作为一种西方政治哲学，自由主义视个人自由为最高、终极性价值，政府是必要的，也是必须限制的"恶"，只有通过分权制衡的民主制度，才能保障社会每一个体的自由权利。因此在工具性价值上，自由主义亦可等同于民主主义。在中国，自由主义的社会载体主要是城市的知识分子阶层。自由主义的目标之一在于变革现实政治秩序，知识分子势必面临政治参与问题。参政的样式不外乎三种：第一种是以个人身份加入政府，成为职业官僚。第二种是继续以知识精英的身份留在民间社会，与政治系统保持一定的距离，通过大众传媒工具批评时政。这种"书生议政"是自由主义知识分子参政的基本样式，即胡适所提倡的对政治保持"不感兴趣的兴趣"（disinterested interest）。第三种是联合组党，形成独立的力量。[2]

显然，许纪霖所说的第一种知识分子是已经被执政系统根据需要改造、团结、利用、依靠的群体，他们是葛兰西称之的有机知识分子，在社会、政治、经济领域将同质性以及对自身功能的认识赋予该执政集团，成为该集团的"专业人员"与官僚威权。第三种在依旧是一党专政的政治格

---

[1] 许纪霖：《关于知识分子的断想——读余英时〈士与中国文化〉》，《读书》1988年第6期。
[2] 许纪霖：《中国自由知识分子的参政（1945—1949）》，《另一种理想》，复旦大学出版社2010年版，第118—120页。

局中终究难成气候。唯有第二种方式,兼容了知识分子超然性和介入性属性。以"政治另册"身份参与社会转型的知识分子诚如汉王充在《论衡·效力篇》中早定论的:"治书定簿,佐史之力也;论道议政,贤儒之力也。"① 这是种意识范畴的"书生议政",是中国式政治参与的典型化存在。他们以"吾善养吾浩然之气"的儒家文化训诫为基石,以思考、自由、精神的"纸上声"方式进入社会转型历程,怀着宗教般的人生理念,介入社会实践,参与公共事件,建构理论平台,在现实的泥沼中,实践着高度的精神"自治"。

譬如,石勇在《阶层心态和社会未来》中客观陈述:"社会演化总处于动态之中。各阶层的利益诉求,他们的性格、心态这些变量也受制于政治经济结构的变化。从公共利益,以及一个国家的美好未来来说,最大限度地协调各阶级的利益诉求,整合其性格和心态,避免对社会结构的破坏力,是接下来整个社会所共同面对的艰难挑战。"② 譬如对"政府如何不谋私利""谁来代表民意""精英主义与大众政治""特殊利益集团""无赖假定原则""官民疏离""政府的自利性""公民不服从"等话题的思考与争鸣。他们坚持自己内心的信仰,怀抱以天下为己任的士人传统,在时代转型的洪流中,"不安于现状",扮演启蒙者的角色。这些知识分子,无论是政治另册或是政治参与(可兼容),都是积极介入公共领域,即便他们的介入,大都以"纸上声"的方式存活。但是,我们有理由相信,在历史左摇右摆的行进中,正是他们,用"公共""公众"的话语方式扛住了舆论和批判的闸门。

---

① (汉)王充:《论衡·效力篇》,上海人民出版社 1974 年版,第 205 页。
② 石勇:《阶层心态和社会未来》,《南风窗》2014 年第 1 期。

二 权力,想象的政治社会

政治权力不是一个讨人喜欢的话题;政府自利性也是一个无法规避的现实。英国思想家休谟那个关于政治制度的有名论断"无赖假定"原则,至今仍享有其正当性:"政治家们已经确立了这样一条准则,即在设计任何政府制度和确定几种宪法的制约和控制时,应把每个人视为无赖——在他的全部行动中,除了谋求一己的私利外,别无其他目的。"[①] 孟德斯鸠也认为:"一切有权力的人都容易滥用权力,这是万古不易的一条经验。有权力的人们使用权力一直到遇到界限的地方才休止。说也奇怪,就是品德本身也是需要界限的!""从事情的性质来说,要防止滥用权力,就必须以权力约束权力。"[②] 由两位先哲表述可知,权力或者权力制度的诞生是建立在漠视民众权利,更没有对民众德性期待与敬畏的基础上。美国政治哲学家罗尔斯言说的"正义是制度的首要美德"[③] 只是个美好的想象。强制力与攻击性是权力制度的本质。在这样的话语场中,鲁迅所推崇的"不顾利害"的"真的知识阶级"的作用是极为有限的。特别是在现代社会阶层分化的转型期,政治权力需要的是葛兰西构想的"有机知识分子",知识分子阶层获得了前所未有的扩张,专家、学者、媒体人、电影从事者均成为广义上的知识分子,他们自觉参与到特定利益集团的建构和发展中,并重新获得价值的认证。但是,毋庸置疑,他们已经缺失了作为传统知识分子所践行的精神意义与关注现实的能力。

媒体,作为政治权力一个重要的传播工具,介入或是被动介入现实社

---

① [英]大卫·休谟:《人性论》,《休谟政治论文选》,张若衡译,商务印书馆1993年版,第27—28页。
② [法]孟德斯鸠:《论法的精神》,张雁深译,商务印书馆1978年版,第145页。
③ [美]约翰·罗尔斯:《正义论》第1编,何怀宏、何包钢、廖申白译,中国社会科学出版社1988年版,第1页。原文为"正义是社会制度的首要价值"。

会，成为想象政治社会的重要路径。他们构建"公共领域"，传递"公共意见"，形成"公共舆论"，体现执政党强调的"媒体社会责任感"。这样的强调尺度，有论者发现，它是"一套越来越清晰的与譬如'文革'时期明显不同的国家文化政策和管理措施"，管理的重心"越来越偏向于文学作品的出版和传播过程，而非其创作过程"。① 在社会转型、价值多元的新时期，政治权力仍不放弃其对文艺场域与其他媒体场域的监控。但是，在一些报人那里，多少有些游离态。自由媒体或是媒体人自由主张权力的意志如地火般隐忍地薄发。刘阳在《媒体在当下的有限责任》中陈述："以媒体为志业，更要意识到，没有人可以跳过这个世界建立完美的新天地，媒体不是限制，完美理应进入被我们批评的事物的处境，感同身受地体察到，我们恰恰是我们所批判的事物的一部分，甚至是隐藏最深的那一部分。"② 显然，刘阳所言的"这个世界"并不完美，或许还包括民主和法治的迟到甚至缺席，道德成为一种困境。批判是传统知识分子的主题，他们思考着国家权力的德性，是保障还是侵犯民众的权力；是否让自由、民主、人权、平等等观念深入人心；是否提供道德议题的空间，而不是用唯一标准去介入或取代思考某种话语的可能。就像赵义在《推倒"无形的墙"》中提到的"特权"问题，"一个自由越来越充分的社会，特权就失去了存在的土壤，最终把'权力关进制度的笼子里'。道理很简单，一个真正珍视自由的社会，怎么会允许特权再把自由剥夺掉呢？"③ 由此，我们不由得又省思起来，在权力监控下的自由，又有多少可以成为现实？

或许，更多的真相在媒体之外的黑洞里；或许，传媒背后的中国才更

---

① 王晓明：《面对新的文学生产机制》，《文艺理论研究》2003 年第 2 期。
② 刘阳：《媒体在当下的有限责任》，《南风窗》2009 年第 24 期。
③ 赵义：《推倒"无形的墙"》，《南风窗》2013 年第 3 期。

具真实。我们这种带有偏见的态度,源于见证了知识分子"对权势说真话"(萨义德)的精神秉持。知识人"他们所能做的无非抗议,用自己的知识去抗议对公权的滥用,不明智的决策和充满欺骗的市场行为。报纸杂志、新闻媒体乃是知识就是抗议的最佳表现平台。而公共知识分子则是在这个平台上引领风骚的英雄人物"①。媒体与媒体后面矗立的、坚守精神主体性介入的"人",不但是社会事务、政治权力的"旁观者"、参与者,更是思想者、批判者,他们是时代的道德良知。

事情总有多面向。媒体,本身即意味着言论自由。它承载着监测社会环境、协调社会关系、传承文化、提供娱乐、教育市民大众、传递信息、引导群众价值观等功能。但同时,媒体权力毕竟存活在某些特定的政治权力内并与其相互渗透。《当代》杂志主编何启治的无奈之语颇具代表性:"我们的出版社,除了编辑、出版的功能,它还负责在文学中体现国家的或者政治的意志,很多时候,它是隐作者。"② 它涉及了文学出版与国家伦理的关系。我们的服从是体制内知识分子的一种必然取向。我们常理中的"不服从"往往被视为"逆上的异端"。像《美国知识分子》中大量篇幅直击生活现场,揭露官商勾结书写《城市之耻》的斯蒂芬斯;首创"利益集团"一词,痛斥"参议院背叛"的菲利浦斯等,终究是美国式存在。有人说,知识分子的作用,在俄国突出的是作家,在法国突出的是学者,在美国突出的首推记者,尤其是"扒粪者"的作用。在中国,似乎还未有特定的群体化、整体性的代言阶层,这本身就是个值得思考的有意味的议题,中国的知识分子哪里去了?

按照政治学家本尼迪克特·安德森定义的,一个国家远非只是一个政

---

① 於兴中:《"知识就是抗议"》,《南风窗》2012年第15期。
② 何启治、柳建伟:《五十年光荣和梦想——关于编辑、出版者与长篇小说创作关系的对话》,《当代作家评论》1998年第1期。

治实体，国家也是一种精神状态，是一个"想象的政治社会"；它不仅具有地理的界限，同时也具有思想上的界限①。这些界限，若能践行哈贝马斯所说的，"公共舆论是社会秩序基础上共同公开反思的结果；公共舆论是对社会秩序的自然规律的概括，它没有统治力量，但开明的统治者仍然会遵循它的权威性结论。"② 对此，我们可以等待。

三 国族建构，在真理中生活

国族建构是与国家建构相对应的一个概念。被认为是中国大陆文化保守主义一面旗帜的《原道》主编陈明这样阐释："国家建构指向作为支撑国家这个政治共同体的制度、法律架构，国族建构指向这个政治共同体成员的身份意识和认同观念。"③ 或者我们可以这样理解，前者是硬文化，它指向威权限制及掌控；后者是软文化，它指向公民道德建设。李欧梵在《人文六讲》④ 中绕开"国家"的概念，在全球化背景下，给了个较为温和，却与陈明很相似的说法。他指认人文是和人有关的东西；"文"的古意是"纹理"，也就是形式和规则。有尊重人的个体又有规则形式，是儒家传统对"人"和"文"的依归。《大学》里的"协和万邦"与儒家的"以天下为一家，中国为一人"的圣人情怀都是非常理想的政治构想。

但是，时代的裂变，社会的转型，观念思想也是常与更新。经济改革下形成的重商主义观使人文精神空悬，消费主义、物质主义成为新的价值标准。贫富悬殊、阶层分裂并未能推动政治改革，相反，国家意识形态用

---

① ［美］本尼迪克特·安德森：《想象的共同体：民族主义的起源与散布》，吴睿人译，上海人民出版社2001年版，第6页。
② ［德］尤尔根·哈贝马斯：《公共领域的结构转型》，曹卫东等译，学林出版社1999年版，第113页。
③ 陈明：《国家建构与国族建构——儒家视角的中国叙述》，《原道》2012年第19期。
④ 李欧梵：《人文六讲》，中国人民大学出版社2012年版，第23页。

"稳定性"作为其反复强化国家意志的手段。李慎之将这种现象称之为"后极权主义",并在《良心与主义——哈维尔对后极权主义社会的论述》中做了解释:

> 什么是后极权主义?后极权主义就是极权主义的原始动力已经衰竭的时期。用二十多年前因车祸去世的苏联作家阿尔马里克的话来说,就是革命的"总发条已经松了"的时期。权力者已经失去了他们的前辈所拥有的原创力与严酷性。但是制度还是大体上照原样运转,靠惯性或曰惰性运转。权力者不能不比过去多讲一点法制(绝不是法治),消费主义日趋盛行,腐败也日益严重。不过社会仍然是同过去一样的冷漠,一样的非人性,"权力中心仍然是真理的中心"。
>
> 这个社会的最高原则是"稳定",而为了维持稳定,它赖以运转的基本条件仍然是:恐惧和谎言。[1]

李慎之没有告诉我们如何打破这"冷漠"和"非人性",哈维尔倒是提出解决的方法:"在真实中生活",或是"在真理中生活"[2]。只是,在当代中国国家建构中,"五四"启蒙运动而来的"以人为本"并未真正打破思想禁锢的壁垒,邓小平言之的"国权比人权重要得多"政治观念依然是核心价值体系。

国族建构似乎有意弱化了"以国为本"或"以党为本"的言论。这个以"人"的身份意识和认同观念为根基的概念,把"以人为本"做成(试图做成)公民信仰得以确认的前置性保障,由此使公民活在真实、真相中。学者何怀宏用《新纲常》为公民立言,"探讨中国社会地位道德根

---

[1] 李慎之:《良心与主义——哈维尔对后极权主义社会的论述》,《战略与管理》1999年第1期。
[2] 同上。

基"，从理论上复归当代"人"的价值。他确认的、新的基本道德原则是：

其一，民为政纲，重新定义国民与政治权力之间的关系，治理者要对民众负责，且这种问责不仅是民生的，还应是民主的。其二，义为人纲，即把人当人看，把不可杀害、不可盗窃、不可欺诈、不可侵犯等原则规范作为所有人的基本义务原则。其三，生为物纲，即努力保障所有物种的共生共存。此外，还可以从关系着眼，处理好天人、族群、群己、人我、亲友之间的关系等等。①

实际上，何怀宏论述了人与国、人与人、人与物的三组关系。在现代性话语中，这三组关系都是以"人生在世"作为其哲学根基的。而何怀宏确认"三纲"的社会背景，颇像迪尔凯姆言说的"失序"（Anomie）时代，其表征为可信任的权威系统失灵，价值观对立甚至混乱、各种制度不协调以及道德危机。何蕴琪与王人博、秋风在《南风窗》上讨论《我们需要怎么样的公民教育？》，认为无论是"道德血液""公民道德""良心"的不同表述，都在指向关于公民个体的德性问题，而公民个体的德性问题，又在一个建立现代国家和公平社会的语境下，必然地拥有它的公共含义。我们以为，这个"公共含义"的基石，必然是以民主、自由等启蒙形态呈现。干春松甚至直接给出公民信仰的功能，"第一是要给政治确立一个价值的基础，就是说在给政治一种合法性的同时，给它确立一个约束的标准。第二是在社会层面、在国家生活的层面，提供一种思想文化认同的整合基础，以凝聚或塑造国族意识"②。周保松更是精细化、技术化了"人"作为道德存有的基本能力：一、会使用道德语言；二、会使用道德语言作道德判断；三、会根据道德判断作出道德行动；四、会因道德判断

---

① 何怀宏：《新纲常：探讨中国社会地位道德根基》，《南方周末》2013年9月26日。
② 参见陈明《国家建构与国族建构——儒家视角的中国叙述》，《南风窗》2012年第19期。

和行动而产生相应的道德情感①，等等。以市场经济为主导的社会变革，改变了社会人，特别是知识分子的整体人文生态环境；而政治体制改革的滞后，又导致了物欲膨胀后人的精神的虚无、信仰的沦丧和道德的滑坡。作为政治社群中的一员，树立人的主体身份，构建公共的道德信仰，是每个公共知识分子与自由人不可推卸的责任。

社会转型，诚如本篇开始时所述，思想新启蒙是其关键。中国的传统思想，历来以民族主义、国家主义、集体主义、政党主义为主导，我们缺乏个人自由和个人权利的意识。尽管，马克思关于共产主义的设想是"自由人的联合体"，《共产党宣言》强调的是"每个人的自由发展"，但在中国的现实语境中，个体被国家、集体、政党、极权取代，自由被有意或无意遮蔽了。社会转型期的危机，说到底，是一种由政治文化制导而出的制度性危机，能否真正彻底清除或开化盘踞在政治领导人和民众意识中的官僚、专制和教条主义思想，能否构建中国式道德价值观念的制度体系（儒家强调"君子之德"，其"君子"概念与共和主义语境下的"公民"很接近，讲德性、责任、修身），知识分子能否担负起"慢慢长夜的守更人"职责，是社会转型的力量所在。

行笔至此，我仿若看到胡适说"个人若没有自由，国家也不会有自由，一个强大的国家不是由一群奴隶所能造成"时的忧郁神情。

第三节　社会转型·散文演变

周作人在《论文章之意义暨其使命因及中国近时论文之失》中，有两个很重要的观点。一是关于文学功用。周作人说："夫文章者，国民精神

---

① 周保松：《较真的政治》，《南风窗》2013年第5期。

之所寄也。精神而盛，文章固即以发皇，精神而衰，文章亦足以补救。故文章虽非实用，而有远功者也。"① 周作人所言的"非实用"，大抵指向文学无实质上的功利性；"有远功"，则指向文学可以启蒙大众、唤醒社会与人生。郭沫若也说过文学"貌似无用，然而有大用焉"②的话，大意与此相似。鲁迅在著名的仙台幻灯片事件后，弃医从文，终其一生在"绝望的反抗"与"反抗的绝望"中"立人"，用行动直接践行文学的功用。二是关于文学使命。周作人在比较中西各家对文学功用的阐述后，同意美国宏德（Hunt）的观点，认为文章使命有四义："一曰在裁铸高义鸿思，汇合阐发之也；二曰在阐释时代精神，的然无误也；三曰在阐释人情以示世也；四曰在发扬神思，趣人心以进于高尚也。"③ 强调文学既有超然于时代、社会之外的气韵、神思、精神等原初性存在，同时又有对时代、社会、人生的多元表达。这种多元表达的深度、密度和广度，与表达主体的身份建构、所处时代的社会转型及文体取向有着必然的关联。

所谓"有一代之政教风尚，则有一代之学术思想"④。要评价一时代文学则要评价一时代精神，而时代精神又与社会结构、政治权力、经济结构、宗教文化等相关联，知识分子（精神）附着在时代进程中，直面时代压迫处境，成为贯穿其始终的主体性存在。许纪霖曾详细探讨了中国知识分子在时代裂变中的三种转型形态：一是社会结构由传统社会结构定位的"四民之首"士大夫转型到"自由漂浮的"（曼海姆"free‑floating"）边缘化知识分子；二是政治权力由信念性激情性政治参与转型到利益性理性政治参与；三是经济转型导致文化生态的边缘化，包括中国文化本体从中

---

① 周作人：《论文章之意义暨其使命因中国近时论文之失》，《周作人文类编》，湖南文艺出版社1998年版，第6页。
② 郭沫若：《论国内的评坛及我对于创作上的态度》，《文艺论集》，人民文学出版社1979年版，第112页。
③ 周作人：《论文章之意义暨其使命因中国近时论文之失》，《河南》1908年第5期。
④ 黄人：《清文汇》，北京出版社1995年版，第2页。

心走向边缘（如中国文化内核转置为西方价值）、知识分子自动退出中国文化中心等①。这些转型与知识分子形态的变化，必然导致知识分子精神上的某种裂变，而被称为最贴近人心灵的散文文体，则及时有效、深刻有力、自由深邃地书写了知识分子"人生在世"的种种行状。

"人生在世"，简言之是人在世界中的存在，它由世界、人、人与世界的关系三种要素构成；展开说是人与世界相互依存、互为交融的双向建构关系。这种建构，既有物质的客观世界，也有主观的精神世界，更有关涉国家、社会、宗教、政治等文化和文明的精神产物。散文关于世界的叙述，因着时代的进程、社会的转型，呈现不同的文本特征。林贤治在《五十年：散文与自由的一种观察（二）》中提到："如果要把写作同时代联系起来的话，那么，散文更多的是表现社会制度的细部变化，是情感、意识、态度的变化，是对世界的最实际的描写，最质朴的叙述，最由衷的咏叹。真正的散文是不戴面具的。"② 以公共知识分子形象行走于文坛的林贤治，将散文文本更多地指向社会制度、国家民族、民主自由、正义真理、专政极权、批判等话语，让思想"穿过人生与世相"，启蒙明智。筱敏在《请想一想辽阔和自由》中说，"散文精神事实上注定是一种时代的精神"③。时代若是"王纲解纽"，散文便勃兴发达，战国、魏晋、"五四"、20世纪90年代便是如此；时代若是专制极权，散文便缄默无声，"文化大革命"时代就是典型。这里强调的是散文自由精神与时代开化程度的关系。不过，按照萨特的理论，"沉默乃是语言的一个瞬间；沉默不是不会说话，而是拒绝说话，所以仍在说话。如果一个作家选择对世界的某一面貌沉默不语，或者借用一个真实把话说到点子上的成语来说，他把世界的

---

① 许纪霖：《"断裂社会"中的知识分子》，《二十世纪中国知识分子史论》，新星出版社2005年版，第1页。
② 林贤治：《五十年：散文与自由的一种观察（二）》，《书屋》2000年第3期。
③ 筱敏：《请想一想辽阔和自由》，《成年礼》，太白文艺出版社2001年版，第254页。

某一面貌置于沉默之下"①。于无声处发声，这也是自由思想被禁锢于时代的一种非常态表达。奥威尔强调极权时代过去之后的数百年，仍然可能产生不出散文，应该也是指散文写作对时代自由的依赖。此外，韩小蕙偏重于时代思想意识，认为"好的作品不能仅仅满足于反映了现实（包括深刻地反映现实），而且还要站在时代思想的峰巅，回答出新的历史时期所面对的社会思想新困惑"②。梁衡偏重于非虚构社会写实，认为"凡历史变革时期，不但有大政大业，也必有大文章好文章"，"既然山水闲情都可以入文，政治大事，万民关注的事为什么不可以入文呢"③，等等。这些作家，在晚近三十年的社会化进程中——20世纪80年代至新世纪——以散文文体的方式留存时代精神，彰显特定时代环境、社会形态中的生存图景。

一 "主体性复归"与"新启蒙"散文

陶东风认为，20世纪80年代是社会转型的舆论准备期（《中心与边缘的位移》）。但是，20世纪80年代只是个宽泛意义的时间概念。它具体可分为三个时间段：后文化大革命时代（1978年为肇始）、20世纪80年代初期至中期、中后期。由拨乱反正、思想运动（思想解放运动）、改革开放衍生成的时代主导精神是：祛除以阶级斗争为纲的意识形态，祛除"文化的政治化"或"政治化的文化"。知识分子以思想者的姿态，参与思想"新启蒙"，在参与中实现自身的价值判断与价值取向。

从作为历史转折截点的后文化大革命时代开始，主体性问题便成为时代的焦点问题，"主体性复归"是一个时代共同的精神期待，也是我所关

---

① ［法］让-保罗·萨特：《萨特文集》（第七卷），施康强译，人民文学出版社2005年版，第105页。
② 韩小蕙：《散文观潮》，《新华文摘》1994年第1期。
③ 梁衡：《提倡写大情、大事、大理——兼谈文学与政治》，《当代贵州》2004年第8期。

注的核心话语。李泽厚由"主体性实践哲学"到"积淀"学说,强调人的自动、自觉、自为的特质;刘再复由"人物性格二重组合原理"及"文学主体性"等理论建构以"人"为核心的文学观念,强调文学的独立性。我所言的"主体性复归"是与"主体性沦陷"相对立的概念。前文化大革命时代,在权力制导下,思想的"大一统"使人普遍丧失自由、自主、自为的主观能动性及创造性,主体性沦陷,留下巨大的精神废墟;后文化大革命时代,理想主题是人,是人的觉醒与发现,提倡个性解放,追求人格独立,树立人的价值,赞美人的尊严,呼应"五四","人的发现""主体性复归"是这一时期的凸显性话题。只是,此阶段出现的"思想解放运动"与"真理标准讨论",从本质上讲,仅是用"实践是检验真理的唯一标准"的手段来突破"两个凡是"的领袖个人崇拜的政治极权,对思想启蒙、人性回归、个体存在并无实质性突破。甚至有知识分子借捷克前总统、思想家瓦次劳·哈维尔的"后极权主义"概念置换"后文化大革命"时代的说法。所谓"后极权",其性质上依然是极权,"后"意味着极权的"发条已经松动"(苏联作家阿尔马里克),极权相对地弱化了。要打破这种"出于恐惧而凭借谎言生活"的"后极权"时代生活,哈维尔给过一个出路——必须"在真实中生活",或者说是"在真理中生活"。主体人的身份与价值的确认是真实、真理得以践行的根本。郭罗基先生在《新启蒙》中也说道,"'文化大革命'这个黑暗时代的根本就是对人的蔑视、糟蹋、残害;颠倒是非和错乱是非标准,不过是残害人的手段。真理标准讨论只是针对手段。走出'文化大革命'这个黑暗时代的启蒙,应当高扬尊重人、爱护人的旗帜"。人文主义,或者可以看作是"主体性复归"与启蒙运动最深层次的概念。只是,被称为改革年代的20世纪80年代,经济先行、政治后变的由上而下的社会转型,使"主体性复归"、启蒙、"新启蒙"的呼号很快淹没在时代的浪潮中。但是,无论是在市场蛊惑中的"下海"，还是对"文化大革命"创伤的反思，强调人作为主体精神自主是人们、特别是知识分子的一种共识和自觉。

梳理20世纪80年代的散文文本，我们发现最多的是关于"文化大革命"话语的叙述。"文化大革命"成为一代人甚至几代人无法挥去的梦魇。的确，我们无法穷尽一个时代所有的伤痛与悲凉，但不能因此就停止捕捉即时的"现实碎片"。在散文创作中，20世纪80年代的沉重更多来自对"文化大革命"叙述的沉重。桑塔格在《走近阿尔托》中说："做一个作家就是要担当起一种角色，不管是否尊崇习俗，他都不可逃避地要对一种特定的社会秩序负责……事实上，作家最古老的一种角色就是吁请社会共同体对存在的虚伪和欺骗作出解释。"[①] "主体性复归"，在散文作家这里，"复归"的是自由精神和真实品格，是人面对极权及其阴影的揭露，是人对于真实、真相、真理的踏寻。他们不同于当代十七年散文的政治抒情与诗化书写，而是通过个人记忆、集体记忆的话语方式，对"文化大革命""反右"等做出反思与批判，发出属于自己的声音。这一时期的主要散文作家，如巴金、夏衍、柯灵、杨绛、胡风、陈白尘、萧乾、荒煤、曾卓、邵燕祥、韦君宜等深受"五四"精神的浸润，又亲历历史的沧桑，作品中具有普遍的"五四"精神因素，而新的时代语境中又敷衍出新的启蒙主题，并与时代精神的建设构成同盟关系。巴金的《随想录》和杨绛的《干校六记》是其中的代表作品。《随想录》是一部朴素而深沉的"真话集"。巴金直面巨大的历史沉痛，直面自己扭曲的灵魂，既有客观叙述，也有强烈忏悔，更有对"文化大革命"时代人性被戕害与被剥夺的控诉，彰显的是老一代知识分子对良知、良心的敬畏与尊崇，为当代中国知识分子树立

---

① [美]苏珊·桑塔格：《在土星的标志下》，黄灿然译，上海译文出版社2006年版，第16页。

了一座人格丰碑。《干校六记》叙写"大背景的小点缀,大故事的小插曲"①,在对历史的某种荒诞进行冷叙事中,深刻批判特定时代的非人性、反人性。这一时期的主要散文流派是老者散文、学者散文、知青文学等,创作关涉的主要话语基本是文化大革命记忆(个人记忆、集体记忆与记忆死亡、废墟文学)、干预生活、写真实,我将这些散文流派统称为"新启蒙散文"。

所谓"新启蒙散文",就创作主题而言,我认为主要是关于思想文化启蒙的散文。话语重点在人道主义方面,关注人的生命、人的基本生存状态、人的思想、人的幸福、人与人的关系等价值。它在"人的解放"方面与"五四"精神相仿,但又有质的差异。"五四"人的解放,是"反封建";而20世纪80年代人的解放是反"专制极权",重在叙述人的"生命权"与"自由权"这两个核心权利的被侵入和剥夺②。就创作体式而言,"新启蒙散文"由原先模式化的"三段论"政治文化散文异向分流,兼有社会杂文、特写、专访、报告文学、随笔、散文等广义的散文形式,文本偏向现实型(以写实为主,着重再现性与逼真性,有反思与温和式批判)。就叙述内容而言,"新启蒙散文"主要有两种样式:第一种是忆旧散文。楼照明、止庵认为,在20世纪80年代的老年散文中,"回忆内容占很大比例,他们有这个资本,记忆是经过多年的淘洗,经过痛彻肺腑的磨砺和反复淬炼,只说最值得说的,这是阅历的产物,成熟的产物,这一点是五六十年代作家和知青作家写的回忆文章无法比拟的"③。这些回忆,以"文化大革命"的回顾与反思最为突出,其他还有对亲友的追思、对平凡人的纪

---

① 钱钟书:《干校六记·小引》,杨绛《干校六记》,中国青年出版社2000年版,第3页。
② [美]保尔·库尔兹:《保卫世俗人道主义》,余灵灵等译,东方出版社1996年版,第43—78页。
③ 楼照明、止庵:《瀚海冰川仿沧桑——关于老生代散文的对话》,《南方文坛》1997年第2期。

念以及对童年的怀想等。第二种是对知识分子身份或者立场的叙述。洪子诚在《中国当代文学史》中这样论说:"'文革'期间,由于理论、信仰和现实生活存在的严重脱节,由于社会存在的'荒谬性'被深刻意识到,许多人都不同程度地经历过思想的震荡,经历过确立的权威的崩坏,思考和反省的潮流已经存在。"[1] 知识分子重回批判立场,重塑精神权力[2]。他们"都围绕着感性血肉的个体从作为理性异化的神的践踏蹂躏下要求解放出来的主题旋转"(李泽厚),是人的身份独立、精神向度、人格立场、价值观念的具象表达。

二 "价值多元"与"无名"时期散文

20世纪80年代末至90年代是社会转型的实践层次期。社会转型与世俗化、商业化阶段,知识与社会、知识与政治权力、知识的内部结构以及知识分子的精英结构(中心/边缘关系)发生了深远的变化[3]。经济、文化、政治等进入全面改革阶段,时代风尚转换,中心价值解体,由此带来价值多元包括写作现象的多元共生,复旦大学陈思和称这样的时代为"无名"时代。带来价值多元"无名"时代的根源大抵有三:第一,知识分子思想价值的多重选择带来价值多元。"大一统"解构后的知识分子趋于"内分化"。王岳川将知识分子在时代断裂中的思想价值选择归纳为精神逃逸说、人文精神说、新诸子时代说、理想主义说等[4]。在知识谱系中,不

---

[1] 洪子诚:《中国当代文学史》,北京大学出版社1999年版,第225页。
[2] 索洛维约夫在《一八八一年一月三十日在高级女子讲习班悼念费·米·陀思妥耶夫斯基的演讲》中提出"世俗的"和"精神的"两种权力:"世俗权力是以恶制恶,用惩罚和暴力与恶斗争,仅仅维持某种外在的社会秩序。第二种权力——精神权力,则不承认这种外在秩序表达了绝对真理,执意通过内在的精神力量,也就是使恶不仅受制于外在的秩序,而是彻底臣服于善,以实现绝对真理。"
[3] 陶东风主编:《新思潮文档·知识分子与社会转型》,河南大学出版社2004年版,第273页。
[4] 王岳川:《世纪之交中国知识分子精神生态问题》,《科学中国人》2002年第2期。

同的价值观念选择不同的道路：是人文精神还是世俗精神；是精神逃逸还是启蒙坚守；是理想主义还是犬儒主义。或者，在新诸子时代——包括民族主义、第三条道路、新马克思主义、新儒家、新保守主义、国家主义以及反西方的极端民族主义、新权威主义等——中迷失。由此，"在不断的自我否定中更新自己与既往时代的关系并形成自我意识"[1]。第二，知识分子社会身份的多样化带来价值多元。法国著名学者米歇尔·福柯将知识分子分为普遍的和特殊的两种类型。"普遍的"知识分子被公认为代表真理和正义而发言，以公众的良知身份呈现，如作家。"特殊的"知识分子在自身的领域内解决专门问题，并以此承担社会责任，如科学家、文官、精神病医生、社会学家、工程师。但是随着现代与后现代的到来，知识分子有作历史坚持，在中国社会的市场化进程中继续启蒙或再启蒙；也有以中产阶级自居，过于强调专业技术、学术科研等，由"社会精英"蜕化为"生活常人"，却又脱离大众或是底层大众，漠视社会问题，造成"知识分子之死"的事实。第三，当代文化体制的分化带来价值多元。这种分化，具体有三个方面：一方面是对文化人格的关注，思考国民性话语中的"立人"还是"立国"，余秋雨的"文化散文"是文化人格的典型代表；一方面是对金钱价值的关注，主要集中在"金钱性格"与"金钱伦理"两方面，都是以金钱作为核心价值的人生观念与性格结构；另一方面是对社会权力、贫富差距、阶层分裂的关注，既有正义呼唤，也有迎合霸权和市场。正因为价值取向的多元和社会文化的多样，由此生成了散文文体的大开放。

20世纪90年代通常被指认为是散文的时代，也是散文命名大于实绩的时代。大散文、艺术散文、文化散文、学者散文、思想随笔、新散文、

---

[1] 高远东：《未完成的现代性——论启蒙的当代意义并纪念"五四"》，《鲁迅研究月刊》1995年第6期。

新媒体散文、乡村散文、都市散文等,一方面依然坚守散文应有的思与情的精神品格,另一方面散文的世俗化与商业化气息浓郁。最具散文文体史价值的,一是历史散文,如余秋雨的《文化苦旅》《山居笔记》,李国文的《大雅村言》,夏坚勇的《湮没的辉煌》,王充闾的《沧桑无语》等;二是学者散文、思想随笔,如牧歌的《城市牛哞》,筱敏的《成年礼》,单正平的《膝盖下的思想》,刘亮程的《一个人的村庄》,刘烨园的《精神收藏》,冯秋子的《寸断柔肠》,鲍尔吉·原野的《掌心化雪》,史铁生的《对话练习》,李锐的《谁的人类》,林贤治、邵燕祥编的《燃烧的石头》,余杰的《火与冰》《铁屋中的呐喊》,毛志成的《昔日的灵魂》,摩罗的《耻辱者手记》,孔庆东的《47楼207》,谢泳的《逝去的年代》,朱健国的《不与水合作》等。前者可以视为历史与现实别有滋味的对话,后者存录了作者的精神体验和思想探索。此外,还有一些被有意或无意遮蔽了的散文形态,如以都市另类精神存在而备受争议的"小女人散文"、以地域方式存活的作为精神空间的刻录与拟想的江南园林散文、游弋于城与乡之间书写底层和悲悯灵魂的新乡村散文等,它们未曾真正进入当代散文史的叙述,但是,不容置疑,都反映了知识分子在特定社会转型中的精神侧影,而我,也格外关注这样的存在。

三 "精神守望"与"非虚构"散文

新世纪的社会转型全面而深化。经济中心主义时代,价值迷失的普遍性已成为严峻问题,主流意识形态强调建设社会主义核心价值体系,正是对这一问题的回应和重视。在这样的背景下,知识分子对启蒙(主义)固有价值的坚守与新主题话语的重建显得特别重要。汪晖指出:

"启蒙"在中国语境中从来不是如同福柯所称的那样是一个历史事件,而仅仅是一个或一组在中国现代历史中反复出现的主题,在中国现代历史中,"启蒙"的主题总是与价值判断连接在一起,并且在内容上发生极为明显的变化。例如在1919年前后的五四新文化运动时期,"启蒙"的主题表现为对传统的反叛、对科学的信念和对人的自我意识;在1937年至1945年间发生的"新启蒙运动"中,"启蒙"的主题成为"文化思想上的爱国主义运动,自由主义运动,理性运动"的综合体;在80年代的启蒙思潮中,"启蒙"的主题首先是对正统马克思主义和用马克思的术语来包装起来的人道主义的批判……正是在中国的特定情境中,作为欧洲历史中的事件的启蒙被主题化了。①

那么,在各种文化相互混杂,各种权力与市场合谋、大众媒体与精英政治联手的文化语境中,新世纪新启蒙话语将以何种主题与姿态呈现于散文文本?"非虚构"是其旨归所在。具体言之,主要为三种样式。

第一,建构真实、真相、真理的新启蒙话语。即以真诚的态度,还原历史真实的本相,剔除虚假的真理,立足新世纪,建构新自由、人权和人类幸福。"在场主义散文"是知识分子精神坚守的典型文本,也是新世纪散文的重要看点。在场主义散文强调写作的去蔽、敞亮和本真,去除那些制度化语言、意识形态用语、公众意见对人类个体生存处境的遮蔽,使散文之笔直接进入事物内部,与世界的原初经验接触;认为散文写作"在场"的路径就是介入,包括对作家主体的介入、对当下现实的介入、对人类个体生存处境的介入。非虚构写作对象集中体现在底层、打工者、精英主义与大众政治之间。主要作家有林贤治、周闻道、齐邦媛、资中筠、冯秋子、夏榆、赵瑜、梁鸿、陈启文、王彬彬、王尧等。他们的写作是对20世纪90年代散文泛化后"轻化"的一种有效矫正。

第二,建构"批判精神、自由立场、个体经验"的新启蒙话语。在利

---

① 汪晖:《中国的人文话语》,《死火重温》,人民文学出版社2000年版,第357—375页。

益冲突时代中，思想随笔成为守夜人札记。知识分子以历史反思、自我身份确认以及生命现世价值为思想切入点，或者沉浸在历史中，以"道德见证人"的身份批判"文化大革命"的专制极权，并反观社会转型期的政权与商权对普罗大众的双重侵占；或者带着乌托邦的幻想与理想主义者的价值诉求，在新时代中重建知识分子的文化人格；或者充满社会、人生公共关怀和忧患意识的生命之痛，对生命作有意味的个体冥想；或者开创新的人生价值观与新的文学理念，破常规主题，破散文体式，以个体自由、经验与性情书写时代；或者以地域文学为个案，跨越时空，借古讽今，展览新世纪中部分知识分子的"软骨病"。主要作家有苇岸、刘小枫、陈染、筱敏、史铁生、单正平、钱理群、张承志、王尧、摩罗、王小波、南帆、丁帆、王彬彬等。

第三，建构社会精神新价值的启蒙话语。21世纪是互联网时代，启蒙运动的主要阵地变成媒体与网络，如报纸、杂志、电视、博客、微博等；而网络空间的极度扩张，自媒体时代迅速到来，又催生了"全民写作时代的散文"，甚至有作家主张将2005年——所谓"中国博客元年"——为散文全民写作起点。但是，我们要警惕知识分子精英蜕化为"生活常人"的危险，更要警惕成为"文化市侩主义"或"有教养市侩主义"（在阿伦特看来确实是一种昆德拉所谓的"媚俗"）。尽管物质至上的时弊对知识分子精神的销蚀是种必然，但是，重建社会精神价值，是历史赋予知识人的社会责任与使命。他们主要关注国家与祖国、压力集团与舆论、特殊利益集团、权力与利益、身份危机、审查制度、普世价值与中国价值、公知与伪士、在场与出场、个人经历与个体经验、有限制虚构、价值中立与虚无主义、农村与农民等话题。主要的作家是：夏榆、梁鸿、唐小兵、石勇、李北方、田磊、谢奕秋、祝勇、徐坤、蒋蓝、王充闾、赵瑜等。评论式、心得式、存疑式、摘录式（摘录原生态生活）的札记是其存在的主要文本方式。

　　希尔索普泽在《作为文学批评家的波德莱尔》中说："总之，必须从中抽取生活不经意地赋予它的那种神秘的美……因为我们所有的创造都来自时代加于我们感情的印记。"① 这些知识分子作家，扎根于时代现实的土壤，在社会转型的纷繁杂乱中，守望精神，以真诚的心态，批判的立场，哲人的情思，散文的方式，为大众或者作为大众发言，成为时代启蒙思想与道德伦理的"守墓人"。

---

　　① 参见［美］马泰·卡林内斯库《现代性的五副面孔》，顾爱彬、李瑞华译，商务印书馆2002年版，第55页。原文注释为英译本选集《作为文学批评家的波德莱尔》，洛伊斯·波·希尔索普与弗朗西斯·E·希尔索普泽翻译并作序（The Pennsylvania State University Press, 1964），第296—297页。

第三章　精神复归:"新启蒙"散文

20世纪80年代的时间节点,可以是1976年为肇始,即"文化大革命"结束后的当代中国。显然,时间节点只是在某个重要事件或者意义制导下所确认的指代性符号,一个时代的终结与开启,更多的时候与思想有关。"文化大革命"结束后留下的精神废墟,并未随着1976年的时间确认而灰飞烟灭。社会的分裂,人道的遮蔽,多元生命、思想的沉沦,乃至种种幼稚的念想,我们都无法在弹指间彻底清算,并将"文化大革命"时代轻易地嵌入历史的尘埃。况且,我一直执拗地认为,"文化大革命"只是爆发期,在这个"高潮"到来之前,还有个长长的改造思想、同化思想、专制思想的演进阶段。我们可以追诉至新中国成立后,那些以血泪、生命、信念为代偿的各种"斗争"——镇压反革命运动、"三反""五反"运动、肃反运动、反胡风运动、反右运动、反右倾运动等;再往前,我们可以推至延安整风运动(如"审查干部",后改名"抢救运动")甚至更前。这些被韦君宜在《思痛录》中称之的"斗争哲学",无一例外地在剔除人的价值,鲜活的个体生命、参差的多元思想、为人的自由尊严被倾轧、碾碎在各种运动的毂毂之下。人的自由与自我意识、人的能动性与主导性全面溃败,人的主体性彻底沦陷,造成巨大的时代黑洞,并深刻影响着晚近三十年的时代精神、社会结构、文化状况。因此,"文化大革命"

时代的终结与20世纪80年代的开启,首先是关于思想层面的某种终结与开启。思想解放运动、拨乱反正、正本清源、主体性复归、人道主义讨论、真理标准讨论等成为时代转折期的焦点话题,它们既是对"文化大革命"大一统专制思想的反拨批判,也是对知识分子身份与价值的重新认同,更是历史走向弥合之途的新开端。

毋庸置疑,政治体制、思想观念的变化必然引起社会和经济物质的变化,而社会和经济物质的变化又深刻影响着精神文化及价值的变化,特定时代的社会环境与政治环境,不可避免地成为制导诸多变化的核心质素。有声音直接指认20世纪80年代是第二个"五四"时期,我觉得多少有些武断了。严家炎在《五四·文革·传统文化》中谈到,"文化大革命""是'五四'新文化运动所反对的封建专制、愚昧迷信在新的历史条件下的恶性发作。'文革'和'五四'充其量只有某些表面上的相似,从实质上看,两者的方向完全是南辕北辙的。'文革'根本不是什么文化运动,而是执政党内部在错误思想指导下引发的一场政治动乱。"[1] 余英时在《中国近代思想史上的激进与保守》中得出结论:"中国近代一部思想史就是一个激进化的过程(process of radicalization)。最后一定要激化到最高峰,十几年前的'文化大革命'就是这个变化的一个结果。"也就是说,"文化大革命"的发生,既是一场政治事件,也是一场精神事件。正是基于这样的背景认知,我认为"五四"与20世纪80年代最大的差异,即是发生期的社会环境与政治环境的差异。"五四"半殖民半封建的社会背景与西方文化的全面渗透,特别是政治格局的不稳定性——辛亥革命以后,地方政权君主频繁更换,袁世凯称帝,张勋复辟,段祺瑞北洋军阀及北洋军阀分化为直、皖、奉三系等,没有一个专制独裁的持久性政府,为知识分子的

---

[1] 李世涛、张明主编:《知识分子立场——激进与保守之间的动荡》"前沿文化论争备忘录",时代文艺出版社2000年版,第238页。

存在提供了开放式的生态空间,个体林立、个性解放、自由民主、科学理性等思想自由鸣放,他们拥有自由言论、自由出版、自由结社的权利,陈独秀在《青年杂志》①创刊号上大肆宣扬"脱离夫奴隶之羁绊,以完其自主自由之人格之谓""我有手足,自谋温饱;我有口舌,自陈好恶;我有心思,自崇所信。绝不认他人之越俎,亦不应主我而奴他人"②的"个人主义",鲁迅在改造国民性中有"立人"学说,周作人、胡适强调"人的文学""个人本位"等,都是将"个人"确认为核心命题,人的自我意识、人的主体性存在得到空前的认证,启蒙主义的自由、平等、博爱、天赋人权发酵到极致。

而被视为文化思想"新启蒙"的20世纪80年代,因其从长久地处于专党霸权时代走来,不可避免地带着某种局限性。启蒙主义与"主体性复归"被指认为20世纪80年代的主流思想,理性、自由、启蒙、民主、"人的发现"(重新发现)、"立人""仁"等是"精神复归"的实化话语。朱德发、魏建在其主编的《现代中国文学通鉴(1900—2010上中下卷)》之下卷"多元一体文学结构的拓展(1977—2010)"中,就"新潮文化渗染的文学形态"做了这样的论述:"启蒙理性文化、现代主义文化和后现代主义文化是近三十年来新潮文化的主要组成部分","从整体上来说,启蒙理性是改革开放以来前十年思想文化的显著特征,而启蒙主义和人道主义思想则是启蒙理性文化的主要体现","在启蒙理性文化的影响下,20世纪80年代的文学也明显地表现出启蒙主义和人道主义的色彩,因此,人们习惯上把20世纪80年代文学称之为'新启蒙文学'。"③但是,这些"新启蒙文学"都是相对自由状态中的某种精神诉求与外化。它们试图启蒙与

---

① 1916年9月1日出版第2卷第1号,改名为《新青年》。
② 陈独秀主编:《青年杂志》,1915年9月15日第1卷。
③ 朱德发、魏建主编:《现代中国文学通鉴(1900—2010上中下卷)》,人民出版社2012年版,第1559页。

主体性复归的,并非是简单回到"五四"时期的个人精神与人本思想状态(也无法简单回到),而是深受"传统文化+'五四'精神+西方文化(现代性)+'文革'① +改革开放"五合一的作用。知识分子自身的自主意识处于觉醒与半觉醒之间,时而激情澎湃,时而抱恨唏嘘,甚至自相矛盾。他们的思想开放是框架内有节制的开化。这种框架,有政党、政府自利性不能逾矩的屏障,有新中国成立后各种运动特别是"文化大革命"时代长期禁锢驯化而成的个体自我的麻木与盲从(人的异化),有社会因袭力量的根深蒂固,有对过往时代与创伤的恐惧及防备,也有拨乱反正、平反后对现有状态的真心安慰与满足……这种种的形态,必然钳制着知识分子的主体性与启蒙主义的完整复归。因此,在历史转型时期,如果知识分子不能与政治权力以及政府很好地分离,如果知识分子不能保持绝对的独立性、批判性,我们就不能简单地怀抱理想,以为思想解放、人格独立、精神自由可以无所禁锢地开化并一蹴而就地生成。所以,我认为20世纪80年代的"主体性复归"是与"主体性沦陷"相对立的概念,启蒙主义是以人性的多元复杂为启蒙的新启蒙主义,人文主义是它们的核心质素,它们复归的是种精神与品质,是对个体生命的关怀、对人性的尊重、对自由平等的追诉、对自我价值的肯定。将这样的哲学思想、价值取向与世界观置于散文文体而形成的散文形态,我通称为"新启蒙散文"。

考量20世纪80年代的散文文体发展,在社会深刻转型期,较为驳杂混生,呈现出几种趋势:一是部分继续沿袭五六十年代散文"复兴"时期的文体模式,特别是以杨朔、刘白羽、秦牧散文三大家的创作模式为散文

---

① "文革"阶段散文的"复兴"有两个阶段:一个是1956—1957年被称为"百花齐放、百家争鸣"阶段;一个是1961年被称为"散文年"阶段。这两个阶段,文学暂时远离了政治的桎梏,都是在关注作家个人性情、生活体验等个体化存在。但是,只是昙花一现。

体式，以时代精神和社会思潮为主旨，追求"大我""以小见大""借景抒情""托物言志"的创作技法，追求散文的诗意、诗化和意境。二是部分受"文化大革命"话语的深刻影响，在散文创作中，继续以呼号、斗争、控诉（如对"四人帮"及其余孽和阴谋诡计的控诉、对"文化大革命"思想余毒的肃清）为基本主题，感叹号、诘问、质问、反问等带有激烈情绪化的符号与句式是其常用的写作技法，把散文当作宣传的工具、情绪发泄的体式。三是部分继续将散文、特写并举，报告文学、回忆录、史传文学也纳入其间，散文文体的范畴较为泛化，缺乏文体的自觉性和规范性，散文及散文作家还不是一个单独存在的实体。四是大部分作家，特别是知识分子型的作家，力主回到个人经验、自由书写（我所指认的"新启蒙散文"便类属于此），它们的共同表征是：自觉"窄化"散文文体，有意将特写、报告文学从散文文体中剥离开去；自觉远离政治话语，有意从政治工具性中剥离，呈现出相对开放的精神样态；因为从"文化大革命"精神废墟中蹒跚而来，痛定思痛，用文字记屈、记愤、记愧，叙述、反思、批判、戏谑、歌颂是他们的常用笔法，心态各异，笔法各异，呈现百花齐放样式；叙述者均以道德良知的身份，重新确立被"文化大革命"等运动撕裂的人的价值，践行"从个人尊严的辩护到思想自由的辩护"（张志扬语）的人道情怀，启蒙精神得以彰显。

诚如洪子诚在《中国当代文学史》中的"说明"那样，"对于具体的文学现象的选择和处理，体现了编写者的文学史观和无法回避的价值评析尺度"[①]。我并不想将20世纪80年代的诸多文学流派如伤痕文学、反思文学、寻根文学、学者散文、知青文学、改革文学等做简单的罗列与大众化的述评。我主要遴选两个关于思想文化启蒙的散文形态，即"文化

[①] 洪子诚：《中国当代文学史》，北京大学出版社2010年版，第15页。

大革命"散文（又为"见证"散文）、老作家散文来论述，它们因为某种相似度或者某精神的显性与隐性交融链接，对"新时期"主体性复归做了很好的诠释。

第一节 "见证"散文

无论我们如何努力，我们都无法完全地重回历史现场，再现历史的原生态。真正的历史总是以片断的方式呈现，大至国家民族，小至家庭个人。我们也无须回避，"文化大革命"的历史是一部关于人性、思想、生命的扼杀史。由于伤痛、悲哀、恐惧甚至罪恶，有些人选择自主屏蔽、抹去或是人为遗忘这段历史。但是，（更多的）知识分子选择用暴露的方式，以严肃的姿态介入"文化大革命"历史，客观叙述众所周知的灾难、暴力，在各种纠葛中，"见证"历史并进行某种深沉的省思、沉重的批判。而散文文体，便是他们借助叙述的重要媒介之一。

我们知道，"文化大革命"是带有典型时代表征的固有名词。在当代文学史的各种散文流派中，关于"文化大革命"叙述的散文多而芜杂，良莠不齐，但鲜有用"文化大革命"散文直接命名的。我确认的"文化大革命"散文，不是指"文化大革命"期间创作的散文（无论是已公开发表的还是"地下写作"），而是指以"文化大革命"作为写作客体，经历过极权统治时代的知识分子们，"将事件糅进思想，将历史哲学融入历史本身"[①]，把历史的苦难以记忆的方式主体意识化。这种独有的写作方式，也

[①] ［法］阿列克西·德·托克维尔：《回忆录——1848年法国革命》，周炽湛、曾晓阳译，上海世纪出版集团2005年版。托克维尔开篇便声明："记忆之描绘仅为我自己。"他所寻找的题材，是"将事件糅进思想，将历史哲学融入历史本身"的独有方式。他所诉求的，"倘若我要在世上留下自己的某些痕迹，这主要得靠我的写作而非我的行动"。

是新启蒙散文中的重要形态之一。事实上,"文化大革命"结束后,守旧派力量依旧雄踞,思想解放运动方兴未艾,揭露"文化大革命"中人性异化、非人状态的话语还不是完全开化的话语。因此,选择"文化大革命"作为叙述对象,本身就是叙述主体的态度表达。加布丽埃·施瓦布在《文学、权力与主体》中表述过:"不存在没有创伤的生命;也没有创伤缺席的历史。某些生命个体将永远肩负着暴力历史的重负,如殖民入侵、奴隶制、极权主义、独裁暴政、战争和大屠杀。人们施行的谋杀,包括心灵谋杀,诉诸被许可的、造成征服和压迫现象的规训政权……"[1] "文化大革命"散文的批量化形成,大概便是个体生命对历史创伤的某种重负表达。这些重负表达的叙述者身份,起码有三种:一是作为历史当事人的亲历性叙述,二是作为历史见证者的在场式叙述,三是作为听闻者的转述型叙述。其叙述结构,脱离了散文"三大家"的三段式抒情创作模式,以写真实、写个性为基本审美特质,以人性启蒙为核心命题,扎根创伤,书写苦难。

撇开那些无关痛痒的关涉"文化大革命"的散文回忆录,我的兴趣轴向更在于这些"文化大革命"叙述者在叙写"文化大革命"历史间的纠葛情怀。即是在记忆历史的真相还是在抵制记忆、遗忘历史的真相?是坚定的国家民族共产信仰还是惊魂未定后的示好献媚?是当家作主的自立人民还是被误导教唆之后的暴民?这,也是个疑难。

一 是记忆,还是遗忘

我们都习惯相信回忆录而非小说,因为这些从记忆中剪辑来的信息,带有某种先验的真实。但我们终究无法规避一个事实,当回忆变成文字,

---

[1] [德]加布丽埃·施瓦布:《文学、权力与主体》,陶家俊译,中国社会科学出版社2011年版,第136页。

特别是经历过"动荡刺激"（trauma）的人，源于恐惧、创伤、过错、软弱等质素，都意图掩饰最本质的历史——害人的和被害的都无法直面那份惨淡真实——便只能借回忆之名，进行某种意念的狂欢。塞缪尔·贝克特在《终结》中强调了一个似是而非的概念，"与生活相似"①——不是生活真实，类似于艺术真实，允许假象的真实，但必须是真情感——他试图告诉我们，这里有必然的记忆，记忆中的事件无限逼真于现实但无法等同。也就是说，从现实人生景观中抄来的记忆，因着选择性遗忘、技巧性处理（包括留空），将人生割裂为一个个碎片，散落于岁月的长河。由此，"文化大革命"记忆的书写，必然也呈现出多元状态。

关于"文化大革命"记忆可能呈现的形态，钱钟书在1980年12月给杨绛《干校六记》作"小引"时有过界说：

> "记劳""记闲"，记这，记那，都不过是这个大背景的小点缀，大故事的小穿插。
>
> 在这次运动里，如同在历次运动里，少不了三类人。假如要写回忆的话，当时在运动里受冤枉、挨批斗的同志们也许会来一篇《记屈》或《记愤》。至于一般群众呢，回忆时大约都得写《记愧》：或者惭愧自己是糊涂虫，没看清"假案""错案"，一味随着大伙儿去糟蹋一些好人；或者（就像我本人）惭愧自己是怯懦鬼，觉得这里面有冤屈，却没有胆气出头抗议，至多只敢对运动不很积极参加。也有一种人，他们明知道这是一团乱蓬蓬的葛藤帐，但依然充当旗手、鼓手、打手，去大判"葫芦案"。按道理说，这类人最应当"记愧"。不过，他们很可能既不记忆在心，也无愧怍于心。②

---

① ［德］加布丽埃·施瓦布：《文学、权力与主体》，陶家俊译，中国社会科学出版社2011年版，第99页。
② 杨绛：《干校六记》，生活·读书·新知三联书店1981年版，第1—2页。

钱先生用轻描淡写的文字，将关于记忆"文化大革命"的方式概括清楚，这也是我在阅读了大量"文化大革命"散文之后，所认同的分类形态。这些记忆，或是关于"文化大革命"的沉痛史、荒唐史，或是关于"文化大革命"的冤屈史、怨愤史，或是关于"文化大革命"的忏悔史，甚至抵制记忆、遗忘与歪曲历史的真相。根据具体内容，就新启蒙散文文本而言，主要可以归纳为三种样式。

第一种，是记痛、记屈、记愤的"文化大革命"散文。在政治阉割文化，蒙昧统领启蒙，阶级性禁锢人性的社会现实下，人的种种非人状况，包括死亡、摧残、侮辱等被记录、被描摹、被试图还原到历史的现场。但是，这些试图被还原的历史现场，因为价值与思考的过多介入，反而以断裂、碎片的方式局部呈现。这就让我们必须面对这样一个问题：也许更多时候，我们无须以历史代言人的身份，参与某种所谓的"集体记忆"。对此，被认为是"美国公众的良心"的苏珊·桑塔格在《关于他人的痛苦》中也阐述过：

> 严格地讲，根本不存在集体记忆这回事——它就像集体悔罪这种假概念一样无稽。但却存在集体指示。所有记忆都是个人的，不可再生产的——它随着每个人死去。所谓的集体记忆，并非纪念，而是规定：这是重要的，而这是讲述事情经过的故事……[1]

因此，在各种记痛、记屈、记愤的散文文字中，我更关注个体生命的痛、屈、愤。如陈白尘在《五十年集》[2] 第一辑 1978 年末到 1981 年底三年间的所谓"近作"中，《哭田汉同志》《哭翔鹤》《哀盛亚》，敬悼茅盾，

---

[1] [美] 苏珊·桑塔格：《关于他人的痛苦》，黄灿然译，上海译文出版社 2006 年版，第 78—79 页。

[2] 陈白尘：《五十年集》，江苏人民出版社 1982 年版。

纪念周总理，纪念侯金镜，痛惜被"四人帮"摧残瘫痪在床的何迟等，沉痛哀悼、血泪纵横。巴金在《怀念萧珊》中叙说着"日子难过"的屈辱与荒唐："我每天在'牛棚'里面劳动、学习、写交代、写检查、写思想汇报。任何人都可以责骂我、教训我、指挥我，从外地到作协来串连的人可以随意点名叫我出去'示众'，还要自报罪行。上下班不限时间，由管'牛棚'的'监督组'随意决定。任何人都可以闯进我家里来，高兴拿什么就拿走什么。"[①] 针对有人提出忘记"文化大革命"十一年要"向前看"不要"向后看"的理论，巴金在《绝不会忘记》（1979）中愤然写道："我很奇怪，就是我在做梦，还是别人在做梦？难道那十一年中间我自己的经历全是虚假？难道文艺界遭受到的那一场浩劫只是幻境？'四人帮'垮台才只三年，就有人不高兴别人控诉他们的罪恶和毒害。这不是健忘又是什么！我们背后一大片垃圾还在散发恶臭、污染空气，就毫不在乎地丢开它、一味叫嚷'向前看'！好些人满身伤口，难道不让他们裹伤敷药？……难道为了向前进，为了向前看，我们就应当忘记过去的伤痛？就应当让我们的伤口化脓？"[②] 这些文字，以惊人的真实和直白，把"文化大革命"的黑暗暴露在个体记忆之上。

第二种，是记愧的"文化大革命"散文。记愧，在某种程度上，是种忏悔式反思。倪梁康认为，反思（reflect）既可是"理论性的自身认识"，也可以是"以价值判断方式进行的自身审查"，后一层意思更应该被称为"反省"；而且，"这个'思维'活动（flexion）必须是回返性的（re-），它必须以已经发生的行为为前提"。甚至，倪梁康对反思与回忆还做了简单的区分："反思完全是对已进行的行为的回顾，回忆则可以是对已感知

---

① 巴金：《随想录》，生活·读书·新知三联书店1987年版，第18页。
② 同上书，第151页。

的事物的回顾。"① 针对此，在这些记愧散文中，它们既有钱钟书所言之的关于一般群众与知识分子的自我记愧。譬如陈白尘哀悼盛亚时悲恸地说："我惭愧！我是政治上的庸人！我不相信盛亚有罪，但也不敢为他呼吁。我只知道他戴上了帽子，但不知道他竟被流放到峨边，更不知道他早在二十一年前就已离开人世。友情这东西已经被我们遗忘了！"② 也有史铁生所说的，忏悔是种诚实，是对自我的坦白③。譬如巴金在《随想录》中时时直面自我内心，反省"那些年我就是在谎言中过日子，听假话，起初把假话当作真理，后来逐渐认出了虚假；起初为了'改造'自己，后来为了保全自己；起初假话当真话说，后来真话当假话说"④。陈思和在《中国当代文学史教程》中特别列出"痛定思痛的自我忏悔：《随想录》"一节，这样评价道："可以说，这部'遗嘱'一般沉重深刻的'忏悔录'，为当代中国知识分子找回了久已失落的社会良知，也以个人流血的灵魂诉说确立了知识分子的当代精神传统，这就是自觉继承'五四'新文化传统，自觉地成为现实社会的清醒的批判者"⑤。更有张志扬所述的，忏悔在于道德之诚，是为国家，个人及个人生死只是有限的存在。⑥ 譬如韦君宜清夜扪心的喟叹："我为什么抛弃了学业和舒适的生活来革命呢？是为了在革命队伍里可以做官发财吗？当然不是。是认为这里有真理，有可以救中国的真

---

① 倪梁康：《"反思"及其问题》，《中国现象学与哲学评论》第四辑《现象学与社会理论》，上海译文出版社2001年版，第92—101页。
② 陈白尘：《哀盛亚——〈刘盛亚选集〉代序》，《五十年集》，江苏人民出版社1982年版，第50页。
③ 史铁生：《病隙碎笔》，中国盲文出版社2008年版，第123页。史铁生说："忏悔不是给别人看的，甚至也不是给上帝看的，而是看上帝，仰望他，这仰望逼迫着你诚实。这诚实，不止于对白昼的揭露，也不非得向别人交代问题，难言之隐完全可以隐在肚里，但你不能不对自己坦白，不能不对黑夜坦白，不能不直视你的黑暗：迷茫、曲折、绝途、丑陋和恶念……一切你的心流你都不能回避。"
④ 巴金：《再论说真话》，《随想录》，生活·读书·新知三联书店1987年版，第281页。
⑤ 陈思和：《中国当代文学史教程》，复旦大学出版社1999年版，第198页。
⑥ 张志扬：《缺席的权利》，上海人民出版社1996年版，第59—62页。

理！值得为此抛掉个人的一切。那么又为什么搞文学呢？自然也不是为了挣稿费或出名，是觉得文学可以反映我们这队伍里一切动人的、可歌可泣的生活，叫人不要忘记。但是现在我在干这些，在当编辑，编造这些谎话，诬陷我的同学、朋友和同志，以帮助作者胡说八道作为我的'任务'。"① 这些记愧的文字和行为，是一代知识分子大彻大悟的心路历程，是对人性荒凉、革命暴政的沉重扣问。马内阿在《幸运的罪》一文中说，"要想远离过去的错误，首先要敢于承认错误。归根结底，极权主义最致命的敌人不就是诚实吗？只有良知（能够在令人难堪的问题面前进行自我批评和检查），才能让一个人远离腐败的势力，远离极权主义意识形态。"② 敢于记愧的知识分子们，即便是在"文化大革命"结束后（甚至结束很久后）开始反思自省，只要从未曾忘却反观自省，依旧为时不晚！

第三种，是抵制记忆的"文化大革命"散文。抵制记忆，也可以说是主动遗忘，是自我保护的一种心理机制。弗洛伊德曾引入"猜疑的阐释学"，从精神症候的个案介入，揭示人的内驱力，包括压抑机制、记忆和创伤等，但这些只是心理学的纯理论学术研究，在实际的文学场域、历史现场和社会生态中，却有着多种可能性。一种情况是，经历过意义轰毁及荒芜的部分知识分子或是普通群众，由于"受害者心态"和"加害者心态"的双重复加，抵制、排斥关于"文化大革命"的记忆，自觉不自觉地将"文化大革命"记忆永久地"转入秘密状态"，被动、主动地遗忘关于"文化大革命"的一切人事，形成思维黑洞。一种情况是，权力阶级、大众媒体甚至公共教科书，对"文化大革命"话题依旧比较敏感，文学创作、出版、审核依旧比较严格，常常沦为失语状态。诚如李陀指出的那

---

① 韦君宜：《编辑的忏悔》，《〈思痛录〉增订补录》，人民文学出版社2013年版，第159页。
② [罗马尼亚]诺曼·马内阿：《幸运的罪》，《论小丑：独裁者和艺术家》，章艳译，吉林出版集团有限责任公司2008年版，第113页。

样,"我们不但经常看到一种历史记忆会排斥、驱逐另一种历史记忆,不但有虚假的历史叙述取代另一种历史叙述,甚至还会对历史记忆的直接控制和垄断,当然,也就有了反控制和反垄断。"① 权力的总体精神制导约束着"文化大革命"话语的生成,也遮蔽了个体生命记忆的自由性。一种情况是,知识分子的自我放弃。萧乾的放弃记忆,是源于受害者的责任。他在《改正之后——一个老知识分子的心境素描》中解释道:"有几次我的确也想写写自己的伤痕,甚至曾在纸上起过头。我发觉我还不能站在历史的高度去俯瞰过去的那段日子","我觉察到自己摆脱不掉个人感情,不配去写它。"② 这大概可以看作萧乾对历史负责、对后代负责的严肃态度。孙犁的放弃记忆,是源于他只愿意回忆和只愿意写的是"真、善、美"理念,在中国传统哲学中,"真、善、美"又集中体现在"天人合一""知行合一""情景合一"三方面,孙犁的人生哲学决定了他对"文化大革命"事件的态度:"我体验很深,可以说是镂心刻骨的。可是我不愿意去写这些东西,我也不愿意去回忆它。"只是,这份士大夫文人般的唯美理念诉求,终究无法抵达深刻的真实。一种情况是,充当过旗手、鼓手、打手的人(特别知识分子),知道自己做过"御用文人",制造或是参与制造过"冤假错案",因此常怀有恐怖、颤栗、羞耻之心,无法说服自己公开抛弃自己过去的信仰,揭露自己为虎作伥的恶行、揭露当时制度的罪恶,主动承担该有的责任。譬如余秋雨现象。余秋雨的闻名并非从20世纪90年代的《文化苦旅》开始。2000年,余杰在《南方周末》载过一篇文章,质问《余秋雨你为什么不忏悔》,他将余秋雨所效力的《学习与批判》杂志(由张春桥、姚文元所控制的"上海写作组"直接管理),在20世纪

---

① 李陀:《七十年代·序言》,北岛、李陀主编《七十年代》,生活·读书·新知三联书店 2009 年版。
② 萧乾:《改正之后——一个老知识分子的心境素描》,《往事三瞥》,江苏文艺出版社 2010 年版,第 198 页。

70年代初写作的风靡一时、备受权威关注和赞誉的大批判文章公之于众，从"历史拷问与灵魂拷问""文化大革命余孽""《胡适传》：个案分析""上海文人与'才子加流氓'""忏悔：一个缺失的人文传统"五个方面，洋洋洒洒一万两千多字，论述"不放过"余秋雨的根本原因，希望余秋雨能直面个人历史的真相，省思、忏悔。但是，时隔十年，即2010年，人民文学出版社出版余秋雨的17万字回忆录《我等不到了》，其中，关于"写作组"五年经历或者"写作组"这个词，仅在155—158页。余秋雨这种化整为零、化重为轻、化有为无的表达，在知情人与有良知的知识分子群体中反响巨大！尽管苏珊·桑塔格曾说过："也许，记忆被赋予太多价值，思考则未受足够重视。怀念是一种道德行为，本身自有其道德价值。令人痛苦的是，记忆是我们与死者可能有的唯一关系。因此，怀念是一种道德行为的想法，深植于我们的人类天性；我们都知道我们会死，我们追思在自然情况下早于我们死去的人——祖父母、父母、老师和年纪较大的朋友。冷酷与记忆缺失似乎形影不离。但是在一段较长的集体历史的时间范围内，历史却对怀念的价值发出矛盾的信号。世界上的不公正现象实在是太多了。而太多的怀念（古老的冤屈：塞尔维亚人、爱尔兰人）令人怨气难平。和平就是为了忘却。为了和解，记忆就有必要缺失和受局限。"[①] 但是，我依旧坚持认为，是否敢于记忆鲜血淋漓的历史，敢于直面历史中自我的罪行，是考量知识分子精神最直接有效的方式。由此再看看余秋雨的"文化散文"系列，顿觉得轻泛了许多。

德国宗教学者默茨认为："破坏回忆是极权统治者的典型措施。对人的奴役，是从夺取其回忆开始的……受难回忆总是重新面对政治权力的现

[①] ［美］苏珊·桑塔格：《关于他人的痛苦》，黄灿然译，上海译文出版社2006年版，第106页。

代犬儒主义者。"① 洪子诚先生在谈论中国当代作家忏悔意识时也分析过三个层次,"第一,在一个重大的,尤其是带有'灾难性'的影响到广大民众生活命运的历史事件之后,个人在这一历史事件中的'责任'问题是客观存在,不管你是'强者'也罢,是受害的'弱者'也罢,都不能说是与自己无关而脱离与'历史'的关系。第二,人们对于这种'责任'的承担与反省,却可以采取不同的态度。有的勇敢地面对'真实',有的则以各种方法回避('健忘'就是其中一种)。面对'真实'者可能是出自外部的压力,也可能是来自个人良知的驱使、鞭策。第三,最使人感到不安和遗憾的是这样的情况的出现:最该'愧怍'者因'健忘'等原因而心安理得,不必怎样,愧怍者有可能受良心折磨而畏缩迟疑,而继续在'生存竞争'中落伍"② 同样适用于上文所述的记忆"文化大革命"的散文形态。

记忆,是人活着的意义和价值,是人反观自我的方式,是人生命主体性存在(复归)的演绎现场。忽然想起塔科维奇的一句话,没有回忆的人不过是一具尸首(《肖斯塔科维奇回忆录》)。的确,忘却了作为个体生命主体的思想和意识,忘却了为人所独有的生存价值和道德,即便如何喧嚣与华丽,都不过是一副行尸走肉的空躯壳。

二 是信仰,还是谄媚

阅读"文化大革命"散文时,我时常陷入一种思想的障碍。无论历经了怎样的生活现实、社会现实,知识分子们总是在某些篇章、某些段落、某些语词中不自禁地流露出对共产主义(党)、对社会主义、对人民无怨

---

① [德] J. B. 默茨:《历史与社会中的信仰》,朱雁冰译,生活·读书·新知三联书店1996年版,第116页。
② 洪子诚:《作家姿态与自我意识》,陕西人民教育出版社1998年版,第93页。

无悔的执念和歌颂。这究竟是种以意志为基础的坚韧信念,还是被主流意识形态制导着、由于长期附属而形成的奴化献媚?或许,我们应该把问题放回到具体的历史场域中去考量。

1976年9、10月,毛泽东去世和"四人帮"被捕,宣告了"文化大革命"结束①。1978年,以真理标准大讨论为标志,拨乱反正,正本清源,形成思想大解放的潮流。1979年10月30日,邓小平在第四次文代会上提出:"要着重帮助文艺工作者继续解放思想","在艺术创作上提倡不同形式和风格的自由发展,在艺术理论上提倡不同观点和学派的自由讨论"②。针对这个历史转型期知识分子们的心态,洪子诚在《中国当代文学史》中有过论述:"许多作家有'第二次解放'的感觉,普遍认为自己正站在新的起点上,进入艺术生命的'春天'时机已经到来。"③对此,我表示莫大的质疑。

如果从中国当代文学史范畴勘探,与洪子诚先生所言的"第二次解放"相呼应的"第一次解放",该是1956年4月25日毛泽东在《论十大关系》中提出"百花齐放,百家争鸣"后的一段时期(即在1956年4月至1957年上半年的一段时间)。1956年5月,时任中宣部部长的陆定一向知识分子做了题为"百花齐放,百家争鸣"的讲话,"提倡在文学艺术工作和科学研究工作中有独立思考的自由,有辩论的自由,有创作和批评的自由,有发表自己的意见、坚持自己的意见和保留自己的意见的自由。"这种由上而下的、开化自由的思想观念,直接推动和支持了

---

① 对于"文化大革命"的时间界定有多种说法:普遍的说法是从1966年5月的"五一六通知"始,至1976年10月粉碎"四人帮"止,历时十年零五个月;部分史学家认为1969年时"文化大革命"就已真正地终结,真正动乱的时期只有不到3年;也有人认为"文化大革命"在1974年周恩来、邓小平重新执政后结束。参见互动百科词条。

② 邓小平:《在中国文学艺术工作者第四次代表大会上的祝辞》,《文艺报》1979年第11、12期。

③ 洪子诚:《中国当代文学史》,北京大学出版社1999年版,第232页。

科学、文化欣欣向荣的新气象。散文也出现了"复兴",并且一直随着时代主流思想意识和政治文化导向而变动不居。我们注意到一个有意思的现象,20世纪五六十年代编选作品年选时,"散文特写"通常是相互链接,如《散文特写选1953—1955》①《1957年散文特写选》②《1958年散文特写选》③《散文特写选(1959—1961)》④,唯独1956年,散文与特写分别出版,各自成册为《散文小品选》与《特写选》。这种看似简单的出版行为,起码传递了一个信息,即将散文与小品并举连用,本身就是一种文学抵抗工具化、政治化的态度,表征着文化思想的开放,也是"双百时代"散文文体"复兴"的实证。一般意义上,"小品"是指篇幅短小、抒写自由的随笔类文字,它主要指向林语堂所言的"以自我为中心,以闲适为格调"的个人性情(《〈人间世〉发刊词》),相对淡化了鲁迅说的"匕首""投枪"的社会功能(《小品文的危机》)。按照袁鹰回忆,20世纪50年代他曾多次听胡乔木"呼吁'复兴散文',他再三强调要继承'五四'以来散文随笔的优秀传统,还特别指出要提倡美文"⑤。林淡秋在1956年《散文小品选·前言》也指出,"文艺界的一个好现象:短小的散文小品多起来了",而"在全国解放后的几年间,这类短文却不多见"。胡乔木所言的"继承'五四'以来散文随笔的优秀传统""提倡美文"与林淡秋所言的"散文小品多起来了",都在传递基本的文学事实和文体现象,即散文应重感性,应是"个人文学之尖端"⑥,是自由的精神、自由的文体。而特写,作为报告文学形式之一,它重客观叙述,写真人真事,更多地关注时代精神和社会思潮,具有强

---

① 中国作家协会辑:《散文特写选1953—1955》,人民文学出版社1956年版。
② 作家出版社编著:《1957年散文特写选》,作家出版社1958年版。
③ 作家出版社编著:《1958年散文特写选》,作家出版社1959年版。
④ 周立波编选:《散文特写选(1959—1961)》,人民文学出版社1963年版。
⑤ 袁鹰:《散文求索小记》,《收获》1982年第6期。
⑥ 周作人:《看云集·冰雪小品·序》,《看云集》,北京十月文艺出版社2011年版。

烈的时代性、社会性，创作主体个人的性情、审美均被无限淡化。到了 1957 年下半年，特别是 1958 年，文化界重新强调"散文、特写、报告文学是文学战线上的尖兵，是时代的感应神经，战斗的号角"①的观点，表征着文学服务政治与时代的关系重新得到确认。到了 1959 年，周立波在《散文特写选（1959—1961）》序中强调："举凡国际国内大事、社会家庭细故、掀天之浪、一物之微、自己的一段经历、一丝感触、一撮悲欢、一星冥想、往日的凄惶、今朝的欢快，都可以移于纸上，贡献读者。"② 这是将社会时代与个体情思相互包容、兼容，文学和政治、作家性情和散文文体意识的关系被重新调整，散文创作与散文论谈颇具规模，有人甚至将 1961 年称为"散文年"。

仅从散文与特写在出版时的分分合合，我们便大抵可见，政治形态、时代精神、社会思潮制导着散文文体的逶迤发展，也深刻影响着甚至制约着散文背后站着的"那个人"，即知识分子的主体性存在。如果说 1956 年至 1957 年上半年的"双百时代"给知识分子带来一次精神的、创作的自由盛宴，如果说这个"第一次解放"让知识分子们有机会且自觉担当起"干预生活""写真实"的责任，那么，在短暂的"大鸣大放"自由狂欢之后，接踵而至的"反右"运动——"阳谋论"、右派标准、极右分子标准、反右扩大化——使这些有着社会良知、独立精神的知识分子们迅速被清算、被划为"右派"，纷纷被加以各种处分，如免于行政、降职降级、撤职、留用察看、监督劳动、劳动教养，造成人员的死亡（包括病死、自杀、被杀）不计其数。鉴于这样的历史经验与历史事实，知识分子们在面对洪子诚所说的"文化大革命"之后的"第二次解放"时，真的是发自肺腑、毫无保留地"认为自己正站在新的起点上，进入艺术生命的'春天'

---

① 马铁丁：《1958 散文特写选·序言》，作家出版社 1959 年版。
② 周立波编选：《散文特写选（1959—1961）》，人民文学出版社 1963 年版，序。

时机已经到来"么?

阅读关于"文化大革命"话语的散文时,我的确时常读到诸如以下的文字:

1. 巴金在《怀念萧珊》说,"为了纪念给'四人帮'迫害致死的朋友。想到他们不能把个人的智慧和才华献给社会主义祖国,我万分惋惜。""我绝不悲观。我要争取多活。我要为我们社会主义祖国工作到生命的最后一息。"①

2. 在《"毒病草"》中写信给曹禺说:"……你得少开会,少写表态文章,多给后人留一点东西,把你心灵中的宝贝全交出来,贡献给我们社会主义祖国……"②

3. 在《〈怀念集〉序》中写道:"我活着不是为了'捞一把'补偿十年浩劫中的损失,我愿意把我这剩余的心血和精力,把我晚年的全部爱和恨献给我的社会主义祖国和勤劳、善良的人民。"③

4. 在《探索之三》中说:"我只要做一个'善良些、纯洁些、对别人有用些'的人。"④

5. 冰心在《我的老伴——吴文藻(之二)》中说:"中国共产党真是一个伟大、英明、正确的无产阶级政党,是一个'有严明纪律和富于自我批评精神的无产阶级政党'。"⑤

6. 在《悼丁玲》中说:"我们只能从他们遗留下的不朽的事业中得到慰藉,在我们的有生之年也将为继承他们的为人民的工作而

---

① 巴金:《怀念萧珊》,《随想录》,生活·读书·新知三联书店1987年版,第30—33页。
② 巴金:《"毒病草"》,《随想录》,生活·读书·新知三联书店1987年版,第34页。
③ 巴金:《〈怀念集〉序》,《随想录》,生活·读书·新知三联书店1987年版,第408页。
④ 巴金:《探索之三》,《随想录》,生活·读书·新知三联书店1987年版,第219页。
⑤ 冰心:《我的老伴——吴文藻(之二)》,《中国作家》1987年第2期。

不断奋斗！"①

7. 在《从"五四"到"四五"》中说："在党所指引的四个现代化的长征路上，也还需要我们这些老兵。"②

8. 萧乾在1978年发誓要跑好人生的最后一圈。他在《八十自省》中谈到西洋古典音乐时慨叹道："说起这些癖好，我不能不感激一九七八年以来这里所发生的巨变。'文革'十年中，听外国音乐就是洋奴，养花草就是修正主义，打太极拳更是活命哲学。当然，一九七八年的巨变还远远不仅在准许养花听音乐上，对我来说，尽管失去的年华找不回来了，我却恢复了人的尊严，重新获得了艺术生命。同时，三十年来被当作毒草踩在脚下的全部作品，都重见天日。对一个搞了一个辈子文字工作的人来说，这确实是一次翻身解放。"③

9. 陈白尘在《学习鲁迅的彻底革命精神》呼号："为了保证四化建设，我们更要学习鲁迅的求真理'听将令'精神。我们应该不断探索真理，学习马克思列宁主义——毛泽东思想，不断解剖自己，就是勇于自我批评，纠正错误，克服涣散软弱状态；倾听党的'将令'，和党保持一致，对于企图摆脱、反对党的领导的倾向作斗争，对于怀疑四项基本原则以至背离四项原则的倾向作斗争，在做一个作家之前，先做一个真正的马克思主义者，一个真正的共产党员！"④

10. 在1979年8月10日写的《戏剧空谈》中，就戏剧是应该歌颂光明还是暴露黑暗说道："要做一个真正的革命的文艺家，就必须坚持真理，敢于斗争。要写戏剧，就要面对现实，做人民的代言人，

---

① 冰心：《悼丁玲》，《冰心全集》，海峡文艺出版社1994年版，第18页。
② 冰心：《从"五四"到"四五"》，《冰心全集》，海峡文艺出版社1994年版，第41页。
③ 萧乾：《八十自省》，《萧乾散文选集》，百花文艺出版社2004年版，第228页。
④ 陈白尘：《学习鲁迅的彻底革命精神》，《五十年集》，江苏人民出版社1982年版，第176页。

也是党的代言人,坚持四项原则,为实现四化而歌颂,为扫除妨碍四化前进的一切障碍——'四人帮'极'左'思潮潜伏在人们思想深处的黑暗,官僚主义的危害,特权思想的恶劣影响,等等,等等——而一一暴露之!歌颂光明与黑暗的斗争!这就是目前的'基本任务'!"①……

梁实秋说,"有一个人便有一种散文"(《论散文》),那么,这些对祖国、人民、社会主义、共产党(共产主义)的深情表达甚至于激昂呼号的作家,究竟是基于何种情愫?综合考量,我觉得大概有五种可能,并且可以在作家生平履历与作家散文文本中得到佐证。

第一种可能,是知识分子被平反及重新被委以重用后的感恩心理。仅以上文列举的四位作家为例。巴金,1966年被批判、被关进"牛棚",1967年被下放"五七干校"劳动两年半,"文化大革命"结束后,即1977年任中国作协主席,1983年后任全国政协副主席、中国作协主席等职。冰心,"文化大革命"期间受冲击,被抄家、被批斗、被关进"牛棚"、被下放"五七干校"劳动改造,"文化大革命"结束后任中国文联副主席和名誉主席,政协常务委员等职。萧乾,被划为"右派","文化大革命"期间受冲击,被抄家、被批斗,1979年被平反,确认"右派"为划错,后历任中国作协理事,中央文史馆馆长,全国政协委员、常委,民盟中央常委等职。陈白尘在"文化大革命"中属于中央专案组审查对象,是"叛徒""反革命分子""大毒草",被批斗、被关进"牛棚"、被下放干校、被迫长期与家人分开等,"文化大革命"结束后,先后任南京大学中国语言文学系教授、系主任、全国文联委员及中国作家协会理事、中国戏剧家协会副主席、江苏省文联名誉主席、第六届全国政协委员等。这四位作家,以

---

① 陈白尘:《戏剧空谈》,《五十年集》,江苏人民出版社1982年版,第136页。

"文化大革命"结束为人生分水岭,社会地位、精神和肉体的待遇差异如此巨大,心怀感念并诉诸笔端,歌颂、赞美也是情理之中。恰如韦君宜在《"文化大革命"拾零·我这个"走资派"》中慨叹的那样:"我们中国的知识分子是多么容易得到安慰和满足啊……"① 即便,从个体生命的角度而言,与被政党荒废、钳制、扼杀的二十余年相较,他们的所得仍是如此吝啬!

第二种可能,是知识分子善良正直的秉性和对祖国眷恋的情怀。曾被划为"右派"的汪曾祺,1989年8月在名为《随遇而安》中的一段自白,大概可以道出一些作家的部分内心意识:"中国的知识分子是善良的。曾被打成右派的那一代人,除了已经死掉的,大多数都还在努力地工作。他们的工作的动力,一是要证实自己的价值。人活着,总得做一点事。二是对生我养我的故国未免有情。"② 在《认识到的和没有认识到的自己》中,汪老继续写道:"中国尽管有这样那样的问题,这样那样的缺点,但它是我的国家。正如沈(从文)先生所说,在任何情况下,都不应丧失信心。我没有荒谬感、失落感、孤独感。我并不反对荒谬感、失落感、孤独感,但是我觉得我们这样的社会,不具备产生这样多的感的条件。"③ 韦君宜在随手列举"右派"所受处分时,隐忍写道:"而他们所犯的罪行,可以列举一下,并无一个主张资产阶级思想的(如果这算犯罪),甚至人人都是主张拥护共产党的。这些人的二十五年怎么过的,无法过问。这一部血泪凝成的历史,我们不去算老账,图报复,只希望这种悲剧在中国不再发生。"④ 无论

---

① 韦君宜:《"文化大革命"拾零·我这个"走资派"》,《〈思痛录〉增订补录》,人民文学出版社2013年版,第100页。
② 汪曾祺:《随遇而安》,《随遇而安》,京华出版社2006年版,第267页。
③ 汪曾祺:《认识到的和没有认识到的自己》,《随遇而安》,京华出版社2006年版,第292页。
④ 韦君宜:《我所见的"反右"风涛》,《〈思痛录〉增订补录》,人民文学出版社2013年版,第59页。

是汪曾祺的"我没有"还是"我并不反对",或是韦君宜的"我们不去",我们都可以看到代表社会良心的知识分子对祖国的那份坚韧执着,因此,散文中时有赞誉之辞亦为正常。只是,老舍在《茶馆》中那句有名的"我爱咱们的国啊,可是谁来爱我呢"的天问,依旧是知识分子心头挥之不去的存在!

第三种可能,是知识分子对祖国、人民、共产主义真理的执着信念。冰心在"文化大革命"期间备受摧残,若非周恩来亲自保护,是否尚在人世间也是两说,即便如此,她在《世纪印象》一文中饱满深情地写道:"九十年来……我的一颗爱祖国,爱人民的心,永远是坚如金石的。"[①] 韦君宜写作《思痛录》时,在《缘起》中首先声明"我是个忠诚的老共产党员","我跟着党,受苦受穷,吃糠咽菜,心甘情愿。真正使我感到痛苦的,是一生中所经历的历次运动给我们的党、国家造成的难以挽回的灾难"[②]。在"文化大革命"期间同样受到冲击受够罪的蒋南翔,在临终前嘱咐来诀别的人:"要坚持共产主义"[③]。巴金纪念给"四人帮"迫害致死的朋友,所想到的依旧是"他们不能把个人的智慧和才华献给社会主义祖国,我万分惋惜"[④]。老一辈无产阶级革命党人对祖国和共产主义[⑤]宗教般的执着与追随,对祖国这份热土的深沉挚爱,情存于内而发于外,歌颂也是自然,即便他们"眼里常含泪水"![⑥]

---

① 冰心:《世纪印象》,《文艺争鸣》1992年6月29日。
② 韦君宜:《缘起》,《〈思痛录〉增订补录》,人民文学出版社2013年版,第3—6页。
③ 韦君宜:《他走给我看了做人的路》,《〈思痛录〉增订补录》,人民文学出版社2013年版,第256页。
④ 巴金:《怀念萧珊》,《随想录》,生活·读书·新知三联书店1987年版,第30页。
⑤ 我赞成韦君宜关于共产主义的观点,认为"世界一切美好的东西都包含在共产主义里面了,包括自由与民主"。我也相信,老一辈无产阶级革命家和知识分子的双重身份,使他们对共产主义的理解,大抵与韦君宜相仿。蒋南翔在1953年团中央一次讲话时激愤地说:"与其宁'左'勿'右',还不如宁'右'勿'左'好。"被人称为"老右倾""老保守",实则是自由意志主义。
⑥ 艾青:《我爱这土地》,《艾青诗选》,人民文学出版社1979年版。

第四种可能,是知识分子历经各次运动后的心有余悸。这种心有余悸,归根结底,就是一个"怕"字。对此,巴金表达得最为透彻。他在《"掏一把出来"》中坦白:"我变了!我熟悉自己在'文革'期间的精神状态,我明白这就是我的所谓'改造'。我参加'运动'还不算太多,但一个运动接一个运动,把一个'怕'字深深刻印在我的心上。结果一切都为保护自己,今天说东,明天说西,这算是什么作家呢?"① 在《未来(说真话之五)》中表述:"我在《随想录》中不断地提出问题,发表意见,正因为我有恐惧。"②徐友渔认为,巴金对"文化大革命"的反思与批判,对自己和亲人惨遭迫害的痛切感受与言说,基本局限于聂赫留朵夫式的"道德自我完善",他无力追问制度的不完善,考虑如何使制度完善。事实上,使得"人性变成兽性"的原因,除了在人格和道德方面,更重要的是在制度方面③。而我以为,巴金留给我们这些真诚的忏悔、迷茫、疑惑,除了可以说是出自"道德自我完善"与对"制度完善"的思考,更有巴金恐惧十年悲剧再重演、恐惧看到第二次兽性大发年代的深层担忧,因此,巴金一再重复说:"往事不会消散,那些回忆聚在一起,将成为一口铜铸的警钟,我们必须牢牢记住这个惨痛的教训。"④ 巴金那些歌颂性文字,也许是深层担忧下所异化出的一种表态。

第五种可能,是知识分子长期依附政党后的人格从属。历经无数次政治运动的知识分子们,他们对国家政权的态度,已由先前的"大鸣大放"到有所保留。"要恢复对上者的信任,甚至轻信,恢复年轻时的天真的热情,恐怕是很难了。他们对世事看淡了,看透了,对现实多多少少是疏离

---

① 巴金:《"掏一把出来"》,《随想录》,生活·读书·新知三联书店 1987 年版,第 560 页。
② 巴金:《未来(说真话之五)》,《随想录》,生活·读书·新知三联书店 1987 年版,第 463 页。
③ 徐友渔:《继承巴金和超越巴金》,《与时代同行》,复旦大学出版社 2010 年版,第 186 页。
④ 巴金:《怀念胡风》,《随想录》,生活·读书·新知三联书店 1987 年版,第 886 页。

的。受过伤的心总是有璺的。人的心，是脆的。这是没有办法的事。"① 但是，他们又无法置身于时代思潮之外（或者说，时代思潮不允许他们置身事外），顺应时事、紧随时代的要求"解放思想"，既是外在政治文化思潮的要求也是他们内在的某种主动附属屈从。陈白尘说，"我们深受其害，至今还'心有余悸'，是可以理解的；我们在'四害'横行之日，深受其害而又'心有余毒'，也是难以避免的。"② 他能想到肃清"余毒"的方式便是"战斗"，而且是"只有战斗"，这种观念，是长期被政权意识垄断自我意识、长期被政权思想取代个人思想的结果。"文化大革命"初期，翦伯赞夫妇双双服安眠药自杀，有人在他身上发现两张纸条：一张纸条，说实在没有什么可以交代的；一张纸条，上面写着"毛主席万岁！万万岁！"这与其简单说是种讽刺或感激，还不如说是知识分子独立人格遭遇集权政治后的两难抉择：自杀，是为坚持正直、自由、独立，不愿出卖自己的人格尊严，不愿苟活于世；写纸条，既是被政权胁迫下的、给尚在人世间的亲人好友的某种解困，也是"帝王将相"观念长期制导下的思想惯性。

无论这些记录"文化大革命"的散文，作家以何种精神气质、生活态度、叙述方式存在，他们写的首先都不是"遵命文学"，而是"文化大革命"结束后，在"思想解放"的感召下，作为个体生命和主体意志自由存在的一种价值诉求与外化方式。尽管这种诉求与外化，更多的时候只是类似于美国学者J.范伯格所说的"摆脱的自由"，即人从约束、束缚、限制、障碍中摆脱出来而获得的自由，还不是"自为的自由"，即人能自主、自控、自决地实现自己的意志，并且也有能力实现自己的自由。③ 但是，

---

① 汪曾祺：《随遇而安》，《随遇而安》，京华出版社2006年版，第267页。
② 陈白尘：《驱散林彪、"四人帮"的阴魂》，《五十年集》，江苏人民出版社1982年版，第124页。
③ [美] J. 范伯格：《自由、权力和社会争议》，《现代哲学》，贵州人民出版社1998年版，第10页。

即便是"摆脱的自由",这也是历经艰辛而得。1980年10月,韦君宜在给其夫杨述的悼文《当代人的悲剧》中道出了一代人的悲伤:

> 我哭,比年轻人失去爱人哭得更厉害,因为这不只是失去一个亲人的悲痛,更可伤痛的是他这一生的经历。为什么我们这时代要发生这种事情,而且发生得这么多?人们常说年老一代与年轻一代间有一条沟,不能互相了解。我要哭着说:年轻人啊,请你们了解一下老年人的悲痛,老年人所付出的牺牲吧!这些老人,而且是老党员,实际是以他们的生命为代价,换来了今天思想解放的局面的。实际上我们是在踩着他们的血迹向前走啊![1]

启蒙或新启蒙、精神复归这些语词得以彰显,固然是政治制度、社会思潮、时代精神开化的结果,更是有良知的知识分子们用生命用鲜血铺垫而成。

历史是不能忘却也是无法忘却的。福斯特(Foster)在《印度之旅》中如是说:全忘记创伤,"还不是此时,还不是此地"(not now, not here)。的确如此。

第二节 老作家散文

老作家散文又称老年散文,他们已经成为一种文学现象进入了当代散文史的书写。陈思和撰写的《中国当代文学史教程(第二版)》是一部"以文学作品为主型的文学史",他在第九章"'文化大革命'时期的文

---

[1] 韦君宜:《当代人的悲剧》,《〈思痛录〉增订补录》,人民文学出版社2013年版,第126页。

学"中，特别设置"第二节 老作家的秘密创作：《缘缘堂续笔》"，详细论述丰子恺在1971年至1973年间利用凌晨时间写成的散文。[①] 洪子诚在《中国当代文学史》"第二十四章 散文"中，特别列出一节，写"老作家的散文"，他们分别是巴金、杨绛、孙犁、萧乾、丁玲、陈白尘、梅志、韦君宜、李锐等作品，重点评析巴金的《随想录》、杨绛的《干校六记》[②]。董健、丁帆、王彬彬主编《中国当代文学史新稿》（第二版），共五编二十七章，在第四编"1978—1989年间的文学""第十九章 散文"之"第一节悲悼散文与讽喻散文"中，有"老年散文"名目，如巴金《怀念萧珊》、韦君宜《思痛录》、黄秋耘《历史的哑谜》。[③] 此外，沈义贞在当代散文史专著《中国当代散文艺术演变史》中，专门设置"老年散文现象与群体"章节等。

勘察上述文学史中关涉的"老作家散文"或是"老年散文"，我们发现两个特点，第一，这些作家创作散文时的年龄均在60虚岁以上；第二，这些散文作品主要是指"文化大革命"以后（偶尔也有个别是在"文化大革命"期间创作）的散文创作。具体来说，查作家生平得知，丰子恺1898年出生，创作《缘缘堂续笔》时已经74—76岁，是他生命倒计时的最后三四年，这些散文是他的人生绝唱[④]；巴金1904年出生，1978年12月1日开始写作《随想录》，当时75虚岁，1979年1月16日写完名篇《怀念萧珊》时76虚岁[⑤]；杨绛1911年出生，写作出版《干校六记》为1981年，当时71虚岁[⑥]；孙犁1913年出生，"文化大革命"结束时的孙犁64

[①] 陈思和：《中国当代文学史教程（第二版）》，复旦大学出版社1999年版，第175—177页。
[②] 洪子诚：《中国当代文学史》，北京大学出版社2010年版，第400页。
[③] 董健、丁帆、王彬彬主编：《中国当代文学史新稿》，北京师范大学出版社2011年版，第333—339页。
[④] 丰子恺，生于1898年，卒于1975年，享年78岁。
[⑤] 巴金，生于1904年，卒于2005年，享年102虚岁。
[⑥] 杨绛，生于1911年，卒于2016年，享年106虚岁。

虚岁，从1976年12月到1995年5月的20年间（即64虚岁—84虚岁），创作了大量的散文，先后出版《晚华集》《秀露集》《澹定集》《尺泽集》《远道集》《老荒集》《陋巷集》《无为集》《如云集》《曲终集》10个作品集，后集为"耕堂文录十种"①；萧乾1910年出生，1979年平反时70虚岁（确认"右派"为错划），同年4月编选《萧乾散文特写选》，并以长篇文学回忆录《未带地图的旅人》为代序，1980年发表文学回忆录《一本褪色的相册》，1982年发表散文《挚友、益友和畏友巴金》等，此时期的萧乾已是古稀之年②；丁玲1904年出生，受极"左"路线迫害，被下放劳动12年，"文化大革命"中坐牢5年，至1984年彻底平反，晚年丁玲，写下《魍魉世界 风雪人间》，此时，她已是80高龄左右③；陈白尘1908年出生，"文化大革命"结束后的1982年秋，写下怀旧之作《云梦断忆》，1984年写下《寂寞的童年》，时年75—77虚岁④；梅志1914年出生，作为胡风妻子，被定为"胡风反革命分子"备受镇压和摧残，1980年平反，开始创作回忆文章《四十一年话沧桑》等作品，此时她已67虚岁⑤；韦君宜1917年出生，"文化大革命"后即1976年开始写作《思痛录》，历时十年，至1986年完成，年龄跨度60—70虚岁⑥；黄秋耘1918年出生，1980年开始（当时63虚岁），先后出版《锈损了灵魂的悲剧》（1980年版）、《丁香花下》（1981年版）、《黄秋耘散文选》（1983年版）⑦；李锐1917年出生，1981年出版《窑洞杂述》时65虚岁……

以上这些老作家，他们的身份各异，有文学家、历史学家、学者、老

---

① 孙犁，生于1913年，卒于2002年，享年90虚岁。
② 萧乾，生于1910年，卒于1999年，享年90虚岁。
③ 丁玲，生于1904年，卒于1986年，享年83虚岁。
④ 陈白尘，生于1908年，卒于1994年，享年87虚岁。
⑤ 梅志，生于1914年，卒于2004年，享年91虚岁。
⑥ 韦君宜，生于1917年，卒于2002年，享年86虚岁。
⑦ 黄秋耘，生于1918年，卒于2001年，享年84虚岁。

革命者等；散文创作形式多样，有客观叙述式（士大夫写作）、忏悔式、抒情式、反思批判式等；但是，他们创作时的年龄都在60虚岁以上。之所以将60虚岁作为划分"老作家散文"的年龄节点，我以为，主要是契合了"六十而耳顺"的哲学意味①。"六十而耳顺"是孔子在《论语·问政》中所言的，讲学习与修养的过程，安身立命，不再受环境牵制。郑玄注："耳顺，闻其言，而知微旨也。"皇邢二《疏》："但闻其言，即解微旨，是所闻不逆于耳，故曰耳顺也。"李充说："心与耳相从，故曰耳顺也。""耳顺"，能通顺自己亦能顾他人心理，即知他人的心意，个人的主观意识和做人的规则能较好地融汇。跨越近一个世纪的老作家们，历经过无数次运动，激情过，信仰过，动摇过；被整过也整过人，是受害者也是害人者，其中甘苦可谓罄竹难书。一些知识分子在经过岁月的淘洗之后，在经过各种痛彻肺腑的反复淬炼之后，洗净铅华，平和冲淡，归于素朴。因此，在他们的散文书写中，回忆是核心主题。这些回忆散文，大多以人道主义、人性为基本价值支点，与主流意识形态保持着"和而不同"的中庸哲学态度。回忆的内容，除了前文已经论述过的"文化大革命"事件（政治的、精神的），还有两个重要方面，一个是缅怀亲友，一个是追忆童年，都是一种回望姿态，诚如鲁迅在《朝花夕拾》中用回望之态为我们带来他儿时的种种那般，是历经现实冰川后的某种"安魂曲"。

诚然，我们无法规避另一个事实。20世纪80年代的社会转型的确带来了深刻的思想变革、社会变革，新中国成立后的第一次思想大解放②的确冲破了领袖个人崇拜问题，"实践是检验真理的唯一标准"基本得到确认，高度集中、封闭的计划经济体制也渐趋为开放的社会主义市场经济体

---

① 《吾十有五而志于学》，《论语·问政》，中州古籍出版社2008年版，第45页。
② 以1978年"真理标准大讨论"和十一届三中全会为标志，邓小平《解放思想，实事求是，团结一致向前看》讲话为第一次思想大解放的宣言书。

制所取代。但是，几千年的封建统治、长期极"左"的错误和"两个凡是"的制导，以及开放却不完善的市场经济体制，带来了制度权力的部分失控，官僚、腐败成为可能；而对外开放后，西方思潮、文化、物质欲求均泥沙俱下涌入一度闭关的中国，滞后的教育、封闭的观念使国人无从辨识优劣，观念腐化、贪图物欲、生活糜烂（如纵欲、毒品）成为社会的某种景象。鉴于此，一些知识分子主动介入现实，干预生活，揭发时弊，对计划体制、官方意识形态及时代的缺陷进行批判，这也成为老作家散文中的另一重要主题。这类书写，对已经式微的作家批判意识起到很好的引路及示范作用。

一 "安魂曲"，在荒凉处响起

我所说的"安魂曲"，主要是就老作家们缅怀亲友、追忆童年而言。回忆录的叙述者总是带有某种历史的意义与使命感，或者他是直接自传性，或者他在描绘曾经经历过的那些人事。苏珊·桑塔格在《重点所在》中说："在缅怀重要楷模和回忆真实生活中或文学中的决定性的邂逅时，作者等于是在阐述用来评判自我的标准。"[①] 一个是真正的自我，一个则是自我的承载者，即假借他者存在。保罗·德曼在《解构之图》中也详解了记忆时自我与他者的关系：他者必然使记忆内在化，即"内在化记忆"（Erinnerung）。内在化运动在我们心里保存下他者的生命、思想、肌体、声音、目光或心灵，但这一切都呈现为记忆减退、备忘录、符号或象征、形象或记忆表象，它们只是一些零星的、分散的、残缺的碎片，是已经离去的他者的一些"部分"，而这些部分转而成为我们的一部分，内含于"我们"，并融入一个仿佛突然变得比他者甚至比我们更大、更古老的记

---

① ［美］苏珊·桑塔格：《重点所在》，黄灿然译，上海译文出版社2006年版，第12页。

忆。他者死了,对他者的记忆必然成为蒙哀的记忆,即成为修辞学的寓意或换喻(言语踪迹)。该踪迹致使言语始终还要说它所说的以外的东西,说"先于"它和在它"之外"说话的他者,让他者在寓意中说话。① 也就是说,作家选择什么样的文学主题与内容,源自作家自身的价值观和对人生因果关系的洞悉。缅怀亲友也罢,追忆童年也罢,都是作家精神休整的一种方式,而非仅仅是一种文学样式。

缅怀亲友是老作家散文中常见的主题。所谓缅怀,是对已逝者的深情追思、怀念追想。仅以巴金、冰心、孙犁、萧乾、陈白尘、杨绛六位老作家为例,他(她)们在作品中写下了大量的缅怀类作品。列为缅怀对象的,有些是"文化大革命"被迫害致死甚至被迫自杀者,索尔仁尼琴将这样的写作看作是"对受害者履行纪念的义务"。如巴金写下《怀念金仲华同志》②《等着,盼着……——怀念陈同生同志》③《一颗红心——悼念曹葆华同志》④《怀念老舍同志》⑤《怀念满涛同志》⑥《关于丽尼同志》(郭安仁的笔名)⑦,在《二十年前》中记下被迫害自杀的叶以群、傅雷、陈同生、金仲华等同志;孙犁写下《谈赵树理》⑧《远的怀念》(纪念被迫害致死的诗人远千里)⑨;冰心记下《老舍和孩子们》《怀念老舍先生》⑩《纪念老舍八十五岁诞辰》(老舍是1966年投北京太平湖自

---

① [美]保罗·德曼:《解构之图》,李自修等译,中国社会科学出版社1998年版,第47—48页。
② 巴金:《爝火集》,人民文学出版社1979年版,第235页。
③ 同上书,第239页。
④ 同上书,第244页。
⑤ 巴金:《随想录》,作家出版社2009年版,第136页。
⑥ 同上书,第329页。
⑦ 巴金:《爝火集》,人民文学出版社1979年版,第257页。
⑧ 孙犁:《孙犁文集》(散文 诗歌卷),百花文艺出版社2002年版,第316页。
⑨ 远千里:1915年生,卒于1968年。从1956年起担任中共河北省委文教部副部长、宣传部副部长。
⑩ 冰心:《冰心全集》第六卷,海峡文艺出版社1994年版,第674—704页。

杀)①；杨绛在《下放记别》中隐忍记下女婿"得一就自杀了"②，在《学圃记闲》中记下那个"穿蓝色制服的尸体"③；陈白尘记下《哭翔鹤》④《哭田汉同志》⑤《见到鸭群我便想起了你》（纪念侯金镜同志）⑥、《哀盛亚》⑦等。有些是缅怀故友，这类缅怀类作品篇数最多，牵涉人最广。如巴金记有《怀念从文》⑧《怀念师陀》⑨《谈〈春天里的秋天〉》（缅怀友人郭安仁等）⑩、《衷心感谢他——悼念何其芳同志》⑪《永远向他学习——悼念郭沫若同志》⑫《怀念鲁迅先生》⑬《纪念雪峰》⑭《靳以逝世二十周年》⑮《悼念方之同志》⑯《怀念烈文》⑰《赵丹同志》⑱《悼念茅盾同志》⑲《怀念方令孺大姐》⑳《怀念丰先生》㉑《怀念鲁迅先生》㉒《怀念马宗融大哥》㉓

---

① 冰心：《冰心全集》第七卷，海峡文艺出版社1994年版，第450页。
② 杨绛：《干校六记》篇之《下放记别》，《杨绛散文戏剧集》，南海出版公司2001年版，第8页。
③ 杨绛：《干校六记》篇之《学圃记闲》，《杨绛散文戏剧集》，南海出版公司2001年版，第19页。
④ 陈白尘：《五十年集》（第一辑1978—1981），江苏人民出版社1982年版，第19页。
⑤ 同上书，第14页。
⑥ 同上书，第26页。
⑦ 同上书，第47页。
⑧ 巴金：《再思录》，作家出版社2011年版，第15页。
⑨ 同上书，第38页。
⑩ 巴金：《爝火集》，人民文学出版社1979年版，第256页。
⑪ 同上书，第231页。
⑫ 同上书，第228页。
⑬ 巴金：《随想录》，作家出版社2009年版，第290页。
⑭ 同上书，第116页。
⑮ 同上书，第122页。
⑯ 同上书，第133页。
⑰ 同上书，第169页。
⑱ 同上书，第214页。
⑲ 同上书，第248页。
⑳ 同上书，第255页。
㉑ 同上书，第267页。
㉒ 同上书，第290页。
㉓ 同上书，第304页。

《怀念一位教育家》（指匡互生先生）[①]、《怀念均正兄》[②]《怀念非英兄》[③]《怀念胡风》[④] 等缅怀文章；冰心记有《追念振铎》[⑤]《悼郭老》[⑥]《追念黎锦熙教授》[⑦]《追念闻一多先生》[⑧]《纪念印度伟大诗人泰戈尔》[⑨]《追念罗莘田先生》[⑩]《不应该早走的人》（缅怀故友李季）[⑪]、《悼念茅公》[⑫]《悼念林巧稚大夫》[⑬]《悼念廖公》[⑭]《悼念伯昕同志》[⑮]《悼念有吉佐和子》[⑯]《悼丁玲》[⑰]《忆天翼》[⑱]《悼念梁实秋先生》[⑲]《忆许地山先生》[⑳]《忆实秋》[㉑]《追念何其芳同志》[㉒]《哀悼叶老》（写缅怀叶圣陶先生）[㉓]、《关于男人（之七）》（追忆吴雷川校长）[㉔]、《又走了一位不该走的人》（缅怀儿童文学家刘厚明）[㉕]、《叶圣老——一位永垂不朽的教育家》[㉖]《关于男人（之九）》（回

[①] 巴金：《随想录》，作家出版社2009年版，第423页。
[②] 同上书，第442页。
[③] 同上书，第615页。
[④] 同上书，第640页。
[⑤] 冰心：《追念振铎》，《文艺报》1978年12月15日。
[⑥] 冰心：《悼郭老》，《读书》1983年第2期。
[⑦] 冰心：《冰心全集》第七卷，海峡文艺出版社1994年版，第29页。
[⑧] 同上书，第44页。
[⑨] 同上书，第49页。
[⑩] 同上书，第98页。
[⑪] 同上书，第141页。
[⑫] 同上书，第216页。
[⑬] 同上书，第337页。
[⑭] 同上书，第388页。
[⑮] 同上书，第466页。
[⑯] 同上书，第522页。
[⑰] 冰心：《冰心全集》第八卷，海峡文艺出版社1994年版，第17页。
[⑱] 同上书，第80页。
[⑲] 同上书，第232页。
[⑳] 同上书，第251页。
[㉑] 同上书，第254页。
[㉒] 同上书，第267页。
[㉓] 同上书，第282页。
[㉔] 同上书，第326页。
[㉕] 同上书，第393页。
[㉖] 同上书，第419页

第三章 精神复归:"新启蒙"散文

忆郭小川)①;陈白尘记下《中国作家的导师——敬悼茅盾同志》②;孙犁记下《在阜平——〈白洋淀纪事〉重印散记》③,缅怀因抗战而死的好友陈辉、仓夷、叶烨,记下《回忆沙可夫同志》④《伙伴的回忆》(回忆友人侯金镜、郭小川)⑤《回忆何其芳同志》⑥《悼画家马达》⑦《夜思》(缅怀友人张冠伦)⑧《悼念李季同志》⑨《大星陨落——悼念茅盾同志》⑩;萧乾记下《改正之后》(第一节 解冻,缅怀故友荒芜、韦芜、徐盈等)⑪、《杨刚与包贵思——一场奇特的中美友谊》[怀念杨刚(杨缤)与燕京大学英文系教授包贵思]⑫、《赞孙用》(怀念并赞美外国文学界的前辈孙用)⑬、《海伦·斯诺如是说》(怀念已故埃德加·斯诺和海伦·斯诺)⑭、《未带地图的旅人》(怀念故友杨刚)⑮、《披上战袍》(怀念故友杨刚)⑯、《斯诺与中国新文艺运动》(怀念故友斯诺夫妇与杨刚)⑰、《我的启蒙老师杨振声》⑱《我的两位老师》(怀念代数老师麻老师和地理老师贾老师)⑲。《吾

---

① 冰心:《冰心全集》第八卷,海峡文艺出版社1994年版,第427页。
② 陈白尘:《五十年集》(第一辑 1978—1981),江苏人民出版社1982年版,第7页。
③ 孙犁:《孙犁文集》(散文 诗歌卷),百花文艺出版社2002年版,第195页。
④ 同上书,第282页。
⑤ 孙犁:《孙犁文集》(散文 诗歌卷),百花文艺出版社2002年版,第298页。
⑥ 同上书,第306页。
⑦ 同上书,第310页。
⑧ 同上书,第322页
⑨ 同上书,第327页。
⑩ 同上书,第332页。
⑪ 萧乾:《萧乾散文选集》,傅光明编,百花文艺出版社2004年版,第183页。
⑫ 同上书,第177页。
⑬ 同上书,第193页。
⑭ 萧乾:《萧乾选集》(第三卷 散文),四川人民出版社1984年版,第195页。
⑮ 同上书,第354页。
⑯ 同上书,第429页。
⑰ 同上书,第456页。
⑱ 同上书,第106页。
⑲ 同上书,第118页。

师沈从文》①《万世师表叶圣陶》②《一代才女林徽因》③《记爱·摩·福斯特》④《我在英国结交的文友》(怀念英国友人哈洛德·艾克敦、戴狄·瑞兰兹、亚瑟·魏礼、戈登等人)⑤、《哭亡友曹维廉》⑥ 等。有些是缅怀亲人。如巴金怀念妻子,记下《怀念萧珊》⑦《再忆萧珊》⑧《关于〈第四病室〉》(在萧珊逝世后六年零八个多月缅怀她)⑨;怀念亲人,记下《关于〈海的梦〉》(缅怀亲人舅父的大女儿陈宗浩)⑩、《关于〈激流〉》(缅怀大哥)⑪、《小狗包弟》(巴金将狗"包弟"作为自己的亲人)⑫、《我的哥哥李尧林》⑬。如冰心缅怀母亲,记下《腊八粥》⑭《我的母亲》⑮;怀念丈夫,记下《我的老伴——吴文藻》;怀念弟弟,记下《关于男人(之六)》(冰心写她三个弟弟的有关回忆)⑯;怀念故土人事,记下《我的故乡》(缅怀亲人)⑰,《记富奶奶》(缅怀家中一佣人富妈)⑱。如萧乾在《改正之后》中缅怀爱人文洁若和孩子们⑲,孙犁在《亡人逸事》中缅怀妻子等。

---

① 萧乾:《萧乾选集》(第三卷 散文),四川人民出版社1984年版,第121页。
② 同上书,第127页。
③ 同上书,第130页。
④ 同上书,第249页。
⑤ 同上书,第253页。
⑥ 同上书,第266页。
⑦ 巴金:《爝火集》,人民文学出版社1979年版,第262页。
⑧ 巴金:《随想录》,作家出版社2009年版,第485页。
⑨ 巴金:《创作回忆录》,人民文学出版社1982年版,第22页。
⑩ 同上书,第29页。
⑪ 同上书,第97页。
⑫ 巴金:《随想录》,作家出版社2009年版,第144页。
⑬ 同上书,第413页。
⑭ 冰心:《冰心全集》第七卷,海峡文艺出版社1994年版,第11页。
⑮ 同上书,第269页。
⑯ 同上书,第203页。
⑰ 同上书,第13页。
⑱ 冰心:《冰心全集》第八卷,海峡文艺出版社1994年版,第192页。
⑲ 萧乾:《萧乾散文选集》,傅光明编,百花文艺出版社2004年版,第183页。

这类缅怀作品①，大抵如巴金在1947年出版散文集《怀念·前记》中所说的："我只想介绍他们（指读者）去接近几个平凡的人。那些人虽说平凡，却也能闪出一股纯洁的心灵的光，那是一般伟大人物所少有的。他们不害人，不欺世；谦虚，和善，而有毅力坚守岗位；物质贫乏而心灵丰富；爱朋友，爱工作，对人诚挚，重'给予'而不求'取得'"②，是"患难余生，痛定思痛"③的产物："取眼之所见，身之所经为题材；以类型或典型之法去编写；以助人反思，教育后代为目的；以反映真相，汰除恩怨为箴铭。"④这些写作，是知识分子的良知及精神所向的选择。尽管这样的选择，常常令人心为之伤、情为之摧。

如果说，缅怀亲友是老作家们在生命之痛后的大彻悟、大精神的自我圆满，那么，追忆童年是作家们回望时的温馨眷顾，即便童年的色泽有各种差异。冰心的童年和笔下的童年生活尽是快乐的，她的"爱的哲学"思想以母爱、童真、自然为根基，爱和温暖是她一生的暖色。这样的人生哲学及行文风格，与冰心出生于一个有着爱国、维新思想、民主观念的海军军官家庭有关，也与她所受的教育特别是基督教精神教义有关。在《童年杂忆》中，冰心这样回忆："我觉得我的童年生活是快乐的，开朗的，首先是健康的。该得到的爱，我都得到了，该爱的人，我也都爱了。我的母亲、父亲、祖父、舅舅、老师以及我周围的人都帮助我的思想、感情往正常、健康里成长。"⑤因为如此，冰心散文风轻云淡，秀丽温婉。她细细道

---

① 此外，还有缅怀国家领导人的一些篇什，如巴金的《望着周总理的遗像》《"最后的时刻"》（缅怀周总理和陈毅副总理）；冰心的《毛主席的光辉永远引导我前进》《永远活在我们心中的周总理》《我站在毛主席纪念堂前》《痛悼胡耀邦同志》；陈白尘的《献——纪念敬爱的周总理诞辰八十一周年》等。
② 巴金：《怀念》，开明书店1947年版，第1—2页。
③ 孙犁：《文字生涯》，《晚华集》，百花文艺出版社1979年版，第101页。
④ 孙犁：《〈无为集〉后记》，《无为集》，人民文学出版社1989年版，第233页。
⑤ 冰心：《冰心全集》第七卷，海峡文艺出版社1994年版，第220页。

来《我的童年》生活①,写《童年的春节》,记下童年的幸福②;写《我和商务印书馆》,记下童年爱好看书,且与商务印书馆结缘③;写《我的祖父》《祖父和灯火管制》,记下童年家庭亲人的温馨④;写《两栖动物》,记下与自然的亲切交融等。⑤ 孙犁出生于半农半商家庭,家境一般甚至拮据,但民风甚是素朴和谐。因此,他一方面写着童年吃的简单:"我在幼年,是吃五谷杂粮长大的,是吃蔬菜和野菜长大的。"⑥ "在我幼年时,每年春季,粮食很缺,普通人家都要吃野菜树叶"⑦;一方面写着简单生活中的童年趣事,如在《乡里旧闻》中写挖野菜⑧,在《童年漫忆》中写听说书、问村里人借《红楼梦》《金玉缘》⑨,在《画的梦》中写"我从小就喜欢画"⑩等。历经人世沧桑后的孙犁,在晚年慨叹道:"人的一生,真正的欢乐,在于童年"⑪,"如果说我也有快乐的时候,那就是童年"⑫,"为衣食奔波,而不大感到愁苦,只有童年"⑬。童年,是孙犁的俗世生活记忆,更是他穿透短暂人生真谛——"充满了风雨、冰雹、雷电,经历了哀伤、凄楚、挣扎,看到了那么多的卑鄙、无耻和丑恶,这是一场无可奈何的人生大梦"⑭——后的精神栖息所,是魂灵的诗意安妥处。萧乾是蒙古族人,遗腹子,家境贫寒,11岁时母亲去世。这样的生活原初状态,致使他的童

---

① 冰心:《冰心全集》第七卷,海峡文艺出版社1994年版,第65页。
② 同上书,第564页。
③ 冰心:《冰心全集》第八卷,海峡文艺出版社1994年版,第51页。
④ 冰心:《冰心全集》第七卷,海峡文艺出版社1994年版,第517、305页。
⑤ 冰心:《冰心全集》第八卷,海峡文艺出版社1994年版,第25页。
⑥ 孙犁:《吃菜根》,《如云集》,山东画报出版社1999年版,第30页。
⑦ 孙犁:《乡里旧闻·度春荒》,《秀露集》,山东画报出版社1999年版,第39页。
⑧ 孙犁:《孙犁文集》(散文 诗歌卷),百花文艺出版社2002年版,第252页。
⑨ 同上书,第203页。
⑩ 同上书,第238页。
⑪ 孙犁:《昆虫的故事》,《陋巷集》,山东画报出版社1999年版,第43页。
⑫ 孙犁:《记春节》,《如云集》,山东画报出版社1999年版,第61页。
⑬ 孙犁:《乡里旧闻·度春荒》,《秀露集》,山东画报出版社1999年版,第41页。
⑭ 孙犁:《记邹明》,《如云集》,山东画报出版社1999年版,第57页。

年记忆中"总是笼罩着一种异样的色彩"①。他在《一本褪色的相册》中诉说着童年的不幸:"我的童年过得就是这么孤寂,这么狼狈。没有玩具,没有画书,人间的温暖不多,而且很快就熄灭了。"② 在《童年的梦》中感伤着:"童年对我太遥远了","那时我的梦也许只是少挨些打"③,在《改正之后》"第一节 解冻"和"第五节 三过鬼门关"中写童年的不幸④,在《一本褪色的相册》"第六节 我的课堂"中写童年不幸的畸形教育⑤等。萧乾的童年大部分是在灰色调中度过,偶尔的亮色,如《鼓声》中童年的拨浪鼓声冲破寂寞的幸福⑥便足以让他展开笑颜。所幸萧乾"从未对人世间失掉过信心。我遇到的好人比坏人多得多。耻笑我的是少数,更多的是帮我一把的"⑦。

毋庸置疑,缅怀亲友、追忆童年都是从记忆中抄来的,都是以自己为线索,关于一个个体生命的人、事、物、理、情,时代是这些存在的胶着背景。在越过时间隔膜之后,个体生命的诸多情思、情绪渐次得到安宁,也为后人提供了关于作家本人、关于时代的可资参考的史料。

二 干预的,何止是生活

"干预生活"是1956年提出的创作观念。它的产生一般认为是受苏联尼古拉耶娃、奥维奇金、肖洛霍夫等小说影响,"勇敢干预生活的

---

① 萧乾:《一本褪色的相册》,百花文艺出版社1981年版,第3页。
② 同上。
③ 萧乾:《童年的梦》,《梦》,人民文学出版社2007年版,第180页。
④ 萧乾:《萧乾散文选集》,傅光明编,百花文艺出版社2004年版,第183页。
⑤ 同上书,第305页。
⑥ 萧乾:《萧乾选集》(第三卷 散文),四川人民出版社1984年版,第145页。
⑦ 萧乾:《一本褪色的相册》,《萧乾选集》(第三卷 散文),四川人民出版社1984年版,第312页。

精神"①，提倡直面现实冲突，特别关注基层政权和管理体制，反对生活中的官僚主义。

但是，一个文学思潮的产生必然有其深层的历史根源。特别是20世纪80年代老作家散文系列中大量的"干预生活"作品，必然不是一句"受苏联文学影响"便可囊括其产生缘由的。况且，惯常所说的"干预生活"，干预的何止是生活本身？精神上的介入，才是"干预"最重要的品质和价值。具体而言，探究这类散文创作得以生成的原因，我以为，大抵有四种：一是承继了中国文人"天下兴亡，匹夫有责"的民族大义与主动担当社会责任的精神传统；二是"五四"新文化影响下，现代知识分子们关注国家兴亡、关注民生疾苦的平民意识与理性精神制导；三是1956年"双百方针"阶段，对《延安文艺座谈会上的讲话》禁止"暴露黑暗面"禁锢的有力反拨和开化的政治文化政策的发展；四是20世纪80年代的巨大社会变革，计划体制转向市场体制，思想开放、话语解禁，揭发时弊、关切社会缺陷、批判封闭思想、反思官方意识形态等成为新的可能，对社会现实的"干预性"成为创作主流话语之一，因此，散文中出现一批"硬骨头"作品。这些作品，怀抱现实主义的真实精神，直面社会生活中的诸多问题，呈现多元形态。代表性作家有：以诗人身份行走文坛的邵燕祥，自20世纪80年代开始写下大量的散文随笔杂文②，先后出版《忧乐百篇》《会思想的芦苇》《当代杂文选萃·邵燕祥之卷》、三卷本《邵燕祥文抄》、随笔集《沉船》《邵燕祥杂文自选集》《人生败笔》《找灵魂》等，介入现实，针砭时弊，启蒙思想是其散文的核心特质。以小说行走文坛

---

① 《文艺报》1956年第3期作家协会创作委员会对苏联三部"干预生活"的讨论文章《勇敢地揭露生活中的矛盾与冲突》，肯定了奥维奇金《区里的日常生活》、尼古拉耶娃《拖拉机站站长和总农艺师》以及肖洛霍夫《被开垦的处女地》。这标志着"干预生活"概念正式进入中国当代文学。

② 我所论述的散文，是广泛意义的散文，包括杂文、随笔、社评、文学回忆录等，是否具有思想力、是否是知识分子精神的外化与彰显，是我选择散文的核心标准。

且成就英名的巴金,自"文化大革命"之后,直面现实和自己的心路历程,主要写下散文集《随想录》《探索集》《真话集》《病中集》《无题集》,后结集为《随想录》[①]等。兼有记者、翻译家、作家身份的萧乾20世纪80年代开始发表散文《一本褪色的相册》《挚友、益友和畏友巴金》《在洋山洋水面前》《北京城杂忆》等。以小说为创作主业的孙犁,在20世纪80年代创作了大量的散文,结集有《晚华集》《秀露集》《耕堂杂录》《澹定集》《疆定集》《琴和箫》(小说、散文集)、《耕堂散文》《尺泽集》《书林秋草》《孙犁散文选》《远道集》《老荒集》《陋巷集》《耕堂序跋》《无为集》《如云集》《曲终集》等。剧作家、小说家陈白尘20世纪80年代写作散文《五十年集(散文集)》《云梦断忆》《寂寞的童年》《少年行》等。

  这些老作家之所以在20世纪80年代,开始将创作精力重点投射在散文文体上,一方面的确存在孙犁所说的"人的一生之中,青年时容易写出好的诗;壮年人的小说,其中多佳作;老年人易于写些散文、杂文,这不只是量力而行,亦卫生延命之道也"[②]的因缘,即因体力不支选择散文书写;但更重要的,我想,散文是关于生命的言说,是生命自由舒展的方式。选择散文,就是选择一种精神方式。就散文特性而言,散文精神被认为是最贴近人内心世界的精神,具有很强的内倾性、自由性和随意性。从"文化大革命"时代步履艰难走来的老作家们,身心疲惫,他们需要安置灵魂的栖息所,散文是他们内心诗意外化的最便利方式。散文结构篇幅不拘于字数长短,形式自由灵活,笔法多样可变;况且,散文文体的边界历来模糊,古之散文是指韵文之外的一切文字,当代也有"跨文体"的散文呼声与创作(如"新散文"创作),在老作家们的散文中,他们自觉地将

---

① 共计150篇文章,分为《随想录》《探索集》《真话集》《病中集》《无题集》五集。
② 孙犁:《佳作产于盛年》,《尺泽集》,山东画报出版社1999年版,第113页。

回忆录、社评、杂文、随笔等置于散文门下，任心随性地做着文章，更为惬意自得。

当然，足够的年轮、足够的阅历、足够的人生重负，促使他们对现实的介入更为坦诚与深刻。他们的散文，普遍带有鲜明的启蒙理性色彩，主要反映在思想意识方面。如针对现实中闭关锁国、唯我独尊的落后思想，邵燕祥在《卖国乎？利国乎？》中探讨是引进外资促进现代化生产还是超越客观脱离现实让人民在落后贫困中"爱国"[①]；在《夜读书录》中提出要慎重区别当代人精神生活的文明与野蛮[②]；在《梦醒后的启蒙》中思考新时期接受新启蒙走出壅塞蒙蔽的知识分子[③]。巴金在《谈〈望乡〉》《多印几本西方文学名著》中哀叹"极可悲的民族虚无主义！"[④] 针对社会上封建专制迷信思想，巴金写下《"五四"运动六十周年》，反对封建专制的流毒，反对各种形式的包办婚姻，希望看到社会民主的实现[⑤]；邵燕祥写下《海内何妨存异己》谈工人阶级的不同层次[⑥]，写下《好在哪里》谈百姓和知识分子"不敢想说就说"的恐惧心态[⑦]，写下《"土皇帝"也不能要》谈政社合一公社体制改革与民主[⑧]，写下《人是有尾巴的吗？》思考"封建主义的尾巴拖进了社会主义时代，受害的又岂止知识分子而已"[⑨]，写下《"娘打儿子"论》论党组织与党员的附着关系[⑩]，写下《异兆》看风水的愚昧旧习[⑪]，写下《有感于"周恩来指示过"》谈长期被封建文化视为禁

---

① 邵燕祥：《邵燕祥文抄一 史外说史》，作家出版社1997年版，第86页。
② 同上书，第143页。
③ 同上书，第327页。
④ 巴金：《随想录》，作家出版社2009年版，第3页。
⑤ 同上书，第63页。
⑥ 邵燕祥：《大题小做集》，上海文艺出版社1994年版，第45页。
⑦ 同上书，第168页。
⑧ 邵燕祥：《邵燕祥文抄一 史外说史》，作家出版社1997年版，第23页。
⑨ 同上书，第25页。
⑩ 同上书，第103页。
⑪ 同上书，第164页。

区的性教育问题①,写下《评杨柳元为狗吊孝事》在社会主义中国重演只适于封建土壤上孳生的恶霸欺压百姓的一幕②,写下《今天里的昨天》认识到一切封建制奴隶制不可能"一元复始,万象更新"③。此外,萧乾在《一本褪色的相册》中批判当时国人的封闭观念和官方意识形态的缺陷与腐化的观念,揭露传教士和他们那些善男信女④。孙犁写对高高在上的专制权力的顺从:"过去,我们太怯弱了,太驯服了,这样就助长了那些政治骗子的野心,他们以为人民都是阿斗,可以玩弄于他们的股掌之上。几乎把艺术整个毁灭,也几乎把我们全部葬送"⑤等。针对文艺八股形态及思想,作为诗人的邵燕祥谈论《变革中的中国新诗一瞥——1985年10月13日在香港大屿山"作家交流营"的发言》,把新诗领域的"拨乱反正"和开拓创新不可分割地衔接在一起⑥,作为杂文作家谈论着《一个杂文作者的困惑》,谈论各级各党组织在思想上、政治上、纪律上都还存在着有待解决的问题⑦,并在《为巴金一辩》一文中提及行文制止有关"文化大革命"语言词典的编辑、出版⑧等。

也有抨击贪污腐败(包括公款吃喝)和官僚主义作风。《汉书·食货志》,"腐败"的本意是指粮食腐烂变质,即"太仓之粟,陈陈相因,充溢露积于外,腐败不可食",后引申为事物从原本纯洁状态发生蜕变。官僚主义(bureaucratism)是从西方转译,按照《辞海》阐释,是"指脱离实际、脱离群众、做官当老爷的领导作风。如不深入基层和群众,不了解实

---

① 邵燕祥:《邵燕祥文抄一 史外说史》,作家出版社1997年版,第276页。
② 邵燕祥:《邵燕祥文抄二 人间说人》,作家出版社1997年版,第147页。
③ 邵燕祥:《邵燕祥文抄三 梦边说梦》,作家出版社1997年版,第180页。
④ 萧乾:《萧乾选集》(第三卷 散文),四川人民出版社1984年版,第305页。
⑤ 孙犁:《孙犁文集》(散文 诗歌卷),百花文艺出版社2002年版,第241页。
⑥ 邵燕祥:《邵燕祥文抄三 梦边说梦》,作家出版社1997年版,第134页。
⑦ 同上书,第317页。
⑧ 同上书,第338页。

际情况,不关心群众疾苦,饱食终日,无所作为,遇事不负责任;独断专行,不按客观规律办事,主观臆断地瞎指挥等。有命令主义、文牍主义、事务主义等表现形式。官僚主义是剥削阶级思想和旧社会衙门作风的反映"。在20世纪80年代的社会转型期,这些现象的存在既有"官本位"封建思想的残余,也有市场经济雏形期的纷扰复杂的社会因素,更有权力过于集中的政治制度和体制的制导。描写这些现象的作品在"干预生活"类作品中数量最多。尽管刘宾雁公开主张文学要"干预生活",但是,真正成为"干预生活"旗手的,对现实问题的介入及态度倾向特别明确的,我以为是邵燕祥。关于公款吃喝、贪污腐败,他写下《吃政治酒》(批判公款吃喝)[1]、《"靠党吃党"》[2]《再说"靠党吃党"》[3] (写贪污谋私)、《贪污与法制》(呼吁健全法制,惩治贪污)[4]、《清官贪官优劣论》[5]《打打苍蝇也好》(写人民对贪赃枉法的痛恨)[6]、《谁养活谁?》(写庸官、贪官)[7]、《幽默辨》(写公款大吃大喝)[8]。关于官僚主义,他思考公仆、公民权与无权者、权势者问题,写下《言路:民意的渠道》[9]《说仆》[10]《"公仆"之名不能成立论》[11];思考实事求是作风,写下《谈"实际上"》[12];思考民主问题,写下《论不宜巴望"好皇帝"》(关涉官僚主义与特权、特殊化;民主与专制、法治与人治问题)[13]、《"土皇帝"也不能要》(由政

---

[1] 邵燕祥:《大题小做集》,上海文艺出版社1994年版,第147页。
[2] 邵燕祥:《邵燕祥文抄一 史外说史》,作家出版社1997年版,第51页。
[3] 同上书,第52页。
[4] 同上书,第172页。
[5] 同上书,第271页。
[6] 同上书,第278页。
[7] 同上书,第344页。
[8] 邵燕祥:《邵燕祥文抄二 人间说人》,作家出版社1997年版,第102页。
[9] 邵燕祥:《大题小做集》,上海文艺出版社1994年版,第26页。
[10] 同上书,第94页。
[11] 同上书,第113页。
[12] 同上书,第11页。
[13] 邵燕祥:《邵燕祥文抄一 史外说史》,作家出版社1997年版,第20页。

社合一公社体制改革讲民主)①、《家 家长 家长制》②《论"看颜色"》(批判唯领导颜色是从,倡导以反对官僚主义、加强民主监督为标志之一的政治体制改革)③;思考农民问题,写下《吃派饭》(和平时期不要脱离底层群众,人为加重农民负担)④;思考"全民皆商",写下《全民这个和全民那个》(批判以权经商、官商勾结、倒买倒卖、买空卖空)⑤等。

还有继续反思"文化大革命"的一群作家。反思"文化大革命"本身也是介入历史、用史鉴今的一种干预现实的方式。这些反思类散文,有关于"向前看"和"向后看"问题的思考⑥;是忘掉或者屏蔽"文化大革命"留下的历史黑洞果敢前行,还是反思历史负重中前行?是写伤痕旧时代还是写改革创新的新时代?是"歌德"还是"暴露"?老作家们的态度很为坚决:既不忘历史的沉痛教训,也要展望新时代,融入新生活。一直怀抱要建立一座"文化大革命"博物馆决心的巴金在介入"文化大革命"历史真实时,他说:"我们应当向前看,而且我们是在向前看。我们应该向前进,而且我们是在向前进。然而中华民族绝不是健忘的民族,绝不会忘记那十一年中间发生的事情。""为什么我们不可以给他们(指下一代人——笔者注)留一点真实材料呢?我们为什么不可以把个人的遭遇如实地写下来呢?难道为了向前进,为了向前看,我们就应当忘记过去的伤痛?就应当让我们的伤口化脓?"⑦陈白尘在《云梦断忆·

---

① 邵燕祥:《邵燕祥文抄一 史外说史》,作家出版社1997年版,第23页。
② 同上书,第243页。
③ 邵燕祥:《邵燕祥文抄二 人间说人》,作家出版社1997年版,第195页。
④ 邵燕祥:《邵燕祥文抄三 梦边说梦》,作家出版社1997年版,第145页。
⑤ 邵燕祥:《邵燕祥文抄一 史外说史》,作家出版社1997年版,第285页。
⑥ 中共十一届三中全会(1978)的召开,邓小平"团结一致向前看"的号召成为主流意识形态的核心精神。
⑦ 巴金:《绝不会忘记》,《随想录》,生活·读书·新知三联书店1987年版,第151—152页。

后记》（1982）中说："十年动乱中，国家和人民都遭受到巨大的创伤，除少数宠儿之外，谁不在心灵或肉体上伤痕累累？文学艺术如果不反映这些伤痕，那才是咄咄怪事！难道说：一个作家可以把十年动乱一笔勾销，而专事歌颂什么'一举'的功绩么？伤痕文学不是不该写，而是写得不够：我们还没有反映十年动乱的深刻而伟大的作品出现！不把造成十年动乱的社会根源、思想根源深挖出来，我们这社会主义社会要前进，四个现代化要实现，那是缘木求鱼！"①邵燕祥针对仍有人慑于"大批判"的余威或是"预悸"，写下《批判"大批判"》②，证明彻底否定"文化大革命"、否定"大批判"的必要性和紧迫性。有对"文化大革命"事件的自我反思。孙犁在《画的梦》中说："过去我们太怯懦了，太驯服了，这样就助长了那些政治骗子的野心。"③ 在《戏的梦》中哀叹："这些年来，林彪等人，这些政治骗子，把我们的党，我们的国家，我们的干部和人民，践踏成了什么样子！他们的所作所为，反映到我脑子里，是虚伪和罪恶。"④萧乾在《想当初蹲牛棚》说："现在回想起来，实在脸红，恨自己太没出息。在暴力面前，我不是去反抗，而总是想'留得青山在'。"⑤

  此外，老作家们积极介入教育体制，指出教育应《开卷有益》⑥，清醒认识到，"一个文盲众多的国家，是建不成社会主义的，也是建不成现代化的"⑦（《杂文作坊（三）》）；积极介入民生问题，包括关注现代

---

  ① 陈白尘：《云梦断忆·后记》，《陈白尘选集》（第五卷），四川文艺出版社1988年版，第153页。
  ② 邵燕祥：《邵燕祥文抄一 史外说史》，作家出版社1997年版，第102页。
  ③ 孙犁：《画的梦》，《秀露集》，山东画报出版社1999年版，第31页。
  ④ 孙犁：《戏的梦》，《孙犁文集》（散文诗歌卷），百花文艺出版社2002年版，第250页。
  ⑤ 萧乾：《想当初蹲牛棚》，《我这两辈子》，人民日报出版社2006年版，第101页。
  ⑥ 冰心：《冰心全集》第八卷，海峡文艺出版社1994年版，第406页。
  ⑦ 邵燕祥：《邵燕祥文抄二 人间说人》，作家出版社1997年版，第282页。

城市的垃圾①,讨论社会弊病②,揭发时弊。萧乾写下《鼓声》批判国人无从辨识优劣③,写下《千字文》(三则)讽刺当时人们的贪图物欲④,等等。

综上这些散文作品,老作家们从未以"为艺术而艺术"的态度浮泛地做些纸上文章,而是在写作的时候履行作为有良知人的责任。他们坚持着自主的自由,在回望中安妥备受创伤的魂灵,在现场人生中思考历史与考量当下,对过往的历史、现有的时代发出自己的呼喊(血泪熔铸地隐忍呼喊)。忆起萨特在《什么是文学》第一章《什么是写作》中提过的两个概念:介入,即作家用文字做表达工具,与意义打交道;揭露、说话和文字是散文作家揭露世上某一东西或某一概念的行动方式。老作家们的散文,便是如此。

20世纪80年代是社会转型的舆论改革期,围绕它生成的散文作品,大都如何言宏在《精神权力瓦解与重塑》中所概述的那样:

> 一是关于社会政治启蒙,主要体现在诸如伤痕文学、反思文学、改革文学作品中,同时对经济改革进行符合现代化要求的社会政治的想象;二是思想文化启蒙,主要围绕人道主义和国民性批判展开。⑤

"主体性复归"是这个时代的主流文化思潮,新启蒙散文是这个时代的主导文学形态之一。并且,它们深刻地影响着20世纪90年代乃至21世纪关于"八十年代"的诸多叙述,如查建英的《80年代访谈录》、王尧的《一

---

① 邵燕祥:《垃圾篇》,《邵燕祥文抄三 梦边说梦》,作家出版社1997年版,第265页。
② 陈白尘:《"讳疾忌医"与讲究"疗效"》,《五十年集》,江苏人民出版社1982年版,第154页。
③ 萧乾:《萧乾选集》(第三卷 散文),四川人民出版社1984年版,第145页。
④ 同上书,第149页。
⑤ 何言宏:《精神权力瓦解与重塑》,《知识人的精神事物》,昆仑出版社2013年版,第6页。

个人的八十年代》、柳红的《八十年代：中国经济学人的光荣与梦想》、马国川的《我与80年代》、旷晨的《我们的八十年代》、张立宪的《闪开，让我歌唱80年代》等，以及没有以"八十年代"为书名却以"八十年代"为主体内容的各种杂记（如维一的《我在故宫看大门》）。认真阅读与勘察20世纪80年代的散文作品，为我们进入20世纪90年代散文叙述开启了思想之门。

第四章　精神多元："无名"散文时代

周作人在1930年序沈启无《近代散文抄》时就说："我卤莽地说一句，小品文是文学发达的极致，它的兴盛必须在王纲解纽的时代。"①而"王纲解纽"是"大一统"的溃败期，是思想自由、话语开放、个体林立的时代。20世纪90年代就是这样一个"大一统"解构的年代。中国社会全面转型，经济、文化、政治的异质性成为时代的显性特征，而进入实践层次的社会转型也带来了精神的多元。

所谓多元，按照许小年的定义，"多元不仅仅是不同观点的自由表达，它还意味着异己者之间的共识，关于社会核心价值的共识。多元不仅仅是不同利益之间的自由竞争，它还意味着对利益博弈规则的一致认同。如果没有价值和规则的认同，多元将导致社会的解体，或者走向极权专制。"②知识分子"随着文学轰动效应消失和启蒙工程崩塌，其优越的精神领路人的地位终于归于消解，人们在现实面前再也不需要圣贤般的宣谕和真理的代言人"，于是他们开始"走向世俗，抨击崇高，调整心态，张扬私人化，逃避历史和现实"③，20世纪80年代知识分子的理想主义在政治和经济的

---

① 钟叔河编著：《周作人散文全集》，广西师范大学出版社2009年版，第694页。
② 参见编者话《多元的愈合》，《上海经济评论》2012年第10期。
③ 孟繁华：《文化崩溃时代的逃亡与皈依——90年代文化的新保守主义精神》，李世渊主编《知识分子立场——激进与保守之间的动荡》，时代文艺出版社2000年版。

双重逼仄下渐行渐远。学界也开始讨论"终极价值"和"人文精神"等问题，甚至有学者将知识分子在时代断裂中的思想价值选择归纳为人文精神说、精神逃逸说、新诸子时代说、理想主义说等①，这种分化，大抵在经济、政治、权力、学术间摇摆。知识分子群体外分化也日趋凸显：有撤回象牙塔反思自我；有依附市场经济将知识价值市场化；有与政治结盟在改革话语中实现公共价值；有以自由知识分子身份，崛起于媒体担当社会守夜人等。社会文化的多样性和精神取向的多元化，为散文文体的大开放创造了条件。

20世纪90年代被称为是散文的时代，也是散文命名大于实绩的时代——陈思和将这样多元共生的文学时代称为文学的"无名"时代，诸如大散文、艺术散文、文化散文、学者散文、思想随笔、新散文、新媒体散文、小女人散文、（新）乡村散文、都市散文等流派林立，他们一方面依然坚守散文应有的思与情的精神品格，另一方面散文的世俗化与商业化气息浓郁。耽于作家身份的知识分子，以个人的方式进入散文写作的各个视阈。

事实上，我这里所进行的散文叙述，有别于一般文学史中强调的经典性文本，而是于时代的裂缝间，探寻开放时代知识分子的广泛视阈。诚如评论家雷达所言，"90年代散文最大的突破，乃在于打破了桎梏自身的壁垒，形成了开放的格局。中华民族历史上的三次大规模异族入侵，都打破了旧的平衡，不得不开始革新局面，结果是推动了前进。拿这个道理比之散文的发展，也只能是不断打破旧秩序，思变革，求发展，形成新的平

---

① 王岳川：《世纪之交中国知识分子的精神生态问题》，陶东风主编《新思潮文档·知识分子与社会转型》，河南大学出版社2004年版，第209页。王岳川将游离徘徊在庙堂与自由、政治与学术、政治与思想之间的知识分子归纳为精神逃逸说、人文精神说、新诸子时代说、理想主义说等，关注知识分子的分化。

衡,然后再打破,再平衡,一波一波地前进。"① 在以下的论述里,有跨越时空,寻访、叩问历史人事,作自我精神反思的文化散文;有作为一种精神空间的刻录与拟想的江南园林散文;有强烈时代感的"小女人散文"叙说,她们穿梭在都市时尚生活间,追寻个体生命价值的另类存在等。这些写作对象和写作方式的多棱选取,在某种程度上,就是知识分子对生命意义和生存方式的一种选择与走向。

第一节　文化散文

若将语言作为人的精神本体的存在方式予以观照和阐释,我们发现,文化散文是作为一种独特的跨时空对话的语式进入文学书写序列的。并且,因着个体精神生命的言说立场与语式姿态的多样性为"文化散文"提供了多重表达的空间。

从某种层面说,文学是以表现人的生命活动和社会活动为中心的关于语言的有意味的"编程"。若将"文化散文"置于语言是人的精神本体的存在方式这一特定的话语场作观照和阐释,我们发现,文化散文是作为一种独特的跨时空对话的文学语式进入20世纪90年代文学史的书写序列的。这种经由语言进入历史与现实对话之途的书写,蛊惑着众多言说者诸如余秋雨、李存葆、王充闾、夏坚勇、祝勇、费振钟等个人化的生命姿态与叙述姿态。这些叙述主体,背负着生命的困惑,在辽阔的时空中跋涉,于一个个文化遗迹和历史人物、事件的"在场"中,或寻找自己的生命坐标,或追寻历史与现实相关联的种种细节。他们浸润其间,作历史之旅,作个

---

① 中国作家协会创研部主编:《1999中国散文精选》,长江文艺出版社2000年版,第594页。

人与历史的对话，并企图通过这种对话达到与当代人精神的"共享"。20世纪90年代学界开展的"人文精神"讨论，从某种意义上，表示了这一时代人文精神，或者说知识分子精神一定程度上的流失。与此相应，此间嵌进现实、关注当下生活的具有思想力度的散文，较之于20世纪80年代明显消退，散文偏时尚、偏闲适，因而也偏弱。文化散文，一方面反映了散文书写直接的现实性的不足，另一方面我们也可以理解为它是一种以古说今的方式，显示了在特殊语境中知识分子精神的另一种坚守。

一 从突围到范式

论及"文化散文"，余秋雨是无法绕过的具有散文史意义的人物。他对于散文文体的贡献不是以某些个人意愿可以改变的。在余秋雨之前，当代散文基本上是以"制式化"的形态存在着：有杨朔的苏州园林式的"精致"散文体，有刘白羽的政治抒情体散文等，在历史的新时期，这些制式由于缺少了可以存活并且发展的现实语境渐被人们疏离。巴金关于文化良知的自诉和对非常历史的控诉，以其真诚高格的灵魂雕塑和深刻精警的思想生成，给散文注入曾经稀有的精神元素，但巴金式的反思类散文在20世纪80年代末已然尘埃落定。于是，在一段历史时间内，散文文体相对沉寂，散文家大都处于"失语"状态，甚至有人言说"散文解体"。余秋雨正是在这特定的历史场域中"横空出世"，踏着余音袅袅的"文化热"潮，带着不想以生命的枯萎作为学术营生的代价而推开案头，从书斋"突围"，走进人文山水，放飞自由心灵，滋润曼妙生命，并且以一种"异样"的所谓散文的体类，刻录自我基于特定的历史时空而具有的关于生命本体的独特感受和念想。

当然，在肯定余秋雨拒绝了当代散文的既成模式，以一个不速之客的面目和另类者的姿态进入散文领地，在"突围"中开始自创的关涉历史文化的文学行为时,并不是说余秋雨之前没有文化散文。我们指认的是,文化散文到了余秋雨这里,已成为散文中具有相当高程的标志物,夸张一点说,因为余秋雨和他书写的历史情怀,使散文真正进入了一个文化散文的时代,而这样的时代是以散文语式的怪异开场的。"我已经料到,写出来的会是一些无法统一风格、无法划定体裁的奇怪篇什。没有料到的是,我本为追回自身的青春活力而出游,而一落笔却比过去写的任何文章都显得苍老。"[①]"奇怪"的并不只是写作外显的形式,更是作家内在生命感悟的非常态。面对历史,发出一个当代人的叩问、探询与求索,并且他"把自己的惊讶和感受告诉读者","招呼读者用当代生命去感触和体验"[②]。这种写作,在我们看来,与主体生命被对象世界激活的程度相关。余秋雨原本有些"单调窘迫"的生命因得某种机缘而活化了:"中国文化的真实步履却落在在山重水复、莽莽苍苍的大地上。"文化的大地,以静默的力量动人启思,掀起主体心湖的波澜:"文人本也萎靡柔弱,只要被这种奔泻所裹卷,倒也吞吐千年。""我写那些文章,不能说完全没有考虑过文体,但主要是为了倾吐一种文化的感受。这些年来,我这种文化的感受越来越强烈。"[③] 后来以文化散文写作闻声于文坛的夏坚勇也有相似的表述:"终日徜徉在那些文明的废墟上借题发挥,写自己的那点感觉"[④]。可以说,文化历史散文及其"代言人"余秋雨,以个人化的方式介入文化与历史,"以自己的身份在说话,不叫我们以为说话的是旁人而不是他"[⑤],书写居处于当代场景中的个人化的历史感悟(写作《文化苦旅》和《山居笔记》时的余秋雨"个人化"的意味更浓)。

---

① 余秋雨:《文化苦旅》,东方出版中心1992年版,第3页。
② 同上书,第2页。
③ 同上书,第3页。
④ 夏坚勇:《自序》,《湮没的辉煌》,东方出版中心2004年版,第2页。
⑤ [古希腊] 柏拉图:《文艺对话录》,朱光潜译,人民文学出版社1988年版,第47页。

无疑，余秋雨文化散文中最有价值的部分，也恰是这种最具有余秋雨"自己的身份"、具有个人化的历史感悟的部分，这些部分也成为散文家余秋雨的身份证。法国启蒙运动时期的文学家布封在《论文体》中提到，作品中的知识、事实等内容都是身外之物，"文体却是人的本身"，"作品的文体，它仅仅是作者放在他的思想里的层次和气势"①，一旦人的精神、理念、情感从认识转化成一种语言的书面存在方式，在文体中就能够显示作家主体的生命形态。从学界突入散文界的余秋雨，带给散文的正是一种激活着的生命状态。《文化苦旅》类的语式，其实就是生命个体精神的姿势，它以精神与语言向度的陌生化，突兀于一段散文史的建构中。遗憾的是，文学的创新最后往往以进入悖论而终结，这似乎是一种宿命。余秋雨以"突围"散文而"闪亮登场"，最终"突围"了的又成了"范式"——自我复制、他人拷贝。由创作转到"生产"，成为一个抽空了个体生命灵动气质的语言架子，《行者无疆》《心中之旅》《出走十五年》等"漂泊旅"宣告了散文家余秋雨的落幕。朱国华在《别一种媚俗》中将余秋雨的散文公式化为"故事+诗性语言+文化感叹"的生产模式，余秋雨仿佛是这条流水生产线上的操作工。这种表述虽然失之于简单化，但在散文家余秋雨那里却也是一种事实。

二　主体的文本姿态

巴赫金说过，文学与世界之间存在着"独白"和"对话"两种基本关系。"独白"仅仅在自我话语的核心深处运动，这与何其芳所谓独立自我、缘于生命深部的"独语"语境相通，都拒绝他者的存在，只诉诸自己孤寂的内心世界，封闭性和自我指涉性是其共性特征。而"对话"既指称着自

---

① ［法］布封：《论文体》，《布封文抄》，任典译，人民文学出版社1958年版，第9页。

我和外部世界的关联,同时又表示着与其他主体的话语相呼应相交流。在对话文学中,作者放弃了全知全能的"独语的上帝"角色,而成为与"他人的真理"平等交流的人。

考察新时期文化散文,我们发现,"对话"成为文化散文的常见语式,并时时影响着叙述主体的言说立场。这与言说主体对于文化散文语言功能的预设相关。文化散文并不是通常的模山范水的记游体类。因为如余秋雨所言:"我心底的山水并不完全是自然山水,而是一种'人文山水'。"①人文山水,山水作为具有特殊蕴藉的意象,通过主体的连接,将历史与现实结构成对话关系。而作家主体并不只是表示其具有连接功能的结构价值,作为一个现实中的主体,还直接和人文山水进行着饶有意味的对话。

余秋雨借山水风物与历史对话,以期许在特定的自然环境和人文环境的时空单元中"把自己抓住",以自己的存在读解历史。于是,他去看取"一个王朝的背影","这种偷看其实也是在偷看自己,偷看自己心底从小埋下的历史情绪和民族情绪,有多少可以留存,有多少需要校正"②;他去凭吊黄州赤壁,看黄州与一位伤痕累累的突围者进行的"一场继往开来的壮丽对话",在彻底洗去人生的喧哗中,借苏东坡的难言孤独以夫子自道:"去寻找无言的山水,去寻找远逝的古人。在无法对话的对方寻找对话,于是对话也一定会变得异乎寻常。"③他去柳州与柳宗元"会晤",在"丧魂落魄"的灾难中独悟那份宁静,而宁静"使他有足够的时间与自然相晤,与自然对话",于是,"华夏文学又一次凝聚出了高峰性的构建"④,这种精神性的构建可能属于柳宗元,也可能属于余秋雨。夏坚勇是承载着

---

① 余秋雨:《文化苦旅》,东方出版中心1992年版,第3页。
② 余秋雨:《一个王朝的背影》,《山居笔记》,文汇出版社1998年版,第7页。
③ 余秋雨:《苏东坡突围》,《山居笔记》,文汇出版社1998年版,第99页。
④ 余秋雨:《柳侯祠》,古耜主编《续写的史记——博识隋唐》,京华出版社2010年版,第177—178页。

"一个巨大的心灵情节","跋涉在残阳废垒、西风古道之间","与一页页风干的历史对话"的,他时时沉浸于"冷冽的忧患意识"的历史感悟,在"我将穿越,但我永远无法抵达"的精神世界中徘徊,并借《洛阳记》中老子西出函谷关的生命图像表达了"没有对话者,这是思想者最大的孤独"的心理影像。王充闾是"一只脚站在往事如烟的历史尘埃上,另一只脚又牢牢地立足于现在"的作家。他认为"作家立足于现在而与历史交谈,是一种真正的历史对话",但他并非是对往事的简单重现,而是在对过去的追忆、阐释中揭示历史的内在意义和它对现在的影响。当他穿过历史的帷幕,直接与远古那些自由灵魂对话时,他"更感到审美人生的建立,自由心灵的驰骋,是一个多么难以企及的诱惑啊!"[1] 这些叙述主体,以对话为语式姿态,在历史的废墟上作自由精神的传播。"对于这些作家说,历史不是娱乐;历史的意义是思想的启迪。借历史的酒杯浇自己的块垒,绵延不绝的历史感慨证明了隐在胸中的不平之气"[2],他们转身拈起历史,不是为烦琐地考据论证,而是在人与历史的对话中传递自己对世界或人的存在状态、整合方式的看法和观点,以便说更多的关于文化关于精神的烙着深刻的精英意识的话。他们的"文化指令"或指向一种文化的生成与衰败,或关注一种文化人的命运遭际,或发掘一城一地的文化蕴涵,或赞誉一种文化的缔造者。他们的"精神标准"大都以"民族""人格""启蒙"等"大词"为表征,彰显了一种精英文化的叙述立场。

但是,这些关于过往历史的散文叙说并非都是以精英文化的立场呈现的,"那些被遗忘的无名的个人生活,他们的哀乐,他们的苦难与死亡,

---

[1] 王充闾:《一位散文作家的历史情怀——答某报记者丁宗皓问》,《沧桑无语》,东方出版中心2000年版,第294页。

[2] 南帆:《风流总被雨打风吹去》,柯平《阴阳脸——中国传统知识分子生态考察》,东方出版社2004年版,第1页。

这些才是历代人类生活的真正内容"①。祝勇在注意到"岁月在一个历史遗迹上面追加的情感成分,早已超越了它的原始意义本身"②时,便把历史纳入日常生活且徜徉其间,赋予历史以人间的滋味和温度。面对江南,他关心的是"蓝花印布""泽雅纸坊";是民间苍黄可触的"家谱"与三进九门堂中的俗世生活;是散落在周庄之外显示着生活原始的形态和情趣的古朴民居;甚至于红妆家具中"隐约感觉到那些床帷间神秘出没的身体、历史厚重的外壳下包裹的情欲、人们在隐秘角落的高声尖叫和气喘吁吁"③;甚至于望着手里的地图都能"看到一个个图案精细、人影晃动的窗格,聆听到暗夜里衣袖和饰物的喧哗"④。祝勇以丰富多彩的人性消解了历史的神性,在曾经尘封的历史间做不安分地想象和传说。祝勇而外,费振钟是另一位"放弃了一种贵族化的背景,彻底依存于民间",具有"民间性"的作家。在他的《黑白江南》中,他念念不忘的是"我"及我对民间古村、小镇的纯感性的个人书写。《黑白江南》当然没有《文化苦旅》那种"苦涩""焦灼""冥思""苍老",有的是江南特有的光与影中烘托出来的人面、情致、格局与风采。在作者这里,江南或如儿时朝夕相处的玩伴,现在他要打捞的是渐行渐远的影像以及影像中那种可人的韵味。

  文化散文曾经有过的具有特征性的对话关系,现在由于深度化的主体性的普遍的缺失,使之流于一种机械性的话语拼接。历史与"我"与现实是"隔离"的,这样文化散文应有的旨归无法抵达。因此,文化散文需要找回或重构具有真实意义的对话语式。

---

  ① [英] K. 波普尔:《历史有意义吗?》,张文杰等编著《现代西方历史哲学译文集》,张文杰等译,上海译文出版社1984年版,第188页。
  ② 祝勇:《江南不沉之舟》,中国旅游出版社2004年版,第47页。
  ③ 同上书,第106页。
  ④ 同上书,第15页。

三 文调，回到语言的本真

"文调"这一概念语出梁实秋。与此相近的概念还有林语堂的"笔调"和周作人的"风致"。以"自我"为中心，强调"个性真实的表达"是它们的同一性。

梳理现当代散文中研究"文调"的理论话语，陈剑晖论述得最为真切："在我看来，散文的'文调'首先应自由自在，率性而为，不为物役，不为任何格式所拘。其次，'文调'要活泼自然，而忌生僻和典型事例的堆砌。第三，也是更重要的一点，即'文调就是那个人'。"① 这种关于散文"文调"的指向，契合了现代主义美学的一个重要关键词——自我指涉，即"有一个人便有一种散文；有一种散文便有一种独特的文调"，而这"一个人"是率性自主的，是回归深层自我、张扬本真体验、强调独特表达的生命个体，他们"悬浮在自己所编织的符号之网中"（韦伯），"倾听自我的呼声"（马斯洛）。

用"文调"考察"文化散文"的语言策略，我们注意到，那些被指认为文化散文主要写手的生命个体，在凝视"人文山水"时，他们首先凭借的是一种生命直觉。"我站在古人一定站过的那些方位上，用与先辈差不多的黑眼珠打量着很少会有变化的自然景观，静听着与千百年前没有丝毫差异的风声鸟声……大地默默无言，只要来一二个有悟性的文人一站立，它封存久远的文化内涵也就能哗的一声奔泻而出……"② 这种直觉行为如同胡塞尔所说的那样，"简单的一瞥便可把握事物的环境直至最遥远的恒星"③。"人"伫立于"自然景观"内部，并与其间的那个独一无二、不可

---

① 陈剑晖：《中国现当代散文的诗学建构》，江西高校出版社2004年版，第42页。
② 余秋雨：《文化苦旅》，东方出版中心1992年版，第3页。
③ ［德］胡塞尔：《现象学》，王炜译，上海译文出版社1980年版，第10页。

言传的气韵相融合,"结果,就在这看似平常的伫立瞬间,人、历史、自然浑沌地交融在一起了。"① 但是,这与生命偶遇的感觉,只是个体性情随机性地禀有,是个人的精神性欲望的想象而已。这些生命个体,远离生命表征层面浮动的喧哗,站在沉寂已久的苍茫历史间聆听生命"轻微的音色",并用轻滑而肌质的语言疏淡意义的滞重,在不易察觉中借直觉之力抵达自由思想的脉络。

其次,随直觉一并而来的是关于自我的言说,是一个人对历史的表达诉求,而这种诉求行为带着强烈的个体意向性感觉。譬如余秋雨。余秋雨特别想去的地方总是古代文化和文人留下较深脚印的地方,而且,"每到一个地方,总有一种沉重的历史气压罩住我的全身,使我无端地感动,无端地喟叹。常常像傻瓜一样木然伫立着,一会儿满脑章句,一会儿满脑空白"②。余秋雨将自己融入历史,因着对历史的多情,对历史的沧桑感而引发出诸多的人生沧桑感,做着"苦涩后的回味,焦灼后的会心,冥思后的放松,苍老后的年轻"③式的"余式"独语,以一个异质的与庸常情思相疏离的个体生命"呼吸"(精神方式),构建了一个面对历史精魂的语言化了的苍凉世界。譬如王充闾。王充闾进入历史的姿态是被动的。他外出旅游,寻访古迹,常常是跟着诗文走,在古往今来的许多文人墨客的神思遐想中,"从一个个景点介入历史的沧桑",然后"叩问沧桑",让"一缕心丝穿透千百年的时光,使已逝的风烟在眼前重现旧日的光彩",历史潜在或暗伏的生命力在现实的观照下汩汩流出,凝重而富有历史的哲思。譬如夏坚勇。夏坚勇对历史的情绪主动而沉重。他"从小说和戏剧创作的方阵中游离出来",在具象化的断壁残垣中,看到一个历史大时代文化精神的

---

① 余秋雨:《文化苦旅》,东方出版中心1992年版,第3页。
② 同上。
③ 同上。

涌动和流变，同时也感受到其间还承载了一个生命不可承受之重："抚摸古老民族胴体上的伤痕，我常常颤栗不已，对文明的愧叹，对生命的珍爱，对自然山水理性精神的探求，汇聚成一股冷冽的忧患意识"。沉浸在"忧患意识"之中的夏坚勇，以孤独思想者的名义盘旋在历史的上空，"寻找张扬个体灵魂和反思民族精神的全新领地"①。

唯有祝勇在历史间的行走轻盈而率性。他以为"一个人行走的方向，有时未必取决于理智的判断，而仅仅取决于一种下意识"②。他风尘仆仆地走向或撞见一个个熟识或陌生的历史遗迹，在时间的支离破碎与空间的若有若无中对历史做着生命的冥想。他透过《家族密码》中千百年的时光，"在某一瞬间看见历史，就像我们可以和死去的人交谈"，触摸、倾听苍老历史中"每个人生命中的血迹"；他带着执拗甚至悲壮的情绪走进周庄，消解了现代人对有着几百年古旧岁月周庄的"图腾"幻想与膜拜，将周庄还原为"一缕空气，而我们只消呼吸着它就可以了"③。在这里，祝勇所言说的江南周庄与余秋雨从佛、道之上想象江南小镇为"人生的起点与终点"表述相隔膜，他在另一个维度上凸现了人的价值，在古旧周庄寻常细节诸如房屋门楣、床榻间呼吸，带着"自由的醉意"书写散发生命气息的历史。这个历史潮湿而有生命的质感。

余秋雨、王充闾、夏坚勇、祝勇等这些行吟于历史间的个体生命，用"语言独与自身说"（诺瓦利斯）的话语方式，在或理性或感性或凝重或沧桑的文字中显示自己的声音、自己的心灵体验，具有强烈的自我指涉性。文学是常规语言的一个"他者"，我深以为然。在文化历史散文这特定的话语空间，我以为这个"他者"的意义在于印证主体自身的状态呈现，而

---

① 夏坚勇：《湮没的辉煌》，东方出版中心2004年版，第3页。
② 祝勇：《江南不沉之舟》，中国文联出版公司2009年版，第25页。
③ 祝勇：《家族密码》，《江南不沉之舟》，中国文联出版公司2009年版，第43页。

主体的呈现方式又决定了其文本的现实语境。

质言之，回归文化散文语言，对主体精神的自我观照是其本真的存在。在这里，语言不只是表达工具、符号象征之类的问题，语言直接成了人的生存论问题，它脱离了修饰点缀的技术层面，由"人"这个视角进入历史并与历史对话，从而感悟生命，体验本真，在历史的枯叶上润湿生命的经脉。文化散文曾经的可人，大抵可归结为文本中洋溢着的经由个体生命的灵性调制出的"文调"。如今广有人论说文化散文正在走向终结，虽然我以为此说颇为夸大，但由于主体个人性情普遍缺失所造成的文调淡然，却是显见的。而文调淡然的文化散文，当然就不会"可口"的了。

第二节　江南园林散文

确认江南园林为言说对象，并不是要从史学的层面做追本溯源的学理化探究，也不是要在建筑艺术学、知识考古学的谱系中做某种技艺性阐释。在这里，江南园林已幻化为一个精神性空间，成为晚近一种别致散文的书写话语。在被喻为最贴近人自由心灵的散文体式中，我将江南园林与当代文人的精神建构做共时性研究，勘察江南园林如何使诗性江南成为可能，江南园林又如何幻化为诗性江南的显象表征、代偿符码，来浸润抱慰当代参差各异的生命主体。

诚然，"江南"很多时候是一个变动不居的所指，是一个历时的、流动的、具有空间指向和文化特质的范畴。就通常而言，"江南"的概念源于自然地理、行政区划或者其他约定俗成的某些习惯用法，其地域文化、精神方式、生产方式与中原北方文化存有千差万别。我不想囿于这南北之分的常识和关于江南审美话语与北方伦理话语差池比较之种种，我所关注的是以浙北苏南地理空间为中心的"园林化的江南"与"江南的园林"（前者是后者存在的背景，后者在某种角度是前者的一种"缩微"），研究以20世纪90年代以来江南园林的现实存在和历史文化为书写对象的散文类写作，试图探访或者抵达的是，在一个主体生命日益皱缩的时代，江南园林是怎样被预设为烙着个人主体印痕的审美意味、趣味调制的诗性处所；又如何成为当代自由生命的隐逸虚拟、精神休憩的静默现场与影像投射。

一　物理空间的诗化

园林首先在于形胜："十亩之宅，五亩之园。有水一池，有竹千竿。"[①]检阅诸多江南园林散文的文本，以形态、景象、色彩等形式美为审美第一要义，对诗化的物质性园林进行游历与认知，即古人所说的"应目"之游，当是先在而直接的话语给定。"园林艺术是一种'象教'，它诉诸人类最本质、最原始而也是最普遍的感官机能，所以它的力量与影响永远比哲学科学深厚广大"[②]。这里，园林作为"应目"的存在首先深深印在以其作为审美怡情对象的当代文人心底。他们着重于"形式的价值"，追求形式美以感观的某种愉悦，把物质时代人精神的紧张、空虚、浮躁，消弭于园林山水之间，恣意自由自适的生命，以"慢慢走，欣赏啊"的闲适之"雅"[③]，把玩、消遣物化的江南园林。当然，因着游历者的主体差异性，他们对审美对象范畴的圈定与叙说也有着显在的差别。

同为"应目"之游的散文，一类有着"泛园论""泛艺论"的美学倾

[①] （唐）白居易：《池上篇》，李合群主编《中国古代建筑文献选读》，华中科技大学出版社2008年版，第158页。
[②] 朱光潜：《谈文学》，安徽教育出版社1996年版，第105页。
[③] 陈从周在《园林美与昆曲美》中论道："中国园林，以'雅'为主，'典雅'、'雅趣'、'雅致'、'雅淡'、'雅健'等等，莫不突出以'雅'……""雅"当是园林的一种本质化存在。

向，他们惯性般地将整个泛化江南预设为园林，看取自然造化演绎而成的"园林化的江南"。诚如明代竟陵派领袖钟惺在《梅花墅记》中记录的那般："出江行三吴，不复知有江，入舟，舍舟，其象大抵园也。乌乎园？园于水。水之上下左右，高者为台，洋者为室，虚者为亭，曲者为廊，横者为渡，竖者为石，动植物者为花鸟，往来者为游人，无非园者。然则人何必各有其园也？身处园中，不知其为园；园之中，各有园，而后知其为园，此人情也。予游三吴，无日不行园中，园中之园，未暇遍问也。"① 江南因着"水"的缘由成了"无非园者"。"江山昔游，敛之邱园之内"②，以水为媒，将台、室、亭、廊、石等园林景观一一做实在自然风物间，在更为自然自在的小桥流水人家的诗意生存空间、审美视野与思维空间中，界说着写意的园林化的江南。段宝林、江溶主编的《山水中国》（北京大学出版社）、丁少伦主编的"文化中国 诗性江南"系列丛书（济南出版社）、陈益著的《如花似玉的江南》（上海人民出版社）中每每便可静读到这样的文字。恰如陈益所叙说的："江南是水做的……因为有水，江南显得精巧，像一帧铺展的苏绣。"③ "江南传统的民居或建于滨河街巷，临街面河。宅后门常常有下河的石阶，有逐级挑出水面的，也有凹进在驳岸边沿的"④。这图景往美学里说，恰似造园的要旨"借"字，就是借景借境借势借意，在山水秀美间，因地制宜，浑然天成一泛化的大园林。用汪逸芳的话说，"江南小镇文化其实是水文化"⑤。仅就江南苏州为例，其"坐落在水网之中，荡泊星罗、川渠错综。漫步水城，情趣盎然；河道纵横，

---

① 钟惺：《梅花墅记》，《钟惺散文选集》，百花文艺出版社1997年版，第107页。
② 顾大典：《谐赏园记》，谢孝思主编《苏州园林品赏录》，上海文艺出版社1998年版，第277页。
③ 陈益：《水与稻作》，《如花似玉的江南》，上海人民出版社2006年版，第9页。
④ 陈益：《诗意地栖居》，《如花似玉的江南》，上海人民出版社2006年版，第44页。
⑤ 汪逸芳：《文化江南》，丁少伦主编《品读江南》，济南出版社2007年版，第336页。

密如蛛网；小桥千姿如虹卧波；巷坊民居，临水而设。"① 而"水是园林的灵魂"，在这样一个"人家尽枕河""春城三百七十桥"的园林化的苏城，"江南却从来自古随随便便地颇漫不经心地写它的意"②，摆布零散的丘山和纷披的河流自有其殊众的秀丽和清新。难怪蔡海葆由衷地慨叹道："散读和散写江南吧。读错一片土地，我们便没有散文了；而写错一种文体，我们也就失去江南了。"③ 蔡海葆真正想说的，也许是被现实生活逼仄抑制的当代文人，已无力再去绞尽脑汁地在含蓄暗示中蛰伏，散文与江南因着某种散漫的诗意存在，使他们更多地选择散文文体沉潜于园林化的江南，以应目而养心，将早已不能承受生命之重的劳心焦虑的生命自由释放，以便抵达海德格尔所说的澄明之境。另一个将视线逗留在苏州的女子叶文玲，在其散文《城与梅花一样清》中更是将苏州定位于"一座雅静的城市"。而"静"，在她眼里是种"每逢大事有静气""心到静处人自雅"的非常大气之词，流溢言表的大概也是这种诗性之境。

"应目"之游散文的另一类是以具体的园林为书写对象的，即确指的"江南的园林"。亲历者在众多形态的园林中优游徜徉，忘尘嚣、抛俗念，在主体对象化的园林世界中虚静人生种种。宗白华在《论文艺的空灵与充实》中早已言之："艺术心灵的诞生，在人生忘我的一刹那，即美学上所谓'静照'。静照的起点在于空诸一切，心无挂碍，和世务暂时绝缘。这时一点觉心，静观万象，万象如在镜中，光明莹洁，而各得其所，呈现它们各自的充实的、内在的、自由的生命，所谓万物静观皆自得。"④ 在各式园林散文之中，"静照"的主要呈现形态是由静观园林而得的雅闲。"雅"

---

① 段宝林、江溶：《山水中国》，北京大学出版社2009年版，第5页。
② 苏旅：《引言（三）》，苏旅主编《幽雅的江南古典园林》，中国旅游出版社2006年版，第13页。
③ 蔡海葆：《江南散意》，丁少伦主编《品读江南》，济南出版社2007年版，第10页。
④ 宗白华：《论文艺的空灵与充实》，《艺境》，北京大学出版社1987年版，第176页。

当是园林的一种本质化存在。萨特在《圣热内》中对热内的"行为的唯一准则是它是否优雅"的注释是:"优雅是那种将最大量的存在转化为显现的行为的特征"①。而江南园林之所以别具召唤力,似乎主要就在于其潜在的生命意趣之丰富与扩大:可享"闲居之乐"②;可为"游息、怡情、休养之所"③;可养"于世为闲事"④。苏籍散文家车前子在关涉苏州园林的系列散文中,索性将苏州看成是"中国后花园"。"后花园"透露的是一种休闲中的散漫,是远离主流生活秩序的某种边缘化存在。进而,车前子确认苏州为"江南散文的后花园",将苏州园林看成是"苏州话的外话",是苏州的显在表征。他散读着园林,在苏州园林中读到了"闲"字:"'闲'是中国人的生命哲学,不是说老歇着,不做事,而是说凡事要往从容里做。也就是笃定。这个'闲'字给了苏州一种品位,与其他城市相比,它有一种独特的风度"⑤;在网师园感受到"静"字:"少有的静。这静,说是宁静又多了点寂寞,说是寂静又不乏生气。或许宁静本身是寂寞荧荧色,寂静本身是生气勃勃的。""玩味苏州园林,是很需要注意'增构'、'遂称'、'后归'、'又转而归'、'旋属'这类词语的",并由园林而见"中年人的心",即阅历人世后的淡然平定之气⑥;在五峰园静观山脉与几个隐士的日常生活⑦;在藕园,留恋于空间"配偶",于园林的借景、曲径通幽之静美中沉浸⑧。车前子辗转往复,且行且看,虽不如顾俊在《一个

---

① [法]萨特:《圣热内》,《传奇萨特》,黄忠晶译,中共中央党校出版社2005年版,第265页。
② (明)文徵明:《王氏拙政园记》,程国政主编《中国古代文献建筑集要·明代·上》,同济大学出版社2013年版,第169页。
③ 姚承祖:《第十五章:园林建筑总论》,《营造法原》,中国工业出版社1986年版,第81页。
④ 文震亨:《原序》,《长物志》,金城出版社2010年版,第1页。
⑤ 车前子:《苏州闲话》,《中国后花园》,古吴轩出版社2004年版,第14页。
⑥ 车前子:《花气间记》,《中国后花园》,古吴轩出版社2004年版,第146页。
⑦ 车前子:《五峰园》,《中国后花园》,古吴轩出版社2004年版,第139页。
⑧ 车前子:《藕断丝连之美》,《中国后花园》,古吴轩出版社2004年版,第141—145页。

人的园林》中邀清风明月,"与谁同坐轩"清雅,但他将《园林美与昆曲美》所叙述的"中国园林有高低起伏,有藏有隐,有动观、静观,有节奏,宜细赏,人游其间的那种悠闲情绪,是一首诗,一幅画,而不是匆匆而来,匆匆而去,走马看花,到此一游;而是宜坐,宜行,宜看,宜想"①的心性——寻访来,嵌入文字,也嵌入了诗性的生命。散文和散文家与苏州园林达成着主客绾结的相知相得。余秋雨、素素、祝勇、王剑冰等都寓目移情于此,并且留下关于江南意象的只言片语或洋洋洒洒的絮语。

当然,无论是叙写游历泛化的"园林化的江南",还是确指的"江南园林",这些文字大约都是一种脱离了所谓意义阐释的纯粹美的主观感受的描摹,其类似于苏珊·桑塔格在《关于"坎普"札记》中论及的"坎普"行为,即"主要是欣赏、品味的一种方式——而不是评判。坎普宽宏大量,它想愉悦人。""坎普趣味是一种爱,对人性的爱……坎普是一种温柔的情感。"② 这里只有忠实于生命体的原初直感,没有哪怕是无关痛痒的道德评述。游历者们只把对象世界看作是一种审美存在,徜徉其间,自言自语于园林的山水亭台之美,然后安抚僵硬而皲裂的心灵。"应目"之游,是一种审美方式或者就是一种理想中的生活方式,该是部分文人在那些简单的乐趣中,体验事物自身的明晰,或体验事物之本来面目的明晰之后,寻求远离复杂之世的最后的庇护所吧。

二 物化中的诗意栖居

显然,反对阐释的纯粹感性化的审美游历叙说,多少显得有些暧昧。人置身于美轮美奂的园林之间,把玩、消遣物质的江南,貌似满足了他们浪漫清逸的人生情怀,潜在地也缓释了他们人生的逼仄感。游历,在某种

---

① 陈从周:《园林美与昆曲美》,《陈从周讲园林》,湖南大学出版社2009年版,第22页。
② [美]苏珊·桑塔格:《反对阐释》,黄灿译,上海译文出版社2003年版,第339页。

程度上也该是"隐"的一种显在方式。在俗世人生中充满劳绩,然后,于江南园林处诗意栖居。于是,我们看见一群当代文士徘徊在"江南园林"的历史人物间,散写着关于隐逸文化的种种,并以此环顾自身,将江南园林与当代文士主体精神互为映照,性心神通。只是,现实的园林离静安清逸的园林之魂有些远了。"有一年夏天我在留园,差一点被吵死。留园像个超市。超市也没有这么吵,像观前街。"① 赵玫也有同感:"园林一天天地具有公众气氛,也一天天地具有商业氛围,进园林跟进游乐场、大商场差不多,满头大汗,满身疲倦,坐一坐就要担心收钞票。"② 于是他们通过拟想或回叙,建构一个能够满足他们远离喧哗、遁迹自然的隐逸世界。"隐逸,是园居者一种巨大的倾向,也是现代人必须体恤的一种古老的高贵的感情。"③ 但是,他们散文中流溢的这种隐逸,有别于传统意义上一般的隐逸之思,其在很大程度上类似于被白居易言指的"中隐"。

应该说,"中隐"思想是士大夫生活乃至园林艺术存在的基础,它讲究的是"进不趋要路,退不入深山。深山太濩落,要路多险艰。不如家池上,乐逸无忧患"(白居易《闲题家池寄王屋张道士》)的境界。对此,苏轼论园林之功用阐述得较为明了:"古之君子,不必仕,不必不仕。必仕则忘其身,必不仕则忘其君……开门而出世,则蹑步市朝之上;闭门而归隐,则俯仰山林之下。于以养身治性,行义求志,无适而不可。"这种居尘而出尘的行为方式,将园林幻化为"城市山林":"正如拙政园园名所隐喻的,'守拙政园',这种半为红尘闹市,半为出尘园亭,彼此反衬,不正是中国传统士人幽微心曲的显照吗?"④ 而"此'山林'不仅象征相对

---

① 车前子:《沧浪亭》,《品园》,陕西师范大学出版社2005年版,第46页。
② 赵玫:《人和园林》,《小城志的一页》,吉林人民出版社2005年版,第43页。
③ 赵玫:《追忆昔日园林》,吉林人民出版社2005年版,第72页。
④ 孟庆琳、骏灵:《守拙归园田——拙政园》,丁少伦主编《文人江南》,济南出版社2007年版,第106页。

于'人文'的'自然',更是'隐士托山林,遁世以保真'(张华《招隐诗》),表述的是摆脱世俗桎梏的精神自由"①。回到当代文人定位的"江南园林"语境,文人向往之、皈依之的自然梦寻,更多的便是这种有着"中隐"之说的文化回归。文人处于市民文化和体制文化的中间地带,他们担当着文化传承和创造的职志,而文化又赋予其主体性、独立性与超越性。"园林"作为"隐于世"的显像之所,成为"隐逸文化最基本的载体"②,于此,文人静安心境,澄怀观道。

譬如,我们读取孟庆琳、骏灵的系列散文集。其间,以"满园春色总宜诗"的"苏州·艺圃"为叙说对象,在"艺圃"园内,领略传统士人所崇尚的真趣,体会到明末清初一些以心志高洁闻名于时的士人的审美情趣。"艺圃"初名为"醉颖",主人袁祖庚,此为其辞官归隐后所建,"醉"大概有难得糊涂和自得其乐之意。其在园门正中悬匾额曰"城市山林"。此意谓中隐,大概在"曲避以全其道"(范晔《后汉书·逸民列传》)。《庄子·刻意篇》中,称隐士为"山谷之士",《汉书·王吉传赞》则称之为"山林之士",此类大约为"小隐"。后"颖园"为苏州文士文震孟所得,改名为"药圃","本指栽培药草的园圃,古代的隐士常常种药修道,故唐郑谷《咏怀》诗中有曰:'香锄抛药圃,烟艇忆沙陂',可见,主人的全部心思也就在这'药圃'之语了。"③在文震孟那里,隐居似乎以求其志了。但是,按照张七月在散文《文震孟》中的说法,状元文震孟的人生与情感经历并非如此简单。其在取得功名前便已买下"醉颖堂",大致意思为独善其身和自得其乐,修园更多的是修闲情逸致。而几经宦海沉

---

① 李宗为:《引言》,《游访苏州园林·城市里的山水情怀》,上海古籍出版社2004年版,第2页。
② 王毅:《中国园林文化史》,上海人民出版社2004年版,第263页。
③ 孟庆琳、骏灵:《书香富贵家》,丁少伦主编《官宦江南》,济南出版社2007年版,第114页。

浮,终于辞官再回苏修园,且将"醉颖堂"改名为"药圃",似乎便是在寻找人生的寄托了。至于后来几换其主,相继更名为"颐园""艺圃"不再论述。但"艺圃"因其三代园主都是以气节著称的名士,清雅之说已是不用辩说的事实。古人已矣,虽则历史人物真实的心性大约不可考,关于是"罢官抒啸"或是"辞官离垢"的论争还时闻于耳,但这园林中确是承载着园主沉潜幻漫的多样情致意趣,所有这些都回荡着尼采《悲剧的诞生》中那个著名的主张:"艺术不是自然的模仿,而是其形而上之补充,它崛起于自然之侧,为的是超越它。"[①] 园林,在某种程度上恰是人的精神的物质外化。借吴功正的言说,"中国人建造园林是回归自然的替代意识反映","中国园林的基本要求是有若自然的文化意识","园林成为人的精神家居和庐居,人便在园林中消融自己的精神主体"[②]。这消融的精神主体,大凡是因为现世的种种,将"山泽多藏育,土风清且嘉"的江南园林人格化对象化为生命的"净土"与"憩园",寓意于物,寄情于象。园林在园林书写者这里是借物象以表达主体襟怀的主客互通的大意象。在文人定位的特定的"江南"语境中,江南可资他们"隐于市",于疏离喧嚣中获得生命的宁静与自由;在清丽灵动、悦目可心的园林与园林般的诗意空间中,实现精致化的生活目标,并且进行自适与自觉的生命创造。只不过园林"对于古代文人而言,是他们呼之欲出的日常生活","对于当代人而言,更像是一种内心生活",是一种依稀的"梦境"[③]。

当然,"隐"有各种形态,有苦煎历练后的退隐,亦有"居官偷闲""致仕终老""不仕闲居"的闲散之隐,但大抵都是生命的真实存在。江南是文人或文人化的江南,"风景优美,人文毓秀,即使在风雨飘摇的乱世,

---

[①] [德]弗里德里希·威廉·尼采:《悲剧的诞生》,周国平译,译林出版社2009年版,第142页。
[②] 吴功正:《中国文学美学》(下卷),江苏教育出版社2001年版,第837页。
[③] 车前子:《品园》,陕西师范大学出版社2005年版,第13页。

这种性格还是依然，又因为了乱世的离散，更多了几分诗意的愁绪。江南自古多名人，他们有的出生在江南，有的是后来选择了江南，他们蜗居在那美丽的寓所，或谋生或避乱或著述，在乱世的人间妄图避几个宁静的黑夜。"① 他们诗意地"栖居在这片大地上"（荷尔德林），"园林"便是这栖居的当代自由生命的隐逸虚拟、精神休憩的影像投射。

三 "还乡"，在行旅的困顿处

诚然，无论是"应目"之游，还是"中隐"居处，多少都有种"犹抱琵琶半遮面"般的对自我生命的躲闪与隐藏。真真切切地彰显自我意识的，当属在江南园林散文中那款款倾诉的得之于"还乡"之旅的意绪。园林是都市中的乡野，遗留人类原初的梦幻。当然，这种附丽着生命的还乡（寻梦）之旅是艰难而双重的：在现代化语境中，作为"人"的还乡之旅，是寻访精神休憩的静默现场——诗意的江南园林，而迎面撞见的却是世俗化了的喧嚣的物化园林，因此过敏于时俗惶惑于现实，便有了那对江南园林现实存在的质疑；由此而来，返身过往，在渐行渐远的时空中启动了对古典诗意江南园林的寻访，即一种别有意味的精神"还乡"。

刘士林在其《人文江南关键词》中如是说："在江南生活的所有诗性细节之中，最令人消受不起的当然要算是还乡感了。特别是在明月之夜，风雨之夕的时候，偶尔走进一个陌生的水乡小镇，它一定会勾起那种少小离家老大回的人生沧桑。在这种心情和景物的诱惑下，一个旅人会很容易陷入一种美丽的幻觉中，搞不清此时此刻的他和刚才还在红尘中劳心苦形的那个自我，谁的存在更真实一些，谁的音容笑貌更亲切温柔一些……"② 在喧嚣中窒闷已久的当代人，在真实江南中消融了情怀，即便是种虚拟的

---

① 孟庆琳、骏灵：《风雨江南》，济南出版社2007年版，第1页。
② 刘士林：《人文江南关键词》，上海音乐学院出版社2003年版，第1页。

情怀，也自然其得。"每一个来到江南的游客大约都是如此吧，他们对城市的现代化视而不见，任性地在自己的想象中梦游，自说自话地梦呓，并从现实中寻找着自以为是的贴片……人们的日常生活与传说、神祇无关，旅游者们却将它们联系起来，用一种悠远的目光打量，任何现代的文明都视若不见，犹如聆听自己内心吟唱的诗人。"① 如同黑格尔说古希腊是整个欧洲人的精神家园一般，心仪江南的散文家将惬意的江南看作中华民族灵魂的乡关。一群不习惯或不适应于太多热闹的当代文人且行且吟，将自我情思浸润在这片由文字浸染的诗性江南园林里，撑一枝竹篙，欸乃一声寻梦。

游人游历江南，散漫款步于园林，其心理的预设本在于疏离繁华的都市，于市中的别居寻得乡野的闲趣清欢。散文家当然有些不同于普通的游客，他们常常以审美的视觉、个人化的眼睛选择自适的物景自然。于是他们笔下的园林江南或江南园林，自然也是不拘一格、风姿各异的。其中有流连在南浔小莲庄，在那组有着溪流、垂柳的宁静画面中不禁想起了故乡："在记忆的深处，童年的故乡就如这般得从容、悠闲"②，而这种感觉也该是园主所有的心怀吧；有将水墨江南视为"我最为心仪的画轴。峰峦中的涧水、烟树里的人家、晨炊上的鸟啼、落日下的橹声，葡匐在蛰气上的春梦无痕，浮漾于绵雨中的秋叶满山，或宁静或喧嚣，或尺幅玲珑或无远弗届。我心中的江南，永远是一幅常读常新的水墨"③。像素素则擎着雨伞走进无锡，走进周庄，走进绍兴，走进了园林化的江南的细节中——寄畅园："走进此园林，有如流浪的路上突然看见了归宿，有一种温暖扑面

---

① 魏嘉瓒：《苏州古典园林史》，上海三联书店2005年版，第134页。
② 孟庆琳、骏灵：《书香富贵家》，丁少伦主编《官宦江南》，济南出版社2007年版，第154页。
③ 熊召政：《水墨江南》，《问花笑谁——熊召政美文精选》，重庆出版社2007年版，第82页。

而来"①；而迟子建一不小心景生以情痴，不期而遇"一种可以使心灵自由飞翔的生存状态"②；韩静霆在园林化的江南将"我这个北方汉子浮躁的心，放下了，在水中溶掉了。身后的是非和名利，也荡远了"，于"粉墙乌瓦和小桥流水构成的周庄，船的梭织连的周庄，是一种禅境，是物化了的精神的家园啊！这种禅境，不是古佛青灯下的'禅'，而是一种'平安家园'的感觉，那么凡俗，那么自足，让人随便想些什么就想些什么，让人眷恋，让人相思，让人散开胸中的积郁"③。以文化大散文闻声的余秋雨在作历史宏大叙事时，也无法抗拒更具个体生命性灵的江南小镇的蛊惑。江南小镇是一处稍作放大的园林。在余秋雨看来，如若躲开江南小镇，"那就是躲开了一种再亲昵不过的人文文化，躲开了一种把自然与人情搭建得无比巧妙的生态环境，躲开了无数中国人心底的思念与企盼，躲开了人生苦旅的起点和终点，实在是不应该的。"④而旅美画家陈逸飞的那幅名扬海外的《故乡的回忆》，取景的原型在江南的周庄。余秋雨为此感念滋情："没有比这样的江南小镇更能象征故乡的了"⑤。此时的江南，已彻底幻化为一种心灵意象，而如此的迷幻多姿的园林化的江南小镇，就是这江南中和了自然生态与人文生态的和谐的天堂之所的印象代言了。

然而，即便"'天堂'意味着生活的理想，这么多的私家园林意味着安定与归宿"⑥，而实际的景象是，历史的或成为"传说"中的诗意江南与现实状态中的江南相距甚远，"原先残存的理想碎片在现实的江南中找不到呼应，因此，在江南寻找理想的内心才感到了一次又一次地被愚弄与欺

---

① 素素：《婉约江南》，《视野》2008年第20期。
② 迟子建：《周庄遇痴》，《迟子建散文精品赏析》，学林出版社2006年版，第13页。
③ 韩静霆：《周庄烟雨中》，《散文》1996年第10期。
④ 余秋雨：《江南小镇》，《文化苦旅》，东方出版中心2001年版，第99页。
⑤ 同上书，第103页。
⑥ 刘士林、万宇主编：《江南的两张面孔》，上海音乐学院出版社2003年版，第121页。

骗。"① 当刘士林夹混在"赶场子"的游人间，夜游被誉为"古典夜花园"的网师园时，才幡然醒悟"这些园林所负载的本来就不是所谓的诗味，而是物质的享受。"② 与其虚妄的赋予其种种玄化的文化意义，毋宁做种单纯感观的附庸风雅，索性，再沉醉或者窥望想象一下这私人园林中曾经有钱人的财富与生活。然而，毕竟是怀抱着诗意般的寻梦而来，即便蓦然间悟到了私家的一己园林在时代的更替中逐渐成为可供观赏的公共空间，昔有的古典诗意已被现代物欲横流的商业消解，仍是由不得地感慨："有没有什么东西能够抵抗岁月的销蚀与人为的粉饰，而成为真正遗留在我们心底的东西呢？"③ 梦中的江南算是幻灭了，随之幻灭的，还有这曾几何时的执着。作为本土的文士汪逸芳回到园林般的江南古镇西塘，看到"水泥森林"代替了那旧日一片一片风景，由不得内心痛楚，"游子的灵魂终于成了一座空城"，"灵魂失却了寄居的国土，犹如一朵漂泊的游魂"④。因为现实与理想的某种落差，刘士林由此不无失落地慨叹："真正的江南好风景，却并不完全等同于现实时空中的那方水土，只是在她经历了从实境到虚境的脱胎换骨之后，才能升华为诗性地理学上那种可以作为天下游子的生命家园。"⑤ 他呼唤一种背影淡远了的古典诗意，思考着"在现代世界的喧嚣声中正在沉入黑暗的古典园林能否重见光明，关键在于如何才能建构出一种可以在现代条件下指称自身、表象自身、自己让自己出厂的江南话语。也可以说，只要有了这个现代性的江南话语，那么已经在现代世界中隐匿起来的古典江南文化及其精神，则同样会以一种'闻歌始觉有人来'的方

---

① 刘士林、万宇主编：《江南的两张面孔》，上海音乐学院出版社2003年版，第123页。
② 同上书，第114页。
③ 同上书，第115页。
④ 汪逸芳：《文化江南》，孟庆琳、晓倩、骏灵选编《品读江南》，济南出版社2007年版，第327页。
⑤ 刘士林：《江南的两张面孔》，上海音乐学院出版社2013年版，第41页。

式完成它的还乡之旅。"①

忽然忆起散文家车前子那个重要的发现:"现在的小说很少有写园林的——这只能说明园林已经是与现实缺乏关系的事物。"② 我不知道这判断是否真实,但在散文创作这里,情形恰好相反。江南园林本身就是另一种形态的散文,散文家对其似乎有些情有独钟。尤其是20世纪90年代以来,江南以及江南园林成为散文书写的一个重要的话语空间。这样的生成背面定然具有一些意义上的关联。物质时代我们在共赴现代性盛宴狂欢的时候,从心灵深处却不时传出低回的呻吟。这时我们似乎更需要寻找能够诗意栖居的精神家园。曾经的江南园林在现代性的行进中,是否还能被安置成为一片心灵的憩园,散文家或以回叙或以拟想的方式向社会发言。我想20世纪90年代后江南园林散文的意蕴,或许正在于此。

第三节 小女人散文

"小女人散文"并不是一个渐行渐远的曾经时尚过的"背影"。它属于一种现在进行时态式的文类。它对物化都市中女性意识的自我张扬及其对"在体"世界的多维指向,丰富了或者影响着20世纪90年代后的散文书写。20世纪90年代,"小女人散文"的规模化生成及其命名,是以浓厚的性别标识与暧昧的语义表情凸显于文坛的。曾被"一体化"模式钳制甚至湮没的真实的个体生命,在我这里主要是指自觉了的女性群体,一跃而成为"无名"时代的重要的主体性存在。"小女人"以及"小女人散文"因着关乎"都市""时尚""闲适"的私人性话语空间和别致的话语方式,

---

① 刘士林、万宇主编:《江南的两张面孔》,上海音乐学院出版社2003年版,第121页。
② 车前子:《良辰美景奈何天》,《品园》,陕西师范大学出版社2005年版,第38页。

而成为文学界反复想象与言说的对象。

在晚近三十年的中国散文时空里，文化散文，作为当代人叩问历史的对话录；学者散文，作为言者识见与理趣的稿本；"小女人散文"，大约可以作为都市女性个体生命"在体"形态的写真，诸如此类的散文形态，分别以各自所特有的意义彰显自身的价值。当然，现在看来，后者的意义指数和影响力是远不能比拟于文化散文的。但是，作为情态文学的散文（不只是情态文学）和作为情绪"发生器"的"她们"，两者之间存在的某种"天然"的联系，因着特殊的社会文化生态和现代都市的独特语境，使得"女人的"散文蔚然可观："她们文学丛书"（云南文学出版社1995年版）、"风华正健才女书"（华艺出版社1996年版）、"女性词典"（东方出版中心2002年版）、"她时代丛书"（文汇出版社2003年版）、"上海女作家丛书"（云南出版社2003年版），"女性""都市""散文"以各种方式链接并以各种命名——"时尚女性文学""都市女性散文""情绪散文"等等，"表演"在散文的T台。

将散文冠以"小女人"加以命名，这里包含的道理差不多是不言而喻的。但另一方面，"小女人散文"是习惯于文学宏大叙事者对新起的都市女性散文的一种歧视性命名。"小"文学，可以视为文学边缘化时代文学部分地走向了文学。"小女人散文"的写手和文本所表达的"她们"，以个人化创造作为生命的代偿行为，在触摸和感知生活的片断，诸如恋爱、婚姻、家庭、美容、时尚中闲话絮语。这种创造，游离于传统的标准甚至早已规范的道德工具之外，远离客观的冷静与理性话语，带着"三分聪颖，三分感觉，三分真情，还加上一分尚不让人生厌的虚荣心"[①]，用灵感和狡黠编织起一个纯粹的"小女人"们的"在体"世界。在这个都市的"异

---

① 参见"小女人散文特辑"，《广州文艺》1996年第3期。

类"文化群体里,对生命本真状态的深切认知是"小女人散文"存在的根基;"鸡零狗碎",在"文明的碎片"中喃喃自语是"小女人散文"言说的方式;黄爱东西、黄茵、素素、石娃、张梅等是"小女人散文"的典范代表。"小女人散文"在文化学的意义上,至少为我们,同时也有可能为历史存活处于社会转型期的一类都市人建构了独特的精神生态标本。其中非常时期的非常人的非常心态,是颇具史意的。从文学的层面上而言,"小女人散文"为成长中的中国都市文学积累着经验。尽管有人声言中国文学已经进入都市文学的时代,但是,事实上文学远非都市化。"小女人散文"以都市女性的亲验性写作方式,为都市文学的生长提供了一条别样的路径。

一 女性与都市精神

"小女人散文"价值生成的前置条件或许是它为女性自我的发现和呈示提供了一种特殊的载体。基于这种载体的女性书写,并不致力于过于张扬的宏大的女权主义倡言,而是走向女性世界的本我,并且以絮语闲话的言说方式给我们展示具有更多的私人化色彩的女性生活镜像和心灵信息。从创作学方法审视,"小女人散文"所呈示的带着生命气质的"在体状态",更注重作家的个人化写作,强调用自白而非代言的方式直面人生的种种,散发自我的生命气息。这种写作形态,无论是面向精神还是面向物质,无论是以深沉的情绪流淌还是以轻佻的姿态呈现,都无法绕过个体生命"我"的存在。个体言说或者说个体生命言说,可能是文学寻得更多终极价值的有效路径。"小女人散文"虽远没有臻及文学理想的彼岸,但它言说的指向不无意义。2002年,法国龚古尔文学奖把奖项授予了帕斯卡乐·吉纳尔,理由是帕氏重视并有效地言说个体生命。而对生命的叙事往往会存活在富有表现力的个体言说之中。由此可见,"小女人散文"在生命叙事方式这一点上所具有的价值了。20世纪中国文学的多数季度是非文学的，或者是政治化了的文学，政治化的、社会性的言说支撑了文学的话语空间。20世纪90年代以降，伴随着中国社会全面而深刻的历史性转型的发生，文学的个体化言说开始与社会化的公共性言说并置，由此生成的话语矛盾所产生的张力，显然改变了汉语表达的语式。曾经被遮蔽、被边缘化的个体生命言说，升格为正式的重要的话语方式，正改变着汉语思想生成和表达的境况。我们应当将"小女人散文"置于这样的背景中加以认知和分析。

女性自我的追寻及其实现是现代社会的产物。而都市对于女性自我的发现和激扬，无疑为女性自我意识的确认提供了极其重要的"生态环境"。"五四"时期，"情绪多于文字"，用满腔柔情记录"我"对祖国、对母亲、对弱小者、对自然的爱的心绪情愫的冰心，对女性便作深情的褒扬。在《关于女人》的后记中，冰心这样表述，"世界上若没有'女人'，这世界至少要失去十分之五的'真'，十分之六的'善'，十分之七的'美'"[1]。但冰心与都市却有着隔膜，她认为"纽约、康桥、芝加哥这些人烟稠密的地方，终身不去也没有什么"[2]。冰心把自己关在嘈杂的都市之外，在自然与"爱的哲学"中寻觅"我"的存在。到20世纪三四十年代极具"做女人的自觉性"的张爱玲、苏青等，对都市日常生活作了参与性的具有自叙色彩的凡人书写。她们在《大众》《古今》《万象》《天地》等刊物上大谈家长里短，谈"饮食男，女子之大欲存焉"一类俚俗话题。这种琐碎化的书写策略展示了女性与都市之间或明或暗的暧昧关系。及至20世纪六七十年代的香港，晚报、副刊的大行其道，使诸如李碧华等女作家也"不务正业"地参与到报刊专栏写作中，在沸沸扬扬的"框框杂文"

---

[1] 冰心：《关于女人》，宁夏人民出版社1980年版，第111页。
[2] 冰心：《山中杂记》，周红兴主编《现代散文名篇选读》，作家出版社1986年版，第85页。

"晚报文体""太太文体"等冠名中,摒弃形而上的哲学背景,演绎具体可感的都市休闲生活,制作着"'不可一日无此君'的大众精神食粮"①。

从20世纪三四十年代的解放区到七八十年代的大陆,女性自我更多地成为社会"革命化"的一种符号,甚至演绎成雄性化了的女性。女性现代自觉的整体性实现只有到了对人的全面尊重的历史新时期才成为可能或现实。现代都市可能是一个"自由港",人的个人性在这里得到相对充分的滋育。20世纪90年代,居处中国南方、东部重要都市,感受着都市风潮的一群时尚知识女性,以黄爱东西、黄茵、张梅、石娃、素素、南妮、莫小米等为例,面对经验高度复杂、多元的现代都市,用"诗人之眼"或"市民之眼"关照生活,将浪漫情思凝结于庸常的生活形态上,在轻描淡写中消解都市物质文明对人精神的挤压并聊以自慰。这种借助散文的形式,以副刊晚报为载体,对日常生活进行小品化建构的行文,为都市特定人群创设了一个休闲精神的空间。她们的书写,带有浓厚的"自恋"色彩("自恋"也正是女性自我化的特征之一),将女性与都市融为一体,远离一切依旧正襟危坐于文学庙堂之上的"文以载道"或"启蒙主义",以"小女人散文"的名义,捕捉最具有性别特征、生活气息和或许还备受争议的生命情绪,确定"我"的存在,并由此而成为物化都市精神影像的书写者与"在体"世界最鲜活灵动的构建者。

对于"我"的确认,就女性与都市的关系而言,"小女人散文"并非初始者,但却是真正意义上的达成者。"小女人散文"的写作者不仅将都市作为物化生活的居所,而且将它视为精神生活酿造的憩园。东北素素(王素英)说,"现代意义的城市不但是一种造型,而且是一种观念,不但是一种物质,而且是一种精神。"②"真正的现代化城市,不是用平方公里

---

① 黄维:《香港文学初探》,中国友谊出版公司1987年版,第3页。
② 素素:《城市与节日》,《女人心绪》,知识出版社2001年版,第235页。

可以丈量的，而是以空间在人的心里，在城市的节奏、城市的精神里。"①
"她们"不再是都市的隔膜者，抑或是过客，而是沉浸其间的主人，分享着、欣赏着或者是愁思着由都市伴生的景象和感觉。"她们"的女性意识在都市里显得"茁壮成长"。沪上素素如是说："我一直觉得自己是个十足的小女人，不懂生活的愁苦，不谙世事的炎凉，总是有极多的闲情逸致——作为一个小女人，生活太过恬静、安逸，也太过平淡，不曾感悟过何为生存，只知晓什么是生活。所以小女人的文章是淡淡的茉莉花香，太过静恬；像涓涓细流，决不大气。做个傻傻的小女人，虽然我常常渴望摆脱，渴望轰轰烈烈，但终归我还是那个小女人。"② 女人之"小"正是女人之谓女人的重要特质。在文学中认同并且欣赏"小"女人，是对政治文化畸形生成的女性雄性化的有意义的反拨。但是"小"并不意味着毫无内涵。在谈到"小女人散文"时，沪上素素就径言："名称并不等于内涵。从当年许多的评论来看，人们是把'小女人散文'看作了一种都市生活、市民意识的反映。我想，这与当时城市化的方式以及随之而来的生活观念在中国开始迅速出现有很大关系，批评和认同都由自身的生活环境导致。我想我的每一本书在形式、内容和方法上其实都有不同。然而，它们更有一种根本上的相同：对于生命的肯定和对于生活的理性，极端一点的说法是'以出世之想行入世之态'。"③ 可以说，以一种女人的方式表达"对于生命的肯定"，这是"小女人散文"价值生成中最具有光亮的所在。

都市生活的多元化与包容性，让活跃其间的"小女人"在自我营造的语言世界里找到自我的历史、自我的欢乐、自我的爱情。她们不同于媚俗而取宠的"消费文学"，也不流于无关痛痒玩弄文字的"中性文学"。她们

---

① 素素：《走过香港》，《与你私语》，时代文艺出版社1999年版，第108页。
② 素素：《前世今生》，时代文艺出版社2002年版，第93页。
③ 陆梅：《21世纪上海大文化丛书——谁在畅销》，学林出版社2003年版，第66页。

以从未有过的真实漫步于都市之林,体验生活,感悟生命。恰如素素在《独语东北》自序中所说的,"我不认为我那些写女人的文字是琐碎的、邀宠或示嗲的、小女人的,我写得十分严肃又十分自由,每一句都是从心上撕下的真。"①这种知觉行为可以看作是"小女人散文"对"在体"生命感觉的理性认同,是对女性精神空间特质的自我造影。

二 一种生命在体

"在体"（Ontic Ontologie Ontisch）,存在、存在论、存在的,是存在（sein）的在世状态。以现象学方法考察,对"在体"的认识,舍勒与海德格尔都同一地转向"人的存在",或存在的最具有指向的"在体状态"。当我们怀着对"我"、对"人"的某种生命情绪,把目光投向"小女人散文"并试图对她们所创造的个体生命作本真追寻时,我们看到,"小女人散文"所践行的"在体"创造是以被技术与物质浸透着的都市原生态生活为标本的,她们在情感、衣、食、住、行、吃、喝、玩、乐中发掘人的生命情绪,并由此引发可能的意义与价值。在这种层面上,"小女人"们的絮叨给个体生命涂抹上某种精微多姿的色彩,并以或关于情感或关于怀旧或关于生活或关于时尚的文字标本展现世界。

情感或许是在体最为重要的存在之一,尤其是对女性而言,女人仿佛天生是"情感的动物"。"小女人散文"充分注意到这一特征并且多维地表达"她们"的情感——当然这种情感是属于特定时代的。尼采在《查拉图斯特拉如是说》中讲到,"市场开始的地方,也开始了大优伶之喧闹与毒蝇之营营"②。现代都市的技术化、物质化进程,使生活其间的个体生命倍

---

① 素素:《独语东北》,百花文艺出版社2001年版,第2—3页。
② ［德］弗里德里希·威廉·尼采:《查拉图斯特拉如是说》,尹溟译,文化艺术出版社2003年版,第51页。

感精神的抑制，人的欲念被催发甚至升腾，生命被扭曲、空洞，人渐趋异化。这时，被视为"精神沙化"的广州率先出现了一群女子，她们站在情感之维上，将纷至沓来的人生感念，灵的动荡、魂的骚动诉诸笔端，载于各类晚报副刊。继而上海的素素、南妮遥相呼应，南北唱和，蔚为大观。并于1995年以结集的方式，出版《夕阳下的小女人》（花城出版社）和《都市女性随笔》（上海人民出版社）两套丛书，成为文学界一道重要的景观。这些作品，诸如素素的《就做一个红粉知己》《生命是一种缘》《与你私语》，南妮的《随缘不变心》《一个梦撑一生》《回家》，莫小米的《菩提人生》《落叶菩提》，黄爱东西的《男女有别》《相忘于江湖》等，均以女性意识在都市化进程中自我觉醒为精神指号，内容涉及"爱"——父母之爱、夫妻之爱、母子之爱、朋友之爱，对在世生命作真切关怀与凝神指向。她们远离"大叙事""中心人物""历史目的"，在充满生活的肌理与质感的文本世界中感知生命，演绎温情，润湿被孤独冷寂浸泡的都市人群的心。

情绪、情感或者心态，在"小女人散文"这里，常常以一种可以感知的感觉出现的。它的作者是书写感觉的高手。感觉，在"她们"的话语体系中是一个不可或缺的关键词。东北素素在《女人的散文》中这样表述："女人天性喜欢倾诉，天生感觉敏锐，而且比男人更加不设防，勇于坦白真情，坦白个性，所以女人的散文自有动人之处。"[1]黑孩在给清野繁治的邮件中提到，"我是凭个人的感觉，一瞬间的感觉或感情，写文章。从无形的感觉和感情，塑造成为有色味形的东西"[2]。感觉是女人化的。女人似乎天生喜欢逛街，看衣服，买衣服。东北素素将女人与逛街和衣裳具有特别的亲近关系的感觉书写得可触可摸。她若几天不去商店，便会"像思念

---

[1] 素素：《女人的散文》，《与你私语》，时代文艺出版社1999年版，第163页。
[2] 黑孩：《女人最后的华丽》，文汇出版社2003年版，第1页。

一个人，想得心疼了"，她"看衣裳像看画展"，"脚步挪动得最慢"，看得"最细腻最动情"。但素素并不单纯滞留于原初性的感觉直陈，她由物质的衣裳最终走向心灵的衣裳，即人格，得出"美丽的衣裳，只能照亮女人自己，而美丽的心灵，能够照亮世界"①之语。感觉是感性的，感觉的表象是无序的、跳跃的。黑孩善写感觉，而且其感觉的呈现由于多有跳跃状而给读者以流动的美感。她刻录带母亲在日本热川洗温泉的场景，"泉水带着我所渴望着的温度施与妈一种全新的不曾有过的幸福的体验"，"我想流泪"；她感到母亲穿上很像和服的睡衣"有一种我未曾见过的风情"，并在对母亲的体察中感悟"活着总是会有一些新的东西等待我们去发现——去体会随时去感觉——所以我试着写东西，所以我写的东西永无连贯的情节，她们破碎并且散漫"。②她诉说爱情，在"隐情"中透着"我们彼此相爱过，但是我们没有共同的地方"③的悲凉；她诉说感觉，在旧衣、旧照片中知道，本以为忘却的陈年旧事，"原来只是由时光代为保藏起来"，再次扯开来的时候"有什么东西从心头失落下去，错了位的地方是一片虚得无限的空白"④。感觉很多时候是非理性的，于无中生出有来。杜丽在看完海明威《雨里的猫》后也提出"我想要一只猫"，其实是她在参透"荒凉正是这个世界的本来面目，人们各自说话，但什么也听不见"后表达着内心的某种渴望，她要的东西其实不是猫，而是另一种东西，但她最终也没有说出那是什么，只留下"最验证人生荒凉的，不正是那些言不及义的慰藉吗"的慨叹⑤。

怀旧是"她们"在体的另外一种显示形态。三毛在《梦里花落知多

---

① 素素：《女人与衣裳》，《与你私语》，时代文艺出版社 1999 年版，第 167 页。
② 黑孩：《温泉》，《散文》2002 年第 7 期。
③ 黑孩：《隐情》，《女人最后的华丽》，文汇出版社 2003 年版，第 169 页。
④ 同上书，第 145 页。
⑤ 杜丽：《我想要一只猫》，《我是哪一种吸血鬼》，文汇出版社 2003 年版，第 38 页。

少》中有一组文章《迷航》,谈梦里梦外的人生航程,大多为冥想,却也透着挥之不去的宿命情怀。"小女人散文"对都市过往人物、事件、生活也做着冥想,在冥想中体验自己的"梦里的乡愁"。一如沪上素素在《前世今生》序中所言,"我在哪里见过了你?我们曾经怎样生活?"① 她以上海为生命载体,"追忆"前生的印记,讲青青校树女学堂,讲戏梦人生女明星,讲民国文化奇女子,讲上海名媛太太万岁,讲东方巴黎云裳风暴,等等,最终,在连接起来的断章中,看恋恋风尘,看并非梦幻的"前世今生"。陈丹燕是沉迷于旧上海精致奢华文化的另外一个"小女人",她的《上海的风花雪月》将爵士乐、法式面包、旗袍、无轨列车、狐步舞、风情的大波浪或爱司髻,甚至月份牌都一一寻访出,被认为是一幅老上海的"清明上河图"。除此而外,还有黄爱东西对老广州"旧时风月"细说从头的《老广州——屐声帆影》等。这些文字与旧照片互为应承,用"幽雅的外表,略带伤感、怀旧的内容和轻松流畅的笔"呼应当今繁华都市中流行的冥想情绪和情调事物,譬如咖啡、酒吧、美容院等,气脉相承,成为都市休闲文化的另一种形态。

梅洛-庞蒂在《感知的现象学》里也指出,"最洗练的品质或感觉也没有不带意义的,但是附在它们身上的那个小小的意义,不管是轻盈的快乐还是淡淡的哀愁,都是它们内在的,或者像一片热雾在它们周围颤动。"② "小女人散文"对生命小情小绪的感知与书写,往往以一种生活化的意识流的方式呈现,并在怀旧中实现。张梅对生活的抒写真诚而内省,并时时渗出伤感。她认为,"'小女人散文'其实就是一种人性化写作,女性有权利以自己的方式抒写生活。"她书写偶尔打开的衣橱,却在打开衣

---

① 素素:《前世今生》,上海远东出版社1996年版,第1页。
② 参见[法]让-保尔·萨特《什么是文学》,《萨特文集》(第7卷),施康强选译,人民文学出版社2005年版,第95页。

橱的同时打开了记忆之门,"一扇接一扇,无声地打开","带着某种喃喃细语,絮絮叨叨,声音由衣服的纹路和气味中渗出来,带着某种感伤"①。那些陈年旧事,牵扯着她的情思,"我们的生命,在旧事的袭击中,变得愈来愈轻了"。但"没有了旧事的人生又是不是虚无了一点?"② 生命不能承受之轻的传说被她重新解读,对人生的某种期待心理决定了她对旧事的书写情绪。

如上所言,"小女人散文"对于生活的表达是以感性的非系列化的感觉呈视于我们的,所以其述事表情的相对的不完整性是显见的,这也是它遭遇微词的重要原因。但是,放弃了完整性的生活、情感断片的表达强化,却使文本获得了相当有效的表现力。生活本身原是一组杂乱无章的被拼凑的表象,它常常以"碎片"的姿态列入被书写的范畴。瓦尔特·本雅明曾专门论说过"碎片",他的文本特点是捕捉他的时代富于生命的片断,具有较强的思辨意识。李欧梵深受其影响,站在1930—1945年的历史之间,想到"原来被大家所忽略的建筑、舞场、咖啡馆、电影等物质化的东西其实包含了大量思想的东西",于是便有了关于"物质生活上的都市文化和文学艺术想象中的都市模式的互动关系"的"上海摩登"③。而"小女人散文"对都市"碎片"世界的表达更多地带有亲历性经验,她们在"城市感性"中"写碎片,小的碎片,特别小的碎片"(儒勒·勒那尔语),用生活化时尚化的"家常絮语"将宏大的价值体系切割成碎片,散作一路风尘。

时尚是现代都市的流行话语,它更多的时候属于女人,尤其是"小"女人。网络文化、吧文化(酒吧、网吧、书吧、陶吧、茶吧等)、服饰文

---

① 张梅:《失忆大道》,《口水》,文汇出版社2003年版,第22页。
② 张梅:《旧事》,《口水》,文汇出版社2003年版,第20页。
③ 王尧、林建法主编:《李欧梵季进对话录》,苏州大学出版社2003年版,第7页。

化、娱乐文化都打着时尚的标号,作为都市文化的种种迹象而存在。"小女人散文"则是这种种文化迹象的合谋者与书写者。一方面,"她们"亲临时尚现场,衣着光鲜,勇领潮流,洋溢都市人对时尚消费、娱乐的陶醉与迷恋。另一方面,"她们"让时尚与文字发生关系——如黄爱东西,最初的身份是"娱编",其创作题材主要是娱乐圈内的乐评文章,后集辑为《相忘于江湖》;如南妮,在《新民晚报》"文学角"和"时尚·心情"版当编辑,其"影视谈"颇受人青睐,有文集为《品味时尚》;如东北石娃,《时髦表情》对都市女性服饰如数家珍——这些时尚化的文字,"如秦淮河上的花船",是"一种变了形的风花雪月,没有切肤之痛"(黄爱东西《前卫》),却让沉闷的生活平添了几分诗意和情趣。

如果从女性视角对生活作散点透视,我们看到,"小女人散文"对生活的认知与表现状态纷呈。由云南人民出版社1995年8月出版的"她们文学丛书",以"都市女性散文"(即"小女人散文")的名义将生活肢解为支离破碎缺乏关联性,却时时涌动着苦难意识的具象情绪:林白在"片断离生活最近"的生命热情中,用"一个人的战争"作生命的"飞翔"状;陈染浮在生活之上,"像一个背风而立的内心盈满的荒原人",做着"断片残简"式的自语;斯妤用"我因为什么而孤独"对生活做着梦与时间的双重冥想;除此而外,还有迟子建的"伤怀",虹影的"异乡人",海男的"空中花园"。这群女子,用她们渺邈的忧伤和无可凭寄的孤独蛊惑着都市人们的意识,并置换来阵阵叹息。正是这样,"小女人"精神生态在各具气质的文字世界里被演绎得仪态万方了。

三 重返"闲话风"

个体言说本质上是自由的书写,它是以自由为前提并以自由为旨归的。无自由,就无个体;无个体,自由就无法抵达。值得注意的是,"小女人散文"对个体"我"之为"人"的在世状态的指认,确立了她们存在的意义。她们的文字世界,无一例外地指向独具生命气质的、自由的"人"的在世情怀。这在某种程度上暗合了萨特的文学理念。萨特认为,自由是意识的基本属性,散文的目的是画出人的"肖像"。他一再告诫人们千万别真的去思想,"思想隐蔽了人,但是我们只对人感兴趣"①。人是一切思想意识的客观载体,思想的存在与可能必须以人作为媒介,而"一个人其实就是他的生命力,也就是他的创造力"。② 当代中国作家和学者也是认同散文的自由态的。韩少功说:"散文像散步,是日常的,朴素的,甚至赤裸裸的。"③ 钱谷融先生大约也说过类似的话:散文作者直抒胸臆,自由自在地逞心而言,毫无装扮,甚至不衫不履,径直走了过来,读者一下子就看到了作者的本色本相。"小女人散文"其内质当是一种自由的精神,这是基于女性自我自觉以后的现实投影;其形态是随心所欲的自由书写,体现着"闲话"体的叙写风致。闲话,首先是精神的姿态,其次,才是书写的面目。"闲话"体是相应于主体精神姿态的一种表达姿态。

言及闲话,我们常常会想起20世纪二三十年代的小品文,想起周作人、林语堂等散文作家,其"茶余酒后的闲谈"的日常语境决定了它"零零碎碎"的松散特征。我们还会想起鲁迅。鲁迅所译介的厨川白村的《出了象牙之塔》,其中关于随笔描述的一段精彩文字,几乎诱惑了现代散文一代小品文作者:"如果是冬天,便坐在暖炉旁边的安乐椅上,倘在夏天,则披浴衣,啜苦茗,随随便便,和好友任心闲话,将这些话照样地移在纸上的东西,就是essay。"④ 这种"随随便便,和好友任心闲话"的话语情

---

① [法]让-保罗·萨特:《萨特全集》(7卷),施康强选译,人民文学出版社2005年版,第114页。

② [德]弗里德里希·威廉·尼采:《查拉图斯特拉如是说》,尹溟译,文化艺术出版社2003年版,第51页。

③ 王尧、林建法主编:《韩少功王尧对话录》,苏州大学出版社2003年版,第191页。

④ [日]厨川白村:《出了象牙之塔》,鲁迅译,人民文学出版社2007年版,第6页。

境，与周作人在《雨天的书·自序一》中"同友人谈闲话"的设置极其相似。后郁达夫于1935年在《中国新文学大系·散文二集》前言中也称小品文为"一种不拘形式家常闲话似的体裁（Informalar Familiar essays）"①。自此，确认了"闲话风"在现代散文中的主体性身份。兼包"身边琐事"或"家常体"的"闲话风"的一时风行，表征着其自由开放的文化语境的形成，是特定的主体生命对自我的心态、状态的显示。诚然，不同的历史背景"闲话风"会呈现不同的具象特征。当时间进入20世纪90年代，"一群南国'白领丽人'借助传媒'环佩叮当、风姿绰约'地走进都市大众阅读的视野，这一看似轻浅浮华的文化现象，实则从一个角度告知了生活与时代的大变迁；新的经济秩序已经给个性化散文写作开辟了一个广阔的空间，小品文复兴的时代真正来临。"② 但这个被称为"小品文复兴的时代"与30年代的还原日常语言、还原生活的原初语境倾向的闲话小品并不等同，她们对生活的截取既遵循现实生活的真实逻辑，又将文本看成一种自足的话语世界。这群"白领丽人"在都市的光与影中穿行，用弥漫着浓郁的都市气息和都市情怀对生活作"将话搭话，随机应变"的散点"闲话"，洋溢着个体生命斑斓的色彩。

闲话风致的生成自然关联着文本所表达的内容。厨川白村曾这样概括essay的内容特征："兴之所至，也说些以不至于头痛为度的道德吧——所谈的题目，天下国家的大事不待言，还有市井的琐事，书籍的批评，相识者的消息，以及自己的过去的追怀，想到什么就纵谈什么，而托于即兴之笔者，就是这一类文章。"③ "小女人散文"的题材与题旨显然并不直接关联经国之大业，它对生活感性而琐碎的闲话更多的是对都会生活的"散点

---

① 郁达夫：《前言》，《中国新文学大系·散文二集》，良友图书印刷公司1935年版，第7页。
② 刘萌：《"小女人散文"价值论》，《文艺评论》1998年第2期。
③ ［日］厨川白村：《出了象牙之塔》，鲁迅译，人民文学出版社2007年版，第6页。

透视"。她们选取生活诸多片段,用蒙太奇的切割方式来记录生活,在打牌下棋、侍花弄草、养鸡斗狗、置车买房、购物着装、揽镜化妆、枕边絮语等琐碎中轻灵而率真地"舞蹈"。李书磊说过"女性就是城市的象征",虽流于片面,但素素、黄爱东西、黄茵这群"她们",的确以漫不经心的姿态,独抒性灵的文字验证了它的合理性。她们分别在《新民晚报》开设"谈心"专栏、"东张西望"专栏和"咸淡人生"专栏,在"鸡零狗碎"中对物化都市、对庸常生活作真切蕴情的描摹,后有人称此类文字为"咖啡文章""情绪小品"。对于"小女人散文"的闲话,"小女人"是自觉为之的。张梅在《口水》中有"自白":"书名叫'口水',大概有两层意思:一是口渴,二是说的欲望。东讲讲,西讲讲。谈吃,谈穿,谈球,谈男人女人,谈路上发生的故事。有时是在'朗诵'。随便说说就是一篇文章。"① 在物质生活中很有想法,也很有女性的妩媚,说不出的诱惑。这大概能道出"小女人散文"的某些闲话特质。

这是一个"物质主义"的时代,但"小女人散文"对物质不遗余力地"絮语",并非只浮于物质的表面。"对我们而言,买衣服纯粹是体验买衣服的快感,买衣服是对自己审美鉴赏力、流行辨别力的一种测试。这是一种生活方式。"② "女人从来都把自己脚上的鞋看成是装饰""打开你的鞋柜,你会发现自己的品位其实是怎么样的。这是一个只有女性才体会得到的测验。充满了女性的直觉和感触。"③ "有时候看着满世界的人都在拿着手机在打,突然想起以前的日子,不但没有手机,连电话也没有。但那时,好像活得比现在还高兴。"④ "香水总是与某些记忆的断章相关联","某一天独自来到商城,寻买香水。小姐向我推荐一种触目惊心的'毒

---

① 张梅:《口水》,文汇出版社 2003 年版,封底。
② 素素:《猎艳》,《就做一个红粉知己》,上海远东出版社 1995 年版,第 47 页。
③ 张梅:《女人和鞋》,《口水》,文汇出版社 2003 年版,第 56 页。
④ 张梅:《手机物语》,《口水》,文汇出版社 2003 年版,第 66 页。

药'，是一种特别甜特别甜的味道。这让我忽然想起妈妈在那些贫穷的年代带着我上山找蘑菇的时候，总是一再地叮嘱：'样子特别漂亮，颜色特别五彩鲜艳的菌，大都有毒的。'特别浓甜的香水也是有毒的，正如特别灿烂特别鲜亮的记忆一样，也是有毒的。"① 她们在衣、鞋、手机、香水等物什的闲话中，对个体生命的意味作着凝神想象。

"吃"大约也是很有物化意义同时也颇有精神意味的人生事，"小女人散文"对吃也有着众多"闲话"。南妮《请母亲吃饭》吃出了"忏悔"，吃出了"对最爱你的人应该持有最小心的态度，唯有懂得这一点，我们才是高尚的人，尊贵的人"②的体悟；杜丽吃《糟糕的饭》吃得"像是一场噩梦"，由此想到"假如一个人怀着爱煮东西，那么吃了那东西的人会滋生出莫名的爱"③；黄茵从渴望"一个很冷静、胃口也很好的男人坐在你的餐桌边，规规矩矩地看你摆碗摆筷，然后以一种真正懂得烹饪之美的心情将你那些佳肴一扫而光"④中吃出我们习见的女性困惑；黄爱东西在《月亮来坐吧》中吃出人生百味。而东北素素在西安吃风味吃出"闲"的妙处来了。她将常见的掰馍动作写得颇有情趣："掰馍是个又熟练又悠闲的活儿，不熟练掰不匀，不悠闲便失了情致"，并由此生出对"吃"的重要性的感悟："去了一次西安才知道什么叫吃好喝好以及吃好喝好的重要，才知道美食可以美心、美德、美人生、美社会。什么叫吃文化？吃得悠久就是文化，吃得艺术就是文化，吃得百年难忘吃了还想吃就是文化。"等她回到那个属于她自己却没有著名小吃的城市时，她"睡不着"了⑤。

这些拣摘生活的诸多"碎片"构成的"闲话"世界，充盈着"一个

---

① 黄咏梅：《把玩香水》，刘田生、田洪编著《试看北大才女》，内蒙古文化出版社2006年版，第164页。
② 南妮：《请母亲吃饭》，《浅草湾之恋》，浙江少年儿童出版社2007年版，第21页。
③ 杜丽：《糟糕的饭》，《我是哪一种吸血鬼》，文汇出版社2003年版，第107页。
④ 黄茵：《黄昏之恋》，《世界妇女博览》1995年第12期。
⑤ 素素：《为吃而无眠》，《天津日报》2011年3月11日。

闲人对日常生活、人情世故的感受参悟"①，其中所传递的不是郭彦认为的"我们生活在这样一个年代：物质绝对比情人更温柔、更体贴，而且更具备新时代的伦理道德特征和巨大的宽容性，快速、方便、始乱终弃"②的信息，而是在灰扑扑的都市空间里说着人生的况味。她们的文字，"比小资要市民，比市民要时尚，比时尚要另类，比另类要主流，哪个都不靠"③，却真诚地指向了人的生命状态，并做着让都市人群的脸"不会因焦躁而线条粗鄙"，心灵"不会因追赶时尚而肌体坚硬"的努力④。她们的"闲话"是对物化都市浮华生活的一种诗意点缀，一种感性表达，酿造着特有的都市氤氲。

当然，现代都市并不都是时尚、诗意、闲适，都市可能也会有病，人们郁闷，抑或还有苦难。都市人群抑郁、颓废的症状在更多的时候，更需要一种或悠闲或雅致的精神调剂，灵魂、道德等玄虚的理性"策略"在更多的人面前黯然神伤。于是，另一群女子走出了习惯的意识形态话语，她们贴近当代情感、当代公众的集体意识和情绪，疏离伦理道德等形而上的"哲学"，在当代语境中，以更多的感性的方式，对都市中的"她们"——作为生命个体的在体形态——作"闲话"状，其意义不只是指向"她们"自身，对于我们这些紧张忙碌的都市人，大约也有一种"精神休闲"的价值吧。

处于社会转型实践阶段的20世纪90年代，重商意识不断冲击、侵蚀传统的文化精神生态，人的价值取向呈现多元趋势。此间关于人文精神的讨论，是这种价值取向分化、人文精神失落的一种标示。多元的价值促生了多元的主体价值意识，而多元的主体价值意识又外化于文学的纷繁创作

---

① 沈宏菲：《闲人老张》，转引自张梅《张梅自选集》，花城出版社2009年版，第171页。
② 郭彦：《物质时代女人的笑脸》，《新富新贵新时尚》，四川文艺出版社2001年版，第91页。
③ 杜丽：《我是哪一种吸血鬼》，文汇出版社2003年版，第107页。
④ 南妮：《回归诗性》，《你快乐 所以我快乐》，南海出版公司1999年版，第88页。

中，特别是散文类式纷呈，显见实绩。知识分子的书写也呈现出不同的话语形态。但是，也正是这个所谓的散文时代，大多数的创作如风过絮飘，转眼便不见踪迹。所谓散文热，也可能是或者部分是自恋后的"自热"。生命不能承受之轻。散文大抵是关涉生命的呼吸，甚至很多时候是一种意味深长的叹息。因此，散文理当是一种有些分量的文体。而作为一种具有分量的文体，散文又自当具有其生命的质感，应该灌注主体对于对象世界独特感悟与思索而得的精神元素，这样的职能，也许，只有知识分子才能肩负起。

第五章 精神守望:"非虚构"散文

新世纪有很多指称方式:互联网时代、经济中心主义时代、利益冲突时代、自媒体时代、读图时代、全娱乐时代、全民写作时代、微文化时代……这些命名,既表征着时代的开化、社会的纷繁、精神的多元;也表征着,在大众文化、商业文化、网络文化充斥混杂,市场与权力合谋、大众媒体与精英政治联手的文化语境中,普罗大众价值的迷失、知识分子精英蜕化为"生活常人"、"文化市侩主义"或"有教养市侩主义"成为可能的真实,弗兰克·富里迪的"知识分子都到哪里去了"在文化界、思想界成为时代之问。而主流意识形态强调建设社会主义核心价值体系,正是对这一现象的回应与反拨。基于这样的背景,知识分子对启蒙(主义)精神价值的坚守、对社会精神价值的弘扬、对时代新主题话语的精神重构等显得特别重要。那么,知识分子将如何担当"守夜人"的职责,是我们所要关注的核心话题。

2001年诺贝尔文学奖获得者奈保尔曾公然说过:长篇小说是19世纪的产物,21世纪是写实的世纪。忽视他毁誉参半的人生形状——一半天才一半恶棍,奈保尔获得诺贝尔奖项的理由是:"其著作将极具洞察力的叙述与不为世俗左右的探索融为一体,是驱策我们从扭曲的历史中探寻真实的动力。"也就是说,奈保尔在"见证的文学"中对历史和意识形态制造下的扭曲现象作了个人主义的叙述及探索。这种表达的策略，我以为，正是新世纪知识分子担当社会职责可以借鉴或者部分已经践行的重要方式之一。即以非虚构、诚实作为写作的原点，以真实作为写作的基本价值诉求，直面历史与现实的种种，对抗一切以强权暴政或是因为意识形态需要而发明的伪历史及政治谎言，即便忍受磨难、痛苦、禁锢等非人性境遇，仍不忘初衷，只认是非公理、只认好坏为人、只认优劣政策（而非政党），坚持知识分子应有的价值判断、道德操守和行为准则，写实时代，记录时代。这就指向一种文学类型——非虚构文学。

一般来说，文学类型的划分，历史上有很多见解。席勒从"现实"与"理想"的角度阐述诗；黑格尔在《美学》中归纳艺术类型为象征型、古典型和浪漫型。文学的虚构类和非虚构类也为见解之一，前者主要包括各种篇幅的小说，后者包括回忆录、报告文学、散文、随笔等文学形式。不同的是，新世纪写作者们之所以将"非虚构"作为文学表达的利器，不只是把"非虚构"理解为一种叙述策略，更是将"非虚构"看作一种文学类型的集合，包括传记、回忆录、报告文学、纪实、口述实录、日记文学、甚至新新闻报道等形式表达；并且，某种层面上，"非虚构"也意味着源于以"现实元素"为背景的一种精神外化式存在，它能够将新世纪文化语境中的异质状态真实呈现，能够更加及时有效、深刻深邃地刻录写作者们的精神气节、道德准则。

综观新世纪中国当代文学现象，比较有影响的"非虚构"文学事件，是《人民文学》在2010年第2期专门开设的"非虚构"栏目以及引发的关于"非虚构"的持续性发酵。在"非虚构"栏目开栏之初，《人民文学》主编有过似是而非的留言："何为'非虚构'？一定要我们说，还真说不清。但是，我们认为，它肯定不等于一般所说的'报告文学'或'纪实文学'……我们其实不能肯定地为'非虚构'划出界线，我们只是强烈地认为，今天的文学不能局限于那个传统的文类秩序，文学性正在向四面八方蔓延，而文学本身也应容纳多姿多彩的书写活动。"李敬泽进一步细化、实化了这个概念："写你自己的生活自己的传记。还有诺曼·梅勒、杜鲁门·卡波特所写的那种非虚构小说，还有深入翔实、具有鲜明个人观点和感情的社会调查，大概都是'非虚构'。"同年第9期，又补述道："希望由此探索比报告文学或纪实文学更为宽阔的写作，不是虚构的，但从个人到社会，从现实到历史，从微小到宏大，我们各种各样的关切和经验能在文学的书写中得到呈现。"这三段关涉"非虚构"的叙述，大抵传递了三个信息：第一，"非虚构"是一种书写灵活、变动不居的文学性文类活动；第二，"非虚构"以审美主体为叙述主体，可写个人的生活和传记，亦可写具有"主观现实主义"[①]的社会调查；第三，"非虚构"写作是一种关于个人、现实、历史的真切经验的表达。这种开放性概念预设，为写作者们拓展了丰富的写作空间。后来很长的一段时间，"非虚构"频频粘贴于各种文体，诸如非虚构报告文学、非虚构散文、非虚构诗歌、非虚构剧本等等，热闹非凡。

但是，我们有必要注明，"非虚构"表达该是离散文最近的一种文学表达，是一种以现实元素为背景的精神外化式存在；在某种程度上，它最能及时有效、深刻深邃地刻录知识分子的精神气节。从散文的译文而言，我们惯常采用 prose 和 essay 两种译法；若查外国文献，它还有 creative non-fiction（非虚构类创作）等说法。从散文范畴而言，广义的散文包括报告文学这类纪实类文学样式。从作家创作而言，作家们各有理论与实践支撑：冯秋子坚持用散文，逼近历史的原始面貌；梁鸿通过田园调查、纪实方式写她的乡土中国（如《中国在梁庄》）；章诒和、徐晓、赵越胜、野夫、韦君

[①] 由胡风提出的"主观战斗精神"演绎而出。

宜、吴迪、沈睿、高尔泰、齐邦媛、王鼎钧等在历史的长短间真实叙写个体生命的遭际；邢小群直接提出"纪实性散文"概念等。当然，我们也需要警惕张晓风在《中华现代文学大系·散文卷》序言中所忧虑的，"散文并非虚构的文学，因此作者与作品之间的关系亲密无间……然而，时移俗易，今天的散文是否依然反映现实，作者与隐含作者是否依然重叠合一，实成疑问。"① 这份忧虑，究其根底，是对散文是否能守住非虚构、写真实、写时代的忧虑。其实，无论是面向现实抑或面向历史，创作主体的个人经历及由此推演出的个人经验书写，都是对主体精神价值的映射。而"在场主义"散文、思想随笔、新乡村散文等散文流派，恰是行走在新世纪的知识分子们对时代观察、精神守望、事件评述的有效形式。

第一节 在场主义散文

关于在场主义散文，研究文学特别是治散文研究的，大约有些通识性信息。在场主义散文是怀抱着"自觉地肩负起了廓清中国散文的天空，为中国散文立论和立法（法则—尺度）的历史使命"横空出世的，他们宣称："中国散文的天空，将因在场主义的出场而尘埃落定，明镜高悬。我们谨以赤子之心昭示天下，历史必将记住这一天：2008年3月8日。中国散文历史的新纪元——将从在场主义——开始。"② 并且，用4万字的在场主义散文理论和1万字的《在场主义小词典》，以及在场主义散文发起作家的代表性作品与开设的在场主义散文奖，一起构建了相对完整的散文理

---

① 张晓风：《中华现代文学大系·散文卷》，台湾九歌出版社1989年版，第22页。
② 《在场主义宣言》中首批签名的主要人员是：周闻道、风吹阑叶、朴素、李云、米奇诺娃、杨沐、宋奔、张生全、张利文、沈荣均、周强、郑小琼、赵瑜、唐朝晖、黄海、傅菲、周伦佑等。2008年3月8日在四川眉山宣言。

论体系。

就在场主义散文理论而言,"在场"以直接呈现面前的事物为指向,以追求经验的直接性、无遮蔽性、敞开性为核心价值,强调"面向事物本身"——康德称其为"物自体",由此追忆与实录时代、革命、政治、民生等诸多的问题成为其关注与叙述的核心话题。他们将"散文性"(精神自由是核心质素)作为哲学本体论,以"介入——然后在场"作为写作方法论,强调无遮蔽的散文、敞亮的散文、本真的散文。就在场主义散文奖而言(某种程度上,在场主义散文奖是践行和推广在场主义散文理念的最优化、最便捷方式之一,也是确认当代散文经典化的主要方式之一),至2014年已评五届,其中,在场主义散文奖6部,在场主义散文奖提名奖13部,在场主义散文奖新锐奖50部。就在场主义散文代表著作而言,有:一、周闻道主编在场主义散文年选,即中国青年出版社出版的《镜像的妖娆》(2008年版)、广东花城出版社出版的《从天空打开缺口》(2008年版)、《从灵魂的方向看》(2009年版)、《九十九极》(2010年版)、《稻草人的信仰》(2011年版);二、周闻道主编由天津百花文艺出版社2010年4月出版的"在场主义散文丛书"6人6部,合计150万字;三、王族策划新疆美术摄影出版社2011年9月出版的"在场散文书系"10人10部,共150余万字。就在场主义散文的生态场域而言,《美文》《青年文学》《文艺报》《文学报》《中国社会科学报》《南方都市报》《中国散文评论》《文艺争鸣》等报纸、杂志纷纷刊发、研究、争鸣在场主义作品及其文学观;加上国内知名学者、作家、评论家纷纷介入[①],其独立性、文学性、权威性、民间性立场的评审规则,且以头奖30万元奖额创下中国文学界单项奖最高纪录等缘由,成为中国文坛特别是散文界的重要文学现象。评论

---

① 邀请丁帆、孙绍振、刘亮程、陈思和、陈剑晖、周伦佑、范培松、南帆、康震、彭吉象等长期担任评委。面向华语散文,一年一评,至少连续评选15年。

家孙绍振称其为"一个散文史上意义重大的'事件'"。

但是,在认真研读了"在场主义"各种文采斐然、学养广博、高深玄妙、交汇糅杂的5万字"理论"阐述后,我反是陷入了一种学理的困境。文学理论或文学宣言终究不是文学性的散文,其或该是一种理论性、逻辑性、简明性、观点性的表达。文学研究会以"为人生"作为核心价值观,故又称"人生派"或"为人生派";新月派因倡导新格律诗和"理智节制情感"的美学原则,故又称"新格律派诗";"礼拜六派"因热衷十里洋场、才子佳人故事,故又称"鸳鸯蝴蝶派"等。在场主义过多的"理论"陈述,似乎有一种类似语词游戏的炫技。因此,我对在场主义散文的研究,并非从在场主义理论开始,而是建立在详细阅读获得在场主义散文奖与在场主义散文提名奖的19部著作基础上,而后,再反观、呼应在场主义散文的种种理论言说。

具体地说,获得在场主义散文奖的作家作品是:第一届,林贤治《旷代的忧伤》(江苏人民出版社2009年版);第二届,齐邦媛《巨流河》(生活·读书·新知三联书店2010年版);第三届,空缺;第四届,高尔泰《寻找家园》(北京十月文艺出版社2012年版)、金雁《倒转红轮:俄国知识分子的心路回溯》(北京大学出版社2012年版);第五届,王鼎钧《王鼎钧回忆录四部曲》(生活·读书·新知三联书店2013年版)、许知远《时代的稻草人》(群言出版社、广西师范大学出版社2013年版)。获得在场主义散文奖提名奖的作家作品是:第一届,龙应台《目送》(生活·读书·新知三联书店2009年版)、周晓枫《雕花马鞍》(山东人民出版社2009年版);第二届,张承志《匈奴的谶歌》(上海文艺出版社2010年版)、李娟《阿勒泰的角落》(万卷出版公司2010年版)、筱敏《成年礼》(鹭江出版社2010年版);第三届,夏榆《黑暗的声音》(新星出版社2011年版)、冯秋子《朝向流水》(新疆美术摄影出版社2011年版)、资中筠《不尽之思》（广西师范大学出版社2011年版）；第四届，刘亮程《在新疆》（春风文艺出版社2012年版）、章诒和《伶人往事》（香港牛津大学出版社2012年版）、阎连科《北京：最后的纪念——我和711号园》（江苏人民出版社2012年版）；第五届，毕飞宇《苏北少年"堂吉诃德"》（明天出版社2013年版）、塞壬《匿名者》（人民大学出版社2013年版）。这19部获奖作家作品，或是以编年体式对亲历人生做见证式史料叙述，或是以他者的精神存在为叙述客体做思想性、学术性探究，或是以自我行走的某些片段时光（包括精神游历、求学游历）为叙述与抒情轴心，或是以批判、省思的理性态度介入制度、时代以及自我。它们大都以回望方式进入文本叙述，内容纷繁但生动深刻，颇能震撼人心。

只是，从文字中抬起头，我最想厘清的，这些在回望中生成的文字，是否会如鲁迅在《朝花夕拾·小引》中所言的那般，"从记忆中抄出来的，与实际内容或有些不同，然而我现在只记得是这样"[①]的尴尬？换言之，在场主义散文回忆录中的非虚构性是否有着恒定的道德准则？它究竟具有怎样的文体与文本特质？它与经济主导、价值淡化、精神普遍委顿、社会道德滑坡的新世纪、新时代具有怎样的关系和怎样的现实意义？这都是难题。

一 创造性非虚构

是虚构还是非虚构？这不只是在场主义散文面临的问题，而是整个散文界一直争鸣的话题。奇普·斯坎伦和鲍伯·史提尔曾列出《给非虚构叙事作家提的问题》的问题清单，合计九条：

1. 我如何知道，我所呈现的，真的如我所说的方式真实发生了？

[①] 鲁迅：《朝花夕拾·小引》，《莽原》半月刊1927年5月25日第2卷第10期。

2. 这是真的吗？是谁说的？

3. 我是否通过正当渠道获取了事实，并获得了正确的事实？

4. 我的重构完整吗？它的来源是单一的，还是多渠道的？我是否用其他事件亲历者的回忆予以验证？

5. 我是否通过书面证明的渠道获得独立的证据，比如历史讲述或公共记录？如果我的信息提供者描述一个"乌云压顶的暴风雨之夜"，我是否会打电话给国家气象台获取当天的气象报告？

6. 我对自己的信息来源是否信心十足？我是不是被一个不可靠的信息提供者的错误回忆或花言巧语所愚弄？

7. 我的目的合法吗？我的目的是为读者揭示事实真相，还是用我的写作能力去迎合取悦大众？

8. 是否因为缺乏消息来源——故事重构的标志——而降低了可信度？重构是否需要一篇编者按来告诉读者故事是从何而来又是如何报道的？

9. 我是否愿意向我的编辑和读者毫无保留地揭示我的创作方法？[1]

实质上，奇普·斯坎伦和鲍伯·史提尔是在困惑回忆性文字应具有怎样的道德准则。桑德拉·珀尔、米米·施瓦茨与杰克·哈特、乔恩·富兰克林和沃尔特·哈林顿在《真实写作：创意写作的艺术和技巧》中给出了一个较为中肯而准确的概念——"创造性非虚构"。这也是在通读了在场主义散文获奖作品后，我认为可以有效概括那些文字的一个相对准确的概念：

忠于事实，如实地描写现实世界，或者凭借记忆和想象向读者展

---

[1] 参见〔美〕杰克·哈特《故事技巧——叙述性非虚构文学写作指南》，叶青、曾轶峰译，中国人民大学出版社2012年版，第252页。

现这个丰富多彩的世界。如果你为了写出更好的故事,而去篡改或者编造事实,这就是虚构作品。但是如果你运用事实来讲述自己的经历故事,这就是创造性非虚构作品。①

创造性非虚构作家与其他类型的作家不同,他们既要富有创造性又要忠于事实真相,创作起来如履薄冰。记者和学者们倾向于忠于事实真相,尽量回避含混不清的回忆和想象。而虚构文学作家们则忠于故事情节,乐意创造出有趣的世界。但是创造性非虚构作家们致力于叙述真实的故事,他们必须尽力把握住道德和艺术的尺度,报道过多,他们就进入了学术或者新闻领域;而幻想过多,他们又进入了虚构文学的领域。②

如果我们只坚持使用铁的事实,历史就像素描线条一般干枯乏味,我们必须给这些图画着色……运用想象来补充我们对细节的模糊记忆。③

根据上文所述,我们看到桑德拉·珀尔、米米·施瓦茨不断在完善"创造性非虚构"的准确原则。他们所说的"着色"是指获得"情感真相"的技巧方式,由此引出"情感真相"与"事实真相"两个术语的论争。

其实,在中国散文界也存在真实与虚构、个人经历与个人经验、再现与表现、艺术真实与社会真实等类似的术语论争。每个审美主体的本己性、个体差异性、精神状态决定了他们选择的回忆对象和运用回忆的策略方法。置于19部获奖在场主义散文著作中,我们可以思考,这些散文文本

---

① 参见[美]杰克·哈特《故事技巧——叙述性非虚构文学写作指南》,叶青、曾轶峰译,中国人民大学出版社2012年版,第234—235页。
② 同上。
③ 同上。

在叙述什么？又在怎样叙述？叙述什么，主要指散文主题和散文现实性；怎样叙述，是指要善于发现需要表达的东西，要有自己的身份标记等。前者是对象问题，后者是方法问题。

(一) 叙述什么：散文主题与散文现实性问题

散文主题的确认更多源于作者的价值观和对人生的理解，当然也包括生命、历史、信念、宗教等。葆拉·拉罗克在《写作教程》中曾一口气罗列了二十二个"显著的主题或典型的情节，包括探索、寻找、旅行、追求、捕获、逃脱、爱情、被禁锢的爱情、单相思、冒险、谜题、神秘、牺牲、发现、诱惑、失去或者得到身份、蜕变、转变、屠龙、下到阴间、重生和救赎"[①]。但这些被称为显著或典型的主题与情节，并非是在场主义散文的叙述核心。在场主义散文在《在场主义散文宣言》中将"非主题性"列为"散文性"的四大文体特征之一，认为散文是最个人化的一种书写方式，因此否定散文的主题性，以消解散文的深度。对此，我并不认同。在场主义散文主题应是一种宽泛的概念，它们以纪实和"在场"为叙述轴心，在时光的辗转流逝中，重返曾经生活的现场，重讲那些泛黄年代的故事，重拾被生活的无常几乎消尽的自我与生命感觉，让生命从逼仄走向宽阔。王鼎钧用17年（1992年到2009年）时光，写下《昨天的云》《怒目少年》《关山夺路》《文学江湖》四部作品，从18岁记起，渐次记下流亡学生、内战遭遇及避居台湾30年，展示"一代中国人的因果纠结、生死流转"，被誉为"一代中国人的眼睛"[②]，高华评价这些著作"让我们知道一个普通的中国人在过去的二十世纪所经历的痛苦和所怀抱的梦想、希

[①] 参见[美]杰克·哈特《故事技巧——叙述性非虚构文学写作指南》，叶青、曾轶峰译，中国人民大学出版社2012年版，第144页。

[②] 王鼎钧：《王鼎钧回忆录四部曲》，生活·读书·新知三联书店2013年版，封面。

望"①。但对于王鼎钧个人来说,写回忆录类似天主教的"告解",写出来是为了忘记,为了解脱,好像自焚;写文章是"尽心、尽力、尽性、尽意",追求"尽人之性、尽物之性、尽己之性"②,是劫后余生之后的回馈社会的方式。因此,他的散文主题是对"四世为人"的家国情怀的体认③,是在借助大量史料之后,作为草根出生的普通人对历史、个体生命的某种回忆和反省。齐邦媛的《巨流河》也是一部关于20世纪的个人传记,也是从故乡落笔,记下从东北逃亡到关内、西南到台湾的历程,其间固然也有内战、学生流亡等。但与王鼎钧不同的,齐邦媛出身名门,其父齐世英是民国初期东北的精英分子,支撑了她文本的"潜文本"(此外还有张大飞、朱光潜、钱穆)。她关注的是知识分子在历史间的颠沛流离与精神气节,她的著作是"献给——所有为国家献身的人"④,并认为"回应时代暴虐和历史无常的最好方法,就是以文学书写超越政治成败的人与事。"⑤ 其散文主题,即以文学人见证历史的惆怅,在家族史和个人成长史的交叠中,用两代知识人的艰难及隐忍的坚强(其间也掺有普罗大众的受难人生),追忆埋藏巨大悲伤的20世纪,还有以书写自己的生命历程验证文学的力量。与前两部作品相较,高尔泰花十年写作而成的《寻找家园》相对少些历史的厚重感。它是一个寄居美国的漂泊者在中国历史的墙体上"挖洞",是对中国历史的自然刻录,由此穿透生命、心灵、意义,还有沉痛、沉重之死与之思。其散文主题是透过家国沧桑和世态炎凉,对生命自由之美的执着追求。

散文现实性既强调内容的真实真相,也强调内容的"当下性"。真实

---

① 王鼎钧:《王鼎钧回忆录四部曲》,生活·读书·新知三联书店2013年版,封面。
② 王鼎钧:《文学江湖》,《王鼎钧回忆录四部曲》,生活·读书·新知三联书店2013年版,第3页。
③ 同上。王鼎钧说,"我写回忆录不是写我自己,我是借着自己写出当年的能见度……"
④ 齐邦媛:《巨流河》,生活·读书·新知三联书店2010年版,封底。
⑤ 同上书,第5页。

真相是非虚构文学存在的根本。杰克·哈特曾说过:

> 我从故事中所学到的一切都在强化我的一个信念,那就是对真相和正义的执着才能最大地释放叙事的能量。叙事性非虚构文学的漫长历史告诉我,它在我们面对这个世界的时候发挥着基础而核心的作用……之所以追求有道德的报道或写作,最好的理由就是对真相的渴求。①

而在场主义散文中的"在场",就是面向事物本身的经验表达,类似海德格尔揭示的"无遮蔽状态",在这个语义平台上,真实、真相、真理、澄明、本真(纯真)都是同一个词频。置于具体的在场主义散文作家文本,我们会发现人与文的高度精神契合。什么样的人成就什么样的文字,什么样的文字再现着什么样的人生,什么样的人生体悟什么样的时代现实。真实、真相、真理、澄明、本真(纯真)等词,既是文本的表达,更是文本作者行走人生的形状。章诒和《伶人往事》,先出版后被禁,她在并不如烟的过往中,直现八位伶人大师的前尘往事,看特定时期大师们的家国情怀和理想主义气质,以及高洁的操守。在获在场主义散文奖提名奖后,章先生于答谢词中传递了两个信息,一是"我大半辈子挨批。如今,际遇有所改善:人不挨批,仅书被禁",这份隐忍的表达,是一个知识分子(或是一代知识分子)独守良善和正直的真实心境地外化;二是在大陆,她的作品获奖深感意外,深刻地涉及出版及话语权这个严肃问题。资中筠的《不尽之思》是她五卷自选集②中的第四卷,是她历经"半生为驯服工具的人"的一种忧患意识的集中体现。她坦言自己在历史逼仄中形成

---

① [美]杰克·哈特:《故事技巧——叙述性非虚构文学写作指南》,叶青、曾轶峰译,中国人民大学出版社2012年版,第253页。
② 五卷自选集,按照题材分卷,依次是:《感时忧世》《士人风骨》《坐观天下》《不尽之思》《闲情记美》。

的"人本"历史观:"我心目中的'人'是一个个鲜活的生命,而不是笼统抽象、集体的'人民',或X'国人'"①;坦言几十年一以贯之的不变,是对人格独立的珍惜和追求,是对真善美的追求与对假恶丑的厌恶,还有坐观天下品评人事、政治(国内、国外)的"实话实说"②。李西闽在2008年5月12日的汶川大地震废墟下被埋了76小时后获救,历经被埋—期待被救—救然而失败—被放弃救—再救—救出的全然过程,劫后余生的他在灾难后三年中,一直"活在真实中——真实的噩梦,真实的抵抗,真实的存在"③,时时被胆小、恐惧、孤独、绝望的情绪袭扰,用《幸存者》"记录下危难中的生死体验,作为一种纪念"④,献给所有幸运活着的和所有灾难中死去的,希望借此从那段噩梦中获得救赎,灵魂的救赎。夏榆一直自称是"一个被真实生活所裹挟的人","也是一个被真实生活所救赎的人"⑤,他在《黑暗的声音》中,用行于真、坐于实的生活原则与写作原则,在矿区、底层、阅读中进行"精神式的记录和人世的证据"……这些作家作品,都是以"我性"为原点,在种种生活的现状中,再现自我生命的本真。

"当下性"是周闻道在《散文性与在场精神》中着重强化的一个概念,它兼容时间、空间、范围、主体、结构五个概念;关注的是亟待解决的问题,身边最感疼痛的问题,是我们的、人类的、地球的问题,是躬身触摸生命的生长状态的问题。⑥阎连科倾尽毕生积蓄购买下北京711号园,在这个他认为"是一个城市对大自然膜拜的教堂"⑦中度过三年人生最诗意、

---

① 资中筠:《不尽之思·自序》,广西师范大学出版社2011年版,第Ⅶ页。
② 同上书,第Ⅵ页。
③ 李西闽:《幸存者》,新世界出版社2011年版,前言第6部分。
④ 同上书,题记。
⑤ 夏榆:《黑暗的声音》,新星出版社2011年版,第286页。
⑥ 周闻道:《散文性与在场精神》,《文学报》2010年7月13日。
⑦ 阎连科:《北京:最后的纪念——我和711号园》,江苏人民出版社2012年版,第1页。

最奢靡的世外桃源生活。但是，这寓所在2011年底被强拆，在城市强拆浪潮下成为一堆碎土，看家园毁灭，阎连科公开上书总书记和总理，并在2012年3月出版《北京：最后的纪念——我和711号园》。这部著作既是陈情表和吁天录，也是对当代都市强拆问题与古建筑保护问题的深刻省思，更是作家最后遗存的桃源梦呓。夏榆对黑暗的表达更多源于他曾经站在底层并且长期与底层发生各种链接，他结识了太多的矿工、流亡者、上访者、妓女、拆迁户等，这种底层写作烙着深深的时代之惑、生命之痛。许知远"背对盛世中国，追寻内在自由"，把中国置于百年历史及全球化背景中，在《时代的稻草人》作品中用四辑"让我们赞扬中国吧""富强之后""中国是不朽的""时代的稻草人"，对中国模式、金融危机、极权诱惑、企业家、移民者、娱乐、饮食（奶粉）、少女等话题作了一个良知知识分子的思考与自持……这些作家作品，都是贴着时代在走，并在时代和人世的困扰中，同时也是在他们内部的精神断层中，批判体制与时代的某种缺失。

（二）怎样叙述：发现性叙述与身份标识问题

要善于发现需要表达的东西，这不只是在场主义散文创作的基本属性，也是文学创作的共通性诉求。而发现性具有的初始性、唯一性和价值性特点，是在场主义散文叙述的重要标准之一，也是担负敞亮"被遮蔽的存在"的方法之一。唐小林提倡的"独立的叙述"或者"叙述的独立"实际就是发现性叙述得以践行的具体叙述策略。

所谓独立的叙述，"就是不被各种外在因素干扰和制约的叙述，一种从切身体验出发，从自我的精神、情感和意识被深深卷入的具体情境、事件和细节出发，从生命的体温、脉动、快感、疼痛、幸福和苦难出发的叙述。这种叙述，是对个体经验的一种深度回返、修复和重塑，伦理的、价值的、审美的东西在叙述中被无意、无声、无形地抛出，各种现实的、政治的、思想的、精神的维度在此间得以自发地建立和扩张,从而实现散文写作的价值和意义。"① "独立"代表着唯一的、叙述主体价值存在的可能,是个体人的自我意识地扩张性外化和实践,是个体精神从本我性存在通往"在场"和"世界"的方式。主体的身份标识与其有着难以割舍的关系。

置于具体的在场主义散文文本中,我们发现,同样是自传体写作或者同样是少数民族作家或者同样是历经底层失败生活的,他(她)们的叙述,因为各自固有的经历与经验,呈现出各自的私有状态。也就是说,发现性叙述,实际是身份标识投射下的叙述主体个人化的叙述,它是作者对自我经历与经验深刻发掘后的一种非虚构性表达方式。

同样是写回忆录,曾服务于台湾中国广播公司、担任过多家报社副刊主编、后应聘至美国大学任教的王鼎钧的散文叙述偏于保守、严谨、理性,这与他长期服务于政党媒介系统中的媒体人身份和大学教员的身份有关。在"静答纽约华文文学欣赏会会友"时,王鼎钧做如是说:"叙事,我有客观上的诚实;议论,我有主观上的诚实。有一些话没说出来,那叫'剪裁',并非说谎……凡是有写作经验的人都知道,我只能写出我认为有流传价值、对读者们有启发性的东西。"② ——这是内敛式个人化叙述。资中筠,资深学者,国际政治及美国研究专家,既怀抱传统知识分子挥之不去的忧患意识,又深受西方"民治、民主、民享"的"人本"历史观影响,折射在她的散文叙述中,"不论是谈古论今,还是说中道西,其实也包括述往怀人,直接还是间接,总是挥不去的忧思。"③ ——这是老一代知识分子回归本性的生命叙述。小说家毕飞宇写下他人生第一本非虚构散文

---

① 唐小林:《叙述,散文在场的本体性修辞》,《中国社会科学报》2011年6月14日。
② 王鼎钧:《文学江湖》,《王鼎钧回忆录四部曲之四》,生活·读书·新知三联书店2013年版,第6页。
③ 资中筠:《不尽之思》,广西师范大学出版社2011年版,第ii页。

著作《苏北少年"堂吉诃德"》,汪政说"我们可以将这部有趣的关于作者往事的纪实性作品看成作家的成长叙事,当然也可以看作一部教育叙事。"[1] 但我们阅读时,总是不自禁地漂移在他实体的生活与他虚构的生活(小说)之间——这是介于虚构与非虚构间的跨文体越界叙述。

同样是少数民族作家,新疆的李娟用洁净纯真的笔墨叙述阿勒泰地区哈萨克族的日常民俗风情、礼赞素朴的民风与熟稔的草原生活。她那干净明亮的生命(母性情怀)随着她的文字像一股清泉从读者心头淌过,涤荡人们心头沉积的垢。内蒙古的冯秋子,许是比李娟大了二十岁的缘故,人生的种种遭际让她笔尖流转着快乐也沉浸着苦难。她的散文叙述,既有女性固有的轻盈温婉,也有蒙古族文化中的善良、温厚、豁达,甚至文字间流动着舞蹈的旋律,但更透着生命历练后的彻骨悲伤与感悟。土家的野夫——曾经的"地下写作"作家,曾因泄露国家机密罪入狱,历经父亲癌症去世、母亲投江自杀……惨痛的人生历练,使他的散文著作《乡关何处》像"扮演魔鬼,发出凌厉的声和另类的光"[2],章诒和认为这"是由哭泣的大地孕育出来的"作品,是"当今尘世的挽歌"[3]。野夫自己在《故乡,故人,故事》中,注解了他的散文叙述风格,因受剧本结构的影响,所以"不免沉陷于一些悬念冲突和对白之类的技艺",但这些文字毕竟是"关于个体的悲剧和时代的厄运等等"[4],是个体关于自我生命的言说,因此,叙述技巧已不是他的重心所在。

同样历经了底层失败生活的作家,对于"黑暗"的选择和叙述各有不同。塞壬,在文字和作家身份之外,她经历了自己作为底层失败者、为了生存惶惶不可终日的生活,记下十几万字的散文《匿名者》,这是南方打

---

[1] 毕飞宇:《苏北少年"堂吉诃德"》,明天出版社2013年版,第303页。
[2] 野夫:《乡关何处》,中信出版社2012年版,第VII页。
[3] 同上书,第VIII页。
[4] 同上书,第200页。

工一族成长和亲历的生命记录，是漂泊在两个地域间的"在黑夜沉迷于内心的写字的人"①的"悲迓"。这个"'匿名者'是你，是我，是他"。散文在时空的自然切换和对接中，在广东和湖北自然置换中，完成了作家完整自我的塑造②。塞壬的叙述虽然未必深刻，但很现实、很真实。她选择和叙述的黑暗，既是书写时的物理时空，也是一种生存困境与精神困境。夏榆早年的矿工生涯，使黑暗成为沉积在他内心和精神的一种颜色③。他亲历过现实矿井中的黑暗、封闭，目睹过"那些在黑暗中如云烟般消逝的生命"④，他选择和叙述的是一种"非修辞的生活，非虚构的写作"⑤，写作之于他更多像是某种清洗行为，让他回归人的本性的光亮和真实（当然，不只是为了他自己，还有他人，甚至公共等）。

上面这三组关系中的相同与不同，在某种程度上，都与他们各自的身份和亲历生活有关。被誉为"新新闻主义之父"的美国作家、记者汤姆·沃尔夫坚持认为，身份标记是理解当代文化的关键；他在《新新闻学》一书中说，在散文中，细节描述并非只是细枝末节，它和其他文学手段一样，是现实主义文学的核心所在。乔恩·富兰克林也说过，一篇叙事作品就是一个有意义的年表。换句话说，怎样的身份标记就有怎样的叙述选择，每一种叙述选择都是叙述主体对叙述对象的私我的、独立的、独特的生命发现和表达，在这些发现和表达中，我们可以参与并见证他们人生中的某些重要时刻（包括思想），并由这些重要时刻合成我们对作家、作品的完整想象。

---

① 塞壬：《匿名者》，人民大学出版社2013年版，第316页。
② 同上书，第3—4页。
③ 夏榆：《黑暗的声音》，新星出版社2011年版，第283页。
④ 同上。
⑤ 同上书，第286页。

二 散文性与自由在场

翻开《在场主义小词典》①,散文性的词条似乎很明确:"名词。散文的唯一性或散文的纯粹性,是散文区别于其他文学门类的本质特性。作为散文尺度,包括非主题性(随意),非完整性(片断经验和散漫),非结构性(随机与发散),非体制性(自由表达)四大文体特征。可替换词:散文纯粹性。"② 在《散文:在场主义宣言》中,散文性列为第二关键词(第一关键词是在场性),并被指认"'散文性'的四大文体特征所体现的'随意','片断经验,散漫','发散'和'自由表达',向我们昭示了散文的精神指向——自由。这也是人类一切精神创造的终极意向。"③ 周伦佑也写下《散文观念:推倒或重建》,从主题、篇章、结构、叙事方式等方面再次阐释散文性的四大文体标志以区别于其他文学门类,并从20世纪60年代欧美后现代主义流派上找到其存在的美学依据。④

诚如前文所言,我并不认同在场主义那些芜杂的貌似高深、精确的概念陈述(倒更像是语词的游戏与知识的演示)。剔除表达的枝枝蔓蔓,最后我看到的,所谓"散文性"四大文体特征,主要是关于文体自由和精神自由地思考——这在散文研究话语中,并不能算是罕见,但终究,为新世纪散文存在制造了一种新的类别。

(一) 文体自由

文体自由似乎是个伪命题,文体如何获得自由才是症结所在。这就又

---

① 周闻道、周伦佑:《在场主义小词典》,周闻道主编《从天空打开缺口》,花城出版社2008年版,第274—285页。
② 同上。
③ 周闻道:《散文:在场主义宣言》,周闻道主编《从天空打开缺口》,花城出版社2008年版,第6页。
④ 周伦佑:《散文观念:推倒式重建》,周闻道主编《从天空打开缺心》,花城出版社2008年版,第255—258页。

回到散文文体边界的老话题。《光明日报》在2014年3月17日第13版刊发了古耜《散文的边界之争与观念之辨》一文，集中梳理了散文文体"要么强调开放性，要么倡导文体规范"两个观点，提出"散文就是个兼容并包、诸体俱在的大家族""散文亦有'大体'和'一定之法'""文本彰显自我""取材基本真实""叙述自有笔调"是文体自由的技术策略。一石惊起千层浪，散文作家和散文创作研究者纷纷参与研讨，于是，《光明日报》在3月31日第13版专门开辟"散文边界讨论系列笔谈"栏目，先后发表何平《"是否真实"无法厘定散文的边界》（3月31日）、朱鸿《散文的文体提纯要彻底》（5月12日）、陈剑晖《散文要有边界、也要有弹性》（6月16日）等文，颇为热闹。

那么，在场主义散文是如何构建自己文体自由的？他们指认出两个核心关键词：非完整性①和非结构性②；提出"文体变构"的五种基本形式，即通过观念的变构、通过方法的变构、通过风格的变构、通过形式的变构、通过修辞的变构。③他们认为"写作的自由，是在对写作策略全面洞悉基础上的无策略，是遵守写作规则基础上的大自由，是对散文边界的突破和维护。"④不过，理论需要实践的支撑，我们若从在场主义散文奖和散文奖提名奖中的作品形成及技术层面加以分析论证，不乏一些有趣的景观。

---

① 非完整性一般呈现片断和散漫的特点，首先表现为对宏大叙事和元叙事的拒绝，对全景式和全知全能描写的摒弃；要求作者个人经验的在场，但不要求有完整的故事和情节，也不需要有一个整体性的思想框架；可替换词是散漫。参见周闻道主编《从天空打开缺口》，花城出版社2008年版，第282页。

② 非结构性一般呈现发散性的特点，散文书写的随意性和散漫性，拒绝了构思对散文写作的介入；非完整性的片断经验表达，以及写作过程中的或然性（不确定性），拒绝任何确定的形式和固化的结构强加；每一篇散文都是一个偶然，每一次写作都是一次未知的历险；可替换词是发散。同上。

③ 周闻道、周伦佑：《在场主义小词典》，周闻道主编《从天空打开缺口》，花城出版社2008年版，第280页。

④ 周闻道：《黄金版图》，花城出版社2012年版，第2页。

一是写作与梦发生链接。按照"维基百科"的解释,梦是一种主体经验,是一种意象语言。它和潜意识有关,是关于零碎片段的具象性、跳跃性(杂乱)、隐喻性、象征性等表达。在现代文学中,鲁迅最爱"做梦",无论是小说、散文诗集或是散文集、杂文集,都和"黑暗与抗争黑暗"的梦表达有关(鲁迅也自称是"爱夜的人",张闳曾提出鲁迅的"夜间经验"与写作话题[①]),梦既是鲁迅的叙述策略,也是鲁迅思想的延续和外化(晦涩难懂成了鲁迅文本的代表性评价,想必与离奇、复杂、多义的梦特质难逃关系)。在在场主义获奖散文中,有三本著作的作家明确提及创作与梦的关系:一本是获得散文奖的《寻找家园》(高尔泰著),另两本是获得散文奖提名奖的《在新疆》(刘亮程著)和《雕花马鞍》(周晓枫著)。高尔泰断断续续花了10年时间写下《寻找家园》,他说看自己的过去像是梦游,写作像是在"混沌无序之墙"上挖洞,"不知道是无序中的梦境?还是看不见的命运之手?……都无非因为,能如此这般做梦。真已似幻,梦或非梦?……"[②] 刘亮程认为文学就是梦学;一个文字中的世界,和现实的关系,就是一场梦的关系;作家干的是装订梦境的活儿;梦的多义性是文学的重要特征,梦语言(梦呓)是超现实的语言叙述方式,隐喻、夸张、跳跃、倒叙、插叙、独白这些是梦的手法也是作文的手法;写作就是对生活中那些根本没有过的事情的真切回忆,而回忆和做梦一样,纯属虚构。[③] 周晓枫用童话感的月亮梦境隐喻她和写作的关系,"语言的水中月,在我手指的触探下,变幻易碎,又魔法般弥合……难以捕捉,但并不妨碍我感知它的清凉。"[④] 她认为写作者"必须在写实意义的真相上加诸心理意

[①] 张闳:《鲁迅的"夜间经验"与写作》,《中国现代文学研究丛刊》1998年第1期。
[②] 高尔泰:《寻找家园》,北京十月文艺出版社2011年版,第1—3页。
[③] 刘亮程:《在新疆》,春风文艺出版社2012年版,第291—292页。
[④] 周晓枫:《雕花马鞍》,山东人民出版社2009年版,第2页。

义的真相。无论手法上写实或写意,作家都无法避开对现实的修补。"① 由上直接或间接引文可见,"梦"与这三位作家创作有着千丝万缕的关系;但因为个体的差异,"梦"发酵后产生的效应并不相同。高尔泰的"梦游"落实到散文文本,偏于现实主义、实证主义,他以时间为纵贯线展开基本叙述(但不是编年体方式,时间年份根据叙述空间——从故土高淳流放至西北——涉及人物及事件的改变而常有交叉错位),自叙人生的某些片段②。刘亮程和周晓枫偏于心灵主义和印象主义,他们的"梦"落进散文文本,前者带着强烈的拟想和创造性("写作是一个创造自己的过程"③),后者带着强烈的感觉和修饰性("我的文风总是不急于行至目的,却缓慢于过程中的修饰性"④)。因此,看高尔泰的散文像在看人物传记,看刘亮程的散文像在看传奇故事,看周晓枫则像是悬浮在感觉世界,虚虚实实、飘飘渺渺。

二是写作与视觉摄影技术或剧本艺术相链接。金雁称《倒转红轮:俄国知识分子的心路回溯》尝试用"长时段'立体'的'叙事方式'去'解读'俄国知识分子的发展历程……只希望对俄国各种知识群体有一种'长焦距'的'历史透视',厘清表现在显性层面背后的线索"⑤。"立体"和"长焦距"是视觉和摄影技法,它们具有明显的使空间纵深、夸大后景的特点,能将生动的细节从板结的框架中激活,金雁借助这种技法,由近及远的倒叙方式,对俄国知识分子进行了深刻考察。野夫称《乡关

---

① 同上。
② 这些片段,曾引出一段公开笔战。萧默著《一叶一菩提:我在敦煌十五年》(新星出版社2010年版),就人性和知识分子的复杂性议题评论高尔泰在敦煌的那些岁月;2010年11月4日,《南方周末》用一个整版刊登高尔泰《哪敢论清白》对萧默著作公开回应;2010年11月11日,《南方都市报》副刊又刊登萧默《致高尔泰先生》,对他们那段交叉的人生历史再做回应。
③ 刘亮程:《在新疆》,春风文艺出版社2012年版,第293页。
④ 周晓枫:《雕花马鞍》,山东人民出版社2009年版,第4页。
⑤ 金雁:《倒转红轮:俄国知识分子的心路回溯》,北京大学出版社2012年版,第1页。

何处》是受剧本影响,所以写作中不免陷于一些悬念冲突和对白之类的技艺。①

三是写作与史料相链接。王鼎钧坦言,"写回忆录需要回忆和反省,需要资料帮助回忆和激发反省。"② 他在写作《王鼎钧回忆录四部曲》时,读战史、方志、名人回忆录,还特别提及在哥伦比亚大学的东方图书馆发现中国大陆各省各县印行的《文史资料》,帮了他写作大忙。此外,齐邦媛《巨流河》、金雁《倒转红轮:俄国知识分子的心路回溯》、章诒和《伶人往事》、资中筠《不尽之思》等也都是与史料相结合的散文写作。此外,还有与诗意相结合的龙应台《目送》;与社评、政论相结合的许知远《时代的稻草人》,等等。

综合考察了这些在场主义获奖散文,我们再审视在场主义旗手对"新散文"的批判话语:"到了'新散文'作家手里,散文作品却越写越长,越写越枯燥,越写越空泛。叙事性、虚构性、情节性、传记性、史料性……这些现代小说、诗歌、戏剧的非散文性因素纷纷涌入散文,使'散文'这一精致的汉语写作形式,在超文体的重负中,或异变为不入流的中、长篇小说,或异变为毫无一点学术价值的历史、地理、古建筑及民俗方面的通俗论著,而且都是大部头的。资料(包括史料)的堆砌,结构的繁复,美饰词(特别是形容词)的膨胀与泛滥,是这些'新散文'的主要建筑特征。这样的'新散文',既远离了散文的纯粹性,又丧失了散文的精神性和可读性;不是'散文的革命',而是对散文的侵略与屠杀!"③ 我们惊异地发现,在场主义批判"新散文"的现象,在他们所评选出的散文奖和散文奖提名奖作品中都有不同程度的体现。非完整性、非结构性无法

---

① 野夫:《乡关何处》,中信出版社2012年版,第200页。
② 王鼎钧:《怒目少年》,《王鼎钧回忆录四部曲》,生活·读书·新知三联书店2013年版,第2页。
③ 周闻道主编:《从天空打开缺口》,花城出版社2008年版,第6页。

在凌空虚蹈中完成它的文体自由,它必然会以某种方式彰显作者的个人经验,这种经验可以是片段式经验,可以无完整的情节结构、无系统的思想构建,可以散漫不居地自由流淌,它书写的过程可以是随机性的非构思的发散过程,等等。只是,显然看不上"新散文"文体改革的在场主义散文理论者们,在批判"新散文"是对散文本体的破坏与掠杀的同时,似乎,自己也不可救药地,一头栽进了这个大混沌中。

想到意大利作家尼耶夫曾这样陈述过:"人类就像一台发动机,其构造的法则、操作的原则还是理智和科学,其发动的契机和运转的力量是激情和幻想。""对于人类来说,激情和幻想更重要些。"[①] 若此,我们是否可以这样理解,在场主义散文的非完整性、非结构性以及五种"文体变构"方式,其实是创作主体主观个人的不规则、非正式的记忆(包括记忆客观史料和主观建设的史料)、审美[②]与激情、幻想的叠加?而所有这些,或许取决于"我是谁?""我在为谁写作?""我在怎样写作?"的话语预设。

(二) 精神自由

在场主义认为,在场的自由主要指向精神层面。

周伦佑曾给"精神"作出个人的定义,后被收入《在场主义小词典》:

> 精神即人的自明意识,自我意识——意识到自己的存在,并对这存在的两极("生"与"死")展开的反思与追问。是生命走向死亡之途中的惊喜、颤栗、希望、恐惧、悲悯与关怀。以此为中心,这种

[①] 参见鲁枢元《梦里潮音》,海天出版社2013年版,第179页。
[②] 金雁在致第四届在场主义散文奖答谢辞时说:"我希望人们在走近真实的俄国知识分子群体时,少一些个人情感的臆想判断,多一些经得起追问的历史推敲,多一些历史感悟,多一些历史透视。把它放在俄罗斯历史发展长河的背景中去考察,才会感知到这些鲜活的思想产生的路径。"这里所说的"三多",都是建立在主体审美判断的基础上。

自明意识的外延还包括：对个人与亲情关系的意识，对个人与异性关系的意识，对个人与家庭关系的意识，对个人与族群关系的意识，对个人与社会关系的意识，对个人与自然关系的意识，以及最终，对自己与终极存在和终极价值关系的意识。①

周闻道在《散文性与在场精神》中，进一步细化了"精神"性在场写作的要求：要求作家以精神的在场，灵魂的贴近，抵达对象世界的本真，最大限度地呈现存在的意义；以作家"个人的立场"，关注"共同的命运"为存在方式，是对生存意义的追问，对真实人性的剥露，对生命终极价值的关怀，对人类"终极家园"的精神诉求，对生存与存在根本问题的哲学思考，是作家个人生命的阅读史，而结构、语言和叙述方式等，都只是精神存在的外壳。② 简化到技术层面，这些要求主要体现在散文性的非主题性和非体制性方面。前者强调散文写作的个人化和随意性，后者强调非道统、非理法的自由表达意向；落实到作家和文本，二者常常交融汇通，是个人化精神自由表达的主动选择。

毋庸置疑，选择什么样的叙述对象，某种程度，就表征着选择者有着什么样的个人化价值取向和精神高度。既是在场主义散文奖获得者又是美学大家的高尔泰，认为"真正的自由，不是一知半解式的自以为是，而是精神对本真最大程度的接近、了解与呈现"③；所谓散文精神，其实就是作家以散文这种独有的文体形式对人类自由精神的涵养、关照与表达，它包括主体精神与本体精神两部分，而作家的主体精神是基础，其包括独立的人格、自由的思想、介入的道德勇气、自觉的文体变构意识，以及对散文

---

① 周伦佑：《散文观念：推倒或重建》，周闻道主编《从天空打开缺口》，花城出版社2008年版，第262页。
② 周闻道：《散文性与在场精神》，《文学报》2010年7月13日。
③ 高尔泰：《美是自由的象征》，人民文学出版社1986年版，第78页。

写作的专注感、自豪感、使命感和价值感。① 实化在散文创作中，可以表现为对知识分子（精神）话题的高度关注（也是所有在场主义获奖散文关注频率最高的话题），并由此牵引出对思想话题的率性表达和对时代的介入意识。

第一届在场主义散文奖获奖者林贤治，对知识分子、知识分子精神、自由精神的关注远超于他人。在他获奖的散文集《旷代的忧伤》（第一届在场主义散文奖获奖作品）中，我们可以看到很多秉持着独立和精神自由的知识分子——布鲁诺、左拉、罗莎·卢森堡、西蒙娜·薇依、珂勒惠支、别林斯基、涅克拉索夫、奥威尔、惠特曼、列夫·托尔斯泰、秋瑾、鲁迅、张中晓、顾准、遇罗克等；我们可以看到他对"五四""文化大革命"、自由思想的高密度关注和评述。也正是基于此，他创作了《五四之魂　中国知识分子精神史》《胡风集团案：20世纪中国的政治事件和精神事件》《五十年：散文与自由的一种观察》《守夜者札记》《时代与文学的肖像》《午夜的幽光》《平民的信使》等散文随笔集和评论集；鲁迅成了他反复截取的研究对象——合计著有自选集《娜拉：出走或归来》（写了鲁迅和胡风两个人）、传记《人间鲁迅》《鲁迅的最后十年》、选编《绝望的反抗》《鲁迅语录新编》《鲁迅档案：人与神》等、评注本《鲁迅选集》（五卷）。对这些类似偏执的选择，林贤治在回答《南方都市报》记者"为什么写作"问题时，做了解释："因为热爱自由。自由是第一性的，艺术和文学是第二性的。""写作必须真诚，不能外在于自我，作品必须像鲜血从血管里流出，泪水从眼眶里流出一样。许多所谓的'规范'，往往是反个体，反真实的，如果说有什么'规范'值得循守的话，也只能出于自

---

① 周闻道、周伦佑：《在场主义小词典》，周闻道主编《从天空打开缺口》，花城出版社2008年版，第276—277页。

由表达的必需。"①也正是因为对主体精神自由表达的热烈诉求,他在《旷代的忧伤》后记中,对文体的命名——散文或是随笔——甚至做了类似精神洁癖式地澄清:"我承认,我是一个形式主义者","据云,随笔在拉丁语中意为'尝试',蒙田随笔就是取的这层意思。尝试,意味着未完成,意味着可以从不同的角度和广大的层面探讨同一事物,意味着对现存秩序的怀疑、否定和颠覆。随笔的生命在于随,这种文体最充分地体现了个体化的原则,反必然,反完整,反规范,反终极,反体系,是一种不断生成的文体。鲁迅辩护'杂感',本雅明赞赏'断片',都因为随笔可以最大限度地容纳自由、批判的精神","可见'随笔'一词,本身便意含了选择的自由。"(当然,他获得的是"在场主义散文奖",这里的散文,是囊括了随笔这样的命名与精神意志的)②——这是一个知识分子对知识分子精神的苛刻选择与认真归属。而林贤治所礼赞的知识分子们(精神),除了具有相当的专业水平,还须具备如下几个条件:一、在普世价值的基础上建立个人的文化理想,并坚持践行;二、独立性,或称边缘性、浪游性;三、永远持弱势者立场。知识分子的独立性,首先意味着独立于权势者之外,同权力保持距离甚或对立;再就是独立于金库和市场之外,独立于群众之外。③ 这个群体在现有的社群建构中未必多见,故而尤为值得珍视和敬重。获第二届在场主义散文奖提名奖的筱敏,关注的对象、选择的话题与林贤治较为相似,她写知识分子的自由和责任,写社会历史、革命、自由、平等、启蒙、信仰、公民的权利等;她在获奖散文集《成年礼》自序中,直言写作是一种生命形式,而成长,其实是自我意识的生长;她的散文文本,是关于自由精神生长的散文。夏榆《黑暗的声音》获第三届在场主

---

① 林贤治:《为何写作?因为热爱自由》,《南方都市报》2010年7月25日。
② 林贤治:《旷代的忧伤》,江苏人民出版社2009年版,第313页。
③ 林贤治:《我的三十年阅读史》,《南方都市报》2009年9月17日。

义散文奖提名奖,他把写作看成是"精神式的记录和人世的证据",认为它们同时使他精神自足,因独立而获自由,① 并由自己再推至他人、公共。

思想话题依旧隶属于知识分子话题,只是说,对精神自由的表达显得更为简单、直接。第三届在场主义散文奖提名奖获得者张承志,在《匈奴的谶歌》中收录的大部分作品,是自20世纪80年代以来一直在《收获》杂志发表的散文作品;与一本杂志保持长久合作,"为了集中力量和记录轨迹、更为了思想的表达"②。剖其根源,是因为在剧烈的政治经济环境变迁中,《收获》仍是坚持纯文学的立场,它代表着思想的纯正和价值。第四届在场主义散文奖获奖者金雁在获奖散文《倒转红轮:俄国知识分子的心路回溯》自序中说:"这本书里有一些重复的表述,之所以没有完全从技术上消除掉这个问题,一来是因为在不同的篇幅里有不同的需要,二来是我个人感觉有反复强调的必要性,在思想和文字打架的时候,我一般都是取前者而舍后者……"③ 这是真性情、真文字的主体精神流露。遥想1980年后期的某一天,老一代知识分子茹志鹃主持"中国四十年文学道路研讨会"时,说及"中国人民无法再忍受一代精英的损失了!""禁不住哭泣"了④,这也是历经漫长而恐怖的"右派"身份之后的知识分子,对"一代精英"再损失的深沉忧患⑤,以及知识分子以天下为己任思想的直接呈现。

对时代的介入意识是知识分子话题的另一重要部分。这些介入,大多

---

① 夏榆:《黑暗的声音》,新星出版社2011年版,第286页。
② 张承志:《匈奴的谶歌》,上海文艺出版社2010年版,第404页。
③ 金雁:《倒转红轮:俄国知识分子的心路回溯》,北京大学出版社2012年版,第19页。
④ 鲁枢元:《梦里潮音》,海天出版社2013年版,第216页。
⑤ 胡风也创造过"精神奴役的创伤"这一用语,按照章培恒先生在《关于中国现代文学的开端》中的解读,"精神奴役的创伤"是人性被压抑、扭曲的代名词,以便于与之斗争而已。路翎在《一起共患难的友人和导师:我与胡风》中,记有胡风自己说过:"我的理论是我多年积累的,一寸一寸地思考的。我要动摇,除非一寸一寸地磔。"一个"磔"字,道尽了胡风(们)的坚忍执着。

以个体经验对公共话语的介入为主导性存在，同时介入的，还有作家们在时代中的主观精神诉求。如金雁介入俄罗斯知识分子的历史和政治语境，但事实是，她希望"它像一面镜子能够反馈出我们的问题。对中国的未来我们没有现成答案，我们大家既是参与者，也是探险者。但是毫无疑问，别国已有的经验是中国的未来向良性发展的一个非常重要的参数。作为深爱着这片土地的有责任心的公民，都希望中国少走弯路，少付出一些代价。如果这本书能为中国思想界和读者提供一些参考价值的话，我将感到十分荣幸"[①]；许知远介入"中国模式"制导下的经济文化，他忧虑的是全球化背景下社会的浮躁与人性的沉沦，这是有良知和批判意识的当代知识分子们的共同忧虑。南帆也说过，我们正处在一个并未"完全定型的社会"，文学表达的各种声音或情感，"多少有助于影响最后的定型——哪怕极为轻微的影响。至少到目前为止，历史仍在大幅度地调整。所谓的'中国模式'可能是一个有待于论证的提法，但是，'中国经验'这个概念无可争议。'中国经验'表明的是，无论是经济体制、社会管理还是生态资源或者传媒与公共空间，各个方面的发展都出现了游离传统理论谱系覆盖的情况而显现出新型的可能。现成的模式失效以后，不论是肯定、赞颂抑或分析、判断，整个社会需要特殊的思想爆发力开拓崭新的文化空间。这是所有的社会科学必须共同承担的创新职责。"[②]此外，齐邦媛介入历史情境，似乎在追忆个人与家族，实则观照的是国家和民族的苦难史；张承志介入恶劣生态，以表达出深刻的忧患意识。

　　介入，就是对时代的某种主动承担。对于知识分子散文写作来说，就是主动承担之后的个人意志自由精神的表达欲求。胡风在《置身在为民主

---

① 金雁在第四届在场主义散文奖的答谢辞。
② 南帆：《文学批评正在关心什么》，2011年3月30日，中国作家网（http://www.chinawriter.com.cn）。

的斗争里面》中说,"一切伟大的作家们,他们所经受的热情的激荡或心灵的苦痛,并不仅仅是对于时代重压或人生烦恼的感应,同时也是他们内部的,伴着肉体的痛楚的精神扩展的过程。"① 固然,他们有打破话语体制禁锢的各种挣扎和斗争,更有打破这禁锢时的各种阵痛和撕裂,然后便生成了写作。

写作固定下来的是什么?不是写作这个事件本身,而是写作这个事件的意义,即写作的 noema(思想、内容、要旨)。在场主义散文用所有的在场主义获奖散文文本、在场主义评奖章程、在场主义散文宣言和纷繁理论阐述,最终验证了一个事实,即在场主义散文之所以在新世纪能成为知识分子精神价值守望的文体,恰恰是它对自由散文精神在场的执着,以及散文叙述中对创造性非虚构性策略的践行。

第二节 思想随笔

言及思想,我们自然会想起帕斯卡尔所说的"人只不过是一根苇草,是自然界最脆弱的东西,但他是一根能思想的苇草。""我们全部的尊严就在于思想。正是由于它而不是由于我们所无法填充的空间和时间,我们才必须提高自己。因此,我们要努力好好地思想。这就是道德的原则。"② 综观晚近散文的失重,大概与思想的缺失有关。我们所居处的时代可能不是一个思想的时代。在这样的时代流行的是物质至上,与之相应的是享乐主义成为社会时尚。我们告别着思想的启蒙,仿佛思想是悲天悯人者故作姿态的虚妄之物。在这样的情势中,散文继续散文着,卸下重负,

---

① 胡风:《置身在为民主的斗争里面》,《希望》1945 年创刊号。
② [法]帕斯卡尔:《思想录》,商务印书馆 1995 年版,第 157—158 页。

轻装上阵，一时叙写小思小绪小情小调的"絮语散文""小女人散文"大行其道。正是在这样的背景中，有一种叫思想随笔的散文显示着其特别的价值。

毋庸置疑，思想随笔是非思想时代若干思想者或准思想者表示思想着的一种方式，是最切合"思想气质"的一种体式。"随是内向的自由的，精神的自由，随心所欲也逾矩"，"笔是一种小型的、边缘的、反规范化的文体"①。检视新世纪以来的随笔，唯思想者说最是凝窒、厚重。操持笔业的文人为思想所魅，不只囿于单纯的理念层面，凌空虚蹈般地演绎所谓玄学化了的思想存在的种种，而是直面生命与灵魂日益皱缩的物质时代，在关怀现实的身份动力的惯性驱使下，植根于对象与意识互动的世界，以随笔为载体，以"高度的理性批判精神和纯正优雅的趣味"，展示具有"知识分子的写作风格"的自由的精神体式②。关于思想随笔的要义，一些参与其事者有过言说。单世联在编辑"南方新学人丛书"中，提出随笔短评入选依凭"批判精神、自由立场、个体经验"③ 三条标准；朱正、秦颖在为花城出版社编"思想者文库"时，以为只要作者都在"不断地思考历史和现实，传统与未来，中国与世界，社会与文化等等这些题目"④ 就行；杜渐坤、陈寿英则以"为了从众声喧哗中寻出一点别样的声音——一点真忧患，一点真叹息，一点未被剥蚀的作家、学人们的社会、历史、文化责任感和道义良知，一点经由独立思考得出的真知卓识"⑤ 为主旨编选"中国年度最佳随笔"。由此可见，独立思考与自由表达是有思想随笔价值

---

① 林贤治、筱敏主编：《人文随笔·春之卷》，花城出版社2005年版，封面。
② 钟鸣：《畜界·人界》，东方出版社1995年版，第4页。
③ 单世联：《散文时代的文化批评——〈南方新学人丛书序〉》，《博览群书》1998年第12期。
④ 程金城主编，徐慧琴编选：《中国新时期文学研究资料汇编：散文卷》，山东文艺出版社2006年版，第1136页。
⑤ 杜渐坤、陈寿英主编：《编者的话》，《2002中国年度最佳随笔》，漓江出版社2003年版，第1页。

置备的关键词。尽管转型时代的时尚是享乐而非思想，但思想的稀有由此而更弥足珍贵。喜欢"胡思乱想"的和喜欢"胡思乱想"文字的人，依然秉持自己的操守与爱好，这便为思想随笔的生成与流通提供了可能和需求。史铁生、李锐、牧歌、林贤治、王尧、筱敏、冯秋子、刘烨园、鲍尔吉·原野、徐无鬼、朱学勤、钱理群、秦晖、徐友渔、谭延桐、葛剑雄、葛兆光、何怀宏、刘小枫、李零、陈丹青、徐晓等在经营着自己的主业的同时，不忘摄录主体与时代相关的某些不可磨灭的思想脉动，或者某种零落难堪的悲喜。《读书》《天涯》《博览群书》《上海文学》《书屋》《南方周末》等杂志、报纸则成为思想文化的重要流通场域与展示阵地。而一些出版社也对随笔作系统性与规模化的推出，其中有上海三联书店"文化随笔系列"、上海知识出版社"当代中国作家随笔"丛书、上海远东出版社"中国当代名人随笔"、群众出版社"当代名家随笔丛书"、四川人民出版社"当代著名批评家随笔"、中国社会科学出版社"学术随笔文丛"等。诚然，这些打着随笔名号的文丛并不全都是思想的渊薮，不少只是思想稀释的文字。而思想随笔的盛行并非是要把思想和学问引向"新闻式的鼓噪"。在"人之异于禽兽几希，独立思考而已矣"①"随笔的条件和赌注乃是精神的自由"②的鼓惑下，它的存在大抵是对晚近夸张繁荣之下的精神贫困的一种抵抗。思想随笔的终极意义，在我看来并不在于随笔中种种碎片式的思想存在，而是它表征了在欢乐时光中若干沉思者思想的状态，由此，我们可以洞悉知识人阶层的自由灵魂悸动与升腾的心理图式。

---

① 萧乾：《放心·容忍·人事工作》，《社会主义思想教育参考资料》，四川出版社1957年版，第233页。
② ［俄］让·斯塔罗宾斯基：《伊夫·博纳富瓦与让·斯塔罗宾斯基的谈话》，《瑞士法语文学》2005年7月1日。

第五章　精神守望："非虚构"散文

一　在历史的幽暗处反思

思想随笔，作为一种知识分子的写作方式，我们感兴趣的当然是作者观照思索所涉及的界域，即主体考量的客体所指以及是如何考量客体对象的。我们阅读20世纪90年代以来特别是新世纪以来的思想随笔，可以发现这一体类较多地是以历史反思、自身审视以及生命叩问为基本话题的。思想随笔在作历史反思时，更多的必然是对"文化大革命"的反思。在我们的经验或是拟想中，"文化大革命"是群体（或者个体）共同承担和面对的一种往事并不如烟的苦难记忆，是一段非常态历史典型化的代码。对"文化大革命"的多种记忆与对"文化大革命"的多种反思，源于主体间的种种差异。右派的、"红卫兵—知青"的"文化大革命"记忆和非亲历者的"文化大革命"想象，其间书写的"文化大革命"具有了记忆者或想象者个人"改造"的因素。但这并不重要，因为作者并不是要厘清历史的是非对错，他只是试图承担玛格利特所说的"道德见证人"（《记忆的伦理》）的身份。作为"文化大革命"的亲历者，他们创造着一种"见证文学"（埃利·威塞尔语）。虽然每个人都只是从他自己的特殊角度经历了事件的某些碎片，但却可以融合成一个整体事件，其他没有亲身经历的人也可以"通过叙述的途径"获取他们的记忆。至此，"记忆，在创作者那儿已经面目全非，已经走进另一种存在"[①]。面对众口纷纭，莫衷一是的"文化大革命"，他们的回望不是为了在历史的陈迹残影中寻得可以满足人们某种猎奇心理的"逸事"，而是在沉思着"谁的历史？何种遗迹？"（刘小枫《这一代人的怕和爱》）中看取特定时代的种种非理性如何把人类敲成碎片的历史悲剧，由此呼吁建构一种指向现在和未来的历史理性。

[①] 史铁生：《记忆迷宫》，《上帝的寓言》，长江文艺出版社2012年版，第185页。

阅读"文化大革命"的记忆、记录,我们的视线自始至终圈定的不是线性的历史发展,而是在一个"不可能出现众声喧哗,不可能有多元的稳健的声音"的极权时代中思想被禁锢与异化的受难人群。我们关注的是,当一个"文化大革命"的亲历者变成一个研究者后所持有的文化良知与批判精神。筱敏作为一直被革命("文化大革命")搁置一旁的"边缘人",记忆着1966—1976的社会历史,诸如革命、自由、家庭和个人,痛苦着在那个"真诚保持沉默,世界唯余一片附和的喧哗"的时代,"我们不再能找到一名知识分子,这些本该充当社会的良心和理性的人都噤声了,不仅噤声,可能真的已经消失了。事实上,不再说话的知识分子,与根本就不存在有什么区别呢?我们现在只愿意为此控诉强权,却不愿为此检视知识者为反抗强权做了一些什么,承担了一些什么"①(也许,我们更愿意相信这样的表达,真正的知识分子在那样的年代都曾经历过"内心流亡"。恰如王尧在《话语转述中的"个人"》所言及的,"一个具有良知的知识分子,在政治高压下他未必能反抗什么,但是如果他的思想精神还存在着一些痛苦和斗争,那么他也不失为一个有良知的人"②);刘小枫面对"这一代人的怕和爱",以为"重要的是能自由地唱出关于我自己而非阶级总体、关于我个人的肉身存在而非历史规律的观念存在的歌。词语的选择和配置,在此把个体的肉身偶在从历史理性的囚禁中搀扶回自身的亲在"③,强调的是特定时代所存在的"我不思故我不在"的生命与社会事实,因个体人的不在场,人沦落为"无思想驯服工具";史铁生在《记忆与印象·2》中凸显了自己对"文化大革命"深度体验后的感受:"一说起那个时代,

---

① 筱敏:《成年礼》,太白文艺出版社2001年版,第116页。
② 王尧:《话语转述中的"个人"》,《纸上的知识分子》,北京大学出版社2013年版,第75页。
③ 刘小枫:《当代中国文学的景观转换》,《这一代人的怕和爱》,华夏出版社2007年版,第252页。

就连'历史'这两个字的读音都会变得阴沉、压抑","历史常就是这样被割断着、湮灭着""一个人丰饶的心魂,竟可以沉默到无声无息"①。他的《文革记愧》,随记随忆,目的是不想把愧遗漏得太多。这种记愧行为与王尧在《作者之死》中说到的"如果连惭愧也没有,所谓反思历史又从何说起——没有记愧,是另一种意义上的'作家之死'"②的观念相应合。质言之,无论是批判、抵抗或是记愧,都是个体面对一种非常态历史的独立自持。"苦难记忆既是一种主体精神的品质,亦是一种历史意识"③。恰如李辉在2006年度华语文学传媒大奖演讲中所言,"历史就在我们每个人身上","这历史,虽非全部,却是自己独有的一种"④。这独特的个人化的"文化大革命"记忆与叙述,传递的是知识分子的某种历史自觉性与文化良心。

专制思想对自由思想的奴役是关于"文化大革命"记忆中被反复言说的一个重要话题。"文化大革命"是一个政治极权与个人思想对峙并且最终取消个人思想的时代。专制制度的一个重要心理提示是人无须怀疑人生的意义和"我"究竟是什么,人附属于集体。在这样的时代,个体思想与作为人的自由意志被禁锢了、异化了。"以自我否定、自我放逐来寻找一种保护,是相当多的知识分子的一种策略"⑤。韩洲三的《两个沈从文》、笑蜀的《郭沫若晚年败笔》等所呈现的彷徨动摇的知识分子在遭遇"运动"的压力后而本能地"逃避自由"(弗洛姆语),典型地揭示了中国几千年积淀的"奴性"的惯性反映。但"无论权威话语是如何努力实现其精

---

① 史铁生:《记忆与印象·2》,北京出版社2004年版,第107、106页。
② 王尧:《作者之死》,《纸上的知识分子》,北京大学出版社2013年版,第41页。
③ 刘小枫:《苦难记忆》,《这一代人的怕和爱》,华夏出版社2007年版,第24页。
④ 李辉:《封面中国——美国〈时代〉周刊讲述的中国股市(1923—1946)》,东方出版社2007年版,第325页。
⑤ 王尧:《绝大部分工作就是否定自己》,《纸上的知识分子》,北京大学出版社2013年版,第44页。

神一体化目的，知识分子的独立意志总是自觉不自觉地在寻找着突围的机会"①。"影子思想者"徐无鬼在那个灾难深重的时代几乎生活得无所畏惧。他在随笔集《哲人的"蠢话"》中一针见血地指出，"文化大革命"中"无数有生存权（吃草权）无思想权的驯服的役畜默默奉献一切"②，指出除了如塔西佗所说"民众的欢呼声如雷，这并非发自内心。这只不过是一种讨好统治者的方式罢了。他们这样做并非出于爱戴，而是出于奴才习气"③外，当然也有真诚、恐惧和嘲弄等。筱敏在某种意义上与徐无鬼的精神气息相通。她认为"自启蒙运动以来，所谓'革命'，所谓'现代性'，是沿两个分叉生长的，一个沿着美国革命和法国革命奠定的精神原则，通往个人的权利和个人的自由；另一个沿纳粹主义和极权主义，通往集体的奴役"④，"在一个以人民的名义压制个人的时代。正因为感受到无处不在的压制，所以我得知无处不在的个人在顽强生长"⑤。诚然，在特定历史时空为政治所挤压而来的"奴性"不是单纯的生命意义的人本困惑，它的心理暗示与鲁迅所论及的"想做奴隶而不得""暂时做稳了奴隶"⑥的恐惧和焦虑相似。在一种病态的意识形态大行其道之时，恐惧和畏罪，成为生命畸形发展的合法借口，成为其时"中国道德实践的基础"设施。

二　身份认证，为思想而活

知识分子业已成为我们研究政治学、历史学、哲学、文学诸学科门类的基本范畴与尺度。但关于知识分子的种种言说，我们似乎大多是从利奥塔、德里达、福柯、富里迪、别尔嘉耶夫、艾尔曼等人那里转述或借取

---

① 李新宇：《"早春天气"里的突围之梦》，《黄河》1998年第5期。
② 徐无鬼：《哲人的"蠢话"》，《城市牛哞》，太白文艺出版社2001年版，第185页。
③ 同上书，第199页。
④ 筱敏：《成年礼》，太白文艺出版社2001年版，第63页。
⑤ 同上书，第117页。
⑥ 鲁迅：《灯下漫笔》，《鲁迅全集》（第一卷），人民文学出版社1981年版，第213页。

的。他们对于知识分子的某些指称,差不多成为一些符号,影响着我们对于知识分子的认知,比如,"要像知识分子一样感觉和行动,至少需要在精神上与日常事务的惯性和压力保持距离","成为知识分子意味着社会参与","不管个人的性格如何,知识分子总是被迫挑战当代的观念和传统"①;知识分子"为思想而活,而不是靠思想生活"②,等等。这些命意成为我们解释知识分子重要的精神资源。思想随笔的作者,他们对自己的写作大多具有明晰的行动自觉,因而他们对这一文类主体身份的关注变得十分自然。不过他们并不是在"研究"知识分子,而是基于自我的感悟,"确认"知识分子的身份特质与意义。筱敏在我看来是一位不可多得的散文家,她改写了我们对于女性散文家通常化的认知,是女性作家中少有的操持知识分子立场写作并热衷于做相关议论的作家之一。她以为:"长期听不到知识分子的声音,对于一个民族是毁灭性的,对于生长着的青年更是毁灭性的,我们难以忍受如此可怕的毁灭。绝望迫使我们自己出来充当知识分子,充当社会的良心和理性,尽管我们匮乏知识。""所以我说话,虽然极其微弱,并不足道。于是我成了'反革命'。"③筱敏告诉我们知识分子对于民族国家、对于未来不可或缺的意义。知识分子的价值在于说话,说"充当社会的良心和理性"的话。这一表达揭示了知识分子作为社会公理与良心代言人的基本的身份规定性。

基于对知识分子这种身份价值的公约性认同,思想随笔的作者还从多种方位对知识分子形象作多种的素描。林贤治将自己在内的类群指说为具有乌托邦情结的幻想主义者,他在随笔《关于知识分子的札记》中说:

---

① [英]弗兰克·富里迪:《知识分子都到哪里去了》,戴从容译,江苏人民出版社2005年版,第29页。
② [德]刘易斯·科塞:《理念人——一项社会学的考察》,郭方等译,中央编译出版社2004年版,第1页。
③ 筱敏:《成年礼》,漓江出版社2010年版,第120—121页。

"知识分子先天地带有幻想的性质、乌托邦性质。乌托邦理想的存在,对知识分子来说,乃是一种权衡、批判和改造现实的实践,以及对从事改造本身的准绳。""无论在任何时代,知识分子都是一群不合时宜的人。"① 唯其如此,所以知识分子总是以社会批评与文化批评者的角色立世的,并且他们将这种文明批评的职志视作一种宗教般的道义。王彬彬在一篇对话中也说道:"人文精神如果理解为批判性与否定性,那么人文学者、知识分子则必然要有一个价值立脚点。这立脚点不能是世俗的、经验的,它必须具有神圣和超验的性质,而这只能是一种具有宗教性的东西。"② 知识分子要担当起普世的公共价值守望者的使命,他就必须具有一种独立不倚和自我完善的精神操守,这种操守与恒定良知的自由心志相关。作为一个自由撰稿人,王小波对知识分子的种种存在颇多留心,他的关于《知识分子的不幸》《中国知识分子与中古遗风》《道德堕落与知识分子》等文章,所传播的是"作为一个人,要负道义的责任"的情绪。王小波关注的是知识分子自由精神的问题。所谓自由,是指属于个人的一种权利,而权利就是尊严。"个人是尊严的基本单位"。这里的个人完全不是偏私利己的个人,而是守定良知和公理的独立的主体。知识分子的这种不党不私,不做附属的品格,在李零这里被用以"丧家狗"譬说。虽然这并不是一个雅号,但这并不妨碍喻指形象凸显的某种属性。李零在《丧家狗:我读〈论语〉》中将怀抱理想,以社会良心自居,批判现实,愤世嫉俗,因而具有强烈孤独感的那些人,命名为"丧家狗"。在这个意义上,"知识分子"就是那些甘为"丧家狗"而坚决拒绝做"看家狗"的人。因此,李零说孔子是他们的代表,"在他身上,我看到了知识分子的宿命"。

---

① 林贤治:《关于知识分子的札记》,《午夜的幽光》,漓江出版社 2011 版,第 19 页。
② 吴炫、王干、费振钟、王彬彬:《人文精神寻思录——我们需要怎样的人文精神》,《读书杂志》1994 年第 6 期。

第五章 精神守望:"非虚构"散文

知识分子对于自身身份的认证,也多少有着如许知识分子理想主义的色调。很多时候知识分子可能只是"纸上"的,在历史和现实里我们会经常听到"知识分子都到哪里去了"的诘问。一些时候,知识分子已声名狼藉,而我们确实已经听到了时代中那别样的声音:"主体死了"(德里达)、"知识分子死了"(利奥塔)。我们的思想随笔的作者,当然听见了这样的声音,并且更切实地感受到了问题的存在。因此,他们并不只是自恋式对知识分子的品格作单一的乌托邦似的认证,而也能对自身的存在状况保持某种警惕甚至隐悲。胡文辉在《当知识分子成为小丑》中提出了极有价值的说法,他以为我们在"编纂精神受难史的时候,必须打破知识分子的视角,而回归普通人的视角"①。这是说知识分子不仅应该成为观照他者的一个重要角度,而且知识分子自身也应当成为被审视的对象。摩罗对现在的知识分子的形象并不看好,但他不做直白描述,而是试图从一种现象中探究内存:"为什么鲁迅研究空前繁荣、空前深刻?为什么人们毫不犹豫地将鲁迅视为标准、视为至高无上的坚强与高贵?"在摩罗看来,是"因为历史的对比太鲜明了,知识分子全体溃灭的丑恶而又痛苦的历史将鲁迅烘托得格外高大,一代惨遭失败与羞辱的知识分子需要借鲁迅的光辉来修复自己的伤残形象,并从鲁迅的光辉中寻找铁肩担道义的崇高感和奋力挣扎的力量感"②。筱敏对作家只不过是一个谋生职业的说法表示异见,其实是表达了她对作家"祛"知识分子化的不满。"作家,实际上指的是一种人的精神事实,他至少需要个体的人格尊严,独立的思想能力和感受能力,内心的冲动,生命的热情……在依靠别人的旨意炮制文字产品的时候,是不存在作家的,无论这个授意者是谁——官员,鼓噪炒作者,赞助人,书

---

① 胡文辉:《当知识分子成为小丑》,林贤治、筱敏主编《人文随笔2006·夏之卷》,花城出版社2006年版,第21页。
② 摩罗:《鲁迅比我们多出什么》,《耻辱者手记——一个民间思想者的生命体验》,内蒙古教育出版社1998年版,第78页。

商，或其他掮客。"① 在一个"鼓噪炒作者，赞助人，书商"等多种介入文学创作的时候，作家"人格尊严，独立的思想能力和感受能力，内心的冲动，生命的热情"必然会遭致重创。于是我们只好上路去寻找知识分子。

三 关于生命冥想的"丰富的痛苦"

当本雅明·贡斯当1805年在日记中写下"我又陷入了我习惯性的忧郁"时，他真正想说的是："忧郁时的我处在自身之中，忧郁是它自我反思之时的内心状态"，这是生命的断裂性思维，是思想或者说精神与问题的纠结，寻访的是生命的犹疑。而奥尔罕·帕慕克在诺贝尔文学奖颁奖典礼上演讲时也说："我认为一个作家要做的，就是发现我们心中最大的隐痛，耐心的认识它，充分的揭示它，自觉地使它成为我们文字、我们身心的一部分。"② 无论他们是以怎样的语词表述各自的具象情怀，其实都是关于生命不自禁的流淌。

浏览晚近关涉生命的思想随笔，其中对于生命的冥想依旧是作者基本的视域所在。其直接的显现是写作与生命的种种链接。譬如史铁生有言："写作的零度即生命的起点，写作由之出发的地方即生命之固有的疑难，写作之终于的寻求，即灵魂最初的眺望。"③ 史铁生所遭遇的历史场域与个体身体之痛，使他对生命有着更为沉郁的臆想。阎连科也坦言着"写作，疑问的表达"④。张承志更是把自己置于文字之间，以为"散文也许是我的一种迟疑和矛盾的中间物吧"⑤ 等。但是这些生命的犹疑与表达并非只是流于浅在的显像，它最终抵达的依旧是生命的底部与思想的场域。恰如作

---

① 筱敏：《生存，加上一枝笔》，《成年礼》，太白文艺出版社2000年版，第212页。
② ［土耳其］奥尔罕·帕慕克：《父亲的书箱——在诺贝尔文学奖颁奖典礼上的演讲》，《北京文学》（中篇小说月报）2007年第6期。
③ 史铁生：《想念地坛》，南海出版公司2003年版，第211页。
④ 阎连科、梁鸿：《巫婆的红筷子》，春风文艺出版社2002年版，第2页。
⑤ 张承志：《后记》，《绿风土》，作家出版社1989年版，第293页。

为文化和价值的多元论者徐友渔所认定的,生命的诉求是"思想的力度在于彻底,意义的根本在于使问题发自生命本身"①。他认为生命的意义在于精神,因"个体生命是有终结的,但是精神上的延续却有可能",文字与精神是他的安身立命之道,"它使我不至于在世俗生活的波折面前凄凄然、惶惶然,它使我内心宁静和光明,虚无的黑暗无法吞噬和侵蚀我的心灵",即便是面对强权政治的"文化大革命",他思考的依旧是个体生命的尊严:"经过痛苦的思索,我最终承认,人是有意志、有尊严的主体,不是可以任意雕刻、塑造的材料。人固然生活在社会中,但有一些领域,诸如思想、言论、财产,是绝对属于个人神圣不可侵犯的,不论是以社会正义的名义,还是以道德的名义,都无权剥夺人的基本权利。"② 而对现世生命豁达的史铁生,也由个体的生死抵达普世情怀。他习惯冥想生命的意义③:他观察生,以为"使一个人愿意活着比使一个人活着重要得多,也有效得多……"④ 他观察死,以为"死,从来不是一次性完成的"⑤,"只有随时准备走进坟墓的人,才是自由的人"⑥。都关涉生命,差别在于,前者是自主,后者是被动,故其作有《安乐死断想》一文。他"写作不是为了反映生活,而足以寻找以创造去实现人生,生命就是一个寻找和创造的过程,人以此过程而为人。因此,它甚至不是一项事业,它更像一个虔诚而庄严的礼拜"⑦,并因此用笔记下《以前的事》《写作的事》《活着的事》《灵魂

---

① 徐友渔:《学术与生命的意义》,《自由的言说》,长春出版社1999年版,第16页。金克木也说过,"近代欧洲文化思想是从怀疑开始的,是从提问题开始的",其怀抱问题焦虑的表达并非不隶属于当代中国。
② 同上书,第16—22页。
③ 此与蒙田让书籍包围自己,并以这样的方式让世界进入到他的孤独中来;笛卡尔"独自一人整日关在小屋内,以和自己的思想对话为乐"相仿。
④ 史铁生:《康复本义断想》,《活着的事》,东方出版中心2006年版,第93页。
⑤ 史铁生:《轻轻地走与轻轻地来》,《灵魂的事》,天津教育出版社2010年版,第1页。
⑥ 史铁生:《对话四则》,《活着的事》,东方出版中心2006年版,第57页。
⑦ 史铁生:《答自己问》,《写作的事》,东方出版中心2006年版,第42页。

的事》；他寻访文化，以为"文化是人类面对生存困境所建立的观点"，"所以建立起诸多的观念，以使灵魂有路可走，有家可归"，"文学的根，也当是人类与生俱来的困境"[①]；他思考人本的困境，即孤独、痛苦、恐惧，将"心之家园"的无限与生之"命运的无常"互为补足而滋养俗世生命[②]。

  生命之痛是思想随笔作者思索的另一个话题。它有关涉个体情怀的生命之痛。单正平在《单氏家语》中"弃家远行"，他南迁的目的"不是要追求什么，实在是想逃离原先的环境"，他坦言道："在老地方，天天看人民冷漠的笑脸，同事友好的白眼，人都快疯了，若再不逃跑，很可能杀人或者自杀，自杀的可能性更大。所以逃离也许是想自救吧。"[③] 关于逃离，从某种意义上说，就是带着梦幻的自我流放，由地域而至文化，这是"一个人的圣经"。单正平在凝重的文字中传递的是现实人生对个体生命的挤仄感。冯秋子、刘亮程、苇岸是匍匐在地的一群。冯秋子看见"世界上有一种哭泣，不是为着艰难、痛苦和哀戚，仅仅是你看到了你吟唱的万物，看见了上苍，你为之感动"[④]。刘亮程透过彻骨的寒风，在《一个人的村庄》中看着乡间被《寒风吹彻》了的卑微生命。苇岸恪守着《大地上的事情》，在这样"一个被剥夺了精神的时代，一个不需要品德、良心和理想的时代，一个人变得更聪明而不是美好的时代"[⑤]，在人类与自然难以割舍的连接中，守护生命。甚至刘小枫也在《沉重的肉身》中呢喃着"生命的经历"。它也有充满社会、人生公共关怀和忧患意识的生命之痛，譬如孤独意识。陈染于《我究竟在这艘人世之船上浮想什么》中，在哲学家与黑

[①] 史铁生：《随想与反省》，《病隙碎笔》，人民文学出版社 2008 年版，第 162 页。
[②] 史铁生：《自言自语》，广东旅游出版社 1992 年版，第 147 页。
[③] 单正平《单氏家语》，《膝盖下的思想》，太白文艺出版社 2001 年版，第 78 页。
[④] 冯秋子：《蒙古人》，《寸断柔肠》，太白文艺出版社 2001 年版，第 27 页。
[⑤] 苇岸：《〈大地上的事情〉自序》，袁毅主编《上帝之子》，湖北美术出版社 2001 年版，第 156 页。

猩猩的相互深切凝视中，透悟出"生命的孤独与万物的平等"①。筱敏透过苍茫的人事，《在黑夜》中追问："何处是我的尽头呢？你说。当这内心的询问穿过一百年的暗夜抵达我的时候，我就在暗夜中擦燃一支火柴，然而火光瞬间就熄灭了，灼伤的只有自己的手。我只能以内心的颤动告诉你：实在我们没有尽头。"②筱敏对生命的自怜与自省，与绝望中的希望与希望中的绝望等思绪混沌在一起。正如钱理群在《拒绝遗忘》一书中对筱敏所说的："你选择'思想者'的道路，也就选择了孤独。永远地与'丰富的痛苦'为伴，就是你的宿命。"③筱敏的沉默源于孤独，筱敏的痛苦是"丰富的痛苦"。而徐无鬼则以为孤独有三种境界："第一境界孤独曰无侣——没有异性伴侣的孤独或者没有称心如意理想异性伴侣之孤独，第二境界孤独曰无友——没有知音的孤独，第三境界孤独曰无类——仰望星空追寻不到生命现象的终极孤独：类孤独。"将孤独定位于既"是一种痛苦的境界，也是一种诗意的境界"④。他的孤独体悟与蒙田"我们必须保留一个一切属于自己，完全自由的后室，在那里建立起真正的自由，建立起主要的退避场所。在这个退避地方，我们应该与自己经常交谈，而且严守秘密，以至不受任何相识，任何外界的干扰"⑤不谋而合，孤独最贴近人类心灵深处，是一种壮美的悲剧。

思想随笔，作为一种知识分子文体，之所以与生命的叩问发生关联，这是因为思想的发生是与个体生命的在场互为因果，两者建立着一种共生

---

① 陈染：《我究竟在这艘人世之船上浮想什么》，刘会军主编《2006年散文随笔新选》，文化艺术出版社2007年版，第327页。
② 筱敏：《在黑夜》，《成年礼》，鹭江出版社2012年版，第284页。
③ 钱理群：《我看九十年代北大学生——余杰〈火与冰〉序》，《拒绝遗忘》，汕头大学出版社1999年版，第366页。
④ 徐无鬼：《人文知识分子的思想碎片》，《城市牛哞》，太白文艺出版社2001版，第255—256页。
⑤ ［法］蒙田：《从文艺复兴到十九世纪资产阶级哲学家政治思想家有关人道主义人性论言论选辑》，商务印书馆1966年版，第164页。

关系。思想的深层定然会涉及生命的终极。具有普世情怀的知识分子，思考人类生命的价值、生命的困惑以及与此相关的憧憬、绝望、命运等，这是他们的常规工作。在写作的基调上，与其对历史的反思，对自身身份的确认与审视一样，都是沉重的，是一些有分量的文字。

第三节 新乡村散文

从文化学的角度观照，乡村书写或田园写作，并不只是关于乡村或田园自足体系的言说。陶渊明"采菊东篱下，悠然见南山"诸类的情景之语，隐含了对官场仕旅自觉或不自觉的疏离或排拒。在传统的写作中，乡村田园大约是作为相对于宦海官场具有某种特殊指向的意象存在着。而在现代的语境中，宦海官场已被都会城市所置换。城市一方面作为现代性的"发生器"，推进着物质社会的快速发展，生成了人新的存在空间；另一方面，城市物化"双刃"的一端开始锈蚀人性种种的美好。于是，城市成为一些作家反思、批判的客体，或是成为他们看取乡村的背景或视角，我们将在这种背景机制下生成的乡村散文称为"新乡村散文"。

关于城市与乡村的多维建构关系，从20世纪二三十年代开始，诸如鲁迅、周作人、叶圣陶、沈从文、芦焚、李广田、冯至等便已怀抱"思乡的蛊惑"，蛰居于城市一隅进行着个人化的记忆和阐述。这种关涉"乡风与市声"的写作形态大抵有三种样式：一种是驻守城市的精神漫游者，他们在城市里眺望乡村、想象乡村，这种被反复臆想着的乡村带着乌托邦式的梦幻；一种是仓皇着逃离乡村入住城市，承接着鲁迅开启的创作模式，在"离去—归来—再离去"的身体与心理、幻景与现实的剥离中，延续着失望—希望—绝望的心理构建；一种是游荡在城市与乡村之间，既无法融入城市，亦无法回归乡村，一如卡夫卡《城堡》中的幽灵，在城市与乡村的边缘地带飘飘荡荡的疲倦人群。

进入20世纪90年代，中国社会全面实施城市化战略。经济中心主义促进了城市的夸张式的繁荣。作为其表征，以城市现代化的标志性景观为背景，以城市的经营者和城市现代生活的享用者为书写对象的都市文学空前活跃。但是，与此同时，颇有意味的是文学中"逆城市化"的倾向为人所关注。我们这里给出并将论析的是"新乡村散文"中的"逆城市化"的现象。所谓"逆城市化"的散文，并不就是题旨反向于"城市化"的乡村散文的简单指称。作者并不就乡村叙事乡村，乡村散文已不是一种孤立的存在，而是与城市紧密关联着的文学生成。城市是乡村散文存在的背景，是它发生的某种触媒。而就乡村散文的主体而言，他们身处之地与心居之所生成的矛盾扭结，使城市镜像中的乡村书写因其内在的复杂性和多义性，而强化了文本意味的张力。这恰如钱理群在编写《乡风市声》现代散文集时所表述的："当作家们作为关心中国命运的知识分子，对中国历史发展道路作理性思考与探索时，他们几乎是毫不犹豫地站在现代工业文明这一边，对传统农业文明进行着最尖锐的批判，其激烈程度并不亚于历史学家与理论家们。但当他们作为一个作家，听命于自己本能的内心冲动、欲求，诉诸'情'，追求着'美'时，他们却似乎忘记，前述历史的评价，而几乎是情不自禁地对'风韵'犹存、却面临着危机的传统农业文明唱起赞歌与挽歌来——这种情感倾向在我们所讨论的描绘乡风市声的现代散文里表现得尤为明显。"[①] 虽然钱理群言说的是现代乡村散文中的情状，但是用之于指说20世纪90年代以来的"新乡村散文"也是十分贴合的。只是就其表达方式而言，晚近乡村散文少了像鲁迅《朝花夕拾》、周作人《乌

[①] 钱理群：《乡风市声》，复旦大学出版社2005版，第1页。

篷船》、叶圣陶《没有秋虫的地方》等篇章"美文"式的蕴藉，而多了"随笔"式的直接论议。

一 "亚类属"群与依爱心理

新乡村散文的作者是一群"亚类属"。他们中的多数人"种"是乡村的，血脉中有着农人的基因；"属"是城市的，在城市生活、工作着，浸润着城市的气息。章生所说的"在城市，我是一个地道的乡村人；在乡村，我又是一个衣食无忧的城市人"（《城市过乡下日子》）。这种身份的复合从某种程度上规定了文本的复合意蕴。同时，这一类作家他们所处的城市空间，只是满足了他们生活的物质需求，而无法给予其精神的慰藉。在他们灵魂的深部，城市成为一个异己的、给他们造成精神伤痛的处所。在这些乡土写手看来，城市如同韩少功所说的，是人造品的巨量堆积，是一种越来越远离自然的生活。居处在这样的"非自然"的人造时空中，"人生命中的自然性质被掩盖和取消，人和人之间多的是分离和相互取代，这导致了我们深刻的孤独和生活残缺不全"[①]。正是这样，城市成了"一个物质丰厚却内心失落的时代"[②]的符号。人们在物质层面上依赖城市，而在精神世界里疏离甚至排斥城市。"钢筋水泥长出的树，挂满了爱情，以及诡秘与诱惑"的城市，时常成为反讽的意象。而精神的领空自然不会空置，与城市"精神"对峙的乡村"风景"定然惬意地入怀："这么些年来，我一直居住城里，怀念乡村的散文却越写越多，连我自己也搞不清这是怎么了？现在我终于明白了，污浊的城市把我搞得五痨七伤，而乡村却有医治我的气候、气息和气场，神秘的身体受上帝的指引，让潜意识一遍

[①] 费振钟：《这一握生命如花》，《北京文学》2006年第6期。
[②] 南妮：《回归诗性》，《你快乐，所以我快乐》，南海出版公司1999版，第87页。

又一遍去怀念乡村。"① 谢宗玉的现身说法，颇为典型地揭示新乡村散文作家独特的心理结构。在他们这里，乡村散文成为其精神还乡并由此获得精神代偿的一种方式。

一般认为，新乡村散文的发生，是由于城市造成主体精神创伤的一种语言现实。当然，事实远比这样简单的判断要复杂得多。但是，我们还是认同这样的说法："我们对乡村的诗意的种种发现恰恰是城市楼群的阴影教会的。一个未在城市里受过伤的人是无法真正爱上乡村的。"② 这里所说的"受伤""爱上"只是一种心理性的感受，是转型时代某种复杂而普遍的社会心理给予个体生命的精神投影。"工业化—城市化是一个痛苦的过程。技术主义和集约化的每一次凯旋，都是对农业文明和生产个体的进一步的侵略和征服。它可能给整个社会带来富足，但是，仅此并不等于人性的完善和人类的进步。"③ 这是一个特殊的社会演进时期，历史理性与人文精神之间存在着无法遮蔽的悖论。现代社会同时带给人的是物质狂欢与精神紧张。面对现实，主体理性的接受与心理的排斥矛盾交织一体，生命不能承受心灵过多的重负。但是与新的社会存在相应的主体心理机制尚不可能在短时间内建立，于是回望所谓的"美好"就成为一种普遍的心理需求。这里所谓的"美好"，可能是存储着的经验。写作就是一种经验的提取，正像鲁迅《朝花夕拾》的写作一样："我有一时，曾经屡次忆起儿时在故乡所吃的蔬果：菱角、罗汉豆、茭白、香瓜。凡这些，都是极其鲜美可口的；都曾是使我思乡的蛊惑。后来，我在久别之后尝到了，也不过如此；唯独在记忆上，还有旧来的意味存留。他们也许要哄骗我一生，使我

---

① 谢宗玉：《遍地药香》，湖南文艺出版社2006年版，第52页。
② 范晓波：《向城市道歉》，《散文》编辑部主编《2002年〈散文〉精选集》，百花文艺出版社2003年版，第130页。
③ 林贤治：《九十年代最后一位散文家》，《书屋杂志》2000年第3期。

时时反顾。"① 乡土记忆自然成为乡土散文的源头活水。对于许多新乡土散文家而言，他们生长在乡村而"成长"于城市。但是"成长"的空间阻隔未曾也无法割断他们与乡土的精神脐带。对此，刘长春作有体验性的注释："人与土地的依恋是儿子对母亲的依恋。人与土地的关系是生命与本源的关系。"② 故乡本是魂灵的牵挂所寄托所，如同母体，是养育自己身体并最早具有生命意识的地方。

新乡村散文家的恋土情结，有如日本人所说的"依爱"心理。所谓"依爱"，"随着心智的发展，渐渐知道自己和母亲是各别的存在，并且觉得各别存在的母亲对于自己是不可或缺的，而渴求紧紧依偎母亲身上"③。对于新乡村散文家而言，他们身体的姿态是离开母亲般的乡土的，但是其心理却是更紧密地归依于精神的乡土的。"在城市过一下乡村的日子，是我在深夜里写给自己的唯一的一句话"④，写出了主体归依的典型的心理细节。他们的"依爱"的方式也许并不一律："那些在城里寄居多年最终回到乡下的人，更深更久地扎进了泥土"，"那些不愿回去的人，不能回去的人，仍然难以扔掉关于村庄的记忆。他们生活在城市的某个角落，用剩下的时间怀想往事。"⑤ 但无论何种情由，乡土散文家的心灵都是以乡土为泊锚之地的。也可能是一种"概念的图腾"。对于一些散文作者来说，乡村只是一种未曾经验过的拟想中的意象，是其祖先遗赠给他们的可供礼拜的图腾。在这"概念的图腾"或具有某种规定性的意象中，乡村被大写意成贴近泥土、亲和人性，具有袅袅炊烟味的自然本真的风俗画。就如李邵平

---

① 鲁迅：《鲁迅全集》第二卷，人民文学出版社1981年版，第229页。
② 刘长春：《消失的原野》，《散文月报》2002年第2期。
③ 参见李朝辉《言外之意与日本人的娇宠心理》，《社会科学》2006年第3期。
④ 章生：《城市过乡下日子》，林贤治主编《我是农民的儿子》，花城出版社2005年版，第132页。
⑤ 牟沧浪：《多久回一次家》，林贤治主编《我是农民的儿子》，花城出版社2005年版，第156页。

所说:"虽然我没有在农村生活过,并且知道自己再也不可能回到农村去,但我希冀的是都市里的村庄,或者说渴望城市也变得像乡村一样淳朴和实在。"① 在作者看来,乡村就是"淳朴和实在"的同义词。

二 三个创作图式

新乡村散文被宿命地建构成了刺激(城市)—反应(回望、拟想)—呈现(乡土)的写作心理图式。我们观察新世纪以来的乡村散文,可以发现作者写作的心理动势一般来自于城市的"刺激"。对于城市的某种否定油然而生成乡村之思。"在城市八小时面对工作,遭遇困惑而沉默的我,在早晨祈祷五谷丰登,在接受阳关洗礼,在开始默念大地万物的名字:河流、炊烟、树木、麻雀……后,内心顿时开阔起来。"② "现在,我站在这个城市的阳台上,穿过喧嚣和骚动,面对老家,面对老家的清油灯,终于明白,我们的失守,正是因为将自己交给了自我的风,正是因为离开生命的朴真太远了,离开那盏泊在宁静中的大善大美的生命之等太远了,离开那个最真实的'在'太远了。"③ 这样的语式成为新乡村散文的一种标志,一种固化了的存在。作者身处的城市不是"喧嚣和骚动",就是令人"困惑而沉默",或者就把人"搞得五痨七伤",而经验或想象中的乡土朴真朗润和宁静,成为城市中乡村人的精神救赎。这样的情况在坚守"祛意识形态化"的朴实写作姿态的刘亮程这里也没有掩藏。刘亮程沉浸于朴素的"乡村哲学"的书写,但并没有忘记对于意象化的城市的讽喻。"这个城市正一天天长高,但我感到它是脆弱的、苍白的,我会在适当的时候给城市上点牛粪,我是个农民,只能用农民的方式做我能做到的,尽管无济于

---

① 李邵平:《一个人的城市》,广东旅游出版社2005年版,第164页。
② 黄海:《真实的生活》,《秋天里的日常生活》,百花文艺出版社2005年版,第211页。
③ 郭文斌:《点灯时分》,《守岁》,浙江文艺出版社2012年版,第4页。

事。"① 这种否定与肯定模式的配置，在理性逻辑的界域内是不能成立的，但在主体的心理取向中是顺理成章的。这样矛盾的关系，从内在生成了乡村散文否定与肯定并立的简单化的语言结构。这种语言结构表示了主体对于对象价值取舍的感情用事。一方面对于城市的过度否定，另一方面对于乡村的"溢美"。对于乡村的"无批判"，成为评论界病诟乡村散文的重要原因。这种病诟应该说不无道理，但是，我们也应当知道，散文家笔下的乡村并不是一种实际的存在，它体现的只是一种心理真实。同样，被过度否定的城市也是一种心理真实。这里的改造、变形，体现为写作的需要或审美的需要。"事实上，传统的乡土叙事本身也是作家文化想象经验的虚拟构架，是一种将真实的'乡土'他者化的审美性营造。"② 作者反复述说的"乡土"并不是客观的真实存在，他们更多地将乡土（乡村）预设为一种心理影像，乡村只是主体精神理想的一种想象。这里，乡村与旷野、自然、自由贴近，对乡村的记忆想象实际是对本真自由的念想与寻找。实体化的物质乡村被哲学化了、符号化了、诗性化了的文学酿造与情感诉求所替代了。

新乡村散文对于乡村的"审美性营造"，一方面源于主体与对象之间永无剥离的脐带式的生命关系，正如黄海所告白的："不管我现在身在何处，我的文字都是下黄湾的方言、气质和韵律"，"我把这些构成我散文的基本元素叫作'原'，原初的原，原生态的原，原来的原，它是开始的意思，也有结束的意味，多少有些悲壮，是一意孤行的那种"③。另一方面也关联着作家不适应城市的心理反差。正是由于这些主观化的因素的影响，使得乡村被美化了。这种美化既体现为对于书写客体的选择性设计，将生

---

① 刘亮程：《城市牛哞》，《人畜共居的村庄》，台湾上游出版社2000年版，第201页。
② 杨斌华：《文学"乡土"：理解与返回》，《文汇报》2006年10月29日。
③ 黄海：《后记》，《秋天里的日常生活》，百花文艺出版社2005年版，第246页。

活中美好的存在加以提取和呈现,又表现为基于主体的审美性想象,对写作材料作"诗化"处理。与此相应,在具体的写作中,既有写实的方式,如谢宗玉《村庄在南方之南》细谈着村庄植物、四季农事、丽日下的村庄,季栋梁《人口手》回忆着父亲等乡村的诸多人生、自然、物什,齐明达《院子里的事情》记叙院里春秋、抒写田园物事与故土情结等等。也有写意的策略,比如有着重写主体感受,不物客体外在描摹的:"整过一年来,我在城市的生活环境越来越糟糕,我的心气也变得异常浮躁,我身体的病痛也接二连三地折磨我,摧残我。但这组散文却在润物无声地拯救我。我写它们的时候,它们那一张张比人类生动百倍的笑脸宛若浮现在我眼前,将我包围。让我浮躁的心灵平静祥和,让我破败的身子逐一痊愈恢复。在写作的幻境中,我感觉体内的血流得欢快,每一个细胞都健美活泼,心灵如饮醑醇,气息通顺畅达。这也是我不忍辍笔的原因之一。仿佛不是我的笔在将它们呈现,而是它们从黑暗的记忆深处自个跑来,一个接着一个地跟我聊天,说着过去那些琐事。并在聊天的过程中,以它们特有的气脉暗暗地医治我的灵肉。"[1] 这段文字,作者抓住了乡村呈现时主体的内心感觉,甚至幻觉,真切地凸显了作者欢畅的心态,夸张地表达了乡村可以疗救灵肉的精神力量。还有如刘亮程在《对一朵花微笑》中对乡村物事作童话式构想:"我一回头,身后的草全开花了。一大片。好像谁说了一个笑话,把一滩草弄笑了。一个人脑中的奇怪想法让草觉得好笑,在微风中笑得前仰后合。有的哈哈大笑,有的半掩芳唇,忍俊不禁。靠近我身边的两朵,一朵面朝我,张开薄薄的粉红花瓣,似有吟吟笑声入耳,另一朵则扭头掩面,仍不能遮住笑颜。我禁不住也笑了起来,先是微笑,继而哈哈大笑。"[2] 这里的乡村毋宁就是世外桃源,其间漫溢的是诗情画意。

---

[1] 谢宗玉:《草菅人命——〈遍地药香〉自序》,《海燕》2006年第4期。
[2] 刘亮程:《对一朵花微笑》,《风中的院门》,上海文艺出版社2002年版,第195—196页。

三 乡村，或是伪乡村

如果说新乡土散文作家只是把乡村诗化为世外桃源，或是精神家园，那么，这样的乡村散文就是一种做作的"伪乡村"文学。但是事实上，研究乡村散文作者的心路，我们可以发现他们对于乡村是进行了"精神的乡村"和"物质的乡村"细分的。在"精神的乡村"这一面，对应的是"一个物质丰厚却内心失落的"城市。基于这样的维度，作者强烈地排斥物化的城市，而对作为心灵家园的乡村咏唱的是赞美诗，这里乡村散文家体现了更多的理想主义的写作取向。而在"物质的乡村"这一面，作者是直面现实的。相对贫困与落后的乡村，在城市化的宏大背景中显示出的巨大反差，给予作为乡村子孙的作者造成一种挥之不去的真诚的伤痛。在物质的城市里看取物质的乡村，不见了诗化中的田园，代之触目伤怀的是一片痛并忧伤的苍凉。因此，王朝阳等拒绝将乡村诗化，以现实主义的手法书写他们以为的真实的乡村。王朝阳直言："我鄙视一切把农村视作田园的人们，他们不能理解劳动给予身体的痛苦和重压"，"人们一直企图美化这两个字，在文学化的称谓中，它常常变为'田园'，人们试图把它变为一个和风光相关的地方。但是对一个农民来说，他必然无可选择的生活在农村，而不是田园。"[①] 摩罗的心理也是这样，他是"农民的儿子"，对于农民的痛苦体验深，痛苦也重。"我是农民的儿子，而且是世世代代的农民的儿子"，"我一步一步远离那里的田园、村舍和墓茔，一步一步走进城市的深处和宫墙的边缘。在这些繁华而又缺乏人气的地方，我无意间窥见了列祖列宗累死在田头、栽倒在逃荒路上的人为原因，感受到了世世代代积累下来的痛苦，我因此跟城市更加隔膜"。"我每次回农村都有一种负罪

[①] 王朝阳：《丧乱》，人民文学出版社编辑部主编《2003年散文》，人民文学出版社2004年版，第340—341页。

感","我内心最隐秘的一角,盛满了任何学说和文章都无法涵盖的乡村经验和农民苦难","我仄身在城市的夹缝里,以格格不入的孤独情思,与乡野兄弟姐妹内心的苍凉遥相呼应"①。摩罗他们享受着城市的物质文明带来的诸多方便,但不是像城市"土著"那样只是"安享",他们生命的乡村烙印,使其身居处繁华而心系乡野,对农村平添"一种负罪感",而对城市"更加隔膜"。这正是新乡村散文家一种独特、复杂因而也更真实的精神结构。因此,尽管新乡村散文家也热衷于乡土精神的浪漫叙事,但从未曾忘记对于乡村实际生活的写真。刘亮程对于"一个人的村庄"总体上是做了精神乌托邦的处理,但是也有《寒风吹彻》这样的异调文字:"落在一个人一生中的雪,我们不能全部看见。每个人都在自己的生命中,孤独地过冬。我们帮不了谁。我的一小炉火,对这个贫寒一生的人来说,显然杯水车薪。他的寒冷太巨大。一个人老的时候,是那么渴望春天来临。尽管春天来了,她没有一片要抽芽的叶子,没有半瓣要开放的花朵。春天只是来到大地上,来到别人的生命中。但她还是渴望春天,她害怕寒冷。我围抱着火炉,烤热漫长一生的一个时刻。我知道,这一时刻之外,我其余的岁月,我的亲人们的岁月,远在屋外的大雪中,被寒风吹彻。"② 这里作者没有对乡村贫寒人生作具体的铺写,而是用"寒风吹彻"这样隐喻性地表达。读者在作想象性的转换时,是可以充分感受到"寒风"中乡村的境况,这样的文字具有一种悲悯的情绪。这种情绪在其他散文家中或浓或淡地存在着:"我对故乡一直心怀敬畏。尽管我感觉,离开故乡的时间越是久远,但离它的距离却越近。"可是"无论是现实的故乡,还是精神的故乡,我均无法救赎,只有淡淡的忧伤和无穷尽的悲悯"③。

---

① 摩罗:《我是农民的儿子》,林贤治主编《村庄,我们的爱与疼痛》,漓江出版社 2013 年版,第 38、56、39、56、56 页。
② 刘亮程:《寒风吹彻》,《人畜共居的村庄》,台湾上游出版社 2000 年版,第 190—192 页。
③ 李清明:《记忆》,《美文》2007 年第 1 期上半月刊,第 23 页。

可以说,"依爱"与"悲悯"构成了新乡村散文的复调。但是,基于一种特殊的写作心理策略,新乡村散文被设计成主要是作为物化城市的批判者而存在着。因此由"依爱"而来的精神诗化更多地得到了强化,关注乡村真实的"悲悯"相应地淡化了。

时代向来不是以理想的样式行进。它总是有棱有角、有裂缝地存在着。狄更斯《双城记》中的那句名言——这是一个最好的时代,这也是一个最坏的时代——描画新世纪的当代中国显得如此贴切。物质享受、世俗消费、拜金主义、利己主义等各种沉渣在经济繁盛之后蔚成大潮。世俗化时代的物质享受消费、人的现世功利欲望的升腾,如被打开了的潘多拉盒子,再也不肯轻易合上。传统的儒家德性价值观被现代社会的工具理性、功利物质所消解;衡量世界的方式不再是善恶是非,而是金钱、地位、安稳和权力,在这个"没有世界观的世界"[1],社会大部分人沦为"没有灵魂的物欲主义"(soulless materialism)者。

在公共价值消解和功利物欲横行的时代,知识分子如何作为?政治现实固然不容忽视,但更深刻的存在,是社会转型制导下的世俗社会和高度发展经济的影响。社会需要共识。对于这个被史华慈早在《中国与当今千禧年主义》中就指认了的,人们不再需要宗教,不再需要人文和伦理关怀,就可以在现实的世俗之中获得物质的救赎[2]的新世纪病,知识分子可以做的,就是予以精神层面起码的投射及守望。

---

[1] 赵汀阳:《没有世界观的世界》,中国人民大学出版社2003年版。
[2] 史华慈:《中国与当今千禧年主义》,《世界汉学》2003年第2期。

第六章　精神碎片：创意·地域·女性

在散文演变历程中，有些精神碎片我们是无法略过的。他们因着时代的裂变，对散文思想、散文内容、散文形式以变革、求异创新。这种主动型姿态，为急剧变化的时代、为时代日益复杂的心灵制造着"匹配价值"，并创造出真正属于当今时代的"新文体"和"新形式"。"新散文"流派是经典案例，地域散文以及标识主体性别身份的散文也是重要案例。这些案例，即便有时滑入某种狭隘的甚至鼓噪的狂欢，但起码，为我们解密这个时代的精神提供了样本。

第一节　新散文

在与散文相链接的种种命名中，"新散文"的指称多少显得有些不知所云。文化散文、思想随笔大抵可见其对文本内涵的某种先验性规约；学者散文、小女人散文也因着书写者身份的某种确认而带着一定的指向。就算那似乎"大"而无当的"大散文"，也因为贾平凹在《美文》创刊之初的"宣言"而让我们明其大致了："我们办这样一份刊物，目的就是以我们的力量来反对那种甜腻的、花花草草的、小肚鸡肠的一类文风，倡导散文的大气、清正，鼓呼把散文的路子拓开，为越分越细、沉沦为小家子气的散文开大门路，所以我们喊出了'大散文'的口号。"大散文半月刊《美文》正是在这种"审美的朴素"中开拓大路，行走文坛。

相对而言，新散文的原初命意有些模糊。我们现在所见的"新散文"标识，源于1998年1月《大家》杂志打出的"新散文"旗号。特别地标举"新散文"并不表示《大家》杂志对"新散文"已有了完整甚至严密的定义，选用"新"字的意图，"不过是希望较为贴切而已"。杂志集中推出的张锐锋、庞培、于坚、钟鸣、周晓枫、王小妮、海男、马莉等人的散文新作，和在"大家广场"上持续开展的新散文讨论，都是在宽泛而模糊的"新散文"框架内进行的文学自由谈。换言之，新散文并非由某人或某刊物或某群体"合谋"后登高一呼而成，只是具有某种"在审美倾向或趣味上，以及写作方式上，有相互认同的部分"（周晓枫语）的自发性倡议和实践。"新散文"的规模化创作是众多民间写手一种自主合成、推进、演绎的行为方式，带有很强的实验性、先锋性特质，同时也有着明显的先天性学理不足。缘此而来的，在喧嚣至今的关于新散文创作观及其种种界说中，我们仍未能看见一个颇具公信力的代言人与具有较为完整体系的"文学宣言"，充其量祝勇的长文《散文：无法回避的革命》被姑且当作新散文的"创新"的某种"誓言"而存在着。有意思的是，恰恰是新散文的这种不确定性，为创作者、评论者留下了诸多想象的空间和话语的可能。

一 无界的"新"散文

当我们站在十多年后回望、探究作为一种文学现象的"新散文"时，依然会陷入莫衷一是的关于"新散文"的困惑中。这种困惑源于"新散文"的源起与释义（包括创作观）的多重复指。首先是源起。就一般的认知而言，我们都将《大家》杂志作为"新散文"的始作俑者，其实不尽然。《大家》的确直接题写了"新散文"这一名字（作为新散文重要写手的周晓枫曾毫不留情地指出"新散文"这个概念的提出是比较潦草的），但就现代散文史和散文批评史的实际看，"新散文"寻源还要回到20世纪90年代初，甚至更为久远。早在五四时期，《新青年》就载有刘半农《我之文学改良观》的"第一曰破除迷信"观[1]，这里所说的"破除迷信"，实际上包含了散文要除旧开新的意思。同期稍后，傅斯年发表了《怎样做白话文》，提出"白话散文的凭借——一，留心说话，二，直用西洋词法"[2]。前者关注的是内核，后者关注的是技法，"直用西洋词法"径言散文的革新。观照当代文学语境，余光中在20世纪60年代就提倡过"任何文体，皆因作品的不断出现和新手法的不断试验，而不断修正其定义，绝无一成不变的条文可循"[3]。事实上，因为无法回避的政治因素，身处台湾的余光中的"散文革命"并未能及时地在大陆得到回声。到了80年代，余光中仍念念不忘倡导散文的革命，觉得"今日的散文家大致上各有所长，或偏于感性，或偏于知性，或经营淡味，或铺张浓情，除三两例外，却少见众体兼擅的全才……创作之道，我向往于兼容并包的弹性，认为非如此不足以超越僵化与窄化。"[4] 余光中的"众体兼擅"说与西方现代主义的奔腾涌入恰好形成某种应合，文学本体的思变风日盛，散文界的变革也在暗香浮动。散文家斯好在1992年谈到散文革新时的观点更是具体清晰："我认为新时期散文发展到今天，已经面临着一个形和质的飞跃，无论是'十七年'间形成的'三家'模式，还是现代文学史上的百家手法，都已不够，甚至不能很好地、完全地反映当代人的思考、探索、焦虑、苦闷，

---

[1] 刘半农:《我的文学改良观》,《新青年》1917年5月1日第3卷第3号。
[2] 傅斯年:《怎样做白话文》,《新青年》1919年2月1日第1卷第2号。
[3] 余光中:《焚鹤人后记》,《余光中散文选集》(二),长春时代文艺出版社1997年版,第359—360页。
[4] 余光中:《四窟小记》,《左手的掌纹》,江苏文艺出版社2003年版,第291页。

传达现代人的复杂情绪与丰富多变的心灵。散文必须在思想上、形式上都有大的新的突破，才能和这个急剧变化的时代相称，和这个时代日益丰富复杂的心灵相称。"由此，创造出真正属于当今时代的"新文体"和"新形式"①。但是，"新散文"的生成与发展需要创作者有一个求新思变、知行结合的长期酝酿过程，此外，也必然地关联着散文文体自身发展的某种内在的规律。祝勇说过，"新散文的真正缔造者，是文学自身"（《为"新散文"背上的三宗罪辩护》）。宁肯也如是说："事实上新散文写作一直暗流涌动，只是不像诗歌与小说的先锋姿态那样引人注目，一个重要原因是新散文与生俱来，处在一种无所不包的'散文大锅'之中，就像通常所说的，没有什么不能煮的，没有什么不可放入的。"（《我与新散文》）尽管实际上我们还没有见到更具"革命性"的变异，但这个"无所不包的'散文大锅'"——"新散文"，由于人为的高调操作还是在文坛掀起了巨大"波澜"：诸如"新散文"与"新潮散文""新媒体散文""四不像散文""新锐散文"等散文形态的纠葛，诸如"新散文"的广义与狭义之辩，由此引发的，还有"新散文"作者群范围的圈定和确认等②。这些关于新散文的种种声音已不是《大家》杂志原初能够设计定了的。《大家》只是适时地为这一类群的创作提供了一个探试的窗口与展示的平台，至于其他，早已流于《大家》的职责与能权之外。其次是对散文之"新"的多义解读。显然，我们对于散文之"新"是无法定量定性的，围绕"新散文"的诠释自然也就会"多声部"。一种是肯定的声音。如作为"新散文"的实践者和理论者，祝勇以为"在'散文'前面加上一个'新'字，不仅是想

---

① 斯妤：《散文需要新的思考、新的活力》，《散文百家》1992年第7期。
② 渔人在《新散文观察》中提到"新散文"的广义狭义之分："'新散文'因其广义的新散文作家群，囊括了贾平凹、周涛、史铁生、刘烨园、刘亮程、苇岸等所有具有独特的创作个性与话语姿态的作家。狭义的'新散文'作家群则特指1998年以后在各种文学期刊上频频出现的'新散文'栏目下的散文作家们，评论界认定了几个代表性的作家，如张锐锋、祝勇、冯秋子、周晓枫、于坚、钟鸣、宁肯、庞培、格致等。"

强调时间的意义,更强调观念的区别"。王剑冰(《散文选刊》主编)认为,对于散文写作的"新"而言,最重要的是作者对文字的新的感觉。至于如何做实"新"感觉,杨献平做了明确的补充:"语言上是灵活、独创和新鲜的,在表达上更趋向个人化。"(《平淡和坚守:2007年散文观察》)评论家施战军对此也做了呼应,他将"新散文"看作是艺术地表达出一代人的成长史,是个人成长史的心灵化的书写。这种认为散文有"新"的生成可能的观点,在关注散文书写的当下语境时,尤为强调写作主体以个人的方式,自由深度地表达独具个性的经验世界和精神空间。另一种声音是否定散文有所谓的"新"。如王开林(《文学界》杂志主编)认为散文无所谓新旧,只有好坏。陈长吟(《美文》杂志副主编)一直主张散文不要加什么定义,一加定义散文就形成模式,就死了。周晓枫(《十月》杂志副主编)则明确指出:"新散文是不断被更迭的概念。不是新散文会成为潮流,而是求新、求变、求丰富一直是潮流和趋势,任何文学都是这样。"(《收藏:时光的魔法书》)而青年散文家黄海更是直接地对"新散文"命名提出了尖锐的批评,认为所谓的"新散文"旗号,"不过是吸引读者的眼球。实在看不出'新'在哪里"[①]。在各种否定性信息中,引人瞩目的是陈剑晖在2006年第5期《文艺争鸣》上发表的《新散文往哪里革命?》一文,他明确指认,新散文不是新世纪散文发展的福音,而是散文的毒药。由此,引发了陈(陈剑晖)祝(祝勇)之间关于"新散文"的论争,祝勇为此撰写《为"新散文"背上的三宗罪辩护》等文。除了以上两极化的言说外,还有一种是双边的解释。如周闻道认为新散文概念的提出,表明了对散文创作传统困惑的一种觉醒与反思,但同时他又质问,"新"是一个时间指向还是空间概念?王兆胜在《散文变化都是"靠不住"的?》中

---

① 参见黄兆晖《新散文是标新立异还是文体革命?》,《南方都市报》2004年3月30日。

提出"常态"更接近于散文本性,因为"创新"一方面表示着积极进取,但另一个方面可能就是浮躁多于宁静,散文由此失去了应有的精神,现在的所谓"新散文"就陷落于散文变革的误区。李少君(《天涯》杂志主编)说,"在现在散文概念泛滥的情况下,'新散文'给人有点拨乱反正的感觉","但我觉得'新散文'有很多问题……在大转型时期,这种散文的出现可能是一种逃离或者逃避,是一些散文家不愿意面对这么复杂的社会……因而向内回转的产物"。[①] 无论源于哪种声音,我们似乎都可以看见言说者对散文变革的某种期待,这种变革除了显在的形式革新外,更是回归到散文的内质,支撑着散文根本的应该是鲜活的个体生命,这也就是谢有顺"散文的后面站着一个人"的意谓所在。但人是义项最为丰富复杂的,我们不可能对其做出一统化的终极性界说。因此,关于"新散文"的种种界说实际是一种无界的话语方式。"新散文"的提出也许带有某种偶然性,但是,此类意向却反映着文学发展的必然性存在。用孙绍振的话说,"不是只有'新散文'这一派才是'新散文'"。求异变新是任何文学样式得以传承发展的必然之道,只是,散文与小说、诗歌等文体相比显得太过稳定而落寞,需要有"新散文"这样的鼓吹来热闹本体与文坛。

值得注意的是,以上关于"新散文"的种种言说,大多来自杂志编辑、媒体人士或评论界,即使是像祝勇、周晓枫这些"新散文"的重要写手,似乎也是基于杂志或出版社的身份在说话,而这些话语也并没有给"新散文"以明确的释义,但作为自觉的实践者,他们的某些观念倒可以构成"新散文"界说的有意义的补充。作为一名纯粹的女性写手而非编辑身份的周晓枫,希望"迫近生存真相""写出女性真实的成长、疲倦,爱和疼感"(《你的身体是个仙境》)。这个"真相"显然不是常态思维中的

[①] 参见黄兆晖《新散文是标新立异还是文体革命?》,《南方都市报》2004年3月30日。

"真实",而是一种有选择性的虚构,有针对性的抒情。她所坚持创造的散文世界是没有被艺术或理论腐蚀过的纯粹经验世界,由此,"繁育无数散文中的'我'"(《"我"》)。祝勇的观点与周晓枫类似,他认为,"传统散文观念所强调的真实,首先是不存在的,其次也是无法验证的"。这里涉及对于"新散文"写作影响甚著的"新真实"观,这种真实迥于传统之说,是对既成的公共真实的消解,进而指向独特主体内在"宇宙"的个体生命的实感。正是自由地书写这样深度的个体性生命感觉,才生成了散文诸多新的质素:杨永康(习习)将自己幻化为"孩子",以为文学是"幼稚"的产物,只有文学真正"幼稚期"的来临,文学才会真正成为抚慰我们心灵的东西,成为抚慰人类心灵的东西;耿翔以贴着地面飞翔的方式写作,想象着要用我一个人的感觉用文字叫醒我身上的疼痛(马明博称之为"知性");而怀着"心生的,必是富有灵性的创造"的冯秋子,永远在"路上"感受那份她也不太明白的写作动静。

此外,对于散文的"非意识形态"的诉求,也是"新散文"写作的重要取向。其主要表现为有意疏离传统的"文以载道"。于坚以为散文应该"回到最基本的说话","散文的真实在于它是用心灵来写作",于是,他将散文确定为"就是一种叙述……散文是一些语言的痕迹,就像生活,只是各种痕迹、碎片、瞬间、局部……"当然他是通过"细节"表述的,并在"细节"中直指人心(作家于是同样在"细节"中穿梭,与于坚不同的是,于坚的细节可能是"一地鸡毛",而于是的细节是"诗意")(《火车记》)。江南梅将散文看作是"作者对生活思考的最直接的表达"。马明博直接将他所理解的散文"看作一种生活方式"。马叙因着与这个时代的物质性关系而热衷于形而下的文字形态:"我一直试图通过平面的、表象的叙述来建立我与这个时代的关系。"(《我的老生常谈和枯燥的混乱的文字》)而傅菲将这种"直接插入(像刀一样)生活"的向下的散文姿态理解为"记录着当下的生活"等。这些散文写作能够主动去除过度的包装，卸掉不应有的说教负载，贴着生活和心灵随意为之，并因着对象的无限丰富性而生成一片可人的新景。

二 越界的"多边"写作

我所说的越界，是就文体的宽泛性与交叉度而言的。我们现在都习惯认同傅斯年在《怎样做白话文》中关于散文是一种与诗歌、小说、戏剧并列的文学品类之说。各文学文体之间似乎也有着各自约定俗成的审美特质与创作维度。"新散文"的另类在于它宣称"散文文体独守贞操的时代已经过去，（文学作品）文体之间相互渗透、相互越界已是艺术发展的大趋势。散文必须从各种文体（乃至各类艺术）中去吸取营养来丰富自己，发展自己"[1]。具体地说，散文创作可以"勇敢地冲出自己园地的围墙，向诗歌、小说、戏剧、音乐、绘画、建筑乃至生物学、哲学借鉴手法，可以搞点杂交，改变老面孔"，可以"使不可能的事变为可能"[2]。散文家钟鸣说得恣意："我像着了魔似地在思考和写作《旁观者》。可以说，它什么都是，小说、评论、杂记、散文、诗歌、寓言、传记式批评、诗学……或许什么都不是。我公开表明自己的立场：标新立异。"[3] 廖无益干脆自问自答："论诗歌、散文、小说的界限，答，无界限。"散文在他们看来应是"无边界文体"。由此可见，"新散文"对于文体的开放是自觉的。散文文体的越界行动，将各种因素相化合，以"狂欢化"的现代思维方式来解构传统的单边思维结构，在文学内质与外壳的双重开放中，探寻散文新的空间，由此生成了文本意群所表达的丰富性和复杂性。祝勇将这类探寻行为

---

[1] 淡墨：《散文革新断想》，《散文百家》1992 年第 10 期。
[2] 张守仁：《我看近年散文》，《文艺报》2005 年第 30 期。
[3] 钟鸣：《窄门》，《徒步者随录》，东方出版中心 1997 年版，第 95 页。

称为"综合写作"。在我看来,借助现代主义表现方法进行感觉开放与跨文体写作,字数的狂欢与主题的多义是"新散文"显在的表征。

　　散文的感觉化源于这一文体对于生命个体信息写真的自觉,而最有意味的个体信息正存在于主体"人"的独特感觉之中。"新散文"更多的是通过被感觉化了的"身体"加以展开的,这种"身体写作",其基本特征是感性、感觉优先,试图将"个人的文学"进行到底,追求散文个体性的最大化。他们或者以"超级细节"的繁琐性白描为基本手段,使散文真正成为一种"存在性"的写作。如被指认为践行"身体写作"最自觉也最彻底的新散文作家于坚,他认为"身体性不仅仅是肉体性,身体我觉得它更强调生命性……身体性也许可以说是某种语词的组合所创造的在场感,场中的活力"[①]。于坚从个人的体验和经验出发,描摹一切渺小、琐碎,甚至卑微的事物,并正视其在作品中存在的价值,将"感官、身体、记忆、在场感,作为写作的母体和源泉"(谢有顺)。在《人间笔记》《棕皮手记》及"云南系列"等作品中,作者以"爬、匍匐前进、抚摩"的姿态,记写生活的原本状态。正是他这种对向下的、放大了的感官细微灵异感觉的叙写,使我们在看似乏味冗长零碎的文字背面,触摸到了日常生活的某种富有质感的诗意可能。或者基于"忠实的写作立场",在身体上做着类似于赤裸的私密式写作。如以"女性""身体"和"性"等作为叙述中心的周晓枫,她在《你的身体是个仙境》《铅笔》《桃花烧》《合唱》等作品中将女性的身体和性做了某种刻骨得遭人非议的展示:"……万籁俱寂的黑暗深处,他深入我。这个给我的生命制造悬念的人,我的手抚触他———只有我爱,才给你弦上的身体。"(《桃花烧》)有人将这样的文字定性为近乎色情的"肉体写作",但恰恰是这特立独行的似乎白描式的表述,让我

[①] 于坚:《诗如何在——与青年诗人贺乔一夕谈》,《山花》2006年第9期。

们看见一种生命的原动力。一百年前尼采就声称的"要以身体为准绳……因为身体乃是比陈旧的'灵魂'更令人惊异的思想"(《权力意志》)。在另类的周晓枫笔下鲜活的身体得以实践,她瓦解了一切灵魂哲学传统,在感性的个体世界中将神圣之爱作形而下的复位,并由此确认人的身体经历的正当性、合法性。或者以"身体"为凭借牵引着生命之思。如试图将人的生命本体状态,包括欲望、恐惧、疼痛、孤独等表达出来的冯秋子,在《生长的和埋藏的》《尖叫的爱情及其他》《我跳舞,因为我悲伤》《以人的方式舞蹈》《让事实组合》《寸断柔肠》等作品中,对生命、生活、历史、苦难作感应化的叙述,将我们带入一个真实得令人歌哭的广袤而迷离的草原世界。综上所说,"新散文"对于主体感觉的强化以及对于"身体"的开放,一方面旨在打破传统散文写作伦理的束缚,极大地拓殖并建构更接近生命本体性存在的话语空间,体现了对于"话语革命"的努力;另一方面对于"身体"乃至生命感觉的重视,使"新散文"的写作在精神的层面上,实现了与诗的融通。

诚如梅洛-庞蒂那个有名的判断一般:"世界的问题,可以从身体的问题开始。"但身体的问题必须要借助一些仪式(形式)得以完成。在"新散文"这个想象或是写实的框架内,跨文体写作应该是一种相对理想的开放模式,但也是"新散文"颇受非议之所在。林贤治早已言之:"既然小说、诗歌、报告文学都可以而且已经向散文伸出了一只脚,散文为何不可以同样借用小说的情节化、诗歌的抒情化意象化、报告文学的纪实化,同时借鉴它们在文学创新思维方面已经到达的深度,来一个革新呢?"(《论散文精神》)但实际的景况却并不顺达。张锐锋的先锋姿态让他饱尝十年退稿的心酸,其代表作《马车的影子》寄给某编辑后,得到的评价是:"您的大作看过了,不太像小说,所以退还给你。"庞培在写《乡村肖像》时的情形也有过这样的表白,"我写《乡村肖像》,简直是对那样的一个居住设施太满意了，结果仍旧有人说，你走错房间了。差错太多了，我现在已经不在乎了。"庞培的满意与"有人说"之间显然也是种背离，"走错"是其反传统的姿态所得到的评判，"已经不在乎了"是他的无奈之有耐。格致的《转身》同样将小说、戏剧手法纳入创作文本，在亦梦亦真中讲述着与楼梯相关的人事和"恐怖故事"。这些跨文体的散文书写，"作者仿佛在空中同时打开无数扇门，我们可以由任意一扇进入。与传统的叙事者不同，作者并不企图呈现什么，而更加倾向于改变叙事者在文本中的垄断性，为阅读者提供更多的入口和出口，使他们的思想不是通过阅读被囚禁，而是在阅读中获得自由"[①]。自由的抵达与传统文本所预设的"文以载道"形成了反向的错落空间，我们由此得以穿梭其间。正是在这里，"新散文"回到了文学写作最为原初的"自由态"。这样的姿态为革新传统的散文界创造了种种可能。

字数的狂欢是"新散文"最显在的表征之一。"所谓新散文和旧散文，长度是一个比较明显的区别，长散文是新散文的一个比较常见的现象"（周晓枫语）。上万字，几万字，甚至150万字的长篇散文已是屡见不鲜了。如张锐锋的《别人的宫殿》（20万字）、《沙上的神谕》（20万字）、《皱纹》（21万字）、《祖先的深度》（20万字），庞培的《旅馆——异乡人的床榻》（约10万字），钟鸣的《旁观者》（上中下三卷本，150万字）等，他们这种对长度的热衷与追求，无一不烙着强烈的实验性特征。这种实验性的"长度"与传统散文的"短小精悍"背道而驰，与我们早就熟稔了的散文要讲究弹性、密度和质料的观点背离甚远。在我看来，"新散文"对于长度的实验，表面消解了散文原有的形态规制，而实际上通过形制的小说化，试图实现小说所具有的审美效能。小说化形制的"新散文"稀释

---

① 郭冰茹：《论祝勇的"新散文"创作》，《文艺争鸣》2008年第4期。

了散文既成的情感强度与主题密度的压强，由此引发的还有主题的淡化甚至无主题，或者主题的多义性。有研究者将美国哈佛大学科学史和物理学教授霍尔顿在其名著《科学的想象》中创造的一个概念"主题氛围"引入，作为对"新散文"主题的解读，我也颇为认同。在"新散文"中，所谓的主题已不是"形散神不散"模式中的"中心思想"，而是弥漫为一种意味的"氛围"。有论者将于坚、马叙等人的作品定性为"低智"，因为于坚的"人间笔记"系列与马叙的"小镇系列"都是以一种散漫的唠叨在进行"表象写作"，我们无法从中寻求传统文学约定俗成的审美价值。但"新散文"作为一种以本真为美的在场写作，正如马叙所说："它对美做出恰当的牺牲和放弃，而更加重视获取事物的原生信息。""它需要'无知'，'无知'是促成叙述能动的必要条件。所谓的'无知'，并不是对'知'的抛弃，而是更深层的'知'，只不过它是完全隐没的而已。只有'无知'的文字，才会具有它的原发的能动性。只有这样的文字，才能更真实呈现当下的事物。并且赋予当下事物以更加丰富的质感"（《我的老生常谈和枯燥的混乱的文字》）。"新散文"对于"无知"的求取，旨在抵达生活或生命的本真状态，还原它们原初的意蕴。这正是"新写实"小说等所设计的写作意义。

有评论家认为："就着文体本身的变化和革新而言，散文是这几十年来所有文类中最无所作为的。小说、诗歌和戏剧，这三十年来都发生了巨大的文体变化和艺术革新，唯独散文，总是生活在回望之中——现代散文的成就似乎成了散文界无法逾越的艺术高峰，散文一切的创造空间，在二十世纪似乎都被鲁迅、周作人、朱自清、林语堂、梁实秋等人所穷尽了。当代散文还能做什么？"[①] 这样的指说，基于文体诸体比较不无道理，但就

[①] 谢有顺：《散文是在人间的写作》，《文艺争鸣》2008 年第 4 期。

散文本体而言，似乎不太符合文学史的实际，至少从表面看来，散文文体也是试图趋时而新的。从"新散文"的有限实验大约已经可以看出，散文是在惯性中作着突围的努力，"越界的书写"与由此而来的"无界的释义"，正是"突围"进程中一些有意思的情景，尽管目前这种努力的结果与我们的期待尚有很大的差距。

第二节　江南散文

"江南"是个温暖的词语，它承载了古往今来多少文人志士的隐逸之梦、精神栖息之梦。能谓之"江南"的地方，有其独特的地理区域、文化特质，更有其不可言状的精神旨归。在那个焦虑的20世纪90年代，在"太阳对着散文微笑"的浮华背后，学者散文、文化散文、都市散文、乡村散文、小女人散文……竞相"出台"，纷纷扰扰，各领风骚。这是个喧嚣的散文文类多元并存的"无名"时期，江南，也成为部分文人精神休憩、趣味调制、隐逸虚拟的"别样"处所和重要的思考、书写对象。

诚然，由文人指认的这个"别样"江南，并不是简单意义的空间性、社会性的场所（最起码不首先是），也不是站在书写者的对立面，被书写者操纵的客体，而是类似于蒙田的"塔楼"，笛卡尔的"暖室"，伍尔夫的"一个人的房间"，是主体意识的静默现场与心灵图式的影像投射。"江南"成为一种审美意象，类似于一种"道具"系统，是背景。它的功用在于，它是感觉的"遗存"和"重现"，并且，因着视觉的江南诱发了心理的江南的可能发生，并且导致每个个体的"自我"记忆与臆想的差异性存在（主要来自于潜意识），为他们阐释"江南"提供了多重现代审美空间。在多重现代审美空间中构建的"江南",远离时尚、消费、欲望的标识,规避"乡村""野地"等诸多"藏污纳垢"的民间形态,也与洋溢着浓郁地域色彩的"西部"相隔离,是一个非都市、非乡村的独特的精神文化空间。

一 "意象的江南"与"江南的意象"

关于"意象",韦勒克和沃伦在《文学理论》中做过这样的论述:"意象是一个既属于心理学,又属于文学研究的题目。在心理学中,'意象'一词表示有关过去的感受或知觉上的经验在心中的重现或回忆,而这种重现和回忆未必一定是视觉上的。"[①] 虽然庞德界定的"意象"有别于韦勒克和沃伦,以为"意象"不是一种图像式的重现,而是"一种在瞬间呈现的理智与情感的复杂经验",是一种"各种根本不同的观念的联合"[②]。但是有关"意象"的核心观点依旧关乎"心理"。换言之,"意象"是心理与视觉合谋,并且由意味独特的情思与镜像编织而成的一种文化形态。江南成为"意象"进入文人视野,秀美清丽的自然景致为其提供了物质的可能。地理意义的江南,山水之秀、风物之美深植文士心中,诱惑着不同时期的文士游历自然,沉醉于此。

从传统视角探究自然对于人的意义,大抵有三个层面:一是自然被视为君临一切的超现实力量;二是自然被预设为人格价值的本原;三是自然乃寄情之所。无论自然所属何种意义,大抵与士人自由精神相对应。古代文士所谓"物我为一"的论说,实是将自然看作自由精神对象物的凭证。而现代文士王国维在《人间词话》中的"无我之境"说,即"无我之境,

---

① [美]雷·韦勒克、奥·沃伦:《文学理论》,刘象愚等译,江苏教育出版社2005年版,第211页。
② 同上书,第212页。

以物观物，故不知何者为我，何者为物?"将"我"隐于"物"中，传递的也是天地万物的自在性与人的自由性和谐相生的理念。至于站在川上曰:"逝者如斯夫，不舍昼夜!"(《子罕》)的孔子与游于濠梁之上、辩鱼我之乐的老庄，也无非是被自然牵引思绪而或发忧生之叹或以自然山水为家罢了。

当代文人对江南自然风光的游历与认知，首先在于青山碧水的物质性江南满足其浪漫清逸的人生情怀与理想。他们无论是作满足口目声色之欲的"快意游"——带着贵族化的生活方式与人生取向，把玩、消遣物质的江南，把物质时代人的紧张、空虚、浮躁消弭于山水之间，恣意自由自适的生命；还是作自然怡情悦性的"怡情游"——山清水秀，寻幽探胜，然后因景而生文，因文而传情，其"游于艺"的审美取向直接导致文学的自觉。刘勰的"山林皋壤，实文思之奥府"(《文心雕龙·物色》)概括的便是文学创作中的"江山之助"；或是作心灵适性之旅的"心性游"——山水涤清名利者俗念尘心，转身融入山水而为精神脱俗之旅。梁代吴均《与朱元思书》所谓"鸢飞戾天者，望峰息心；经纶世务者，窥谷忘反。"(《艺文类聚》七)说的便是此境。"山泽多藏育，士风清且嘉"(陆机)的江南确是文人人格理想对象化的"净土"与"憩园"，是文人寓意于物，寄情于象，借物象以表达主体襟怀的主客互通的大意象。在文人定位的特定的"江南"语境中，江南可资他们"隐于市"，在疏离喧嚣中获得生命的宁静与自由；在清丽灵动、悦目可心的园林与园林般的诗意空间中，实现精致化的生活目标，并且进行自适与自觉的生命创造。江南是文人或文人化的江南，他们诗意地"栖居在这片大地上"(荷尔德林)。

江南之所以成为文人的意象，还与江南所具有的"隐逸"文化传统有关。这种文化资源也为"意象的江南"的生成提供了精神的土壤。远可追溯太伯奔吴、季札让国，到范蠡助越灭吴携西施遁逸(传说于此)，浮五湖而隐居终生。而及东汉以至南朝，文士高蹈避世、快意自然的甚多。宋代孙因在《越问·隐逸》中列举了从严光到张志和等著名的隐居越地的隐士事迹后，评云："彼皆不事王侯兮，以高尚而辟世。亦地气之所钟兮，多秀水与名山。"（《宝庆会稽续志》卷八）当然，隐逸传统的形成与流传，固然有江南山水的牵引作用；其次，也有文人之于"隐"的天然的亲近心理，即使入世的孔子，也有过"天下有道则见，无道则隐""道不行，乘桴浮于海"的主张与设想。魏晋六朝更是将退隐——回归自然成为风尚之行。

回到当代文人定位的"江南"语境，我以为，文人向往之、皈依之的自然回归，更多的是种文化回归。文人处于市民文化和体制文化的中间地带，他们担当着文化传承和创造，而文化又赋予其主体性、独立性与超越性。"江南"作为"隐于世"的显像之所，文人于此静安心境，澄怀观道。恰如余秋雨在《江南小镇》中所述，若躲开江南（江南小镇），"那就是躲开了一种再亲昵不过的人文文化，躲开了一种把自然与人情搭建得无比巧妙的生态环境，躲开了无数中国人心底的思念与企盼，躲开了人生苦旅的起点和终点，实在是不应该的。"旅美画家陈逸飞的那幅名扬海外的《故乡的回忆》取像的原型也在江南周庄。余秋雨为此又感慨万端："没有比这样的江南小镇更能象征故乡的了"，此时的江南，已彻底幻化为一种心灵意象。

当然，这种文化的回归有主动与被动之别。主动者为自然风物所牵引，有着游弋江南、快意自然的精神姿态；被动者则为太过紧张的现实关系而致心灵迫厄，以对自然的亲近表示对社会某种存在的疏远，在物我联通中获得精神的愉悦、心灵的自由、审美的享受。但是，无论文人回归的姿态如何，"意象的江南"为他们的价值系统的建构，创设了自在、本然的精神性审美空间。由此而来，"意象的江南"成为文人语境设置中的别样江南。

而文人视野中的"意象的江南",在其进入文人书写序列时,又是以特质化的人事物景——小桥流水、粉墙黛瓦、吴侬软语等表现特别的"江南的意象"的。"青青的山、柔柔的水、软软的吴语"(夏坚勇《旷世风华》),诗情画意中便也托起了一个"精灵之气,氤氲积聚"的文化江南。当代江南散文家夏坚勇在指出了江南之于文人的意义的同时,也说出了江南地理与文化的特质,并涉指"江南的意象"的常见形态:"江南是中国文人的梦境,更是这里的气候、水土、植物和古代先民的生活艺术完美结合的诗篇,它使人们想到的是——水、月光和女人","水之对于江南,不仅仅是一道清秀明丽的风景,更是一种具有本质意义的生命情调"。水是柔软绵长的,一如江南人的性格,有一种婉约温顺的叙事风格。① 《老子》说过水是"天下之至柔",笪重光在《画筌》中补充说明:"水柔则秀",浸润在"水泽之国"的江南居民因着与特有的风土无法剥离的"脐带"关系,而多显灵秀颖慧之气,江南文学也相应地呈现出清秀俊逸与自然温婉的风致。值得一提的是,与"水"相自然链接的被书写的"江南的意象",还有河埠头(或水码头、码头)、船(乌篷船)、桥、油纸伞等。金曾豪、苏童、庞培、费勇、叶兆言等人就专心致志地作过"水上文章"。他们的作品掬来"清柔""灵动"的"水",滋润着自己和读者的心灵。

当然,"意象的江南"并不如此一律。江南的滋味是多重的,意象的江南也是多色调的。散文作家在回望江南的历史时空,走近江南的世俗情态,触摸江南文化的多样形态时,传递给我们的是"复式"的信息和蕴意。

---

① 夏坚勇:《旷世风华》,东方出版社2002年版,第11页。

二 历史中的文化江南

将江南或者"江南意象"置于历史的语境中言说,并不意味着关涉"江南"的写作,便受制于故纸堆里僵态化的所谓历史事实。相反,20世纪90年代后的散文作者,或者说历史文化散文作家,譬如张加强(《千秋独语》《傲骨禅心》《忆江南》)、祝勇(《江南,不沉之舟》)、王充闾(《沧桑无语》)、夏坚勇(《湮没的辉煌》《旷世风华》)、余秋雨(《江南小镇》)、柯平(《阴阳脸——中国知识分子生态考察》)、费振钟(《堕落时代》)、山谷(《回眸江南》)、胡晓明(《文化江南札记》)等,多将江南作为文人"独善"隐居、精神栖息的处所。临水筑园、品茗书画、泛舟优游,成为文人人生的某种隐喻。在江南这特定的区域场,历史携着历史的人和事泥沙俱下,穿越千百年时光,让当代人与古远流传的文化气韵进行人性的、精神的、审美的对话,并企图通过这种对话达到与当代人精神的"共享"。探究历史之于散文的意义,我更倾向于谢有顺提出的应以"非历史的方式"来面对历史本身的说法。

所谓的"非历史的方式","就是那些在野的文明,异质的文化,民间的传统,它们可能处于历史的背面,处于常规历史的暗处,但它们却可能是最为靠近人性的区域,是值得散文真正用力的地方。"[1] 换言之,历史文化散文写作应该是对人、对人性、对生活的一种精神发现和精神识见。用K.波普尔的话引申就是:"作家可以给予历史一种意义,一种对于自己今天的生活和精神有崭新发现的意义,而不是一味地去探求历史的隐蔽意义。"江南散文作家对于历史文化的书写,正是在这里显示了它的意味和价值。这种书写不追求历史的宏大叙事,作者更注重看取被忽略或被遮蔽

---

[1] 谢有顺:《视角,理解历史(代后记)——以张加强的散文为例》,张加强《千秋独行》,东方出版中心2005年版,第293—294页。

的"历史的背面""历史的暗处",发现并彰显其中深有人性意义的存在。

诚然,如张加强所说:"其实我眼里的江南是一种文化想象,是一虚拟的空间,旨在表达一种文化理想。"这里所谓的文化理想,更多的是意指文化人物的人性风范和人格高度,是一种精神性的建构。因有精神做底子而使所有"恣意"生命、所有卑微生命怀抱希望。[①] 正因为这样,作者面对"书卷"中的江南不是作"历史化"再现,而是进行"人化"的或者"精神化"的表现。张加强《傲骨禅心》散文集收有《怅望南浔》《哲人之路》《经典的航海》《遥祭吴承恩》《花落春仍在》等18篇散文。他在"软绵绵的江南"之外,意欲寻找和发掘一个有血性和气节、傲骨和禅心的江南——江南的另一种精神向度:"江南是块不可触摸的柔软,这桃红柳绿、佳人欢娱之地,无法想象一群手无缚鸡之力的文化浪子,血写过一曲呼天号地的文化悲歌,给软江南带来英雄气厚重感。"(《太湖谣》)江南"把气节从一种文化监护上升为一种文化内涵,为官荡涤五脏六根浊气,为文洗却尘世肮脏,使书香千古,使皎洁永恒。气节给江南以反思,江南何去,乃千古疑问,看来清一清江南水乡千年厚积的淤泥,实属必须。让江南从深厚走向宽广,让文化在种种转换中完成某种关怀。"(《傲骨禅心·寻找远逝的江南》)张加强以"文化浪子"指称江南另一种文化生命,他们并没有被江南的"温婉"销蚀生命的激情,"浪",表征的是自由精神,是一种不"安分守己"的叛逆心志。这样的精神持守,使他们甚至不惜牺牲自己,去完成历史赋予他们的,也是他们自己赋予自己的使命。"浪子"以个体的牺牲让自己存活在历史里。

但张加强以"文化浪子"的精神气韵"反思"文化江南的一般定位,却也是值得"反思"的。在我看来,或者已由江南文化的主导性规定了

[①] 张加强:《重读判决的时光》,《千秋独行》,东方出版中心2005年版,第16页。

的，江南主要不是"浪子"的。江南文化的魅力来自宁静中的致远，淡雅中的自适。江南小镇营造了文化人的地理空间和心理空间。这是余秋雨所认知的江南："想来想去，没有比江南小镇更足以成为一种淡泊而安定的生活表征的了。中国文人中很有一批人在入世受挫之后逃于佛、道，但真正投身寺庙道观的并不太多，而结庐荒山、独钓寒江毕竟会带来基本生活上的一系列麻烦。'大隐隐于市'，最佳的隐潜方式莫过于躲在江南小镇之中了……小镇街市间的隐蔽不仅不必故意地折磨和摧残生命，反而可以把日子过得十分舒适，让生命熨贴在既清静又方便的角落，几乎能把自身由外到里溶化掉，因此也就成了隐蔽的最高形态。说隐蔽也许过于狭隘了，反正在我心目中，小桥流水人家，莼鲈之思，都是一种宗教性的人生哲学的生态意象。"(《江南小镇》)余秋雨对江南的阐释，可能更接近江南意味的本真。他关于江南的表达指向，在更多的江南书写者那里以各自的姿态呈现。譬如柯平的《阴阳脸》。柯平钩沉江南历史人物，让历史人物再还原到历史的现场中，"表演"其性格的个人性和历史性，并且由江南文化人的生活与命运遭际透视江南文脉。值得注意的是，柯平所言说的历史中的人不是历史的附属物，人性、人心以及人对于当代的意义是他文化散文的重要主题。他穿行在历史的风尘中，探寻西塞山对于张志和的意义："西塞山是张志和恬淡人生的生动象征，也是人与自然相互寻找并相互感化交融的典型事例"，西塞山的"孤独与大气"与"无复宦情"（即对生命短暂、人生无常的本质认识）的"烟波钓徒"张志和在精神与气韵上相通润。探寻柳浪馆对于袁宏道的意义：袁宏道晚年在柳浪湖边筑有的柳浪馆（这种水边意象可看作在精神上对传统"隐"文化的继承），是类似于王维的辋川山庄那样的精神居所。袁宏道曾为官并辞官于江南，晚年梦遗江南，柳浪馆"其地景色相当难得地带有几分江南风味"。此时的"江南"作为经验的主体已脱离实际的江南而幻化为理想的江南，由这"江南风味",更确切地说,"江南意象"给出的大概是袁宏道对于自由、闲适精神的企盼与向往。柯平将李渔的《闲情偶寄》看成是一个人情练达者一生的心得和经验之谈。他以为"闲"所传递的意义是,只有放弃对士人传统的仕途红尘的眷恋,才有可能真正体验蕴含在日常生活中人生的美德和精义。而对于那个将世俗生活酿造得极具美学思想核心——重性情,去雕饰——的袁枚的退职赋闲,柯平认为那只是袁枚实现其人生理想的一种策略与手段。"在实现个人生活理想的同时,也为几千年灰暗、单调的传统文化长廊提供了新的色彩和新的肖像"。

再譬如祝勇的《江南,不沉之舟》。祝勇关照的文化江南不仅有文人取向中的江南,也有文化江南中的"民间"。祝勇的历史视角在某种程度上与谢有顺的历史视角相切合。他也看到"在野的""异质的""民间的"历史。作为观察家的叙述者,祝勇将凝视演变成窥探,透过千百年的时光"窥探"到的江南不是伦理、法度等冰冷的概念,而是呼吸着的实体的人。祝勇在注意到"岁月在一个历史遗迹上面追加的情感成分,早已超越了它的原始意义本身"时,便把历史纳入日常生活且徜徉其间,赋予历史以人间的滋味和温度。面对江南,他关心的是"蓝花印布""泽雅纸坊";是民间苍黄可触的"家谱"与三进九门堂中的俗世生活;是散落在周庄显示着生活原始的格局和情趣的古朴民居;甚至于红妆家具中"隐约感觉到那些床帏间神秘出没的身体、历史厚重的外壳下包裹的情欲、人们在隐秘角落的高声尖叫和气喘吁吁";甚至于望着手里的地图都能"看到一个个图案精细、人影晃动的窗格,聆听到暗夜里衣袖和饰物的喧哗"。祝勇以丰富多彩的人性将"历史"消解在他的"传说"中,消解在民间的"杂质"中。

江南散文中的历史文化叙事,少有"大"历史的气度,但是,由于它旨归于人的存在,以人见史,史具有了活动着的人气。

三 记忆里的个人江南

当然,江南散文并不全是对过往历史或文化的打捞。过往的存在有些尽管意味悠长,但因着历史之旅的推进,它们总会渐行渐远,与我们有一种相隔的感觉。依我个人的阅读经验言之,有时,我也许更喜欢那种记写个人生活中有关江南体验的文字。这些文字虽然缺少"景深",但读来真切得可触可摸,却是一种特别的悠长。

历史的、文化的江南,是祖先遗存的资源,而有关作者个人记忆的江南书写,可能有着另外的意义。20世纪90年代以来,"江南散文"已不仅是一种零散的影片,而成为一道引人注目的景观。这可能与社会特定的存在有关。经济社会的"经济"在惠及大众的同时,人们也感受着心灵过度物化后的苍凉,于是"怀念"文化和文化的江南;市场原则使得人们在现实利益驱动下,疲于奔命而致生活粗鄙、心灵"氧化",于是向往起或留恋着有过的闲适精致生活。但是,在社会发展的新的阶段,即便是江南这样曾经的温婉清雅之地,也不以人的意志为转移地开始了一些变异。这自然引起企图守着精致、惬意而生活的文士的警惕,警惕之中只有无奈。无奈又不甘心,于是捡拾记忆里留存着的有关江南暖和与凉爽的故事断章或是风景片段。这种"捡拾"形的文字,笔墨并不浓彩,而内蕴着的却是一种隆重的纪念。钱谷融先生在《江南味道·序》中,对于江南在当下的意义作了评说,"真正的江南味道,是江南景色与江南风俗人情的统一"。他以为,江南对于当代人的意义在于,江南秀丽的自然风景,会给长时间被包围在喧嚣紧张的气氛中,不免心烦意乱,常有惶惶不可终日之感的人们以心灵的抚慰,使其精神得到缓解、舒息。而江南人特有的生活情趣,他们那与大自然打成一片的豁达胸怀与超脱眼光,则能使人的思想得到升华,帮助人从凡庸脱俗的境界中跳出来,恢复一个人所应有的独立自由的精神。① 钱谷融先生对于江南意义的指点，其实点出的正是江南散文的意义。

诚然，散文家对于主体自身经验中的江南的提取是依存客观真实的，但又不可避免地涂上了或浓或淡的理想主义色彩。同时又由于经验主体具有先在的经验差异性，所以我们感受到存在过的江南，不仅是真实而美好的，而且是多样丰富的。费振钟是评论家，又是写作文化散文的实力派作家。他是站在江南的现实语境中对江南进行"白描"式的记忆性叙写的。他的《黑白江南》有着对光与影的敏感和对言说对象的倾心，简朴而有致的文字里，流淌着江南水乡鲜活的生命气息。他记录"与瓦有关"的猫、雨、瓦楞花、雪，还有瓦下的孩子——我们，倾听生命的恣意与思考；他言语着"码头与一个男孩"的故事，告诉读者，"水码头无疑成为江南人家生活风格不可更改的外观形式和特征，以至于你认为，假如没有水码头，这里的人们生活就失掉了一种可以度测的标志"；他描述了"戏台"，流连在"千年风雨一幕戏，戏下场了，戏台却是风情依然"之间，传递着对古朴乡民朴素"感情习惯"的赞誉情绪；他在"某个季节寻找茶馆和一位茶客"，想温习江南旧时茶馆恒常的生活状态和调子，"喝茶是江南生活中的一个部分，它是日常的、世俗的，是与人们每天的劳作联系在一起的。如果要说这种日常化的喝茶有什么意义，那就是它使我们相信，这里的人，他们一生中忙碌辛苦的生活需要水来滋养和延续，而正是日复一日的喝茶，养成了他们生活中的好脾气好性格，养成了他们与世无争、朴素温和的生存方式。走进这样的茶馆，我们就遇见了他们。在他们那润泽了的脸上，我们会发现生活像水一样的自然和常态，而他们也正是在如此自然和常态下劳作和过活，把日子打发得像喝茶一般。"《黑白江南》是关于

---

① 钱谷融：《江南味道·序》，沈敏特、方国荣主编《江南味道》，南方出版社1999年版，第2—5页。

江南的连环画，构图是素朴的，光影是清雅的，情调是从容温煦的，滋味是茶样的淡而长的。一切都是令人——费振钟以及我们——乐而忘返了的。

一直在儿童文学的园圃中与小朋友说话的金曾豪，拗不过乡土江南的蛊惑，情不自禁地以《蓝调江南》表达了对自己儿时江南的喜爱。他是在江南腹地常熟土生土长的，至今舍不得须臾离开这一块故土。在散文天地里，金曾豪"零距离"地与江南"小镇"的风土人情作一番"亲密的接触"，实实在在地感受到源远流长的传统文化和丰富厚实的乡土文化，并在其中产生出平静、恬淡、亲善、自足的快乐。作者是用回叙的方式钩沉儿时情境的。关于儿时的见闻体验，作者已无法以全景展示，他只是找回若干具有镜像性的物事处所如茶馆（老虎灶）、书场、中药铺等等一一写来，写得波澜不惊，却也情意绵绵。"回想起来，西园茶馆对我的赠予还真是不少的"（《老茶馆》）；"作为常熟人，我很幸运，因为评弹确实给过我许多艺术方面的教益。可以说，评弹是我的第一个文学老师"（《听书》）；"在我的心目中，中药是天地日月的精华，是中华文明的馨香……具有永恒迷人的文化魅力"（《树德堂》）；"对于我的童年和少年来说，不结荚的老树给予我的已经相当丰富了"（《母亲树》）。

阅读江南散文，我们发现，由于主体间存有显见的"时差"，所以年稍长与稍年轻的作者对于江南的看取以及情感的向度是有所差异的。一般而言，长者对于江南情有独钟，对于江南的书写有诗化的倾向。比如夏坚勇对苏州的感觉是精致和诗意，在他看来，"苏州的精致则是一种居家过日子的滋润，它潇潇洒洒，不卑不亢，以骨子里的书卷气和自在平和的真性情酿造着诗化的生活"（《旷世风华》）。为了验证他的感受，夏坚勇选取一些诗意烂漫的意象化的物事加以表达。譬如油纸伞。江南精美的纸伞曾是民族手工业的一种品牌，现代诗人戴望舒让"油纸伞"浮动在幽深的小巷，因着那丁香般的姑娘而幻化出一份哀怨的浪漫与遐想，成为诗人或者文人永远的梦萦。而夏坚勇从江南世俗生活剧《白蛇传》中，看到由油纸伞撑起的诗意空间，自言自语地说来："江南的油纸伞是一种寻常的精致，亦是一种寻常的诗意，这诗意孕育的情感，是江南人的性格底色个诗化生活的一部分。"（《旷世风华》）夏坚勇的油纸伞，"营造出一种与外部世界的疏离感"，"让你的心里纤尘不染"。C. 鲍德温在《心理分析和美学》中说过，"每一个自发的心理意象在一定程度上都有象征性"。他指证了"意象"可作为一种描述存在，也可作为一种隐喻或象征存在。夏坚勇笔下的油纸伞，正是他心中的江南的一种隐喻或象征。但是，年稍少者，倒并不是少不更事，而是他们对于江南有着另外的观察和感受。诗人车前子在其散文《江南话本》中所作的一些言说，感情的基调是有别于夏坚勇他们的。他的文字里的"故乡是我的幻觉，是的，是幻觉，还不是联想，还不是回忆"（《2000年故乡夏天》）。对于书写对象的过去与现在、传统与现代，作者有着自己的认知与理解。李森在《个人生活风俗（代总序）》中已经指出，在车前子的话语世界里，"苏州的'城内'和'城外'，'梦里'和'梦外'的两极关系，象征着现代人精神困境中两个难以割舍的领域"。车前子等并不对已有的存在仅作某种单向的评说，而持守一种基于个人自觉的言说立场，"没有个人自觉的生活是乌托邦的生活"，"历史是从存在中派生出来的。而存在的核心，就是以个人为出发点的生活天地"。由此我们大致可以知悉作者对于"经典"江南的情感指数了。比车前子表意更明晰的是黑陶。黑陶在他的散文集《夜晚灼烫》中将传统美感江南的底色定为"幽暗"："是的，水乡的本质已转为光线。幽暗的光线。"（《幽暗》）他把江南从过往诗词歌赋的明丽柔美中作了"另色"的变换，认为"南方水乡，绝不是纤柔轻巧的布尔乔亚的理想国，它清灵的外表之内，充满了缓慢滞重的历史和时间的张力，充满了凝实、惊异、甚至令人恐惧的生命意蕴"(《水乡》)。由此可见,黑陶的江南是劳者的江南而非文人的江南,是与生活发生实在关系的江南而非游人怡情逸志的江南。这与他的经验世界有关:破旧而干净的小店,口含烈焰的窑,缓慢流向时间尽头的河水等,这是嵌入黑陶记忆深处的江南意象。

江南作为意象,是流动着的。在不同的时空背景中,在不同的经验主体那里,它以变异的姿态和个人阐释的多样性存在着。在过往的历史、记忆与当下的场景、体验里,江南是临近的,也是遥远的。费勇在《我的江南》(广东省地图出版社2000年版)中的一段说白,大约可以作为一种"代言"视之:"江南永远在遥想之中了。"(《跋·江南的美丽与悲哀》)"我所挚爱的江南既在当下,也在时间之外……穿行在不同年代不同心情的形与色,穿行在四季流转的江南的小巷与园子,穿行在流年旧景与眼前场景,我感到自己一次又一次地即将回到江南,而又似乎永远无法抵达。"(《序·如何回到江南》)时尚无所不有,经典的江南或许真的被风化了。

葛红兵在刘长春散文研讨会上提出了"意绪散文"的命名,我以为并不只是"制造"了一个新名词,它用之于归纳20世纪90年代以来的江南散文的美学特质,大体上是"得体"的:"不是拿对象做抽象的理论概括,用理性思维笼罩对象,强制对象,也不是拿对象做情感的寄托,抒发作者一时一地的感受,而是从对象的意、象中生出生命的情和绪,进而达到交融,完成散文篇章的内在建构,作者的倾向和风致是从这种建构中浑然不觉渲染开来。"[①] 写得可读的江南散文,是一种历史与现实、个人记忆与集体幻想交接感应后所生成的"意绪"记录,其中少有文化大散文曾有的趣味索然的所谓"理性"。作家关注的主要不是故事推演、史识推介,或是有关人物大端的言说,而是人的心灵,既指叙说对象,也包括作者主体自

---

① 葛红兵:《"凭借写作把死的历史变成活的追问"——刘长春散文暨〈宣纸上的记忆〉研讨会发言摘要》,《美文》2006年6月上半月刊。

身。胡晓明的现身说法,也支持了我们对于江南散文的基本认知:"在我看来,也许更重要的并不是去隆重地发掘一座湮灭尘封的古迹,也不是将历史作为我自由想象创造的材料,而应是真实的感应。通过我的这支笔,去触摸、亲近那越来越与现代人遥远相隔的心灵的存在。"[1] 这里给出的关键词是"感应"和"心灵"。我以为,缺乏心灵感应的散文就不会是好散文。评述文化散文的长与短,涉及的因素可能很多,但面对言说对象是否生成足够的心灵感应,正是核心因素之一。

第三节 江苏散文

在晚近20多年的中国文学版图上,江苏可以被指称为文学大省甚至是文学强省。江苏文学不只是以小说创作的丰硕与高水准为人关注,散文也是颇多创获且别具意味的。特别是20世纪90年代以来,中国社会的深刻转型和文学的边缘化,江苏文化构成的多样性[2]、文学生态的优化性[3]和作者身份的多重性[4],都为江苏作家的散文写作,创造了新的可能性话语空间。他们或是徜徉在文明的废墟上借题发挥,论人说史,对江南历史人

---

[1] 胡晓明:《文化江南札记》,浙江摄影出版社1998年版,第3页。
[2] "江苏文化"是一个总体性区域文化概念。从传统意义而言,大抵由吴文化、金陵文化(或称"宁镇文化")、徐淮文化(或称"楚汉文化")、维扬文化和苏东海洋文化等组成。基于这些参差多态、交融互补的"文化个体",江苏散文呈现多样多质的特点。
[3] 如江苏创设最高奖项"紫金山文学奖",此奖项被誉为"江苏鲁迅文学奖",其中设有散文奖。1999年由江苏作家协会创设,2000年、2005年、2008年、2011年分别举行第一、第二、第三、第四届评奖,合计获奖散文二十篇;如江苏最早推出被称为"全国唯一"的散文"年鉴"《江苏散文双年鉴》,选录留存江苏散文中的优秀作品等。
[4] 作者大致分为三个类群,以夏坚勇、车前子、黑陶、山谷等为代表的"专业"或"准专业"散文作家创作群,以董健、丁帆、王彬彬、吴功正、王尧等为代表的学者散文创作群,以叶兆言、金曾豪、刘春龙等为代表的小说家散文创作群,主体身份的不同必然带来文学话题的多样形态。

物、事件，甚至推至中国历史深处的某些片段进行叙写；或是在"意象的江南"中打捞"江南的意象"，状物绘景，多作江南园林、古镇、风物的书写；或是漫步在记忆的长廊，提取个人生活场景、书写陈酿的情思（也有观物游历，寄情山水）；或是以自由漂浮者的思想姿态，对当下时代痼疾、被遮蔽的历史真实、"文化大革命"、知识分子精神建构等做深入反思与自我审视。因着散文创作实绩的为人注目，江苏省作家协会在地方性最高奖项"紫金山文学奖"中设置了散文奖；南京大学出版社应势而为，推出被媒体誉为"全国第一次"的《江苏散文双年鉴》，此后的远方出版社、江苏人民出版社、江苏文艺出版社等均依次隔年出版双年鉴，将江苏散文从创作到理论进行了集成与展示。无论是评奖或者作品的汇集出版都是为江苏散文"量身定做"的显在表彰方式，也为我们观察、研究江苏散文话语形态提供了有价值的文本。

一 历史的与非历史的

历史进入散文书写的方式，在江苏散文作家的话语谱系中，大抵有两种。第一种是直面历史，即经由某些重要的文人、事件或"人文山水"（如江南园林、古镇）进入历史，将历史还原于历史人物、事件的"在场"中，复现在一个个文化遗迹中，并由此追寻历史的种种，作个人与历史的对话。第二种是"非历史的方式"（谢有顺语），即拾掇散落民间的文化历史，在被忽略或被遮蔽的"历史的背面""历史的暗处"，发现并彰显其中深有人性意义的存在。

分而言之，第一种直面历史的散文，一类体现为以文人士子作为散文叙述对象，以人解史，以史察人。其共同的表征是对历史人物、事件、思潮等进行深入考察、审视，以古鉴今，作出发人深省的透析。代表性作品有费振钟的《堕落时代》、丁帆的《江南悲歌》、夏坚勇的《湮没的辉煌》、山谷的《回眸江南》等。费振钟对晚明历史的勘探是由晚明文人的世界进入。他将二十位各色人等的"小传"置于"思想的黄昏""末世之痛""道德与政治""生命如飘"四辑中，探寻在专制腐朽的年代，知识分子的命运沉浮、人格操守、思想行状的种种可能。丁帆"敲打"的是南明到民国的三十余位文人（当然书中还有些"秦淮的风月"，借"秦淮八艳"反观文人行状），在对历史事件的评说、对古代遗迹的考证与对人文景观的描摹中，将江南文人和知识分子的人格命运一一拉将出来做"人性的聚焦"，为"士子招魂，为全民启蒙"（董健语）。山谷在《孤独王安石》《李渔的闲情》《以董其昌为训》等篇什中，认真思考知识分子应有的节操、是非观及立身立言的准则。夏坚勇站在断壁残垣间，沉浸于忧患意识，对中国历史、文人、文化进行深入体察，"寻找张扬个体灵魂和反思民族精神的全新领地"。诚然，同样是直面历史，也有些散文作者做着温婉的梦。庄锡华的《斜阳旧影》以"情"为行文底脉，"感觉"在金陵历史文化间，写着"割据的都城，血腥的杀戮，北来的征帆，宫女的舞步，人物的浮沉，绚丽的诗文"（《后记》），虽也用尽笔力，但在历史的秋风瑟雨下，多少是减了些"骨脉"，而显得淡了。一类是深受余秋雨所言的"人文山水"的蛊惑，驻足于文化景观（遗迹）间的散文抒写。如对江南园林的关照。"江南"自古便是文人幻化了的独善隐居、精神栖息的处所。"园林"自古多为私宅，是怀抱中隐思想的士大夫的"城市山林"[1]。苏州的车前子以一本"笔墨园林、文人心经"的《品园》，辗转流连于各色园林的砖石花木、门窗亭台间，浸润着传统文化的滋味，在逝去的"风景"中作满溢雅趣诗意的游园惊梦。南京的山谷回眸江南，

---

[1] 苏轼论园林之功用阐述得较为明了："古之君子，不必仕，不必不仕。必仕则忘其身，必不仕则忘其君……开门而出世，则跬步市朝之上；闭门而归隐，则俯仰山林之下。于以养身治性，行义求志，无适而不可。"这种居尘而出尘的行为方式，将园林幻化为"城市山林"。

在《沉浸孝陵》《散步秦淮》《残垣明故宫》中做文人之遐思，发思古之幽情。有人认为江苏散文是"文人之文"，其精神的渊薮大抵由此而来。但我终究还是觉得，这样过于雕琢的雅致不可避免地淡化、消解了生活的元气。

第二种是"非历史的方式"，"就是那些在野的文明，异质的文化，民间的传统，它们可能处于历史的背面，处于常规历史的暗处，但它们却可能是最为靠近人性的区域，是值得散文真正用力的地方"[①]。质言之，是一种关涉民间的文化。这种书写不追求历史的宏大叙事，而是在民间的背影下，在日常的琐碎中展示了"真人间"的意味。主要作品有黑陶的《夜晚灼烫》《漆蓝书简》《泥与焰》《绿昼》，费振钟的《黑白江南》，夏坚勇的《旷世风华》，车前子的《中国后花园》《茶饭思》《江南话本》，陶文瑜的《茶客》，金曾豪的《蓝调江南》，赵玫的《小城志的一页》等。黑陶是江苏散文作家中的另类存在。他行走于江南的乡镇，触摸着、体悟着、描摹着江南原生态的、活生生的民间，譬如街、镇、厂、船坞、房屋、陶、溪、水、雨、火等，致力于解构被固态化了的阴性的江南（黑陶说，他更愿意将"江南"称为"南方"），书写被遮蔽的一个巨大而温暖的"父性"的江南，"用个人视角努力呈现真实江南的地理空间和文学空间"（《漆蓝书简·后记》）。费振钟是另一位"放弃了一种贵族化的背景，彻底依存于民间"，具有"民间性"的作家，他念念不忘的是江南的猫、雨、瓦楞花、雪、码头、男孩、戏台、茶馆与茶客。夏坚勇在特质化的人事物景（小桥流水、粉墙黛瓦、吴侬软语）中表现特别的民间意义的"江南意象"，托起一个钟灵毓秀、雅意氤氲的文化江南。车前子和陶文瑜都泡在茶坊里，揣摩着品茗和解渴之间的乐趣（当然，车前子还把自己扔进生活风俗中，

---

① 谢有顺：《视角，理解历史（代后记）》，张加强《千秋独行》，东方出版中心2005年版，第293—294页。

《好吃》着,在《云头花朵》中甚至有篇文章题目为《橘红糕海棠糕脂油糕黄松糕桂花白糖条糕薄荷糕蜂糕糖年糕水磨年糕扁豆糕》)。金曾豪在老茶馆(老虎灶)、书场、中药铺、小吃等小镇风土人情中流连。赵玫揣着"平常心态和人间情怀"(张立新语),端详抚摸苏州,从园林、古城、民俗民风落笔,作着"一个人与一个城市"的女性私语……

综观徜徉于历史与非历史间的江苏文化散文,我们发现,它们的生成烙印着江苏特定的地域文化、精神方式和生活行为的特质。江苏在文人历史视阈中常常以"江南"作为其指称(虽然有时不免滑入一种以偏概全之境)。而江南的云烟水路、歌舞亭台造就了特定的水乡文化与看似诗意的物化生活,附着在江南的"隐逸"传统、"还乡"之梦也似乎成了"中国文人们的主流的思想路线"(丁少伦主编《文人江南·前言》)。但有别于"外来者"的应目之游而生发出的怀古之情,作为"本地人"的江苏作家,对江南的繁华旧梦、人与事理有着先验般的难以排遣的回望与想象。因此,就散文的广度、深度而言,"历史的"江苏文化散文更为浑厚,其询问和穿透的审美客体是文人的、宦官的甚至是历史的江南[①],富有启示意义的是,越过时间的屏障,在一个主体生命日益皱缩的时代,江南怎样被预设为个体生命的审美、趣味的诗性处所,又如何成为当代自由生命的隐逸、(精神)休憩的静默现场?江苏历史散文的意义也许就蕴于此中。但就散文的探索性、创造性而言,朴素而不失生机勃勃的"非历史的"江苏散文,既由内容上拓展了自古"诗意"的文人文化江南,将江南一一化解、坐实在民间文化的"杂质"中,如有形的桥、水、女子、人家、船、水道、渔夫、渔网,无形的方言、曲艺、工艺,甚至茶艺和酒道等,还原了另一个细碎的本真的民间

[①] 丁少伦主编"文化中国 诗性江南"丛书,将江南一一细化为《文人江南》《品读江南》《官宦江南》《风雨江南》《民间江南》,并呢喃其间。

存在（这种内容的丰富性与多样性是那些外来书写江南者无法企及的），又在文体上应时创新，如黑陶以为"散文的疆域接近于无限"，他在散文中频频使用"传奇、新闻、诗的断片、公共语言抄录、书信、故事、日记、访谈、科学笔记、蒙太奇、年谱等等体裁（手法）"，达到一种"近乎淋漓尽致的书写幸福"（《漆蓝书简》）；车前子将散文写作作为一种"旅行"，拉拉杂杂地随行随记在江南的园林间、小镇间、风俗土物间；写儿童文学的金曾豪，虽标榜着"散文这种文体是不宜虚构，更容不得虚假"（《蓝调江南》），但在"情真"中做着的细腻散文终究还是打上了童话的痕迹。

概言之，在关涉历史的江苏散文中，地域性不是一个外在的概念，而是一种内在的品质，它孕育着本土的多维文化和多姿生活，最终抵达的是"地域即人，人即地域"之境。

二 "个人化"记忆

无论是历史的抑或非历史的江苏散文，言说的似乎都是关乎"他者"的存在。但在江苏散文中，还有一片"自己的园地"在被耕耘着。"所谓自己的园地，本来是范围很宽，并不限定于某一种：种果蔬也罢，种药材也罢——种蔷薇地丁也罢，只要本了他个人的自觉，在他认定的不论大小的地面上，有了力量去耕种，便都是尽了他的天职了。"（周作人《自己的园地》）换言之，即一些作家在这个被定向了的"江苏"园地里记忆着关于"我"的人生种种，做个人化的"非虚构式地叙述"与絮语式地抒情。

具体而言，我指认的"非虚构式地叙述"是由题材来确认，倾向于亚里士多德所说的"叙述已发生的事"，作家以"在场"的方式和纪实的手法，追忆与实录时代、革命、政治、民生等诸多问题，主要可归为四类：

一类是个人与时代的记忆,如王尧的《一个人的八十年代》。王尧觉得"散文的方式比较能够传达个人的经验和气息"(《答友人问》),写"一个人的八十年代",不是做"精神自传",而是记着鲁迅从纷扰中寻出闲静来的话,学着给往昔的时光一个悲哀的吊唁(《自序》)。他穿行于城市与乡村之间,温习着特定时代驳杂的生活样式和思想面貌,诸如电影、通俗歌曲、奇装异服、武侠电视剧等,在"历史的缝隙"中,记录一位当代知识人在特定时代曾经有过的生活和心灵的独语。尽管《一个人的八十年代》少有北岛、李陀主编的《七十年代》那样尖锐、反思、沉痛、悲壮甚至血腥,少有查建英《八十年代访谈录》那样穿行于诗歌、小说、音乐、美术、电影、哲学和文学研究等领域做广博的文化标记、文化反思(李陀认为:八十年代问题之复杂、之重要,应该有一门"八十年代学"),但"目睹书里书外的是是非非,检视校内校外的林林总总,咀嚼离乡怀乡的点点滴滴"(《编辑手记》),我们还是可以于客观冷静处,感受到一位居处边缘的读书人独立反思的人格底色与关于一个时代的隐忍。一类是个人与过往人物的记忆,如叶兆言的《陈旧人物》和章品镇的《花木丛中人常在》等。叶兆言秉持着"一吐为快,把内心深处想写的东西写出来"的简单,叙述了康有为、梁启超、章太炎、林琴南、闻一多、俞平伯、王伯祥、顾颉刚、俞平伯、吕叔湘等二十七位中国近、现代历史上著名的学者、文人、作家、画家,将历史间那些貌似阳春白雪、高不可攀的文化人置于俗世细碎的生活常态中,富有"人间气"。章品镇因着"纷如雨点的声音敲打着我的记忆。我的记忆里有着我所尊敬的人、深具诚挚的同志之爱的人、同得欢欣和同历苦难的人的姓名",倾尽笔力,百转愁肠,行文中既有"我有两位芳邻。楼上是忆明珠,楼下是高晓声"般的轻松戏谑,又有"文化大革命"十年知识分子劳动改造与困难艰苦的刻骨心酸。一类是个人与家族的记忆,如刘剑波的《姥娘》与范培松的《南溪水》。"纪实文学"是《姥娘》通识意义上的文体身份[①],《南溪水》的文体标识是"长篇散文"[②],我更愿意将它们定位于个人化的"非虚构式地叙述散文",即如李敬泽所言的那样,"希望通过'非虚构'推动大家重新思考和建立自我与生活、与现实、与时代的恰当关系",以文本为媒介,把个体还原为社会成员,个人的生存安置于社会关系中,由此打通个人经验与集体感受。刘剑波的《姥娘》是献给外祖母孙张氏的,他以"再往前,一直推到1917年""现在,让我回到1990年初秋""1997年4月底"为叙述时间起讫点,切开一个个横断面,在"趔趄""迁徙""死亡"三篇章中散点展示乡村传统女性在历史、时代、革命、人性、亲属、伦理、养老中的生存境况,将社会大历史的运衍以个体亲验的方式"复现"而推置读者的视野。范培松的《南溪水》由"南溪水,范家的生命水"为文章肇始,由个人家族进入历史叙述,追忆一个普通农民家庭,在他从出生到三十岁所经历的苦难、疾病、贫困、"文化大革命"、亲情等,彰显中国最底层人民的生存真相。这两份家族记忆,都暗合着"理性节制情感"的美学原则,但终究多了些理性的负载,少了些震撼生命肌理的本能性感动。相较之,彭学明的长篇散文《娘》也许更能在这个精神沙化、感情钝化的时代,给我们一份朴素的感动。一类是个人与游历的记忆(记录也许更为妥帖),如吴功正的《走进台湾》、王建的《走过最遥远的风景》、刘凤鸾的《平民之城》。一直沉潜于中国美学史的吴功正,试图以"最直接的经验、最真切的体验、最大的信息量"观察台湾社会,给我们展示描述台湾生活的多个层次,包括人的心态、生活方式等(《我读台湾·代后记》),为我们全面、深入、具体地感知台湾打开现实之门。诚如吴功正所言:"我读台湾,

---

① 木弓在《文艺报》发表《小历史 大命运——读刘剑波的〈姥娘〉》评论文字时,创造了"小历史散文"概念。
② 《钟山》杂志于2012年第2期开设"长篇散文"专栏,刊登此文。

是在构筑共同的学术平台上实现的;我读台湾,是以文化审美眼光、以自己的行为方式和审美方式体认和书写的;我读台湾,是在浸透浓于酒的情感世界中完成的。"美学家惯有的理性思维意识,驱使他在散文集中附着了太多的东西(他声言"这将是大陆第一部文化化、审美化地观照和描述台湾的文学作品"),反而失去了散文固有的自然纯正之美。王建似乎就多了些生命气,他在50多篇游记中"做尘埃的片断经历",书写香港、澳门、西柏坡、雁荡山、井冈山、金顶、庐山、西湖等,将自我生命的灵动幻化在风景中,可触摸、可感念。刘凤莺(笔名苏宁)的长篇叙事散文《平民之城》,是一个外省人与一座城的对话实录,她行走、思考、发现、考查、记录,有些类似地方志式的写作,随着女子敏感多思的心渐次轻盈起来。

抒情性散文是江苏散文的另一重要存在。关于抒情有种种的界说,但大抵脱不了主观性、个人化、诗意化特征;抒情角色是抒情作家在作品中所设置的情感代言人,是作品中的情感主体。鉴于此,我由抒情角色的不同将江苏散文抒情作品归为三类,一类是即景式抒情,这一类作品具有明显的江苏地域性特征,最突出的是艾煊,他的《烟水江南绿》就是含情脉脉地做着关涉江南水上文章的范本,以近乎唯美而多情灿烂的笔,追寻"太湖何所美",看"太湖秋"与"湖上长桥",渡石埠头,宿雕花楼,走江南雨巷,还有苏州的刺绣、江南的绸缎、宜兴的紫砂壶、洞庭湖的碧螺春汛等,都袅袅婷婷色彩斑斓鲜活多姿地活化在我们面前,撩人心扉。吕锦华怀抱"但愿人们能从我歪歪扭扭的字眼里,领受到人世间一颗渴望真诚美好的心",在《方寸小园》《南方的井》等18篇文字中(录于《何时入梦》),倾心描绘江南故乡风情。一类是絮语式抒情,即内心私语。1926年胡梦华写了一篇《絮语散文》,说"这种散文不是长篇阔论的逻辑的或理解的文章,乃是家常絮语,用清逸冷隽的笔法所写出来的零碎感想文章","它乃如家常絮语和颜悦色地唠唠叨叨说着"。[①] 斯妤该是很好地践行了这样的创作理念。她在《斯妤作品精华·散文卷》中,以"女儿梦""心的形式""荒诞系列""斑驳人生"四辑对母与子的人间亲情,对尴尬青春,对无疆域的思想的奔腾,甚至对梦魇、嫉妒、生病等都做了温婉深情而又幻想般的抒写,带着我们做片刻的飞翔,并在飞翔中穿透生命的某种清澈与深邃。一类是历史温存式抒情。如时萌的《春韭楼随笔》。鹤见右辅说,"人的真实的姿态,是显现于日常不经意的片言只字之中的。"时萌于日常生活、自然山水、学术小品中随心发抒,怀抱雁过留声之态,漫无拘束地抒写,扣人心脉。如沈潜的《书生吟唱》,怀抱感性自由主义,在关涉恩师、至亲、行旅、校园等话题中,抒发"本真性情,吟唱有情人间",在日常化记忆中做个人成长岁月的绽放与展示。沈潜酿造的温情人生,给我们日益喧嚣冷漠的生命注入一剂清泉。

三 "守夜人札记"

在利益冲突时代,思想多少显得有些面目可疑,甚至在大众间游荡,肤浅而鼓噪。尽管如此,我依旧固执地认为,独立、自由、正义、批判才是思想固有的核心价值。思想者言说(文学),我特指向这样的文人类群,他们操持笔业,肩负"公众的良心",独立于私利之外,以高度的理性批判精神,展示知识分子自由精神,用雕刻刀般的笔,做理性价值诉求与主体自我审视。乔治·奥威尔在《政治与文学》中说过,"假若思想自由消亡了,文学注定也会消亡",实则是将思想自由和文学存在做捆绑式透视,思想自由为人类精神生命的原色,思想者言说(文学)是其承载体,而这样的"思想者",有一个基本的身份标识,即"自由的漂浮者"(曼海姆

[①] 胡梦华:《絮语散文》,《小说月报》1926年3月10日第17卷第3号。

语），是具有"知识分子精神"① 的人。

在江苏散文创作中，的确也有这样为数不多的思想者及其言说篇什。他们以思想争锋见长，秉持着"诚实而高贵的做人风骨"（彭学明语），穿透被"江南""南方"与"文人"等概念裹挟与萦绕的相对固态化了的话语，对时代痼疾做批判与反省，对被遮蔽的历史真实、对"文化大革命"等做理性的诉求与自我的审视，成为仰望星空的思想者。探究这些思想的源头，在江苏区域乃至全国文化思想界，"南大精神"必然是无法略过的。沈卫威在《百年南京大学的精神守望》② 中追本溯源，对南大校史、南大人与南大精神做了梳理，其间谈及1922年《学衡》创刊与刘伯明言及的"学者精神"和"学风"③、1956年孙叔平（时任南京大学党委书记）倡导的"严谨的"和"自由的"校风理念、1978年5月11日胡福明在《光明日报》刊发《实践是检验真理的唯一标准》的重实践求真理的思考等，与此种学统相应，"南大人"对创新、良知、自由、批判、责任、社会精神、求真审慎等价值观念进行着跨时代的承继、追寻与坚守，确立着知识分子的质朴真诚、自由意志与独立精神。就20世纪90年代以来的江苏散文文体而言，思想者言说首先是关于"南大人"精神的自我言说。董健是南大精神承继和发扬的重要人物，《跬步斋读思录》和《跬步斋读思录续集》

---

① 我指认的"知识分子精神"的人倾向于"俄国式知识分子"。林贤治在《午夜的幽光》中有《关于知识分子札记》一文，其中列举以色列学者康菲诺界说知识分子的五种特征：一、关怀社会；二、把公共事业视同个人责任；三、倾向于把政治、社会问题视为道德问题；四、义务感；五、深信事物的不合理，以及加以改造的必要性。鲁迅说中国没有俄国式的知识分子，就是说中国知识界缺少知识分子精神。

② 沈卫威：《百年南京大学的精神守望》，《中华读书报》2002年6月26日。

③ 1922年1月《学衡》杂志在东南大学创刊，哲学教授刘伯明发表《学者之精神》一文，明确学者的基本素质，即学者应具自信之精神、学者应注重自得其也、学者应具知识的贞操、学者应具求真之精神、学者必持审慎之态度。《学衡》第二期，刘伯明《再论学者之精神》，"真正的学者，一面潜心渺虑，致力于专门之研究，而一面又宜了解其所研究之社会的意义。其心不囿于一曲而能感觉人生之价值及意义。或具有社会之精神及意识。如是而后始为真正之学者也"。后陆续发表《论学风》，谈如何办学和自由与训练（或称责任）的关系。

是他的代表散文集。《跬步斋读思录》分"读书杂感""教书余兴""品书说戏"三部分，《跬步斋读思录续集》分"说大学精神""招戏剧之魂""世相偶揭""谈文说史""序文选编"五部分，都是董健立足南大，秉持"立人"思想，恪守"诚朴雄伟，励学敦行"的校风学风，用"怀疑的精神""批判的精神""超越的精神""追求真理的执着精神"，在关于读书、学术、戏剧、评论、大学（精神）、教育（腐败）、政治、权势、时代、读书人（知识分子）的议论中，对社会基本价值和知识分子基本品格等所做的某种追问，体现出一位"宁鸣而死，不默而生"的正直知识分子的"自天"责任。丁帆是另一位有着强烈独立精神和批判意识的"南大人"，他认为价值理念的定位是散文的灵魂与最核心的问题，人性的聚焦是散文的最终追求，因此，在散文集《枕石观云》中，他思考新世纪人文困境、社会转型期知识分子文化选择、物欲时代人性、个人道德与公众道德、人格与正气、中国文学、女权主义（女性写作）等公共性话题，在《江南悲歌》中重点议论"读书人"的人格与气节，思考知识分子"政治文化情结"与"对他所处的那个时代进行文化的批判"的辩证统一，学以致用，守护正义和真理，守护人性和人道。董健曾由此散文集演绎开去，写了《21世纪的"读书人"》，思考人文知识分子要摆脱工具性、依附性，确认自身"人文主体性"所面临的三个转变，即知识分子社会定位的转变，知识分子社会功能的转变，知识分子治学心态的转变，振聋发聩！王彬彬是站在历史之维，以另只眼还原似乎早被意识形态定论了的阶段性历史真实的"南大人"。关于文学与历史真实的关系，埃利·威塞尔提出"见证文学"，瑞典文学院在诺贝尔奖百年纪念时提出"见证的文学"，其意义均指向文学应该起到以历史见证实在的作用，真实记录历史的发生，用自己的语言对抗人为的谎言。王彬彬的《往事何堪哀》《并未远去的背影》大概类属于此。这两部作品，一是对20世纪文化界的陈独秀、胡适、鲁迅、朱自清、吴晗、胡风、丁玲、闻一多、郭沫若、瞿秋白、韦君宜、柳亚子等做出新的更符合真相的解说；二是审视在社会大变革中，知识分子、学者、文人与政治的错综复杂的关系链接。王彬彬写的不仅是这些杰出人物的命运悲剧，更是这一代知识人的不可避免的悲哀与难言的隐忍之痛。与其说王彬彬在对历史进行某种在场式追踪勘察，还不如说作为知识分子主体身份的王彬彬在做理性的自我诉求与自我审视。

除了"南大人"，还有些知识分子型的作者借助散文文体做着"守夜人札记"。如王尧关于"文化大革命"的经验与思考。"文化大革命"是群体（抑或个体）共同承担和面对的一种往事并不如烟的苦难记忆，是一段非常态历史典型化的代码，对"文化大革命"的多种记忆与多种反思，源于主体间的种种差异，其作者大多并非要厘清历史的是非对错，更多的只是试图承担玛格利特所说的"道德见证人"（《记忆的伦理》）的身份。王尧的《脱去文化的外套》便是这样一部作品。他用一种正视历史的态度，对当时日常现状、生活进行历史化重现，在"一本知识分子的长短录"中，展示"不可能出现众声喧哗，不可能有多元的稳健的声音"的极权时代中思想被禁锢与异化的受难人群，展示当一个"文化大革命"的亲历者变成一个研究者后所持有的文化良知与反思精神。透过王尧的"纸上烟雨苍茫"，我看到与那段历史相关的几个核心语词：专制、异化、记愧。专制对自由思想的奴役是所有"文化大革命"记忆中被反复言说的一个重要话题。在一个政治极权与个人思想对峙并且最终取消个人思想的时代，专制制度的重要心理提示是，人无须怀疑人生的意义和"我"究竟是什么，人附属于集体，个体思想与作为人的自由意志被被动或者主动从属地禁锢了、异化了。诚如王尧所述，"在知识分子不具备任何思想能力的情形下，人格的异化也就成为必然了。一方面你不能不拥护运动，另一方面，你若是拥护运动就得承认自己犯了错误或者有罪——因此参加运动的结果,就是承认那些强加于自己的错误和罪行,除此之外,任何一种选择都是不革命的。"正是基于对"文化大革命"现实如此深透的认知,王尧才能深刻地反思到,"一个具有良知的知识分子,在政治高压下他未必能反抗什么,但是如果他的思想精神还存在着一些痛苦和斗争,那么他也不失为一个有良知的人"(《话语转述中的"个人"》)。换言之,当一种病态的意识形态大行其道时,当恐惧、畏罪、检讨成为生命畸形发展的合法借口时,真正的知识分子也许都曾经历过"内心流亡","以自我否定、自我放逐来寻找一种保护,是相当多的知识分子的一种策略。经历过数次政治运动的知识分子,有不少人似乎已经养成了这样的习惯"(《绝大部分工作就是否定自己》)。"这样的习惯",它的心理暗示与鲁迅所论及的"想做奴隶而不得""暂时做稳了奴隶"的恐惧和焦虑相似,是一种强权抑制下的显在异化。还有一种温和脉脉的隐性异化,在《文人的乡村生活》中,王尧舒缓地写了沈从文、俞平伯"新鲜"的乡村生活,"这种生存方式正是中国文人对待厄运对待专治的一种传统,它从精神上避开险境,以守护自己的性情来表达生存的信念",但终究,"想做'隐士'也做不得"。记愧是哀默无言式的深沉抵抗与反思,是个体面对一种非常态历史的独立自持。"苦难记忆既是一种主体精神的品质,亦是一种历史意识"(刘小枫《苦难记忆》),"如果连惭愧也没有,所谓反思历史又从何说起——没有记愧,是另一种意义上的'作家之死'"(王尧《作者之死》)。王尧这份独特的个人化文化大革命记忆与叙述,传递的是知识分子的某种历史自觉性与文化良心。王尧说:"我赞成包括文化大散文之类的写作对历史叙事的运用,历史叙事探究文化、生命、人性的种种形态,打开中国知识分子尘封的心灵之门和与之相关的种种枷锁是必须的;但是历史的所有询问其实只是探究我们精神来龙去脉的一种方式,历史的叙事同时应当是写作者关于自我灵魂的拷问、关于生命历史的考证、关于精神家园的构建。"① 这大概是作为内敛型思想者王尧的散文精神宣言吧。

江苏散文的话语形态,诚如朱自清在《论现代中国的小品散文》中所述:"有种种的样式,种种的流派,表现着,批评着,理解着人生的各面迁流漫衍日新月异。"但置于当代中国散文史的历史叙述中观察,江苏散文的不足特别是新世纪以来的散文不足是显而易见的。彭学明在"江苏新世纪散文创作研讨会"上就一针见血地指出,江苏散文雅致的多,大气的少;似曾相识的多,推陈出新的少;独具江南滋味特色的多,对现实关照的少②。检视江苏散文创作及发展境况,不足大抵有三:一是精神容量深度不够,少有大气之作、经典之作。若以 2000 年为时间断面,以获奖为例,之前,可以看到陈白尘的《云梦断忆》获 1983 年全国优秀散文(集)杂文(集)荣誉奖,忆明珠的《荷上珠小集》、惠浴宇的《写心集》获 1989 年全国优秀散文(集)奖,艾煊的《烟水江南绿》、夏坚勇的《湮没的辉煌》获第一届鲁迅文学奖(1995—1996)等。之后,则少有江苏作家在此类评奖中获奖。这从一个方面反映了江苏散文尚不能在全国的散文格局中突兀而出。二是散文作品产量多但精品少。汪政认为当代散文,特别是新世纪的散文是"人民的文体",确认散文平民化与广泛性的特质。这阶段的江苏散文作品,的确数量颇丰,但也是良莠不齐。三是创新度不足,在全国性的"新散文"写作、"在场主义散文"等品牌性写作中(尽管这些标新之举名大于实,但创新的努力值得重视),江苏散文作家参与较少,作为不多,在全国的影响力不大。这些是江苏散文作家应予正视的另一种现实。或者这正是未来可以有所作为的新空间。

---

① 王尧:《散文写作如何离散文远去》,《南方文坛》2007 年第 5 期。
② 舒晋瑜:《散文写作如何走向经典?——由江苏散文现状引发的思考》,《中华读书报》2012 年 8 月 15 日第 15 版。

第四节　新海派女性散文

论及海派、海派文学、海派女性散文,从20世纪三四十年代开始,无论是理性的断语①,还是稚拙的描摹抑或喧哗的演绎,言者都确认了它们在精神状态和文化姿态上与"商"难以剥离的关联性存在。海派已被惯性地甚至合理化地定性为商业社会的精神产品,是一种地域文化与人文生态共谋的文化现象。

越过时间的屏障,当我们重新审视海派及其敷陈出的文学、文体时,我更为关注的是当代(特指1990年后)新海派女性散文的规模化生成的价值和可能存在的意义。当代新海派女性散文书写的登台与走向,同曾经风靡沪上的张爱玲、苏青、潘柳黛、施济美、汪文玲及东吴大学的"东吴女作家群"等一批女性作家和女性撰稿人有着某种师承关系。她们都是用极具"做女人的自觉性",以习焉不察的平凡乃至琐屑的女性特有的生活方式为想象性疆域,在"饮食男,女子之大欲存焉"的俚俗话题中,共构多元复调的女性声音。这种声音的设置,使女性/都市/世俗等相兼容,摹画了一个凡人时代的女性图像。但需要注意的是,张爱玲、苏青们的多元表述更多地倾向于海德格尔所说的在世结构的沉沦方式——"有情绪的"情绪,她们大多或明或暗地以苍凉为生命底色,以日常形式为文本构图,以零介入或半介入为叙说视角,有意识地叙说日常生活的琐碎和混沌,世故黠慧,曲尽人情;而新海派女性散文则更多地倾向于一种"既成语言",

---

① 沈从文对"海派"所下的断语是:"'名士才情'与'商业竞卖'相结合"(《论"海派"》,《大公报·文艺》1934年1月10日);鲁迅说得也很清楚:"'海派'则是商的帮忙而已"(《"京派"与"海派"》,《鲁迅全集》第五卷,人民文学出版社1981年版,第43页)。他们都认定"海派"是商业社会的精神产品。

即用真正适合于自己生命的语言样式呈示自己内在的情思与生活形态,用经验化的、个人化的常用语、习惯语、风格语言说着自我的生存方式、经验方式与表达方式。新海派女性散文轻言曼语的书写风致,使我们的阅读不必返回到历史或者生命的幽深之处,嗅着岁月的苍茫言说人事的沧桑。她们的存在,大多以都市生活的多元化与包容性的基本特质为构型,穿梭在时尚与世俗的城市影像间,用情绪、行旅及艺术演绎生命的行板,并以亲历性刻录与拟想式怀旧为记忆代码,对沪上女性自我生活空间和精神空间作颇具质感的展示。因此,在新的文化时空中,尽管新海派女性散文尚不具有深度写作模式的分量,但其作为"城市的心灵"的影像,自有一种无可替代的文学和文化的意义。

一 时尚与世俗间的城市影像

新海派女性散文对城市的想象,首先不是从思想开始的(但最终传递了思想)。她们对城市的感受与叙说更多的是借助于物质文化符号的设置,她们对沪上城市影像的摄取与书写,在某种程度上又与李欧梵回望1930—1945年所看到的"上海摩登"相类似:"原来被大家所忽略的建筑、舞场、咖啡馆、电影等物质化的东西其实包含了大量思想的东西",于是便有了关于"物质生活上的都市文化和文学艺术想象中的都市模式的互动关系"(《上海摩登》)。但不同的是,新海派女性的视线更多地停留在女性自身,她们所选取的城市影像更多的是以作为城市时尚生活的引路人和优先享用者的女性为中心的。在她们笔下,女性不再是城市生活表象的一种点缀,一种性别符号,而是城市生活不可或缺的一种生命存在。女性与城市互为喻说,使海派关于"女性"的想象——女性与城市、女性与时尚、女性与世俗互为镜像并得到前所未有的演述。

一般地说,海派城市生活有两种状态:一种是城市浪漫、摩登而西化的"上海狐步舞"般的魔幻生活景象,类似于穆时英、刘呐鸥、施蛰存、邵洵美等人在声光电的蛊惑下制造的"尤物"们,烙着时尚的印痕消费着、享乐着;一种是柴米油盐式的贴着地面行走的平民生活,是种琐碎化、世俗化、自我感性化的张爱玲、苏青们的拥着生活质感和温度的现实人生。但是,无论哪种生活方式,都是以女性作为生活旨归的。新海派女性熟稔了这个事实景象并进行了真实的书写。诸如王安忆的《男人和女人,女人和城市》、王雪瑛的《淑女的光芒》、南妮的《所谓女人》《我爱美男》、陆星儿的《女人的浪漫》《一个女人的内心世界》《女人的出头之日》、朱蕊的《天上飘下一张脸》、王淑瑾的《上海美眉》、蓝怀恩的《我爱上海牌男人》、林华的《上海女人的动感地图》、淳子的《上海闲女》、王周生的《爱似深沉的海》、王小鹰的《遭遇激情》、程乃珊的《上海 Lady》《都会丽人》《上海探戈》、程乃珊著文及何肇娅摄影的《上海女人》等等,都是将"跳来跳去的女人"作为审美对象,与城市一起被想象着,渲染着。她们有着说不尽的"男和女的话题、男与女之间的话题"(《我爱美男》),有着"关于性别的追问"的"男人·女人·心"(《爱似深沉的海》),有着看见"女人与危机"的"重温忧伤"(《女人的浪漫》);她们也有着"女人是城市的镜子,女人是文化的标志"(《上海女人》),"女人是城市的韵味,犹如诗的意境"(《上海 Lady》),"每个城市都有其独特的灵魂,这个城市的灵魂就是女人"(《都会丽人》)的慨叹。而且"上海是个品味都市女人风情的地方",上海太太、上海小姐、小家碧玉、上海煞女、亭子间嫂嫂……将上海独特的城市气质、仪态以各自得体的方式呈现出来。质言之,"女性就是城市的象征"①,新海派女性作家将女性与城市"缠绵暧昧"的关

---

① 李书磊:《都市的迁徙》,时代文艺出版社 1993 年版,第 95 页。

系演绎得姿态万端。

此外，女性与时尚也是现代城市的重要话题。城市是时尚的策划者和发源地，时尚表征的是城市文化的自由性和多元性，它是城市活力的写照，而女性是城市的时尚风向标。但新海派女性作家对时尚的认识并不宥于此，她们觉得时尚这种东西，不仅仅是穿衣打扮，在有的时候，甚至感觉它就是所有一切，文化、经济，甚至包括政治（朱蕊《天上飘下一张脸》）。时尚就是流行，但时尚同时也是生活的一种"模拟"，并且它常常透过一些恒定的符号彰显其独特的魅力。譬如咖啡。张若谷说过，"坐咖啡馆里的确是都会摩登生活的一种象征"①，城市的咖啡馆历来是海派作家休憩并书写的流行之所，新海派女性作家更是将自己生命的印迹投射其中：殷健灵把喜欢泡咖啡馆看作是一种释放、一种逃避与沉浸，寻求在喧嚣之外的清净之所（《临界情感》）；潘向黎在《上海的咖啡情事》中念念不忘的是淮海路上的学生岁月，沉淀的是人与人间的温情；黄咏梅在父亲对咖啡的眷恋与执着中看到一种从前历史的精神，从而流露出对现在都市人生的浮躁、漂泊的困惑（《怀旧的精神》）；陈丹燕"在静静的、静静的咖啡馆里"看到的是人生的况味（《咖啡苦不苦》）；而南妮以咖啡为媒，在时尚与世俗生活间找到切合点，将咖啡透出的物质诱惑看作一种图腾、一种符号、一种思索的手段，咖啡入口而经心，"从此，我便会安于平凡、简单、清贫"（《闻咖啡的香》）……这些新海派写手的文字，虽则清浅却也如咖啡般使人流连忘返，让喧嚣的、物欲横流的城市因此也平添了几分闲情与逸趣。

当然，新海派女性散文不只是时尚都市的代言人，时尚之外，寻常的世俗生活也成为其书写的重要对象。从现代海派张爱玲、苏青开始，

---

① 张若谷：《战争、饮食、男女》，上海良友出版公司1933年版，第146页。

便在以"俗"自居,以"俗"知世。张爱玲说:"我愿意保留我的俗不可耐的名字,向我自己作为一种警告,设法除去一般知书识字的人咬文嚼字的积习,从柴米油盐、肥皂、水与阳光中去寻找实际的人生"(《必也正名乎》),并在《公寓生活记趣》《道路以目》《中国的日夜》等篇什中以现实生活的"俗"抗衡所谓的文化、教化等对生命的桎梏。当代王安忆对此也深以为然,认为"上海这城市在有一点上和小说特别相投,那就是世俗性"(《上海和小说》)。女性是生活在世道的芯子里,"凭的是感性的触角。说是自私也可以,总之是重视个人的经验超过理性的思索。上海这地方是特别能提供私人经验的,不是人生要义的性质,是一些是非短长,绝不是浪漫的萧红所要的,却是正中苏青的胃口"(《我看苏青》),她习惯闻的是"上海这城市的草根香"(《上海的吃及其他》)。世俗归还给城市以人间烟火,而这烟火更多的时候是在上海的弄堂(弄堂文化)中生成的:陆星儿在一个大弄堂里的小小烟纸店里回味着不尽的熟悉与亲切(《烟纸店老板娘》);王安忆在弄堂的凡人故事里看着"死生契阔,与子相悦"(《死生契阔,与子相悦》);程乃珊在弄堂的老虎灶上说着恋恋的"乡愁"(《逝去的上海老虎灶》)等。无论是张爱玲们的弄堂,还是王安忆们的弄堂,我们看到真正意义的上海生活"从来不只是南京路、大世界,而是在每一条湿漉漉的弄堂,挂满'张家''李家'的小信箱的门背后小市民的日常生活"[1]。它们是上海人的心理地图,是"城市感性"的依存点。新海派女性作家用弄堂真实、世俗的生活让城市人漂泊的心找到落脚点与归宿感,为我们触摸生活的本质提供了凭据。

---

[1] 杨东平:《城市季风——北京和上海的文化精神》,新星出版社2006年版,第430页。

二 "有情绪的"情绪

生命本身或许并不轻松，但新海派女性散文却使并不轻松的生命渐渐轻盈起来。她们的书写策略似乎验证着周作人的"散文创作原以识小为职，固然有时也不妨大发议论，但其主要的还是在记述个人的见闻，不怕琐屑，只要真实，不人云亦云，他的价值就有了"（《关于身边琐事》）。周作人亲炙的这种写作，以符合有意思、有意义——"换句话说也即是有趣与有用"（《拿手戏》）为要旨，把散文变作读者的"邻居"，在人生的趣闻琐事中评品出"闲中滋味"。而对"闲"的有意味的把玩实可以说是海派散文的精髓所在。新海派女性散文对"闲"的传承与嬗变，譬如情绪的、行旅的、艺术的，从某种意义上说，是对当下城市紧张局促生活的反拨。她们更多地将散文看作是倾倒个人闲适私情的场地，用简单而从容的文字展示生命的行板，为疲于生存"压迫"的人群得以闭目养神、怡情自在提供了精神休憩的可能。

生命的行板主要是关于情绪的诉说。女人仿佛是天然的"情绪型动物"，新海派女性散文作者正是裹挟着某种情绪，在情绪酿制的氛围中，与人言说着自己的心绪情怀。自然，她们所说的并不严整，大多只是所谓的小情小绪，且并不匆促地轻婉荡漾而出，但却烙着个人化的书写形式和精神姿势。例如蒋丽萍。蒋丽萍的散文，"只是长途跋涉过程中的足印"，她以"慢慢走，欣赏啊"的生命姿势，拥着"四季心情"行走在人生旅途。但蒋丽萍并不是景致的一般旁观者，浮游于印象主义的表白，而是作为一个收藏家，怀想着，书写着，她记录的"平常日子"琐碎而有情趣，生活的褶痕在轻描淡写间流淌出生命如井的味道（《假如遇到更好的男人》）。例如王小鹰的"文随心去"，她在《无可奈何花落去》《多余而又不多余》等篇什中，将"身边事，不经意，信手拈来，随心叙写,娓娓而谈自身、他人,亲情、友情……琐碎的日常生活内容和工笔画般纤毫毕现的描写相映成趣"(《遭遇激情》)。例如在"城市细部丛书"中絮语的淳子,把城市的皱褶写在闺房的睡袍上,"以纯女性的目光,都市漫游者的方式,将生命现象的物质召唤出来,于是,在不经意处,我们将时时与我们的情感相遇"(《上海闲女》)。此外,还有王周生的"爱的星空""人生感悟"辑(《爱似深沉的海》),陆星儿的"生活是一把刻刀""生命是井""再普通也浪漫"辑(《女人的浪漫》)等。这些新海派女性写手,没有刻意迎合所谓读者的审美需求,而是转身面向自我,进行关乎自身的本能的真实的倾诉。诚如南妮在《我爱美男》卷首语中所言,"我攫取的是它们涌入我的生活我的思考而泛起的浪花,我在第一时间写出我的第一感觉,用浮上我头脑的第一语言。它们常常是不事雕琢的、随意的,也常常是偏激的,但决无做作与虚伪。"这种未经意识处理的关于日常生活的直觉印象(一种本能的情绪体验),最后竟与哈代所论说的"要想有一种真正的人生哲学,首先必须把生活中各种各样的变化和偶然现象谦逊地记录下来"[1]的理念惊人相似。新海派女性作家们挟着"情绪"审视生活,灵动而朴实地把现实人生与缥缈无居的灵魂之间种种难以捉摸的细枝末节勾勒出来,而且还有意加以调整,使其世俗的生活与诗意的生命显得更为和谐。

对于行旅与艺术的心智书写,也构成了新海派女性散文的重要一节,这也是"有情绪的"另种表达。新海派女性是善于旅行的一群,她们在"履痕点点"中透出的大抵是生命(心灵)的感动。王安忆觉得"旅行其实是深深的寂寞"的,当她忽然看见海德堡公寓的后院和后院连成一排的最日常的景观,诸如电视天线、老虎天窗时,竟然被这"平常生活的日日

---

[1] 参见[英]弗吉尼亚·伍尔夫《伍尔夫读书随笔》,刘文荣译,文汇出版社2006年版,第135页。

夜夜里的情景"弄得"钻心钻肺""又苦又甜",最终她恍然大悟,"无论这世界多么大,多么面目各异,可内心却只有一个"《后院》,由此我们得知,作家所识见的最动人的旅游景致依旧是带着烟火气息的人事情景,而这也恰是旅行中最见真情的一刻。陈丹燕在旅行十年后写的作品《今晚去哪里》与《咖啡苦不苦》(上海译文出版社2006年版)中清醒地看到,"无数的旅行片段,并不只为将来的回忆,关键是能一点一滴地引导她走向前方,能让她在年复一年的旅行中,在一条条寂静的街道上,享受一扇扇为她而开的大门和门后欧洲真实的体温(抑或生命的湿度),而最为重要的,"那是属于我自己的"生命的行旅(《今晚去哪里》)。同时,她也清楚地看到旅行时的心情,"带着一点惆怅的欢快和放任",而最温暖的所在就是那些咖啡馆——咖啡给予陈丹燕的是人生的自慰与滋味——"有些人、有些事,磨去了心稚嫩的一面,让一颗心静下来,不容易再被打动。"(《咖啡苦不苦》)

新海派女性散文作者还是艺术心志甚高的一族。她们"生产"着艺术,又消费着艺术,她们有关艺术的智性之思与感性表达是丰富多样的。王安忆在《艺术的边界》中沉思艺术与现实(真实)的关系,探讨着(或言之困惑着)"什么才是艺术的疆域,我们该如何划分边界"。她认为小说这东西是现实生活的艺术,需要在现实中寻找它的审美性质,也就是寻找生活的形式(《生活的形式》)。她在市井之趣中赋予艺术、思想以通俗意味。程乃珊在《重在参与的现代文化》中也谈到"创作无须媚俗,但创作肯定要尊重社会"的问题,她以为上海和香港是合力举起中国现代城市文化的拱门,上海女人、香港女性等都将成为营养都市的文化脐带。王晓玉在《文事管窥》辑中议论着"文学之真伪",看到"有都市在,文学永远也不会消亡"(《都市——文学的产销地》);王周生看到"文学就是文学,它不是生活的准则"(《文学,不是原则》);

蒋丽萍也在《文学野心》《聆听大师》《不读文学》等文中漫谈艺术,做着精神的审慎之思。此外,还有一个据说在沪上发光的名字毛尖,更是在《没有你不行,有你也不行》《非常罪,非常美——毛尖电影笔记》《当世界向右的时候》《慢慢微笑》中,"经营意象,时见匠心。讽喻世情,软硬兼施",用香港刘绍铭教授的话说:"从文字组合出来的毛尖小姐,俏皮、乖巧、风趣、幽默",且"撒起野来,更是万夫莫敌"。与温文尔雅的王安忆、程乃珊、王晓玉、王周生相比,毛尖的声音是尖锐的、另类的。但是,主体关于艺术与对艺术的遐思从来就是变动不居的,新海派女性散文的这种"多声部咏唱",标识着现实社会自由空间的真实拓展与想象的文学自由时代的渐行渐近。

三 记忆的代码

应该说,记忆是对过往人事的价值含量的一种清理。记忆大多时候出于人的本性,是人的心理与情感欲求呈现的一种方式。鲁迅说过,"人多是'生命之川'中的一滴,承着过去,向着未来。倘不是真的特出到异乎寻常的,便都不免并含着向前和反顾。"(《集外集拾遗·〈十二个〉后记》)像《朝花夕拾》那样的散文,不用说,是"反顾"着"从记忆中抄出来的"(《〈朝花夕拾〉小引》),而这种记忆是一种亲历性刻录。另有一种记忆的方式,源于对现实的失落而酝生出的所谓的"文化记忆""历史记忆"般的"怀旧"。用杰姆逊的理论来表述,怀旧并不是真的对过去有兴趣,而是想以模拟的方式表现现代人的某种心态,通过怀旧调制一种可心的精神氛围来满足因现实失落而存在的心理缺失。因此,从某种意义上说,怀旧是一种心理影像的复现与重构,是一种自我心理的拟想式投射。文化记忆、历史记忆则是对都市焦虑的另一种显示,而都市焦虑更多地来源于对现实紧张的深度体验。萨特有句名言:

"焦虑其实是对自由的体验"。这里的"自由"对应的是紧张,"自由"可以由"紧张"置换。主体在体验紧张的同时,拟想着自由的可能。女性成为焦虑主体,表明"她"已经能够自由地体验自己,这种体验表达了"她"对现实存在的价值取向的某种选择。因此,在我看来,所谓的怀旧,实际上可以理解为主体对现实存在所作的部分的否定性评价。但是,无论是刻录还是拟想,都是个人记忆、个人想象的产物。新海派女性散文大抵便是以刻录或拟想作为记忆的代码,其间涌动的是一种真正的生命,"是个人的感性与智性、记忆与想象、心灵与身体的飞翔与跳跃,在这种飞翔中真正的、本质的人获得前所未有的解放。"(林白《记忆与个人化写作》)亲历性刻录而得的散文,其中具有更多的生活质感。亲历性刻录在新海派女性散文记忆书写中一般有两种形态:一种是停留在公共空间与意识领域的个人化记忆。譬如程乃珊。程乃珊把"复制我们的美好岁月"放在上海的外滩、上海的老虎灶、上海的民生——涮马桶等什物中,她诉说的是"当一个崭新的现代城市生活模式开始冲击和改变上海昔日的、带有浓厚部落色彩的生活方式时,旧时夏日中争水龙,清早被粪车吵醒的村庄生活,都成为记忆中阳光灿烂的日子,忘不掉的,是那时人际关系的纯真和朴实……"(《永别了,上海下只角》)这里,程乃珊回归的是一种心理情感,在文化心理上捕捉或者追求的是带着虚幻般的美好、温馨的"城市里的乡村"世界。另一种是倾向于私人性空间的个人化记忆。譬如王晓玉。王晓玉记忆的是儿时的《分享打架和甜果冻》,是与丈夫的《何当共剪西窗烛》,是对《化作春泥育百花》的外婆的哀悼,并以此教诲后代,"不要忘记平凡的、普通的,却是小而言之对家庭,大而言之对人类劳苦功高的先辈"。但无论新海派女性散文所属的是何种记忆形态,她们都蕴涵着当下的、现时态的生活亲验,她们在还原过往、刻录亲历、感触生活时,都会情不自禁地剪辑时空,在昨天与今天的"闪回"中，给读者构造有意味的关于公共或私人的想象空间。恰如那个文思天马行空，用笔游历四海的毛尖所说的，"我在香港《信报》写的专栏《上海通信》，主要还是关于当下上海，可能我落笔常常追回老上海，所以，让你觉得我怀旧。"（《当世界向右的时候》）怀旧是散文书写的基本母题，也是新海派女性散文作家津津乐道的话题。怀旧，我想主要并不指向形而下的具体的人事物景，而是旨归于人事物景所表示的"象征"意义。怀旧，其实是意义的怀旧，而且，这种意义在当下的时代语境中被追加了。

拟想式的怀旧之作，书写的是具有某种"诗意"的历史细节，其中精致着的是女性的感觉与女性性别相关联的种种存在。上海的历史尽管无法用"悠久"加以形容，但怀旧成为"时尚"之属，"旧"与"时"之间颇具张力的兼容性，恰是上海城市文化的一种有滋味的独特。也许，怀旧类似于一种古老的"招魂术"。用本雅明的理论叙述，历史就像一个幽魂，当我们感受到强烈的刺激和危机的时候，它就以一种阴魂式的方式呈现出来。我们回忆过去，没有时间的顺序，历史以一块块的幽魂、一块块的片段进入我们的世界之中[1]。而这些被认定的片段式样的怀旧常常被新海派女性们定格在一些传统性的经典符号上，包括人名、服饰、月份牌等，她们在冥想中体验自己的"梦里的乡愁"。譬如素素。素素对旧上海的描述仿若"是遥远夕阳的一束反光，在苍茫的人世间含有一丝暖意"。她在《前世今生》中从容不迫地"为我们唤醒了上海深处的被时光损毁了的容颜，她从器皿、居室和街道中发现了时光流转的奥秘"[2]。女学生、女明星、文化奇女子、名媛太太、戏子、妓女，以及萦绕其间的脂粉、华服、事业、婚姻和梦想都是其视域所

---

[1] 王尧、林建法主编：《李欧梵季进对话录》，苏州大学出版社2003年版，第25—26页。
[2] 孙甘露：《上海的时间玩偶》，学林出版社2003年版，第141页。

及，最终，在历史的碎片中，在连接起来的断章中，看恋恋风尘，看并非梦幻的"前世今生"。譬如陈丹燕。陈丹燕是沉迷于旧上海精致奢华文化的另外一个女子，她的具有鲜活的生命体验和地域文化特征的"上海系列"，如《上海的风花雪月》《上海的红颜遗事》《上海的金枝玉叶》，将远离了的旧日的爵士乐、法式面包、旗袍、无轨列车、狐步舞、风情的大波浪或爱司髻——寻访出，被认为是一幅老上海的"清明上河图"。无论素素还是陈丹燕或者其他新海派女性作家，从根本上说，她们"所'怀'之'旧'与我们并无家族式的相关性"，她们只是力图要在这两者之间建立关系（孙甘录《我们有什么"旧"东西》）。但是这种"幽雅的外表，略带伤感、怀旧的内容和轻松流畅的笔"，的确呼应了当今繁华都市中流行的冥想情绪和情调事物，成为都市休闲文化的另一种形态。

结束语　走向弥合之途

这不是意义层面的最后结论，但却是结构上的必须。

意义层的不确定，曾留下许多奇特的人文景观：斯威夫特①为讽刺人类社会的不公写下《格列佛游记》，却成了一部举世闻名的儿童读物；吉卜林②一生推崇帝国主义和种族主义，视写作为宣传政治理想的工具，却获得了1907年诺贝尔文学奖；尼采在1883年提出著名的"超人"学说（大约在这年秋季，他说"因为我的思想和我思想后的思想让我感到害怕"），后来，他自己疯了……

置于知识分子话题，"知识分子到哪里去了"已经困扰了一个世纪甚至更长的时间，我们始终无法穷尽其可能的一切价值和意义。1921年，编年史家哈罗德·斯特恩斯提出"我们的知识分子在哪里？"（《美国和青年知识分子》）③ 他的提问，五年后（1926年）朱利安·班达做了回应。班达出版专门研究知识分子问题的著作《知识分子的背叛》，集中讨论"政

---

① 乔纳森·斯威夫特（Jonathan Swift），英国爱尔兰作家，讽刺文学大师，以《格列佛游记》和《一只桶的故事》等作品闻名于世。

② 约瑟夫·鲁德亚德·吉卜林（Joseph Rudyard Kipling），英国小说家、诗人，1907年因长篇小说《基姆》获诺贝尔文学奖。获奖理由："这位世界名作家的作品以观察入微、想象独特、气概雄浑、叙述卓越见长。"

③ Harold Stearns, "Where Are Our Interllectuals?", *America and the Young Intellectual*, New York: George H. Doran, 1921, pp. 46-51.

治的时代""政治激情的本质""知识分子的背叛"等问题,认为政治时代中,"现实主义激情"是知识分子背叛的根本;知识分子假借种族主义、民族主义和阶级斗争背叛知识分子价值理想。20年后(1946年),班达重新修订《知识分子的背叛》,他依旧坚持原来的论点,"即我称之为以捍卫诸如正义和理性等永恒不变的和大公无私的价值为己任的知识分子,已经为了实际利益而背叛了自己的使命——在我看来一点儿也没丧失其真实性,情况完全相反,他们彻底放弃追寻真理,而是完全背道而驰了。"①但是,班达认为知识分子背叛自身使命的目的主要是为了"民族国家",其中的复杂形态并非简单的"政治时代"可以概而论之,为此,他花了5—49页的篇幅,从"知识分子以'秩序'之名背叛了他们的使命。他们的反民主主心的意义""……知识分子与国联""共产主义的借口""历史的宗教""民主与艺术""知识分子和和平主义""知识分子赞同压抑人性的其他方面""知识分子和组织化的观念""知识分子与共产主义意识形态"等方面详细谈论这种现象的新形式。

显然,哈罗德·斯特恩斯和朱利安·班达对知识分子问题的思考主要建立在政治、国家、民族的基础上。时代变迁、社会转型和市场经济制导下的公共文化空间的贫困、公共知识分子的缺失("公知",在新世纪语境中,似乎成了贬义词)并不是他们考虑的范畴。但是,站在21世纪的拉塞尔·雅各比和弗兰克·富里迪却认真地思考了这些问题,并分别著以《最后的知识分子》和《知识分子都到哪里去了》,对知识分子进行了与时俱进的讨论。时代的变迁,必然导致知识分子的生活、行为方式和语词习惯的改变;最后的知识分子从公共生活中消失了,消失在大学里[2];知识

---

① [法]朱利安·班达:《知识分子的背叛》,佘碧平译,上海人民出版社2005年版,第5页。
② [美]拉塞尔·雅各布:《最后的知识分子》,洪洁译,江苏人民出版社2006年版,第15页。

分子去哪里了？他们弱智化了、工具化了、媚俗化了、被贬值了、被社会和市场改造了①；知识分子职业化、技术化、官僚化、庸常化，知识分子精神普遍缺失了……这些，不只是西方问题，也是中国问题。

中国的知识分子，从20世纪下半叶至今，已然历经了从政治激情到市场垄断（但不能减缩为仅是政治和市场势力），其中的场景，有点像鲁迅在《南腔北调集〈自选集·自序〉》中说的"后来《新青年》的团体散掉了，有的高升，有的退隐，有的前进"。知识分子的分化导致知识分子精神的四分五裂与边缘化。由此，我们是否应该警醒一个问题，知识分子的理性批判精神，是否可以批判自己在时代变迁中的历史局限性和可能的错误判断？这是知识分子问题中的新问题。

为什么选择那几个散文形态，作为知识分子精神和散文文体流变研究的范例，有何意义或者意义何在？我觉得有必要作出以下说明。

对于散文研究，首先，必然是充分尊重对象的历史存在，在把握特定历史时期文学总基调的前提下，选择能反映散文历史真实的具体对象进入研究序列。散文的"对象进入"，就是要确定哪些作家、哪些作品可以作为书写对象进入研究。这看起来似乎是个具体操作问题，但其本质却体现着研究者具体的文学批评观。落实到散文研究，就关涉到对于散文文体的价值认知与判断。散文之"散"，一定程度上显示了它的独特性，但与此同时，也增加了我们认知与判断的困难。就我而言，面对从新时期到新世纪这一特殊时段的散文，我更看重其中体现知识分子精神或与知识分子精神存在相关的书写。因此，我在选择进入叙述的对象时，既坚持审美尺度，考虑作品内容的独特经验和形式的独创性，又充分注意作家作品实际发生的影响；既体现我个人的文学观和价值评价尺度，又顾及具体对象发

---

① ［英］弗兰克·富里迪：《知识分子都到哪里去了》，戴从容译，江苏人民出版社2005年版。

生、演化的"历史情境"①。比如对"文化大革命"散文的选取。如果按照格式化既定的"价值尺度","文化大革命"散文是很难进入特别类似文学史书写的范畴。孟繁华、程光炜撰写的《中国当代文学发展史》是一部具有自身特点和价值的文学史,全书20章46万字,文体的叙述以小说、诗歌为主,对于散文只在第十八章"90年代作家创作"第四节"值得注意的散文创作"中,对金克木、张中行等为代表的学者散文和以余秋雨、张锐锋、庞培为代表的大文化散文做了介绍,没有"文化大革命"散文的叙事,甚至还隐去了20世纪80年代散文创作。这样的处理,散文史自然就会缺失甚至虚无,我们无法真切地把握散文在中国当代发展的真实历史情形。严家炎主编《二十世纪中国文学史》也有这种忽视散文重要历史存在的不足。20世纪80年代的文学在这部文学史中是被作为重点部分叙写的,安排了5章的篇幅,但其中没有散文的内容,巴金的《随想录》、杨绛的《干校六记》等人为地遮蔽了。抽去了20世纪80年代的散文转型,直接的后果是造成了中国当代散文史明显的断裂,所谓20世纪90年代散文的繁荣就缺少历史演进的逻辑。因此,对"文化大革命"散文的论说,对20世纪80年代新启蒙散文的关注,是对散文研究或是当代文学研究的一种很有意义的补充。而这与我采用知识分子精神视角研究散文的方法和取向不无关联。

其次,散文研究也要注重发现。研究散文的著作近年趋于繁盛,但其中不少面目相似,涉及的散文流派、作家、篇目也有些大同小异,了无新意。我们这样说并不表示散文研究者要为了研究的创新去制造,而是说具有历史精神的叙述者,应该回到文学发生的历史现场,去发现有价值的文学存在;从文学的原生态中寻找被遮蔽的有意味的散文存在,触摸感知散

---

① 所谓的"历史情境",我以为就是尊重历史而非超越历史的唯物文学观。

文的鲜活生命力和时代感,而观念的更新是有效拓宽研究视野的重要标杆。比如在梳理20世纪90年代散文热的现象时,我们发现许多著作会提及大量重印现代作品特别是"闲适"作品。其中,洪子诚看到了当代与现代文学和观念关联中的不同:同样是"闲适",林语堂他们"在闲适的表达中,包含了某种与世俗现实保持距离、对抗的文化姿态。90年代许多散文中的闲适,则更多表现为与世俗化的认同倾向,是对社会物质化追求和消费性的文化需求所做出的趋同呼应。"① 我选择"江南园林散文"和"小女人散文"作为研究对象,一则是鉴于现有散文研究很少涉及此类话题的事实(文学史或者散文史撰写中,"小女人散文"类似于边角文学,直接遮蔽者多,谈论者少;即便谈到,也只限一两句间地捎带。"江南园林散文"更是没有论及甚至没有这个概念),二则这两个散文文体与现代散文创作有着精神上的内置关联。严家炎主编《二十世纪中国文学史》时说,"九十年代散文最重要的意义是冲破了当代散文的写作模式,重新体认了现代散文的自由、个性与趣味。"② 大抵为我进行的散文形态选择,做了颇具权威的注解。并且,不只如此,从知识分子精神演化的角度而言,"小女人散文"类的兴盛,恰好表示了人文精神的部分失落;"江南园林散文"则是写作者在"隐逸"中,对世俗喧嚣的抵抗。

再次,散文研究应该要处理好叙述对象和特定历史时期的关系。保尔·瓦莱里大约在1938年写道:"文学的历史不应当是作家的历史以及作家的生平或他的作品的生涯中的种种际遇的历史,而应当是作为文学的创造者或消费者的精神的历史。甚至可以不提及任何一位作家而完成这部历史。"③ 这里强调的是,文学作为一种精神事件,它存在的价值不只是作为

---

① 洪子诚:《中国当代文学史》,北京大学出版社2007年版,第399页。
② 严家炎主编:《二十世纪中国文学史》(上中下),高等教育出版社2010年版,第308页。
③ [阿根廷]豪尔赫·路易斯·博尔赫斯:《柯尔律治之花》,《博尔赫斯全集散文卷(上)》,王永年、林之木等译,浙江文艺出版社1999年版,第343页。

作家的创作文本，而是在时代中的价值意义。作为一种"人为"工作的散文研究，科学理性地参与散文文本和时代精神的建设，可催化散文成为一种时代的精神有机体，基于此，我遴选了"在场主义散文"和"新乡村散文"作为研究对象。在场主义散文是以散文的非虚构性、非主题性、非完整性、非结构性、非体制性、介入性等为宗旨建立起来的散文流派，它的横空出世，是创作主体们对经济主动、社会价值严重滑坡的新世纪、新时代的反思与价值重构的精神性和话语实践性支撑。新乡村散文是在城市化进程中"逆城市化"现象的反拨，是作为物化城市的批判者而存在着的散文形态。这两种散文形态，都是社会转型期，颇为切合经济市场和思想演变的散文文类；都是当代散文研究话语中相对被忽视的具有史意的散文书写对象，因此，具有一定的研究价值。

问题，或许可以成为一种预期理由。中国当代文学史或散文文类史的书写，是否可以打破历史的窠臼，将应时而生独具精神特质的散文作为文学的奇异景观，成为重写文学史（散文史）的一种对象？或者，索性撰写一本被文学正史遗忘了的异质的散文史？也许，另一扇门，由此被我们推开。

参考文献

一 中文文献

1. 朱自清：《论雅俗共赏》，生活·读书·新知三联书店 1983 年版。

2. 林贤治：《旷代的忧伤》，江苏人民出版社 2009 年版。

3. 筱敏：《成年礼》，太白文艺出版社 2001 年版。

4. 史铁生：《病隙碎笔》，陕西师范大学出版社 2006 年版。

5. 林贤治：《五四之魂——中国知识分子精神史》，广西师范大学出版社 2008 年版。

6. 陈剑晖：《中国现当代散文的诗学建构》，江西高校出版社 2004 年版。

7. 王小波：《王小波文存》，中国青年出版社 1999 年版。

8. 刘小枫：《罪与欠》，华夏出版社 2009 年版。

9. 董健：《跬步斋读思录续集》，南京大学出版社 2006 年版。

10. 高尔泰：《寻找家园》，北京十月文艺出版社 2011 年版。

11. 陶东风：《知识分子与社会转型》，河南大学出版社 2004 年版。

12. 金雁：《倒转红轮：俄国知识分子的心路回溯》，北京大学出版社 2012 年版。

13. 筱敏：《捕蝶者》，花城出版社 2007 年版。

14. 刘烨圆：《精神收藏》，太白文艺出版社 2001 年版。

15. 冯秋子：《寸断柔肠》，太白文艺出版社 2001 年版。

16. 南帆：《辛亥南的枪声》，海峡文艺出版社 2006 年版。

17. 林贤治：《时代与文学的肖像》，人民文学出版社 2002 年版。

18. 北岛、李驼：《七十年代》，牛津大学出版社 2008 年版。

19. 南帆：《关于我父母的一切》，人民文学出版社 2004 年版。

20. 资中筠：《不尽之思》，广西师范大学出版社 2011 年版。

21. 摩罗：《悲悯情怀》，中国青年出版社 2008 年版。

22. 蒋子丹、李少君：《如果天空不死》，云南人民出版社 2006 年版。

23. 筱敏：《记忆的形式》，百花文艺出版社 2004 年版。

24. 何言宏：《知识人的精神事务》，昆仑出版社 2013 年版。

25. 何言宏：《精神的证词》，吉林出版集团 2009 年版。

26. 林贤治：《关于知识分子的札记　午夜的幽光》，广西师范大学出版社 2005 年版。

27. 林贤治主编：《我是农民的儿子》，花城出版社 2005 年版。

28. 张志扬：《一个偶在论者的觅踪》，上海三联书店 2003 年版。

29. 牧歌：《城市牛哞》，太白文艺出版社 2001 年版。

30. 李世涛：《知识分子的立场》，时代文艺出版社 2000 年版。

31. 丁晓原：《文化生态与报告文学》，上海三联书店 2001 年版。

32. 蔡江珍：《中国散文理论的现代性想象》，中国社会科学出版社 2006 年版。

33. 许纪霖：《20 世纪中国知识分子史论》，新星出版社 2005 年版。

34. 黄科安：《知识者的探求与言说》，中国社会科学出版社 2004 年版。

35. 许纪霖：《另一种理想主义》，复旦大学出版社 2010 年版。

36. 钱里群：《知我者谓我心忧》，星克雨（香港有限公司）2009 年版。

37. 赵越胜：《燃灯者》，湖南文艺出版社2011年版。

38. 杨联芬：《晚清至五四：中国文学现代性的发生》，北京大学出版社2003年版。

39. 刘小枫：《走向十字架上的真》，上海三联书店1994年版。

40. 刘小枫：《这一代人的怕和爱》，华夏出版社2007年版。

41. 徐友渔：《与时代同行》，复旦大学出版社2010年版。

42. 齐邦媛：《巨流河》，生活·读书·新知三联书店2010年版。

43. 野夫：《乡关何处》，中信出版社2012年版。

44. 夏榆：《黑暗的声音》，新星出版社2011年版。

45. 李承鹏：《全世界人民都知道》，新星出版社2013年版。

46. 刘瑜：《民主的细节》，上海三联书店2009年版。

47. 余光中：《左手的掌纹》，江苏文艺出版社2013年版。

48. 傅菲：《星空的肖像》，百花文艺出版社2009年版。

49. 李锐：《谁的人类》，时代文艺出版社2000年版。

50. 张承志：《匈奴的谶歌》，上海文艺出版社2010年版。

51. 许纪霖、宋宏：《现代中国思想的核心观念》，上海人民出版社2011年版。

52. 鲍尔吉·原野：《掌心化雪》，吉林文史出版社2000年版。

53. 刘小枫：《沉重的肉身》，华夏出版社2007年版。

54. 汪晖：《文化与公共性》，生活·读书·新知三联书店1998年版。

55. 于英时：《中国文化的重建》，中信出版社2011年版。

56. 张均：《中国现代文学与儒家传统》，岳麓书社2007年版。

57. 许纪霖：《中国知识分子十论》，复旦大学出版社2003年版。

58. 俞兆平：《写实与浪漫》，上海三联书店2001年版。

59. 许纪霖：《公共空间中的知识分子》，江苏人民出版社2007年版。

60. 王尧：《批评的操练》，广西师范大学出版社 2006 年版。

61. 张志扬：《门：一个不得其门而入者的记录》，同济大学出版社 2003 年版。

62. 阎连科：《北京们最后的纪念》，江苏人民出版社 2012 年版。

63. 斯妤：《两种生活》，江苏人民出版社 2011 年版。

64. 张炜：《我选择，我向往》，山东画报出版社 2005 年版。

65. 张志强：《缺席的权利》，上海人民出版社 1996 年版。

66. 朱铁志：《精神的归宿》，华东师范大学出版社 1998 年版。

67. 周闻道：《从天空打开的缺口》，花城出版社 2008 年版。

68. 韩少功：《夜行者梦语》，东方出版中心 1994 年版。

69. 周同宾：《皇天后土——俺是农民》，文化艺术出版社 2007 年版。

70. 张炜：《批评与灵性》，文汇出版社 2005 年版。

71. 张志扬：《渎神的节日》，上海三联书店 1997 年版。

72. 钱锺书：《七缀集》，生活·读书·新知三联书店 2002 年版。

73. 钱锺书：《谈艺录》，中华书局 1984 年版。

74. 鲁迅：《鲁迅全集》，人民文学出版社 1981 年版。

75. 刘半农：《半农谈影》，开明书店 1927 年版。

76. 朱光潜：《文艺心理学》，开明书店 1946 年版。

77. 李健吾：《李健吾文学评论选》，宁夏人民出版社 1983 年版。

78. 胡适：《胡适文集》（第 3 卷），人民文学出版社 1998 年版。

79. 余英时：《士与中国文化》，上海人民出版社 2003 年版。

80. 洪子诚：《作家姿态与自我意识》，北京大学出版社 2010 年版。

81. 洪子诚：《学习对诗说话》，北京大学出版社 2010 年版。

82. 洪子诚主编：《在北大课堂读诗》，长江文艺出版社 2002 年版。

83. 陈子善、罗岗主编：《丽娃河畔论文学》，华东师范大学出版社

2006 年版。

84. 欧阳江河：《站在虚构这边》，生活·读书·新知三联书店 2001 年版。

85. 朱大可：《流氓的盛宴：当代中国的流氓叙事》，新星出版社 2006 年版。

86. 戴锦华主编：《书写文化英雄——世纪之交的文化研究》，江苏人民出版社 2000 年版。

87. 戴锦华：《隐形书写——90 年代中国文化研究》，江苏人民出版社 1999 年版。

88. 许纪霖等：《近代中国知识分子的公共交往：1895—1949》，上海人民出版社 2008 年版。

89. 鲁枢元：《生态文艺学》，陕西人民教育出版社 2000 年版。

90. 鲁枢元：《文艺心理阐释》，上海文艺出版社 1989 年版。

91. 陈惠芬：《想象上海的 N 种方法》，上海人民出版社 2006 年版。

92. 蒋述卓、王斌等：《城市的想象与呈现》，中国社会科学出版社 2003 年版。

93. 罗岗：《想象城市的方式》，江苏人民出版社 2006 年版。

94. 姜进主编：《都市文化中的现代中国》，华东师范大学出版社 2007 年版。

95. 周宪：《文化表征与文化研究》，北京大学出版社 2007 年版。

96. 罗钢、刘象愚主编：《文化研究读本》，中国社会科学出版社 2000 年版。

97. 陶东风等主编：《文化研究》，天津社会科学院出版社 2002 年版。

98. 童庆炳、陶东风主编：《文学经典的建构、解构和重构》，北京大学出版社 2007 年版。

99. 陆扬：《文化研究概论》，复旦大学出版社 2008 年版。

100. 金元浦主编：《文化研究：理论与实践》，河南大学出版社 2004 年版。

101. 王晓路等：《文化批评关键词研究》，北京大学出版社 2007 年版。

102. 周海波：《传媒时代的文学》，人民文学出版社 2007 年版。

103. 李岩：《媒介批评：立场、范畴、命题、方式》，浙江大学出版社 2005 年版。

104. 王岳川：《后现代主义文化研究》，北京大学出版社 1992 年版。

105. 唐小兵：《再解读：大众文艺与意识形态》，北京大学出版社 2007 年版。

106. 赵一凡等主编：《西方文论关键词》，外语教学与研究出版社 2006 年版。

107. 包亚明：《现代性与空间的生产》，上海教育出版社 2003 年版。

108. 许宝强、袁伟主编：《语言与翻译的政治》，中央编译出版社 2001 年版。

109. 刘士林：《江南文化的诗性阐释》，上海音乐学院出版社 2003 年版。

110. 叶秀山等主编：《西方哲学史》第四卷，江苏人民出版社 2004 年版。

111. 包亚明主编：《权力的眼睛——福柯访谈录》，上海人民出版社 1997 年版。

112. 陈宣良：《理性主义》，四川人民出版社 1988 年版。

113. 徐瑞康：《欧洲近代经验论和唯理论哲学发展史》，武汉大学出版社 2007 年版。

114. 陆贵山：《艺术真实论》，中国人民大学出版社 1984 年版。

115. 邹贤敏：《艺术性——美学的范畴》，长江文艺出版社 1986 年版。

116. 朱立元、王文英：《真的感悟》，上海文艺出版社 1989 年版。

117. 吴秀明：《真实的构造》，春风文艺出版社 1995 年版。

118. 南帆：《文学的维度》，上海三联书店 1998 年版。

119. 姜飞：《经验与真理》，巴蜀书社 2010 年版。

120. 王运熙主编：《中国文论选》，江苏文艺出版社 1996 年版。

121. 舒芜等主编：《中国近代文论选》，人民文学出版社 1981 年版。

122. 冯友兰：《中国哲学简史》，北京大学出版社 1985 年版。

123. 楼宇烈：《王弼集校释》，中华书局 1980 年版。

124. 徐复观：《中国艺术精神》，春风文艺出版社 1987 年版。

125. 徐复观：《中国人性论史》，华东师范大学出版社 2005 年版。

126. 温儒敏：《新文学现实主义的流变》，北京大学出版社 1988 年版。

127. 刘锋杰：《中国现代六大批评家》，北京大学出版社 2005 年版。

128. 罗钢：《历史汇流中的抉择——中国现代文艺思想家与西方文学理论》，中国社会科学出版社 2000 年版。

129. 余虹：《革命·审美·解构——20 世纪中国文学理论的现代性与后现代性》，广西师范大学出版社 2001 年版。

130. 梁启超：《饮冰室合集》，中华书局 1988 年版。

131. 夏晓虹：《觉世与传世——梁启超的文学道路》，中华书局 2006 年版。

132. 鲁迅：《鲁迅全集》，人民文学出版社 2005 年版。

133. 胡适主编：《中国新文学大系》，上海良友图书出版公司 1935 年版。

134. 郑振铎主编：《中国新文学大系》，上海良友图书出版公司 1935 年版。

135. 旷新年：《中国 20 世纪文艺学学术史》，上海文艺出版社 2001 年版。

136. 北岛：《时间的玫瑰》，中国文史出版社 2005 年版。

137. 陈建华：《"革命"的现代性——中国革命话语考论》，上海古籍出版社 2000 年版。

138. 陈思和：《新文学传统与当代立场》，山东教育出版社 1999 年版。

139. 戴燕：《文学史的权力》，北京大学出版社 2002 年版。

140. 丁帆：《重回"五四"起跑线》，人民文学出版社 2004 年版。

141. 刘小枫：《沉重的肉身——现代性伦理的叙事纬语》，上海人民出版社 1999 年版。

142. 倪梁康：《自识与反思》，商务印书馆 2002 年版。

143. 钱理群、温儒敏、吴福辉：《中国现代文学三十年》，北京大学出版社 1998 年版。

144. 陶东风：《从超迈到随俗——庄子与中国美学》，首都师范大学出版社 1995 年版。

145. 王德威：《想像中国的方法》，生活·读书·新知三联书店 1998 年版。

146. 王富仁：《中国文化的守夜人：鲁迅》，人民文学出版社 2002 年版。

147. 夏志清：《夏志清文学评论集》，台湾联合文学杂志社 1976 年版。

148. 晓风编：《我与胡风——胡风事件三十七人回忆》，宁夏人民出版社 1993 年版。

149. 余英时：《士与中国文化》，上海人民出版社 1988 年版。

150. 张岱年：《中国哲学大纲》，中国社会科学出版社 1994 年版。

151. 张灏：《梁启超与中国思想的过度（1890—1907）》，江苏人民出版社 1997 年版。

152. 张辉：《审美现代性批判》，北京大学出版社 1999 年版。

153. 周策纵：《弃园文粹》，上海文艺出版社 1997 年版。

154. 朱光潜：《论诗》，生活·读书·新知三联书店 1984 年版。

155. 李欧梵：《徘徊在现代和后现代之间》，上海三联书店 2000 年版。

二 外文文献

1. ［德］康德：《判断力批判》，邓晓芒译，人民出版社 2002 年版。

2. ［法］朱利安·班达：《知识分子的背叛》，佘碧平译，上海人民出版社 2005 年版。

3. ［法］让－保罗·萨特：《萨特文集》，施康强译，人民文学出版社 2005 年版。

4. ［德］彼得·毕尔格：《主体的退隐》，陈良梅、夏清译，南京大学出版社 2004 年版。

5. ［美］塞缪尔·亨廷顿、劳伦斯·哈里森：《文化的重要作用》，程克雄译，新华出版社 2010 年版。

6. ［美］苏珊·桑塔格：《重点所在》，黄灿然译，上海译文出版社 2006 年版。

7. ［美］哈罗德·布鲁姆：《西方正典：伟大作家和不朽作品》，江宁康译，译林出版社 2005 年版。

8. ［美］保罗·鲍威：《向权力说真话》，王丽亚、王逢振译，中国社会科学出版社 2003 年版。

9. ［美］弗雷德里克·詹姆逊：《政治无意识》，王逢振、陈永国译，中国社会科学出版社 1999 年版。

10. ［美］拉塞尔·雅各比：《最后的知识分子》，洪洁译，江苏人民出版社 2006 年版。

11. ［俄］尼古拉·别尔嘉耶夫：《文化的哲学》，于培才译，上海人民出版社 2007 年版。

12. ［法］阿列克西·德·托克维尔：《1848 年法国革命回忆录》，曾晓阳译，上海世纪出版集团 2005 年版。

13. ［加拿大］威尔·金里卡：《自由主义、社群与文化》，应奇、葛水林译，上海世纪出版集团 2005 年版。

14. ［美］莱茵霍尔德·尼布尔：《光明之子与黑暗之子》，赵秀福译，北京大学出版社 2011 年版。

15. ［美］雷·韦勒克、奥·沃伦：《文学理论》，刘象愚等译，生活·读书·新知三联书店 1984 年版。

16. ［法］伊波利特·丹纳：《艺术哲学》，傅雷译，人民文学出版社 1963 年版。

17. ［法］罗兰·巴特：《罗兰·巴特随笔选》，怀宇译，百花文艺出版社 2005 年版。

18. ［墨西哥］奥克塔维奥·帕斯：《批评的激情》，赵振江译，云南人民出版社 1995 年版。

19. ［法］皮埃尔·布迪厄：《艺术的法则：文学场的生成和结构》，刘晖译，中央编译出版社 2001 年版。

20. ［美］马泰·卡林内斯库：《现代性的五副面孔》，顾爱彬、李瑞华译，商务印书馆 2002 年版。

21. ［英］阿雷恩·鲍尔德温等：《文化研究导论》，陶东风等译，高等教育出版社 2004 年版。

22. ［法］蒂菲纳·萨莫瓦约：《互文性研究》，邵炜译，天津人民出版社 2003 年版。

23. ［法］居伊·德波：《景观社会》，王昭凤译，南京大学出版社 2006 年版。

24. ［德］沃尔夫冈·韦尔施：《重构美学》，陆扬、张岩冰译，上海译文出版社 2002 年版。

25. ［法］福柯等：《激进的美学锋芒》，周宪译，中国人民大学出版社 2003 年版。

26. ［法］让·波德里亚：《消费社会》，刘成富、全志钢译，南京大学出版社 2000 年版。

27. ［美］李欧梵：《上海摩登——一种新都市文化在中国 1930—1945》，毛尖译，北京大学出版社 2001 年版。

28. ［法］乔治·塞巴格：《超现实主义》，杨玉平译，天津人民出版社 2008 年版。

29. ［美］托马斯·库恩：《科学革命的结构》，金吾伦、胡新和译，北京大学出版社 2003 年版。

30. ［美］弗雷德里克·詹姆逊：《快感：文化与政治》，王逢振等译，中国社会科学出版社 1998 年版。

31. ［英］安东尼·吉登斯：《现代性的后果》，田禾译，译林出版社 2000 年版。

32. ［英］弗兰克·克默德等：《愉悦与变革：经典的美学》，张广奎译，译林出版社 2009 年版。

33. ［加］马歇尔·麦克卢汉：《理解媒介——论人的延伸》，何道宽译，商务印书馆 2000 年版。

34. ［美］本尼迪克特·安德森：《想象的共同体：民族主义的起源与散布》，吴叡人译，上海人民出版社 2005 年版。

35. ［美］杰姆逊：《后现代主义与文化理论——杰姆逊教授讲演录》，

唐小兵译，陕西师范大学出版社 1987 年版。

36. [美] 丹尼尔·贝尔：《资本主义文化矛盾》，严蓓雯译，人民出版社 2010 年版。

37. [意] 维柯：《新科学》，朱光潜译，人民文学出版社 1986 年版。

38. [美] 戴安娜·克兰：《文化生产：媒体与都市艺术》，赵国新译，译林出版社 2001 年版。

39. [匈] 阿诺德·豪泽尔：《艺术社会学》，居延安译，学林出版社 1987 年版。

40. [美] 比尔·尼可尔斯：《纪录片导论》，陈犀禾、刘宇清、郑洁译，中国电影出版社 2007 年版。

41. [美] 弗兰克·梯利：《西方哲学史》（增补修订版），葛力译，商务印书馆 1995 年版。

42. [英] 伯纳德·鲍桑葵：《美学史》，张今译，广西师范大学出版社 2001 年版。

43. [英] 拉曼·塞尔登：《文学批评理论史——从柏拉图到现在》，刘象愚等译，北京大学出版社 2000 年版。

44. [美] M.H 艾布拉姆斯：《镜与灯》，郦稚牛译，北京大学出版社 1989 年版。

45. [意大利] 维柯：《新科学》，朱光潜译，人民文学出版社 1986 年版。

46. [法] 克洛德·列维-斯特劳斯：《野性的思维》，李幼蒸译，商务印书馆 1987 年版。

47. [德] 恩斯特·卡西尔：《人论》，甘阳译，上海译文出版社 1985 年版。

48. [古希腊] 柏拉图：《理想国》，郭斌和、张竹明译，商务印书馆 1986 年版。

49. ［德］弗里德里希·威廉·尼采：《权力意志》，张念东、凌素心译，商务印书馆1991年版。

50. ［德］弗里德里希·威廉·尼采：《哲学与真理——尼采1872—1876年笔记选》，田立年译，上海社会科学院出版社1993年版。

51. ［德］弗里德里希·威廉·尼采：《看哪这人》，张念东、凌素心译，中央编译出版社2000年版。

52. ［德］亚瑟·叔本华：《作为意志和表象的世界》，石冲白译，商务印书馆1997年版。

53. ［美］赫伯特·马尔库塞：《理性与革命》，程志民等译，重庆出版社1993年版。

54. ［美］赫伯特·马尔库塞：《爱欲与文明》，黄勇、薛民译，上海译文出版社2005年版。

55. ［德］马克斯·霍克海默、西奥多·阿道尔诺：《启蒙辩证法：哲学断片》，渠敬东、曹卫东译，上海人民出版社2006年版。

56. ［法］米歇尔·福柯：《规训与惩罚》，刘北成译，生活·读书·新知三联书店1999年版。

57. ［美］T. S. 艾略特：《艾略特文学论文集》，李赋宁译，百花洲文艺出版社1994年版。

58. ［日］北冈正子：《摩罗诗力说材源考》，何乃英译，北京师范大学出版社1983年版。

59. ［阿根廷］豪尔赫·路易斯·博尔赫斯：《博尔赫斯文集》，王永年等译，海南国际新闻出版中心1996年版。

60. ［美］马歇尔·伯曼：《一切坚固的东西都烟消云散了——现代性体验》，徐大建、张辑译，商务印书馆2003年版。

61. ［法］雅克·德里达：《书写与差异》，张宁译，生活·读书·新知三联书店 2001 年版。

62. [德] 马丁·海德格尔:《海德格尔选集》,孙周兴译,生活·读书·新知三联书店 1996 年版。

63. [意] 伊塔洛·卡尔维诺:《未来千年文学备忘录》,杨德友译,辽宁教育出版社 1997 年版。

64. [捷克] 昆德拉:《小说的艺术》,董强译,上海译文出版社 2004 年版。

65. [美] 苏珊·郎格:《情感与形式》,刘大基、傅志强、周发祥译,中国社会科学出版社 1986 年版。

66. [奥地利] 里尔克:《给一个青年诗人的十封信》,冯至译,生活·读书·新知三联书店 1994 年版。

67. [美] 迈克尔·莱文森主编:《现代主义》,田智译,辽宁教育出版社 2002 年版。

68. [德] 顾彬:《中国文人的自然观》,马树德译,上海人民出版社 1990 年版。

69. [美] 李欧梵:《铁屋中的呐喊》,尹慧珉译,河北教育出版社 2001 年版。

70. [美] 周策纵:《五四运动史》,陈永明等译,岳麓书社 1999 年版。

71. [英] 以赛亚·柏林:《苏联的心灵——共产主义时代的俄国文化》,潘永强、刘北成译,译林出版社 2010 年版。

72. [英] 弗兰克·富里迪:《知识分子都到哪里去了》,戴从容译,江苏人民出版社 2005 年版。

73. [美] 克利福德·格尔茨:《文化的解释》,韩莉译,译林出版社 2014 年版。

74. [美] 爱德华·萨伊德:《论知识分子》,单德兴译,台北麦田出版社 1997 年版。

75. ［德］康德：《历史理性批判文集》，何兆武译，商务印书馆 1991 年版。

76. ［英］乔治·奥威尔：《我为什么要写作》，董乐山译，上海译文出版社 2007 年版。

77. ［法］托克维尔：《旧制度与大革命》，冯棠、张丽译，商务印书出版社 1992 年版。

78. ［法］热拉尔·瓦尔特：《罗伯斯庇尔》，姜靖藩、钱慰曾等译，商务印书馆 1983 年版。

79. ［德］格奥尔格·毕西纳：《丹东之死》，傅惟慈译，人民文学出版社 1981 年版。

80. ［罗马尼亚］诺曼·马内阿：《论小丑：独裁者和艺术家》，章艳译，吉林出版集团 2008 年版。

81. ［美］布瑞安·伊恩斯：《人类酷刑史》，李晓东译，时代文艺出版社 2000 年版。

82. ［英］乔治·奥威尔：《政治与文学》，李存捧译，译林出版社 2011 年版。

83. ［法］菲力浦·勒热讷：《自传契约》，杨国政译，生活·读书·新知三联书店 2001 年版。

84. ［爱尔兰］谢默斯·希尼：《希尼诗文集》，吴德安等译，作家出版社 2000 年版。

85. ［德］瓦尔特·本雅明：《经验与贫乏》，王炳军译，百花文艺出版社 1999 版。

86. ［伊朗］拉明·贾汉贝格鲁：《柏林谈话录》，杨祯钦译，译林出版社 2002 年版。

87. ［英］约翰·弥尔顿：《论出版自由》，吴之椿译，商务印书馆1958年版。

88. ［美］尼尔·波兹曼：《娱乐至死·童年的消逝》，章艳、吴燕莛译，广西师范大学出版社2009年版。

89. ［美］汉娜·阿伦特：《伦理的现代困境》，孙传钊译，吉林人民出版社2003年版。

90. ［美］罗伯特·A. 达尔：《现代政治分析》，王沪宁、陈峰译，上海译文出版社1987年版。

91. ［美］苏珊·桑塔格：《在土星的标志下》，黄灿然译，上海译文出版社2006年版。

92. ［美］保尔·库尔兹：《保卫世俗人道主义》，余灵灵等译，东方出版社1996年版。

93. ［美］加布里埃尔·A. 阿尔蒙德、小G. 宾厄姆·鲍威尔：《比较政治学：体系、过程和政策》，曹沛霖等译，上海译文民出版社1987年版。

94. ［俄］谢·尤·维特：《维特回忆录》，张开译，新华出版社1983年版。

95. ［英］大卫·休谟：《休谟政治论文选》，张若衡译，商务印书馆1993年版。

96. ［法］孟德斯鸠：《论法的精神》，张雁深译，商务印书馆1978年版。

97. ［美］约翰·罗尔斯：《正义论》，何怀宏、何包钢、廖申白译，中国社会科学出版社1988年版。

98. ［德］尤尔根·哈贝马斯：《公共领域的结构转型》，曹卫东等译，学林出版社1999年版。

99. ［法］阿列克西·德·托克维尔：《回忆录——1848 年法国革命》，周炽湛、曾晓阳译，上海世纪出版集团 2005 年版。

100. ［德］加布丽埃·施瓦布：《文学、权力与主体》，陶家俊译，中国社会科学出版社 2011 年版。

101. ［美］苏珊·桑塔格：《关于他人的痛苦》，黄灿然译，上海译文出版社 2006 年版。

102. ［美］保罗·德曼：《解构之图》，李自修等译，中国社会科学出版社 1998 年版。

103. ［古希腊］柏拉图：《文艺对话录》，朱光潜译，人民文学出版社 1988 年版。

104. ［法］布封：《论文体》，《布封文抄》，任典译，人民文学出版社 1958 年版。

105. ［德］弗里德里希·威廉·尼采：《悲剧的诞生》，周国平译，译林出版社 2009 年版。

106. ［德］弗里德里希·威廉·尼采：《查拉图斯特拉如是说》，尹溟译，文化艺术出版社 2003 年版。

107. ［美］杰克·哈特：《故事技巧——叙述性非虚构文学写作指南》，叶青、曾轶峰译，中国人民大学出版社 2012 年版。

108. ［德］刘易斯·科塞：《理念人——一项社会学的考察》，郭方等译，中央编译出版社 2004 年版。

109. ［英］弗吉尼亚·伍尔夫：《伍尔夫读书随笔》，刘文荣译，文汇出版社 2006 年版。

110. ［阿根廷］豪尔赫·路易斯·博尔赫斯：《博尔赫斯全集》，王永年、林之木等，浙江文艺出版社 1999 年版。

后　　记

一路行来，总有些难以将息的重负。

譬如爷爷的政党情怀，这是我坚持选择精神生态话题的诱因之一。新中国成立后的历次运动，于我家族而言，造成了无法弥补的创伤。这既是一个时代之痛，更是个体家庭的生命之痛。多少年前，曾记下零星文字，现节录如下：

> 大约十多年前，爷爷便复印一份《家谱》及他被收录《南通党史》的文章交予我，总计十多万字吧，希望我能就此写些什么。一直以来，我虽常有抱愧，却也未曾真正研习。今反复研读爷爷字稿，老人那份对共产党政治信仰的执着让我汗颜。爷爷 1944 年（17 岁）参加革命，因唯成分论"左"的政治诬陷迫害，1954 年被审干，1957 年被审干复查，1958 年重新审干，至 1960 年 6 月结束。审干结论，爷爷因出生于封建大家庭，其参加革命必是搞反动活动。这段强加的政治污点，成为爷爷人生乃至家族的巨大深渊……

> 越过历史的屏障，平反后的爷爷坚持维护合法永恒的政治权利，坚持用"硬骨"抵制着、抗衡着、书写着浮躁时代中的"暗影"与"恶疾"，渐渐如斯，成为俗世生活的"不合时宜"……

爷爷（辈）的经历以及老一辈知识分子对信仰的坚守与执着固然不是跨代的我们能轻易抵达，但他们穿过历史幽暗后的精神自省与介入时代生存相的精神担当是我们无法忽视的。这些用精神和思想为底色镌刻下的"真实"文字，有人称之为回忆录、纪实、传记或是非虚构，我称它们是"血者书"，是一代知识分子精神的现场实录。它们的存在，极大拓展了散文的广度、丰厚了散文的深度，也为我们散文研究创造了新视角。

另一个诱因，是对散文（文学）的时代性思考。我一直固执地认为，真正意义上的文学是相对小众乃至寂寞的，真正意义上的散文也不应该是我们现在所说的一地鸡毛式的"人民散文"，思想和精神对于散文的重要类似于氧气和水之于生命的意义。当下的文学生态，批量生产的"全民写作"，充其量是全民介入写字的、某种类似狂欢的行为艺术，很大部分与真正意义上的文学并无多大关系。尽管，"全民写作"的确蛊惑了人心也制造了文学的芜杂浮华，后马克思主义理想家们提出的"一种普遍共享的文化"似乎在"全民写作"中完成了可能性。只是，这些汹涌而来的文字"产品"，它们的价值效益到底在哪里呢？它们的生命周期能有多久呢？它们是我们期待视域中的文学么？很多评论家忙着给这些纷繁文字"产品"定坐标、排序列；冷静如王尧、韩春燕们则提出了"寻找"当代文学经典问题，刘烨园们用"不拥有时间"文字理论直接回击即时、鼓噪的浮泛现象——他们是这些汹涌而来的文字"产品"的清洗者。

当然，我并没有苛求人人都能创造经典的妄想。对晚近三十年散文演变进行追踪调研，深层的意指，是对晚近三十年中国社会转型间民生众相、精神状态、民族灵魂、人格思想的深度调研，这个历史区间生成的散文著作，虽然未必都能站在时间的浩渺之外、未必都能经住岁月反复的淬炼，但终究，它们为现世（后世？）人生展示了某个时代独特的镜像、供给了某种恒定的精神食粮。如此，也算是掷地有声了。

　　文本之外的，也是必须的敬意，献给你们：我的恩师丁晓原、王尧先生；我有幸聆听过的王兆胜、陈剑晖、汪政先生；促成书稿出版的郭晓鸿女士；还有，无法忽视的也是重要的，默默支撑起我俗世生活的友人们、亲人们！此后，愿坐在一切有情的心里，看星辰大海。